Freiheit des Wortes

Die Anthologie zur Diskussion

Hg. v. Reimer Boy Eilers, Esther Kaufmann, Christina Oskui, Christine Sterly-Paulsen und Margret Silvester

Verband deutscher Schriftstellerinnen und Schriftsteller in ver.di, Landesverband Hamburg

Diese Anthologie wurde gefördert durch die großzügige Spende eines Mitglieds unseres Hamburger Landesverbands.

Kulturmaschinen

Originalausgabe
September 2024

Kulturmaschinen Verlag
Ein Imprint der Kulturmaschinen Verlag UG (haftungsbeschränkt),
97199 Ochsenfurt
www.kulturmaschinen.com

Die Kulturmaschinen Verlag UG (haftungsbeschränkt) gehört
allein dem Kulturmaschinen Autoren-Verlag e. V.
Der Kulturmaschinen Autoren-Verlag e. V. gehört den AutorInnen.
Und dieses Buch gehört der Phantasie, dem Wissen
und der Literatur.

Der hebräische Satz auf dem Cover lautet in der deutschen Übersetzung:
Bringt die Kinder nach Hause
Er bezieht sich auf die Geiseln, die seit dem 7. Oktober 2023 von der Hamas
gefangen gehalten werden. (Stand 13.08.2024)

Umschlaggestaltung: Sven j. Olsson
Umschlagsbild: Christine Sterly-Paulsen
Satz: Dino Sirji
Druck: Libri Plureos GmbH

ISBN 978-3-96763-325-2 (kart.)
ISBN 978-3-96763-326-9 (geb.)
ISBN 978-3-96763-327-6 (.ePub)

»Immer ein Glück für den Dichter, und ein Unglück für den Weltweisen, dass die ersten Erfinder der Sprache nicht Philosophen und die ersten Ausbilder meistens Dichter gewesen sind. Und ebenso ein Glück für den Prosaisten, und ein Unglück für den Weltweisen, dass das Reich einer lebendigen Sprache die Demokratie ist; das Volk regiert, und duldet keine Tyrannen: der Sprachgebrauch herrscht und ist schwer zu bändigen.«

Herder über den Ursprung der Sprache

»Die gefährlichste Weltanschauung ist die Weltanschauung derer, die die Welt nie angeschaut haben.«

Alexander von Humboldt

Grußwort

In der Stille der Unterdrückung keimt ein Flüstern, leise zunächst, kaum hörbar im Getöse der Macht. Doch Worte sind wie Samen im Wind, sie finden fruchtbaren Boden in den Herzen der Menschen.
Ich erinnere mich an den Moment, als die Straßen Teherans vom Ruf »Frau, Leben, Freiheit« erzitterten. Ein Chor der Hoffnung, der die Mauern der Angst durchbrach, Worte wurden zu Waffen der Würde.
Wie oft habe ich in meiner Arbeit bei Amnesty die zerbrechliche Kraft des freien Wortes gespürt? In jeder Petition, jedem Bericht, jeder Rede schwingt der Traum von einer gerechteren Welt mit.
Doch die Freiheit des Wortes ist ein zartes Gewächs, das ständiger Pflege bedarf. Täglich sehen wir, wie Regime versuchen, die Stimmen der Wahrheit zu ersticken.
In den Gefängniszellen dieser Welt sitzen Menschen, deren einziges Verbrechen es war, ihre Gedanken in die Welt zu tragen. Ihre Stille schreit lauter als jeder Protest.
Aber wir wissen: Ideen lassen sich nicht einsperren. Sie überwinden Gitter, Grenzen und Generationen. Ein einziges mutiges Wort kann wie ein Lichtstrahl sein, der die Dunkelheit der Tyrannei durchbricht.
Die Freiheit des Wortes ist der Pulsschlag der Demokratie, der Atem einer lebendigen Zivilgesellschaft. Sie ist das Recht, Fragen zu stellen, und die Pflicht, für die Sprachlosen zu sprechen.
In dieser Anthologie feiern wir dieses kostbare Gut. Jede Seite ein Manifest der Möglichkeiten, jeder Gedanke ein Baustein für eine Welt, in der niemand für seine Worte fürchten muss.
Mögen diese Texte Sie inspirieren und erinnern: Worte haben Macht. Nutzen wir sie weise. Erheben wir unsere Stimmen für jene, denen man die Stimme zu nehmen versucht.

Denn in der Symphonie der Menschenrechte ist die Freiheit des Wortes der Grundton, der alles zusammenhält und uns daran gemahnt: Wo frei gesprochen wird, da ist Hoffnung.

Mit Worten der Ermutigung und des Widerstands,
Shoura Hashemi
(Geschäftsführerin Amnesty International Österreich)

Vorwort

Liebe Leser*innen, Freiheit des Wortes oder Meinungsfreiheit – ein uraltes Thema. Und zugleich hochaktuell. Eine Utopie. Der Widerspruch löst sich auf, wenn man bedenkt, dass die Freiheit zu reden und zu schreiben immer wieder neu hergestellt werden muss. Es gibt sie nur, indem wir sie täglich nutzen. Wenn wir schweigen oder den Mächtigen nach dem Munde reden, ist sie dahin, und keine noch so ehrwürdige Tradition kann helfen.

Ein schönes Meme bringt es zum Ausdruck: *Nie wieder ist jetzt!*

Auf welche Weise, in welche Richtung, was das für jeden Einzelnen bedeutet, das thematisieren die Beiträge dieser Anthologie. Literatur, Kunst überhaupt, gibt es nicht ohne Freiheit. Diese innigliche Verbindung ist auch Verpflichtung, das Thema stets aufs Neue in die Gesellschaft zurückzutragen.

Für die komplizierten Dinge in der Welt ist die Literatur da. Sie darf die Probleme auf allen ihr genehmen Stufen ausbreiten, von großer Vereinfachung bis zu komplizierten Verästelungen, und das kann sie spielerisch tun, ohne sich festlegen zu müssen, bis sie das rechte Maß – oder auch verschiedene Maßstäbe – gefunden hat, einen Komplexitätsgrad, der unserem Verständnis nützt und zu Lösungen führt. Sie kann Widersprüche von allen Seiten beleuchten, bis sie ausgeleuchtet sind. Die Literatur braucht nicht vorschnell einen Standpunkt einzunehmen. Sie kann in Rollenprosa unterschiedliche Sichtweisen propagieren und ihre Konsequenzen imaginieren, bevor sie sich für eine Seite oder einen Helden entscheidet.

Die schwierigste Debatte, die wir zurzeit führen (können), wenn es um die Freiheit des Wortes geht, handelt vom Krieg im Nahen Osten und seinen vielfältigen Weiterungen. Es braucht keine große Begründung, dass wir Deutschen hier besonders gefordert sind.

Was dürfen wir zur Verteidigung Israels sagen, was nicht. Diese Formulierung benützen wir in ihrer Doppeldeutigkeit: Was ist zu den konkreten Kampagnen und Verteidigungsanstrengungen des jüdischen Staates zu sagen? Wie vertreten wir das Existenzrecht dieses Staates, dem mit einer perfiden Losung »Vom Meer bis zum Fluss« das Wasser abgegraben werden soll – ohne ein pauschales Ja und Amen? Die Grenzlinie zwischen legitimer Israelkritik und Antisemitismus liegt im Vorwurf der Kollektivschuld. Niemand ist per se durch Geburt, Religion, Hautfarbe oder Pass schuldig, das wird man vielmehr durch eigene Taten.

In seiner *Anthropologie in pragmatischer Hinsicht* schrieb Kant über Paranoiker, Verschwörungstheoretiker als übervernünftige Menschen, jenseits von Vernunft und Unvernunft. Es sind jene, »die mit Vernunft rasen«. Sie sind »oft so scharfsinnig in Auslegung dessen, was andere unbefangen tun, um es als auf sich ausgelegt zu deuten«.

Darum diese Sammlung als Gegenstück; eine Anthologie, zu Deutsch Blütenlese, bunt, voller Widerspruch und Widersprüchen, laut, gelegentlich frechweg und emotional. Nur nicht verbittert. Baruch de Spinoza wusste noch vor Kant: »Ein Affekt kann nicht anders gehemmt oder aufgehoben werden als durch einen anderen, entgegengesetzten und stärkeren Affekt.« Laden wir Dionysos zu Gast und feiern die Freiheit des Wortes mit einem anständigen Symposion! *In vino veritas.*

Freiheit des Wortes, das sind wir alle, weil wir alle dieses Gespräch sind. »Viel hat von Morgen an, / Seit ein Gespräch wir sind und hören von einander, / Erfahren der Mensch; bald aber sind wir Gesang.« (Hölderlin, Friedensfeier)

Reimer Boy Eilers

I. Abschnitt
Freiheit der Andersdenkenden

»Freiheit ist immer Freiheit der Andersdenkenden. Freiheit nur für die Anhänger der Regierung, nur für Mitglieder einer Partei – mögen sie noch so zahlreich sein – ist keine Freiheit.«

Rosa Luxemburg 1918

Heike Suzanne Hartmann-Heesch

Blackout-Poem I

»Das wird man ja ...«

Angelika Oppenheimer

Bitte aus dem Exil

Lies meine Worte.
Worte, die nie
den Morgen erblicken,
nie vom Tau zärtlich
umhüllt werden,
wie die frühe Knospe,
erstarrt im späten Frost.
Worte, die den Nebel
durchdringen,
in der Sonne lange Schatten
werfen,
Glas in deiner Hand.
Worte der Liebe.

Angelika Oppenheimer

Das Haus des Wortes

Man flieht in das Haus des Wortes
und aus dem Haus des Wortes –
was ist schlimmer,
das wortlose Sein
oder das Sein in den Wörtern?

Und wenn wir nicht fliehen können
in das Haus des Wortes, wohin dann?
Der Traum ist kein sicherer Ort,
Aufschub
vor der Abschiebung.

Tilla Lingenberg

Freiheit des Wortes

Ein Anagrammshorty

Doris, Autorin und Aktivistin, **fordert heiss wie** leidenschaftlich in ihren Essays die **Freiheit des Wortes**. Zum Thema erscheint allmonatlich ein **weiteres Heft. Doris** in ihrer Funktion als Herausgeberin **dreht Serife soweit**, bis das Layout steht. Beim nächsten Redaktionstreffen mit Gleichgesinnten eröffnet sie diesen jedoch: »Wie ihr **wisst, Feder Theorie** gut beschreibt, aber **es fordert Weisheit** diese auch unter die Menschen zu bringen. Ich sage immer: Was du aus der **Theorie weisst, red**' an Leute hin. Man muss ins Gespräch kommen. Und darum sage ich **hier: Festwiese! Dort**, wo man feiert, dort muss man mit Menschen sprechen. Wir gehen von Dorf zu **Dorf, weiteres sieht** man vor Ort.« Fred ruft: »Ich kämpfe mit dem **Stifte. Woher dieser** Sinneswandel, Doris?« Ausgerechnet Fred, über den Theo leise witzelt: »**Fred hortet Eiweiss**«, womit dieser auf Freds muskulösen Körper anspielt. Fred hört es leider und antwortet ihm höhnisch: »**Wirf Steroide These** über Bord, ich trainiere jeden Tag hart, aber wer wie du Ernährung aus einer **Dose wertfrei sieht**, hat sowieso keine Ahnung, drum **dreh weiter Softeis** und halt die Klappe.« Dieter raunt Theo zu: »Hör auf, er ist keiner von der **Weisheit Sorte, Fred** schlägt zu. Der Letzte, der sich gegen den **Idiot wehrte, Fresse** poliert bekam.« Doris meldet sich vernehmlich zurück: »Leute, ich dachte, ihr **seid weitest froher** mit einem Fest, als mit weiteren Heften. Aber vielleicht wäre es wirklich **weiser, Horde Stifte** in die Hand zu drücken anstatt Bier und Würstchen. Lasst uns einen Preis ausloben zum Thema: **Freiheit des Wortes**.«

Anmerkung Autorin und Herausgeber*innen: Als Anagramm wird ein Wort bezeichnet, dessen Buchstaben die Gleichen sind wie im Ursprungswort, nur in einer anderen Reihenfolge. Alle Anagramme von »Freiheit des Wortes« sind fett gedruckt.

Christine Sterly-Paulsen

Abenteuer Personalpronomen

Die Geschlechtersensibilität ist manches Mal so groß, dass man versehentlich und unwissentlich andere Menschen grob beleidigt.

Eine Bekannte erzählte kürzlich, sie habe eine neue Kollegin nach ihrem Alter gefragt. Daraufhin wies diese sie in harschem Ton zurecht: »Diese Frage stellst du mir nur, weil ich eine Gebärmutter habe!«

Seitdem grüßt die Kollegin nicht mehr.

Ich habe mir die wunderbare Antwort gemerkt, für den Fall, dass mich auf der Straße mal ein Polizist anhält, zum Beispiel.

Mit dem Thema Geschlecht kann man auch absichtlich beleidigen, die gängigen Ausdrücke sind bekannt. Ich schreibe sie nicht hin, damit dieser Text keine Triggerwarnung bekommt. Dank der neuen, gendergerechten Sprache lassen sich hier dezentere Wege gehen.

Vor etwa einem Jahr erst habe ich gelernt, dass im Französischen ein neues, neutrales Pronomen eingeführt wurde, nämlich: iel. Und dann, ganz kürzlich, ging mir auf, dass dieses Pronomen unglaublich praktisch sein könnte, um granatenwerfende Belästiger wie Gérald Darmanin subtil zu beleidigen. Wenn iel nicht gern mit diesem, seine Männlichkeit in Frage stellenden Wort bezeichnet würde, so könnte man iel entgegnen, man drücke sich gern korrekt aus und wolle iel keinesfalls sexuell diskriminieren. Anders als das bekannte Darmanin Caca Boudin («Darmanin Kackipups«) hätte so ein iel überhaupt keine strafrechtlichen Folgen.

Im Deutschen gibt es seit jeher ein neutrales Pronomen: es. Wenn man Personen, gleich welchen Geschlechts, als Es bezeichnet, würden sich dennoch die meisten von ihnen beleidigt fühlen, binär oder nicht. Deshalb wurden auch bei uns neue, neutrale Pronomen erfunden, gleich mehrere, die konkurrieren. Zie, ey, ve, tey, xier, xi, nin, sif, per, hen oder dey – um nur eine Auswahl zu nennen. Das eröffnet neue, ungeahnte Möglichkeiten für außerirdisch anmutende Dialoge und für Beleidigungen ebenfalls (»Ey, sif!«), ist aber zugleich super unpraktisch.

Ich habe einen einfachen, innovativen Lösungsvorschlag für dieses Problem. In einem früheren Leben als Ethnologin habe ich auf Madagaskar eine wirklich gendergerechte Sprache kennengelernt. Malagasy besitzt kein grammatikalisches Geschlecht. Das Pronomen für er, sie, es und alle anderen ist izy (gesprochen wie easy!). Alle Nomen existieren nur in der geschlechtsneutralen Form. Wer sie als männlich oder weiblich markieren möchte, muss mühsam ein »lahy« oder »vavy« anhängen. Und sogar die Vornamen werden schmerzfrei auf alle Geschlechter verteilt. Frauen heißen Victor oder Richard, Männer Mamy (»Süß«) oder Tiana (»Liebchen«), und keiner findet was dabei.

Mein Vorschlag ist folgender: Wir mieten das madagassische izy (easy!). Weil Madagaskar eins der ärmsten Länder der Welt ist und mit am schlimmsten unter dem Klimawandel zu leiden hat (Dürre, Zyklone …), an dem seine Bevölkerung, anders als wir, keinerlei Schuld trägt, wäre eine Abgabe auf die Benutzung dieses Pronomens eine kleine, sinnvolle Unterstützung. Wenn bei jeder Nutzung nur 5 Cent eingezahlt werden, wird das deutsche Bildungsbürger keineswegs schmerzen und einem sehr armen Land, das sich trotzdem den Luxus erlaubt, sich politisch korrekt auszudrücken, helfen.

Übrigens steht das Wort Gender auf meiner persönlichen Hitliste der blödesten englischen Lehnwörter ganz weit oben. In englischsprachigen Ländern sagt man gender, um nicht sex zu sagen. Weil man bei sex natürlich gleich an Sex denkt und das mit Gender bekanntlich nichts zu tun hat. Auf Deutsch kann man aber möglicherweise das Wort Geschlecht benutzen, ohne gleich wilde Orgien vor Augen zu haben? Wenn doch, gibt es ersatzweise auch Genus, das schlicht das grammatikalische Geschlecht bezeichnet, ohne jede Assoziation. Ich würde meinen Vorschlag dementsprechend erweitern und bei jeder Benutzung von »Gender« zwei Euro spenden lassen. Im

Sinne des guten Geschmacks, der Geschlechtergerechtigkeit und zugleich, ein ganz winziges Stück, der Gerechtigkeit auf der Welt.

Bernhard Laux

Meinungsfreiheit

wir leben
doch schon längst
in einer öko-diktatur
und auch sonst
wird einem
vorgeschrieben
was man aussprechen darf
und zu denken hat
oder etwa nicht

ja, da kuckst du
grüner sozi
das hörst du nicht gern
aber das
wird man wohl doch
noch sagen dürfen

Margret Silvester

Neun zu Drei (oder: Das gefährliche Drittel)

Der Februar hat es in sich. Einen Tag fällt Schnee, am nächsten ballen sich dunkle Regenwolken. Nur dann und wann blitzt sie durch die Wolken. Eine kleine, erstarkende Sonne schickt schüchtern erste goldene Strähnen zur Erde. Es ist an der Zeit.

Viele sprechen aus, was ich nicht so gern mache. Die Jahreszeiten sind das, was mir am Herzen liegt. Niemals könnte ich dort dauerhaft leben, wo es diese Wechsel nicht gibt. Und ich liebe sie alle.

Die nahen Sträucher muss es in den Zweigen jucken, denn an vielen wird es dick und prall. Manchmal spreche ich zu ihnen und warne: Wahrschau! Es kann noch Frost geben. Das sage ich auch zu den kleinen grünen Fingern, die aus dem erweichenden Boden heraussprießen. Klein und zart und so verheißungsvoll.

Überhaupt: Warnungen gehen um. Und davon kann es bei manchen Themen nicht genug geben. Dabei will ich optimistisch sein, optimistisch bleiben. Nicht überall unter den Betten die Geister entdecken.

Heuer haben viele Menschen Geburtstag – also im Februar. Meine Theorie: Der Mai vom Vorjahr war triebhaft. Und so häufen sich die Geburtstagsfeiern, manchmal zusätzlich zu den Faschings. Selbst hier im Norden laufen einige mit den Masken der Täuschung herum. Mich täuschen sie nicht. Ich durchschaue längst, was sie vorhaben. Wie sie von hinten durchs Knie ins Auge stechen wollen und wie wichtig es ist, hinter die Fassaden zu schauen.

Längst haben sie gelernt, ihre Sätze schön zu färben. Sie haben gelernt, sich das Aussehen des netten Nachbarn von nebenan zu geben. Längst sind die Zeiten vorbei, an denen man sie schnell zuordnen, schnell meiden konnte. Das gilt wohl mehr oder weniger für viele Gruppierungen. Denke ich an die 68er, waren es die Parkas, die ganz gut erkennen ließen, wes Geistes Kind wir waren. Und Schnürstiefel mit weißen Bändern – ja, war klar. Aber heute? Heute laufen sie alle in Anzug und Schlips herum. Also nicht die Parkas. Die anderen eher. Geben sich mit launigen Sprüchen ein Stelldichein. Und sind im Übrigen so laut, dass man meinen könnte, sie wären viele. Sind sie aber nicht. Wir sind mehr. Wir, die ehemaligen Parka-Träger*innen. Längst abgelegt, der Mantel mit Tarnfarben, und das ist auch gut so. Denn wir sind die Bunten. Die Vielfalt. Diejenigen, die es schaffen werden, denen Einhalt zu gebieten, die die Demokratie begraben wollen. Und das wollen sie wirklich. Da gibt es kein Vertun.

Ich habe lange darüber nachgedacht, was sie eigentlich davon haben. Denn nur, weil wir in einer Demokratie leben – meinetwegen eine mit Webfehlern –, nur deshalb können sie schreien, was ihnen in den dreckigen Hals und aus dem ungewaschenen Mund kommt. Mögen ihnen ihre Lügen im eigenen Hals steckenbleiben.

Die Möglichkeit, sie alle loszuwerden, findet sich nicht auf der Straße. Leider. Sonst wären sie längst passé. So viele, wie gerade auf der Straße waren, um es ihnen entgegenzurufen: Nie wieder ist jetzt!

Aber ein Loswerden ergibt sich nur durch eine demokratische Möglichkeit: Die Wahl. Und die haben wir. Wir haben eine Wahl. Wir müssen sie nur nutzen. Viel zu lange setzten wir uns in die Sofaecke und freuten uns unseres Daseins, das so schnell ein anderes werden kann, wenn wir den Popo nicht vom Sofa hochbekommen. Wahrschau! Da haben wir es wieder. Der Warnruf kann nicht vom Rufer in der Wüste erfolgen. Er muss an der Nachbarstür getan werden. An der nächsten Ecke. Im Kneipchen hinter dem windschiefen Gemäuer. Beim Bankett des Matthiae-Mahls. Von der Kanzel der Kirchen.

Was war ich erstaunt über die Abschluss-Pressemitteilung der Frühjahrs-Vollversammlung 2024 der Deutschen Bischofskonferenz in Augsburg. Damit hätte ich nie gerechnet, eingedenk des Zitats vom damaligen Pastor Martin Niemöller:

Als die Nazis die Kommunisten holten, habe ich geschwiegen;
ich war ja kein Kommunist.
Als sie die Gewerkschaftler holten, habe ich geschwiegen,

ich war ja kein Gewerkschaftler.
Als sie die Juden holten, habe ich geschwiegen,
ich war ja kein Jude.
Als sie mich holten, gab es keinen mehr,
der protestieren konnte.

Gut, als ich mit einer Nachbarin darüber sprach, meinte sie, das sei nur ein Ablenkungsmanöver der Katholiken. Damit wollten sie den Skandal um den Missbrauch überdeckeln. Sei es, wie es sei. Wenn das Schule macht, wird meine Angst klein, habe ich keine Angst mehr vor dem, was kommen mag. Hauptsache, sie bleiben alle bei ihren jetzigen Aussagen und knicken nicht wieder ein, wenn es hart auf hart kommt.

Unlängst saßen wir zu neunt gemütlich beisammen und hatten dieses oder jenes Thema am Wickel. Da braucht es nicht lange und irgendeiner trägt zur »Lage der Nation« etwas Wesentliches bei. Das Wesentliche ist immer das, was die bekannten Tagesblätter füllt oder auch die Tagesthemen. Kriege in weiter Ferne und nicht so weit, Erstarken von Gruppen der rechten Szene und was dergleichen mehr ist.

Kurz: Die Diskussion entwickelte sich rasant. Die Meinungen stießen aufeinander und schnell wurde klar, dass um den Tisch nur und ausschließlich wohlige Menschen saßen. Menschen, die alle wussten, was wir brauchen oder auch nicht. Meistenteils beruhigend in Sachen der politischen Seite. Äußerungen, die einigen schon zu stark gefärbt waren, wie die Rechte sich verhält und was die so anstellt und ob überhaupt, führten dazu, dass abgewiegelt wurde. Weshalb war das so? Die Menschen um den Tisch waren doch nicht blind. Es saß die geballte Akademie der schönen Künste, der Juristerei und Pädagogik um den Tisch versammelt und daraus konnte wohl leichtfertig gefolgert werden, dass sie zumindest nachdenken konnten und Dinge richtig einzuordnen wussten. Aber hochgerechnet konnten wir nicht sicher sein, dass am Abschluss eines schönen Tages nicht doch das, was vielen von uns Kummer macht, in dem einen oder anderen Kopf stecken mag.

Das Wort, dass die »Ansammlung feiger Dumpfbacken« doch verschwindend gering an Zahl sei, machte sich breit. Ein Hinterfragen dessen sollte aber gestattet sein und so geschah es ringsum, wer jemanden aus der Szene kennt, wer wen kennt, der jemanden kennt usw. Zugegeben, es war eher eine Spielerei nach ein/zwei Weinchen und einem guten Essen, aber:

Überraschenderweise kannte jede Dritte einen Anhänger dieser Gruppierung. Drei von Neun. Ein Drittel schon allein in diesem kleinen Kreis. Es stellte sich weiter heraus, dass sogar im eigenen Freundeskreis manch eine Frau und mancher Mann leise angedeutet hatten, nächstes Mal die genannte rechte Partei wählen zu wollen oder es zumindest bedenkenswert befand. Warum? Weil die jetzt regierenden Parteien alles Nichtskönner seien. Reine Phrasendrescherei, die auf konkretes Nachfragen nichts Kluges beitragen kann. Schlau reden können sie alle. Und das ist eben die Gefahr. Das Kreuzchen auf einem Zettel irgendwo zu setzen, ohne dabei zu bedenken, was es nach sich zieht.

Viel Arbeit ist angesagt und die Parole: Nie wieder ist jetzt! sollte immer im Mund geführt werden. Nicht auf der Zunge liegen lassen, sondern in die Welt rufen. Wenn die »Ansammlung feiger Dumpfbacken« das tut, was sie am besten kann, nämlich schreien, setzen wir Rufe entgegen, machen die leisen Töne hörbar, die untermauerten Argumente, die vorweisenden Hintergründe. Es ist an der Zeit, sich gutes Rüstzeug zuzulegen.

Das sollte nicht Halt machen vor Freunden, die mal Freunde waren.

Ein engerer Freund von mir, Mitglied bei den Linken, fand plötzlich vieles gut, was aus der rechten Szene kam. Er begrüßte die Wahl eines Bürgermeisters in einem anderen Landkreis, den die »Ansammlung feiger Dumpfbacken« gestellt hatte, aufs allerhöchste. Er bekräftigte, dass diese rechte Partei, die inzwischen als ein Verdachtsfall des Rechtsextremismus vom Verfassungsschutz eingeschätzt wird, schließlich demokratisch gewählt worden sei. Und ebenso dieser Bürgermeister. Schlimm genug, dass niemand hier rechtzeitig Einhalt bot. Es ist einschränkend zu sagen, dass mein Ex-Freund immer neue Gurus brauchte, um mit seinem Leben klar zu kommen. Bisher habe ich ihn gelassen. War ein grober Fehler. Meine Gegenargumente mit Nachweisen von Aussagen dieser rechten Vögel – wie beispielsweise, dass »es den Menschen Angst mache … und Europa dabei wäre, durch den angestrebten Austausch der Völker in unserem deutschen Land einen Menschenwandel geben würde, was zu einer Siedlungszerklüftung zu Ländern Afrikas mache …« – erklärte er, alles dagegen zu tun – hach, war ich froh, aber er setzte hinzu, dass auch er nicht die geringste Lust habe, von andersartigen Völkern überschwemmt zu werden. Er kritisierte auch scharf, dass »neuerdings in Zeitungen nicht mehr die Nationalität von Kriminellen nach einer Straftat bekanntgegeben« würde. Dieses Mal hatte er den Bogen überspannt. Ich verweigere ihm seitdem die Gastfreundschaft in meinem Hause. Solcherlei Diskussionen führen ins Nichts. Menschen wie er sind Energieräuber.

Verschwendete Zeit, die sich besser mit Vorbereitungen für die »Brandmauer« verbringen lässt. In Gemeinschaft von Menschen, denen das Wohl aller am Herzen liegt.

»Niemand hat die Absicht, deutsche Staatsbürger abzuschieben« sagt Bernd Baumann, seines Zeichens Parlamentarischer Geschäftsführer der o.g. Ansammlung. Sagt dies am 24. Januar 2024. Ein Versuch, die Öffentlichkeit zu begöschern, nachdem durch *correctiv* ruchbar geworden ist, was bei einem Geheimtreffen am Lehnitzsee bei Potsdam Thema war.

Nein? Hat niemand eine Absicht (es steckt doch nie Absicht dahinter, oder? Ob nun eine Mauer gebaut wurde oder ein Postkartenmaler von Österreich nach Deutschland wechselte …). Und schon lange vor diesem Treffen, an dem ein ehemaliger Zahnarzt aus Düsseldorf, ein Investor aus dem Gastro-Bereich und viele andere mit Geld und braunem Denkapparat teilnahmen, wurde geplant. So beschrieb Maximilian Krah (früher bei der CDU, jetzt Europa-Spitzenkandidat der Dumpfbacken-Partei) in seinem Buch sehr klar:

»… Anreize zur Rückkehr müsse man schaffen«, heißt es darin. »In Deutschland würden das … prognostisch über 25 Millionen

Menschen sein, davon deutlich über 15 Millionen deutsche Staatsangehörige."

Nein, niemand hat die Absicht …

Hunderttausende Menschen demonstrieren derzeit gegen Rechtsextremismus und Pläne der AfD und Gleichgesinnter, Millionen Menschen mit Migrationsgeschichte aus Deutschland zu vertreiben. Dabei enthüllten die jüngsten Medienberichte nur die Spitze des Eisbergs. MONITOR-Recherchen zeigen: An diesen Plänen wird innerhalb der AfD schon seit Jahren gearbeitet. Und auch Politiker der CDU spielen eine wichtige Rolle. (entnommen einer Internetveröffentlichung von Monitor, 25.01.2024)

Und nachdem die »Ansammlung« ein wenig bei einigen ihrer AnhängerInnen in Misskredit geriet, schießen ihre Nachfolger wie die Pilze aus dem Boden. Sammelbecken »identitärer Bewegung«. Ich komme schon nicht mehr mit, so schnell geht das.

All diese – plötzlichen? – Verlautbarungen aus Januar 2024 haften an meiner Haut, in meinem Kopf, und in meinem Herzen schlagen sie laut gegen die Wände des Organs. Ich schaue aus dem Fenster. Wir haben nun fast März und in den Zweigen juckt es. Bald werden die Knospen sichtbar, und die jungen grünen Triebe keimen aus Wintererde wie die Hoffnung auf ein neues Werden. So beruhigend, dass die Wiederauferstehung des Lebens immer auch die Möglichkeit des Umdenkens mit sich bringt. Wenn die grauen Wolken einem blauen Frühlingshimmel Platz machen und eine wärmende Sonne das Gute hervorlockt, weil alles Leben sich wohler fühlt, dann werde ich Energie haben. Mehr als manch einem Rechten recht sein wird. Wahrschau!

Ulja Krautwald

Der Aufstand der Wörter

Bevor die Wörter zu verschwinden drohten, riefen sie im Namen des Alphabets und in Namen der Freiheit, der Liebe und der Unabhängigkeit zu einem geheimen Treffen der Wörter auf. Dieses Treffen fand, von der menschlichen Öffentlichkeit unbeachtet, im Lichthof der Stabi in Hamburg statt. Als Termin wurde der erste Montag des Drachenjahres gewählt, weil allgemein bekannt ist, dass in Drachenjahren Beschlüsse und Entscheidungen besonders wirkungsvoll sind. Da es sich 2024 sogar um ein Holzdrachenjahr handelte, waren die Beteiligten geradezu enthusiastisch, dass sie mit ihrem Anliegen Erfolg haben würden. Zur Verstärkung wurden die Wörter Schamane / Schamanin, Zauberer / Zauberin und Magie ausdrücklich und extra eingeladen.

Der Lichthof der Stabi war bis auf den letzten Platz besetzt, in den Arkaden standen Klappstühle, und selbst von den Balustraden der oberen Ränge hingen Wörter. Die Stimmung war ausgelassen.

Freiheit und Alphabet standen nebeneinander am Redepult, neben ihnen auf dem Podest saßen Ordnung, Impuls und Ruhe.

Freiheit, in einer grüngelben Jacke, sprach zuerst: Geliebte Wörter, liebe Buchstaben – denn es waren auch alle einzelnen Buchstaben erschienen – wie schön, dass ihr alle gekommen seid! Ich sage es in einem Satz und ihr werdet mir sicher zustimmen: Es reicht!

Allgemeines Klatschen.

Wir, der Zusammenschluss der freien Wörter, fuhr Freiheit fort, wir sind zusammengekommen, um etwas zu ändern. Wir wollen uns die falsche Verwendung unserer Identitäten nicht mehr gefallen lassen.

Wir haben viel zu viel durchgehen lassen, sagte Freiheit.

Bravorufe und Klatschen.

Zur Tagesordnung, unterbrach Alphabet und klopfte auf das Redepult.

Nachdem die einzelnen Wörter von ihren Misshandlungen berichtet haben, werden wir gemeinsam beraten, was genau unsere Forderungen sind – und wie wir ihnen Nachdruck verleihen können.

Genau, rief Jemand.

Ich habe da schon eine Idee, sagte Freiheit und wedelte mit einem Papier.

Schön der Reihe nach, sagte Alphabet, die Forderungen und die Maßnahmen kommen später dran. Zunächst bitten wir die einzelnen Wörter zur Rede. Wer möchte berichten, fragte Alphabet.

Denker trat vor. Ich möchte Quer nicht mehr angeheftet haben, es beschmutzt mein freies Denken. Nachdenker ist in Ordnung, aber Denker mit dem Wort Quer geht gar nicht. Freidenker ist im Grunde doppelt gemoppelt, aber Querdenker ist beschmutzt worden, daher bitte in Zukunft Denker ohne Quer. Ich fühle mich in der Nähe des Wortes Quer in meinem Denken eingeschränkt und diskriminiert. Wie wäre es, Quer zu verbannen?

Das ist dein Antrag? fragt Alphabet. Denker nickte. Ordnung, magst du das Protokoll führen, fragte Alphabet, und Ordnung notierte sich den ersten Antrag.

Quer stand auf und trat an das Rednerpult. Ihre Haare hingen in wilden Strähnen und eines ihrer Augen trug ein Veilchen. Als sie das Mikrophon zur Seite bog, zitterten ihre Hände.

Das hat mir gerade noch gefehlt, meine Nerven liegen blank. Ich werde fälschlich beschuldigt, sagte sie. Und ich werde falsch verwendet. Meine Freiheit, meine Sätze, meine zugegeben manchmal etwas wilden Impulse, sind kontaminiert worden. Sie gelten nun als schlecht. Dabei könnte, wer meint, meine innovativen Impulse seien nicht passend, der könnte doch Falschdenker sagen. Diese sogenannten Querdenker können doch viel besser als Falschdenker bezeichnet werden.

Ha, rief Denker, es gibt keine Falschdenker. Dieser Zuordnung widerspreche ich ganz entschieden! Denken ist denken, da gibt es kein richtig und kein falsch.

Und, sagte Quer, ich muss hier noch etwas vortragen. Ich wurde nicht nur fälschlich beschuldigt, ich wurde auch entführt. Nun soll ich auch noch für Menschen gelten, die ihre Geschlechtlichkeit nicht in der alttestamentarischen Ordnung finden. Was habe ich damit zu tun? Quers Stimme zitterte. Das ist mir alles zu viel. Ich möchte diesen Angriffen nicht ausgesetzt sein. Gerade gestern wurde ich wieder verprügelt. Ich möchte einfach nur querfeldein gehen. Unbehelligt querfeldein gehen. Mehr nicht. Es war schwer genug, den Ulanten zu akzeptieren, der sich an mich geheftet hatte, fuhr Quer fort. Ich habe also den Querulanten akzeptiert und den Querkopf, aber nun ist Schluss! Mir wird das entschieden zu viel. Quer trank Alphabets Wasserglas leer. Verhaltenes Klatschen.

Nun trat Q an das Rednerpult. Es hatte einen grünen Hut mit einer Fasanenfeder auf. Ich stelle den Antrag, dass ich selbst entscheiden darf, welche Gesellschaft ich bevorzuge, mit welchen Buchstaben ich zusammen auftrete. Ich habe mich nämlich von U getrennt und möchte nun nicht mehr mit ihr zusammen auftreten. Im Saal war ein leises Weinen zu hören. Meine neue Beziehung besteht zu i. Mit ihr zusammen möchte ich viel Energie, auch Qi genannt, für den Umwandlungsprozess und unser Anliegen zur Verfügung stellen. Die Voraussetzung dafür ist, dass ich nicht mehr mit U auftreten muss.

Einspruch, riefen Qualle und Quelle. Q winkte ab, ihr könnt euch an K und W wenden, das sind verlässliche Buchstaben und Partner.

Freiheit trat unruhig von einem Bein auf das andere. Alphabet nickte Ordnung zu, die alles notierte.

Lüge meldete sich. Ich beantrage die Ausweisung von Fake. Fake besonders in Zusammenhang mit News klingt viel harmloser als Lüge. Ich beantrage eine Werbekampagne für mich oder von mir aus eine Marketingstrategie. Ich bin die gute alte Lüge und möchte auch so genannt werden.

Gibt es weitere Beschwerden, fragte Alphabet.

Liebe, Feminismus und Versteher meldeten sich.

Oje, sagte Alphabet.

Ich als Versteher, sagte Versteher, möchte alles verstehen. Nicht nur Pferde und Kinder. Ich verstehe auch meine Gegner und schwierige Zeitgenossen. Das ist eine besondere Qualität von mir. Auf keinen

Fall möchte ich in einem Wort mit Despoten genannt werden. Bitte veranlassen Sie, dass dies in Zukunft unterlassen wird!

Ordnung schrieb mit.

Ach, sagte Liebe. Ich bin so oft entführt worden, mein Name steht auf Pralinenschachteln, in meinen Namen werden unzählige Geschäfte gemacht. Ich werde beschworen und denunziert – und doch erkennen mich die Menschen. Und sie erkennen, wenn die Liebe eine Lüge ist.

Lüge klatschte laut Beifall.

Feminismus stand auf. Sie sah müde aus. Hinter sich zog sie einen Bollerwagen voller Wörter.

In Hamburg nahe der Veddel sah ich mich auf einem blauen Kran in großen Buchstaben stehen. Tatsächlich erfreute sich eine Frau allein an diesem Wort. Doch ich, ich Feminismus bin ein Wort, was der Wahrheit geschuldet ist. Und den Taten. Es darf nicht einfach so verwendet werden. Wahrheit klatschte Beifall.

Wörter leiern aus, wenn sie zu oft benutzt werden. Da sollten wir eingreifen. Feminismus zeigte auf den Bollerwagen mit Wörtern.

Lüge und Liebe applaudierten.

Dann komme ich jetzt zu meinem Vorschlag, rief Freiheit. Alphabet war gerade damit beschäftigt, die Wörter des Bollerwagens zu sichten, Außenpolitik stand dort und Waffe und Seife. Nachdenklich wandte sich Alphabet zu Freiheit um, die gestikulierend am Pult stand.

Immer, wenn unsere Identitäten fälschlich verwendet werden, sagte Freiheit, fangen wir einfach an zu blinken und mit den einzelnen Buchstaben zu tanzen. So bekommen die Menschen eine Warnung und eine Möglichkeit des Einlenkens. Bleiben sie aber bei der falschen Verwendung, entführen sie ein Wort oder verwenden sie unsere Identitäten für eine Lüge, dann lösen wir uns auf. Es können zuerst einzelne Buchstaben herabfallen, zum Beispiel das E, sagte Freiheit.

Yes, sagte E.

Und dann das F, sagte F.

Alphabet lachte, während Freiheit die Sektgläser holte.

Moment, rief Ordnung. Das muss jetzt konkret formuliert werden, und es muss eine Frist gesetzt werden.

Lasst uns eine Arbeitsgruppe aus Magie, Zeitung und weiteren Freiwilligen bilden, sagte Impuls. Feiern können wir aber schon jetzt. Allgemeiner Beifall und Gläserklirren.

So stießen die Wörter miteinander an, wenige Monate, bevor ihre Forderungen und die ersten tanzenden Buchstaben in der Presse auftauchten.

Lutz Götze

Ein Appell

Strenge Regelungen für die Erforschung, Entwicklung und Nutzung von Produkten der »Künstlichen Intelligenz«

Die Bundesregierung wird aufgefordert, auf europäischer Ebene tätig zu werden, um strenge Regelungen für die Erforschung, Entwicklung und Nutzung von Produkten der »Künstlichen Intelligenz« zu beschließen und dem bereits jetzt erkennbaren Missbrauch und der Schädigung demokratischer Strukturen vorzubeugen. Dabei stehen die Garantie des geistigen Eigentums, Fragen der Autorschaft, das Verhindern von Falschmeldungen, Hetze, Antisemitismus und Rassismus sowie die Sicherung der demokratischen Grundrechte in den Netzen im Vordergrund. Der »AI Act« der Europäischen Union kann dabei als Grundlage dienen, muss aber weiter verschärft werden.

Seit Anfang März 2023 ist das neue Sprachmodell *ChatbotGPT-4 (Generative Pretrained Transformator 4)* der US-Firma Open AI auf dem Markt und Experten überbieten sich in Lobeshymnen, was die neue Maschine alles vermag: Bewerbungsschreiben verfassen, Texte jedweder Art produzieren und verstehen, Krebsdiagnosen erstellen, eine billigere und nachhaltigere Energieversorgung sichern, Papyrus-Rollen aus dem zerstörten Pompeji lesbar machen und manches mehr. Der Mensch könne sich fortan auf individuelle und kreative Tätigkeiten konzentrieren und die Mühsal täglicher Routinearbeit überwinden. Eine vollkommen neue Gesellschaft, frei von Sachzwängen und Fremdbestimmung, sei im Entstehen. Dichtung und Wahrheit liegen zumeist nahe beieinander. Vorsicht und kritische Prüfung der Meldungen sind dringend geboten!

Erste Proteste wurden bereits 2023 beim Streik der gewerkschaftlich organisierten Drehbuchautoren in Hollywood deutlich: Sie sollten, so die Arbeitgeber, lediglich die von einem Chatbot erstellten Manuskripte Korrektur lesen und entsprechend schlechter bezahlt werden. Kündigungen »freier« Mitarbeiter stünden bevor, denn wer brauche noch menschliche Drehbuchautoren, wenn es die Maschine mit wenigen menschlichen Vorgaben ebenso – oder gar besser – vermöge?

Damit verbunden ist ein nächstes Problem: Wenn Chatbots Texte auf der Grundlage weniger Stichworte eines Menschen generieren: Wer ist dann der Autor? Wer ist dann der Verfasser eines Gedichtes, eines Romans oder einer Doktorarbeit? Wer plagiiert hier bei wem? Oder ist hinfort von einem Plagiat überhaupt nicht mehr die Rede? Gehört geistiges Eigentum dann der Geschichte an?

Chatbot4 generiert nicht nur Texte, Bilder und Codes, sondern auch Videos und Ton. Historische und lebende Personen können dergestalt künstlich falsifiziert werden. Fake-Darstellungen, etwa Fotos und Aussagen von Adolf Hitler und Josef Stalin, montiert in Aufnahmen des demokratischen Präsidentschafts – Kandidaten Joe Biden, sind unbegrenzt möglich und werden, so unsere Prognose, im US-amerikanischen Wahlkampf im Herbst 2024 eine entscheidende Rolle spielen. Sam Altman, der Mann hinter GPT, träumt bereits von einem »schrittweisen Übergang in eine Welt mit menschenähnlicher künstlicher Intelligenz«, die von ihm und seiner »Elite« gesteuert werde: »Entweder wir versklaven die KI oder sie versklavt uns«. Tertium non datur.

Die KI-Protagonisten behaupten, die Maschine lerne durch die immer größere Menge von Millionen gespeicherter sprachlicher Mittel, sich immer präziser und differenzierter auszudrücken. Am Ende »denke« sie: selbstständig und unabhängig vom Menschen. Sogar schneller und tieferschürfender, also besser.

Ich hingegen argumentiere: Der Chatbot sammelt besinnungslos alles, was ihm von Menschen eingegeben wird. Er speichert Unmengen von Daten, aber er lernt nichts. Er fügt Wörter und Satzteile besinnungslos aneinander, die manchmal passen und häufig nicht. Also denkt er auch nicht, weil er es nicht kann – im Gegensatz zum Gehirn. Denn das Denken ist eine bewusste Tätigkeit, eine *Bewertung* der Informationen (Daten), die unentwegt auf das menschliche

Gehirn treffen. Sie werden dort verarbeitet und als – je individuell unterschiedlich – gut und wichtig oder schlecht und unwichtig erachtet. Erstere werden aufbewahrt (gelernt), letztere verworfen (vergessen). Das Gehirn, so vor 200 Jahren Wilhelm von Humboldt, vollbringe mit *endlichen* Mitteln *Unendliches*. Ich füge hinzu: Die Maschine vollbringt mit *unendlichen* Mitteln *Endliches*.

Da aber die Maschine nur sammelt und nicht denkt, obendrein die Menschen auch nicht wissen, was in GPT-Modellen passiert und welche Ziele diese verfolgen, sind die Gefahren unabsehbar. Die Maschinen können jederzeit Lügen, rassistische und faschistische Inhalte in die Welt senden, was heute teilweise bereits geschieht. Der Mensch wird dergestalt zum Opfer des Chatbots, kann »wahr« und »falsch« bald nicht mehr unterscheiden. Der Chatbot steuert den Menschen und macht ihn abhängig. Das Subjekt wird dergestalt zum Objekt. Der *homo sapiens* verkümmert zum *homo ludens*.

Die Maschinen der *Generative Artificial Intelligence* der Zukunft aber werden den Menschen keineswegs nur steuern, sondern ihn auch kontrollieren; Bewachungs- und Bespitzelungssysteme, keineswegs nur in China, werden den Lebensalltag bestimmen, der »gläserne Mensch« steht vor der Tür. Diktatoren frohlocken schon heute.

Für ein demokratisches Gemeinwesen hätte das unabsehbare und verheerende Folgen. Grundrechte wie Meinungs- und Pressefreiheit gerieten in Gefahr: Der Deutsche Journalistenverband versteht KI in einer Erklärung vom Februar 2024 als »das Ende des pluralistischen Journalismus«. Die *New York Times* klagt gegen Open AI wegen unterlassener Nennung von Autoren, ebenso mehrere US-amerikanische Urheberrechtsinhaber gegen Firmen wie Microsoft, Google und Meta. Aber es wird Jahre dauern, bis die Gerichte entschieden haben. In der Zwischenzeit versuchen die großen Tech-Unternehmen, durch Lobbyarbeit in den USA, in der Europäischen Union und Deutschland Regulierungen zu verhindern: Die EU reguliere sich bei der künstlichen Intelligenz ins Abseits und gefährde sowohl Wettbewerbsfähigkeit als auch die Souveränität Europas, hieß es in einem Schreiben deutscher und französischer Industrievertreter an die Europäische Kommission vom Juni 2023. Die Kommission hatte entsprechende Gesetzesvorschläge 2018 in Auftrag gegeben, 2023 wurde der »AI Act« auf EU-Ebene ratifiziert, 2026 sollen sie in den Mitgliedsländern realisiert werden. Dort heißt es: »KI-Systeme stellen ein unannehmbares Risiko dar, wenn sie als Bedrohung für Menschen gelten. Diese Systeme werden verboten«. Andere Passagen sind eher verbindlicher Natur.

Derzeit werden in rasendem Tempo neue KI-Systeme entwickelt: Gemini von Google, Alphafold und andere. Ein gnadenloser Konkurrenzkampf zwischen den Technologie-Giganten ist entbrannt. Es geht um Milliardenprofite.

Künstliche Intelligenz verändert innerhalb kurzer Zeit radikal das menschliche Zusammenleben. Das kritische Individuum wird Zug um Zug abgeschafft, Wirklichkeit und Fiktionalität, Wahrheit und Lüge können bald nicht mehr unterschieden werden. Über den immensen Medienkonsum, vor allem bei Kindern und Jugendlichen, sind bereits unheilvolle Grundlagen für diese Entwicklung gelegt. Unverzichtbare Tugenden wie Lesen, Schreiben und Diskutieren verkümmern, wie Studien (IGLU) beweisen.

Man wehre den Anfängen! Die gesamte Gesellschaft muss an der Entscheidung über die KI-Entwicklung mitwirken; Schriftsteller und Künstler sind in besonderer Weise gefordert. Die Regierungen müssen dem Übel mit Gesetzen vorbeugen. Dabei stehen der Schutz geistigen Eigentums, Fragen der Autorschaft, das Verhindern von Falschmeldungen, Hetze, Rassismus und Antisemitismus sowie die Sicherung der demokratischen Grundrechte im Mittelpunkt.

Reimer Boy Eilers

Alfabet

Das Alfabet
schreibt dir, wie es geht
ob es den Daumen hebt oder senkt
Es zeigt dir,
auf Display wie Papier
gleichermaßen, wo der Hammer hängt

Das Alfabet
spielt mit dem Endgerät
Es schert sich um keinen Algorithmus
kein A und O ins Korsett gezwängt
kein Keyboard stumm und ferngelenkt
Da ist kein Boss, wo es mit muss

Das Alfabet
ist gern verdreht
Es zieht die Prozessoren
an den Kaninchenohren
und macht sich lustig über sie

Es hat seine eigenen Heime
und seine eigenen Reime
Zylinderhut der Wortmagie
schurigel schirugel
und ganz gewiss nicht Google

Gabriel Bornstein

Im Namen Gottes

Der letzte Wille von Menachem Mandelbaum, genannt Miki

Mein Name ist Menachem Mandelbaum, mit diesem Namen bin ich in Jerusalem zur Welt gekommen. Mein Vater, Rabbiner Avraam David Mandelbaum, diente als Kantor in der lokalen Synagoge. Meine Mutter, möge ihre Seele im Buch des Lebens verzeichnet sein, war eine fromme Frau. Sie schenkte meinem Vater sieben Söhne und eine Tochter. Ich war der Älteste, und weil meine Mutter jedes Jahr ein neues Kind zur Welt brachte, und mein Vater immer mit dem Gebetbuch beschäftigt war, war ich viel allein.

Bei uns im Hof lebte eine Katze, die fast so fruchtbar war wie meine Mutter. Immer wenn meine Mutter ein Baby bekam, bekam sie fünf kleine Katzen. In meiner Welt, mit den frommen Eltern und der strengen Tora-Schule, waren diese Kätzchen das Süßeste, was Gott jemals erschaffen hatte. Die eine, ich nannte sie Rita, liebte ich besonders. Immer wenn ich hinunter in den Hof ging, kam sie zu mir gelaufen. Ich nahm sie in die Arme und streichelte sie, bis sie anfing zu schnurren. Aber gerade, wenn es besonders schön war, rief meine Mutter mich zum Essen.

Einmal habe ich meine Mutter nicht gehört. Sie kam in den Hof, um mich zu suchen. Da sah sie die Katze in meinen Armen und schrie: Gewalt. Ein unreines Tier. Das darf man gar nicht anfassen. Sie tat meine Kleider in die Kochwäsche, und meine Hände musste ich so lange in heißes Wasser halten, bis sie voller Blasen waren. Von dem Tag an konnte ich meine Rita nur insgeheim treffen.

Eines Tages, es war kurz vor meinem neunten Geburtstag, ist Rita über die Straße gelaufen und wurde von einem Lieferwagen der Angel-Bäckerei überfahren. An dem Tag ist mir klar geworden, dass es keinen Gott gibt, und das habe ich laut gesagt. Danach war mein Leben nicht mehr dasselbe. Ich konnte es kaum abwarten, bis ich endlich mit der Schule fertig war, meine Familie und meine Heimatstadt verlassen konnte. Mit 18 ging ich in die Armee, etwas, das in meinen Kreisen als Sünde galt. Ich sparte meinen gesamten Sold und kaufte ein Flugticket nach Berlin, one-way.

Deutschland gefiel mir auf Anhieb. Ein Land, in dem die Kirche sich in die Politik nicht einmischt. Ich änderte meinen Namen in Miki und studierte Medizin. Danach spezialisierte ich mich als Facharzt für Psychiatrie und gründete eine Familie. Meine Frau, eine Kollegin aus dem Krankenhaus, war nicht Jüdin, also waren auch meine Kinder nicht Juden. Ich erzog sie als freie Menschen, ohne Gott und ähnlichen Quatsch. Wir feierten Weihnachten, und unsere Ferien verbrachten wir auf Kreta. Das Wetter war ähnlich, aber die Preise viel günstiger als in Israel. Und alte Kultur gab es in Griechenland auch.

Mein Leben war zu schön, so konnte es nicht ewig bleiben. Mein älterer Sohn Erik entdeckte das Judentum. Er reiste nach Jerusalem, ließ sich von einem langbärtigen Rabbi konvertieren, änderte seinen Namen in Ari und führte ein frommes Leben, mit dreimal täglich beten, koscherem Essen und statt Arbeit den ganzen Tag Bibel studieren. Ari, seine Frau und ihre Kinder leben in Armut. Sie arbeitet als Tagesmutter, die Hälfte der Gruppe sind ihre eigenen Kinder. Das Ganze machte mich sehr traurig.

Sieben Jahre nach Aris Hochzeit, er hatte schon sechs Söhne und eine Tochter, starb meine Mutter. Ich bin nach Israel gereist, für die Schiwa, ein jüdischer Brauch, den ich aus Respekt für meine Mutter befolgt habe. Eine Woche lang durften meine Geschwister und ich die Wohnung nicht verlassen. Am ersten Tag kamen viele Freunde und Verwandte, um ihr Beileid mitzuteilen. Sie brachten Essen und haben beim Servieren geholfen. Alle wollten wissen, wie es ist, in Deutschland zu leben, und wie reich ich bin. Am zweiten Tag waren es schon weniger Besucher, und am vierten blieb ich mit meinen Geschwistern allein. Wir saßen so den ganzen Tag, schauten uns an und schwiegen. Sie wollten nicht akzeptieren, dass ich nicht mehr gläubig bin, und sie haben sogar ihren Kindern verboten, mit mir zu sprechen, damit ich sie nicht auf Ideen bringe. Nur mein Sohn Ari sprach mit mir. Als gläubiger Jude musste er das vierte Gebot befolgen: Du sollst Vater und Mutter ehren. Der Rest der Familie und die Nachbarn hatten den Kontakt zu mir endgültig abgebrochen.

Das ließ ich mir nicht gefallen. Ich beschloss, ein Institut zu gründen, ein Zentrum für Leute, die Unterstützung beim Verlassen der Religion brauchen, und das im Zentrum der heiligen Stadt, der Hochburg der Orthodoxen.

Wie zu erwarten, gefiel meine Idee den Nachbarn nicht, und sie zogen gegen mich in den Kampf. Sie berichteten den Behörden, dass ich ohne Genehmigung ein Institut in einer privaten Wohnung betreibe. Daraufhin musste ich neue Toiletten einbauen lassen und Räume mit öffentlichem Zugang. Die Kosten sind gestiegen, alles dauerte, und die Behörden haben mir die erwünschten Papiere trotzdem nicht ausgestellt. Die Nachbarn klebten Plakate im Treppenhaus, auf denen sie mich des Missbrauchs von Jugendlichen beschuldigten, und manche haben mich sogar bespuckt, wenn ich ein und aus ging.

Ich war einsam und verloren und wollte schon aufgeben, wenn nicht Rechtsanwalt Sommerfeld gewesen wäre. Er erledigte den nötigen Papierkram und half mir bei der Gründung eines gemeinnützigen Vereins. Wir machten öffentliche Arbeit, predigten gegen Gesetze mit religiösen Elementen und hielten Vorträge gegen den Einfluss der Religion auf das zivile Leben im Lande.

Aus dem Tagebuch von Ari Mandelbaum

Zu Pessach, dem Fest, an dem man kein Brot essen darf, organisierte mein Vater eine große Veranstaltung. Mitten im eng bewohnten religiösen Stadtteil Geula stand er auf einem Podest und hielt seine allerbeste Rede. Das Publikum, hauptsächlich nicht religiöse Bürger, die eher an den Staat als an Gott glaubten, hörte interessiert zu, bis ein paar hundert gläubige Juden zum Platz kamen, mit der Absicht, diese Gotteslästerung zu stoppen. Sie trugen Plakate mit Bildern von heiligen Rabbinern, auf denen sie meinen Vater der Blasphemie beschuldigten. Zu der Zeit war auch die Polizei eingetroffen, mit voller Montur, Knüppeln und Tränengas. Sie wussten aber noch nicht, gegen wen sie Gewalt anwenden sollten, und warteten ab, um zu sehen, wie sich die Lage weiterentwickelt.

Wie ich später festgestellt habe, hatte mein Vater damit gerechnet. Als die Gläubigen näher an das Podest kamen, hob er demonstrativ eine schwarze Bibel hoch und rief: »In diesem Buch steht, was wir tun dürfen und was nicht, was wir essen dürfen und was nicht, wie und wann wir mit unseren Frauen schlafen dürfen. Und wenn eine verheiratete Frau sich in einen anderen verliebt, muss sie sterben. So steht es in diesem heiligen Buch! Wir leben aber in modernen Zeiten. Müssen wir 3000 Jahre alten Gesetzen gehorchen?«

Mein Vater holte einen Laib Brot aus seiner Tasche und hielt ihn in die Luft:

»Heute ist Pessach, das Fest, an dem wir kein Brot essen dürfen. Also esse ich Brot. Wenn Gott etwas dagegen hat, soll er mich hier und jetzt totschlagen!«

Er schaute gen Himmel und rief: »Hier bin ich, Gott, ich stehe nackt vor deinen Augen und esse Brot mit Schweineschmalz. Was wirst du jetzt tun!«

Das waren die letzten Worte meines Vaters. Er steckte das Brot in den Mund, fing an zu kauen, grinste, kaute weiter, dann fing er an zu husten, und kurz darauf fiel er zu Boden. Alle dachten, dass er spielt, das Publikum lachte sich tot. Aber nach zehn Minuten, mein Vater lag noch immer auf dem Boden, und er hatte Schaum vor dem Mund, rief jemand einen Krankenwagen.

Vater lag drei Tage im Krankenhaus, dann ist er gestorben. Zur Beerdigung kamen alle Familienmitglieder, und die Nachbarn auch. Alle bedauerten das traurige Ende von Menachem Mandelbaum, einem Mann, der keine Ruhe in seinem Leben fand, aber vielleicht jetzt.

Vaters Tod war viele Wochen Thema in den Medien. Sie berichteten über seine Kindheit in Jerusalem, das Leben in Deutschland und den schicksalhaften Tod am vierten Tag des Pessach-Festes. ›Ein Beweis für die Existenz Gottes?‹, schrieben die Zeitungen auf der Titelseite. Im Fernsehen redeten Experten über den Fall und versuchten Antworten auf die meistgestellte Frage aller Zeiten zu geben: Gibt es Gott? Seit Entstehung des Staates Israel streiten sich die Geister: Sind wir ein religiöser Staat oder nicht? Bis heute können sich die Politiker nicht einigen.

Ein paar Wochen später bekam ich ein Paket aus dem Krankenhaus, mit den persönlichen Sachen meines Vaters. Darin befanden sich sein Portemonnaie, mit 1356 Schekeln, ein Hausschlüssel, ein Stift und ein Heft, das ich neugierig öffnete. Darin stand ein Text in der kleinen, ordentlichen Schrift meines Vaters. Hier ist er, sein letzter Wille:

> *Ich, Menachem Mandelbaum, genannt Miki, geboren am 5.5.1962 in Jerusalem, erkläre dieses Dokument hiermit zu meinem letzten Willen.*
> *Vor drei Jahren hat mein Arzt Alzheimer-Symptome bei mir festgestellt. Er war ehrlich und beschrieb mir die Entwicklung der Krankheit. Aus meiner Berufserfahrung weiß ich, wie es weiter geht. So will ich nicht enden. Um dieses Schicksal zu vermeiden, habe ich meinen eigenen Tod geplant. Ich werde mein Ende inszenieren, es so darstellen, als wäre es die Strafe Gottes. Meine Gegner werden sich freuen, zuerst. Doch dann wird die Bombe platzen. Hiermit gebe ich bekannt, dass ich über die Zeit und den Ort meines Todes entscheide – Ich, Miki Mandelbaum, nicht Gott. Am Pessach-Fest werde ich das Pessach-Koscher-Gebot verletzen, Brot in der Öffentlichkeit essen und auf dem Podium sterben. Und der Grund wird nicht der Zorn Gottes sein, sondern das Gift, das ich auf das Brot schmiere.*
> *Mein Hab und Gut überlasse ich dem Tierheim in Jerusalem, für die kleinen Kätzchen auf den Straßen. Mein Sohn Erik braucht kein Geld; er hat seinen Gott.*

Mein Vater wollte, dass sein Anwalt seinen letzten Willen vollstreckt, Gott aber wollte es anders. Er hat das Dokument an mich geschickt, und ich werde es verbrennen.

Rüdiger Stüwe

Revoluz zer

Heute gibt es lei / der
keine Lampenputzer mehr
auch ist's sehr schwer
zu sagen wer
ein echter Revoluz / zer.

Ist's ein Identitä / rer
oder ein grün Angemal / ter
CSU-Politik / ker
vielleicht gar ei / ner
der im Kopfe quer?

Man weiß das gar nicht mehr,
ein neuer Menschentyp muss her
und zwar eine sie oder er
mit ohne Scheißgewehr
dafür einem Schnellkraftkle / ber.

(angeregt durch das Gedicht
»Der Revoluzzer« von Erich Mühsam)

Rüdiger Stüwe

Immer wieder

Der kleine Mut
wächst nicht auf den
Bäumen.

Du musst schon das
brodelnde Schweigen
brechen.

Dann schweigt man ein
Unrecht für diesmal
nicht tot.

Christine Sterly-Paulsen

Woher der Mut?

> *Alles was ist, wankt. Gesinnungslosigkeit, Korruption, Schlemmerei, Gaunerei; Unfähigkeit, der Arbeitskraft. Arbeit zuzuweisen, Güter nach Bedarf zu schaffen, nach Notwendigkeit zu verteilen; Unfähigkeit im Austausch der Meinungen; Verlumpung des öffentlichen Lebens; Unsicherheit in allen menschlichen Beziehungen; blutrünstige Jagd nach der Habe, den Vorteilen, ja dem Geiste des Nebenmenschen; Verlotterung des primitivsten Anstands; […] Unfähigkeit und Gemeinheit als Legitimation für Kommandostellen; Staatsanbetung; Regelung aller Dinge mit Zwang, Gesetz, Gummiknüppel und paragraphierter Volksausplünderung; Heuchelei, Muckerei, Moralfälschung; Auflösung jeglichen Vertrauens, Unzuverlässigkeit, Anbetung aller Autorität; Feigheit, Lüge, Speichelleckerei und bei alledem völligste Verwirrung in der Bemühung, einander zu verstehen.*
>
> *Erich Mühsam, 1930*

Der dort seiner Zeit in einem langen, gnadenlosen Satz die Diagnose stellt, begegnete mir zum ersten Mal in einem Antiquariat in Altona. Ich war siebzehn oder achtzehn Jahre alt, ungefähr in demselben Alter, in dem man ihn sozialistischer Umtriebe wegen der Schule verwiesen hatte. Er sah mir vom Titel eines Reprints aus den siebziger Jahren entgegen, ein Buch mit Seiten aus billigem, gelblichem Papier, das keine fünfzehn Jahre nach seinem Erscheinen schon auseinanderzufallen begann und mich zwölf Mark kostete; so steht es noch hinten im Umschlag. Hatte ich das Geld, habe ich es mir leihen müssen? Meine Eltern, Absolventen dieser selben Schule, die nicht nur Erich Mühsam, sondern auch die Brüder Mann aussortiert hatte, hielten mich kurz, was Taschengeld anging.

Er sah aus wie ein Hippie, wilde Haare, wilder Bart, rot wie das Cover dieses Buches waren sie auch in Natur, und er lebte wie einer.

»Bohèmeleben«, so steht es in seiner »Selbstbiographie« von 1919, verfasst im Gefängnis, wo er wegen seiner Beteiligung an der bayerischen Räterepublik einsaß. Freie Liebe zu beiden Geschlechtern, Umherreisen ohne festen Wohnsitz, in der Schweiz, in Italien, Österreich und Frankreich. Kommuneleben in Ascona, nackt sieht man ihn auf einer Postkarte neben einer selbstgebauten hölzernen Wasserleitung sitzen; und den dortigen Vegetariern, deren Abneigung gegen Alkohol und Tabak ihm nicht geheuer war, schrieb er gleich ein Spottlied. Überhaupt, seine Gedichte: Da steht das Romantische ganz schmerzfrei neben dem bitterbösen wie dem leichteren Spott, der persönliche Weltschmerz neben den Moritaten auf Gesellschaft und Staat.

Zugleich hatte er einen rigorosen moralischen Anspruch an sich, an die Menschheit. »Morallosigkeit ist Kritiklosigkeit, Kritiklosigkeit ist Unfreiheit, Unfreiheit ist Tod«, so heißt es 1928 in *Fanal*, der von ihm herausgegebenen anarchistischen Monatsschrift. Auch ein »Brevier für Menschen« schrieb er, in einem anderen schäbigen Raubdruck steht es, einer Sammlung von Gedichten und Prosatexten ohne Angaben von Quellen und Erscheinungsjahren, deren dilettantische Edition ihr das Flair der Illegalität verleiht. Es enthält Lebensregeln wie diese: »Tapferkeit ist rücksichtsloses Rechttun, ist bedenkenlose Unterwerfung unter den Befehl der selbst erkannten Moral.«

Daran hielt er sich, so pathetisch die Worte klingen. Der aufrechte Gang, der seinen Zeitgenossen auf den Kasernenhöfen abtrainiert wurde, wo man sie erzog, »anderen Leuten, zu denen sie im gewöhnlichen Leben gar keine Beziehungen haben, blinden Gehorsam zu leisten«, er verlor ihn nicht draußen in der Welt und auch nicht, als er die »siebzehn Meter im Kubik« seiner Gefängniszelle durchmaß. Es gibt viele Gefängnisgedichte von ihm – das Kaiserreich sperrte ihn ein, die Weimarer Republik und zuletzt die Faschisten. Für seine Beteiligung an der Münchner Räterepublik wurde er zu fünfzehn Jahren Festungshaft verurteilt und wäre er nicht nach fünf Jahren entlassen worden, hätten seine späteren Mörder die Mühe nicht gehabt, ihn noch einmal festzunehmen.

Im Gefängnis Plötzensee, von wo man ihn ins KZ Oranienburg brachte, zeichnete er seiner Frau Zenzl 1933 ein Bilderbuch, in dem skurrile Fabeltiere und -menschen neben den passenden Versen stehen, eine Art kritischer »Häschenschule«, wo der Bürger als Unke furchtsam im Sessel friert und die kleinen Mieterziegen auf den dicken Ziegenbock, ihren Hauswirt losgehen. So harmlos und unbeschwert wirkt das angesichts dessen, was er erlitt und erleiden sollte, dass man es die Gefängnistore passieren ließ: »Das Leben ist voll Ärger und Verdruß, wenn man gefesselt seinen Weg ziehn muß. Mag auch die schönste Festmusik ertönen – wer Freiheit liebt, den wird das nicht versöhnen.«

Dieses Bilderbuch hatte einen Vorgänger, gezeichnet und geschrieben zehn Jahre zuvor, ebenfalls für seine Frau, in seiner anderen Haft, der Festung Niederschönenfeld. Hier zieht ein Professor mit Eselsgesicht einen Dackel grausam in die Länge: »Nur weil selbst den klügsten Köpfen für das Leid von Mitgeschöpfen derart das Verständnis fehlt, handelt man so unbeseelt.« Auch sein Freund und Verleger Leon Hirsch bekam ein illustriertes Büchlein – unvollendet, Mühsams Haftentlassung wegen. Dort schüttelt eine riesenhafte Ratte, eine »dicke, dunkelbraune Ratte«, die er schon früh an seinem Rückenmark nagen gefühlt und in einem 1905 erschienenen Gedicht das erste Mal heraufbeschworen hatte, ein winziges Äffchen von seinem Baum. »Du weiche nicht von deinem Platz im Laube«, rät der Dichter dem Äffchen: »Doch fällt der Baum – dann mach dich aus dem Staube!«

Ihm selbst gelang das nicht rechtzeitig, sich aus dem Staube zu machen, dabei hatte er die Braunen lange kommen sehen.

1925: »Kennst du das Land, wo die Faschisten blühn? (…) Dahin! Dahin/ geht Deutschlands Weg!«

1930: »Die deutschen Mannen packt der Zorn/ von vorn und hint‘, von hint‘ und vorn, / vom Kleinhirn bis zum Fuße. / Das Schießzeug kracht, der Knüppel saust, / der Schlagring hebt sich mit der Faust/ zu treuem Hitlergruße«

1931: »Hep hep! Den Schlagring in die Faust! / Hep hep! Deutschland erwache! / Hep hep! Der Nazi-Knüppel saust, / Juda verrecke! Rache!«

Acht Tage, ehe er zum letzten Mal verhaftet wurde, am 20. Februar 1933, hielt Erich Mühsam seine letzte öffentliche Rede, vor der oppositionellen Berliner Ortsgruppe des Schutzverbandes Deutscher Schriftsteller: »Und ich sage euch, daß wir, die wir hier versammelt sind, uns alle nicht wiedersehen. Wir sind eine Kompanie auf verlorenem Posten. Aber wenn wir hundertmal in den Gefängnissen verrecken werden, so müssen wir heute noch die Wahrheit sagen, hinausrufen, daß wir protestieren.«

Es wundert nicht, dass er zu den ersten gehörte, die der Nazi-Knüppel traf, man ihn in der Nacht des Reichstagsbrandes aus seiner Wohnung in der Berliner Hufeisensiedlung holte. Er hatte alles *pour épater le bourgeois*, oder um den deutschen Kleinbürger wild zu machen: Jude, Anarchist, Bohémien, »eine wilde Wirrnis von widerborstigem grauroten Haupt- und Barthaar über einem sehr ungebügelten Konfektionsanzug«, jahrelang nichtsesshaft, chronisch abgebrannt, der Ton seiner Schriften mal respektlos satirisch, mal prophetisch, in beiden Registern glaubwürdig. Wenig erstaunlich, dass er auch nach 1945 nicht übermäßig geehrt wurde, anders als seine ehemaligen Mitschüler Heinrich und Thomas Mann. Meine Mutter, die das Katharineum von 1953 bis 1963 besuchte, erinnert sich nicht, dass der Name Erich Mühsam während ihrer Schulzeit dort einmal genannt wurde. Sechzig Jahre später wurden in einem Artikel auf der Webseite der Schule mit der Überschrift »Berühmte Katharineer« »die wohl bedeutendsten und bekanntesten« ehemaligen Schüler aufgezählt, zwanzig Namen, zuallererst Thomas Mann, diverse Lübecker Pastoren und Senatoren waren auch dabei, Erich Mühsam nicht. Erst nachdem dieser Aufsatz 2022 zum ersten Mal im Mitgliederbrief der Erich-Mühsam-Gesellschaft gedruckt wurde, nahm das Katharineum seinen ehemaligen Schüler in die Reihe der Bekannten und Bedeutenden auf.

Noch 1984, zu seinem 50. Todestag, verweigerte der Senat von Westberlin ihm ein Ehrengrab. Auf der Ostseite der Stadt erschien, immerhin, ein »satirisches Lesebuch«, eine Sammlung von Texten von und über Mühsam, unter dem Titel »Zur Psychologie der Erbtante«. Zur Psychologie der Erbtante – ein Tantenalphabet von Amalia bis Zerlinde, ganz wie aus dem wirklichen Leben, in dem der, der nichts hat, auch niemals etwas bekommt. Nichts von der eigenen gutbürgerlichen Familie, nichts vom Rest der Gesellschaft.

Erich Mühsam suchte sein ideelles politisches Zuhause nicht bei der nach protestantischer Arbeitsethik schuftenden werktätigen Klasse, er verortete sich beim fünften Stand, dem von Allen verachteten Lumpenproletariat. In dessen Angehörigen sah er die wahre Bohème, »die einer neuen Kultur die Wege weist«, das Spiegelbild des künstlerischen Menschen, zu ihnen fühlte er die innigste Solidarität. Denn für ihn waren Künstler, unabhängig von ihrem Werk, zuallererst »Menschen, die die gesellschaftliche Nutzarbeit verweigern« – deren Recht darauf forderte er zugleich mit dem Recht des fünften Standes auf Arbeitsverweigerung. Die eigene Kompromisslosigkeit und Unkorrumpierbarkeit glaubte er auch dort zu finden – teils zu Unrecht, denn die Subproletarier waren nicht nur für Mühsams Bier zu haben, sondern auch für Spitzelgelder des wilhelminischen Staates, und so brachten ihn seine Versuche, »Verbrecher, Landstreicher, Huren und Künstler« mit Vorträgen und Freigetränken für die Revolution zu mobilisieren, 1910 das erste Mal vor Gericht.

»Der Künstler wird [..] naturgemäß in eine jeder Gesellschaftsordnung feindliche Stellung gedrängt. Sein Selbsterhaltungstrieb führt ihn unweigerlich dezentralistischen, anarchistischen Tendenzen zu.«

Freiheit, die selbstgeschaffene und erkämpfte, ist eine Frage des Überlebens, im autoritären Elternhaus, in der autoritären Schule, im autoritären Staat, so lange, bis letzterer ihm zum Mörder wird. Einer wie Mühsam wäre in keiner Ordnung gern gesehen. Hätte er wie seine Frau Zenzl die Flucht ins Moskauer Exil geschafft, wäre er gewiss wie sie, die zwischen 1936 und 1954 die meisten Jahre im Arbeitslager verbrachte, im Gulag gelandet; er, der über »Bismarx« spottete und schon 1906 ein sozialistisches »Beamten- und Bureaukraten-Regime, gegen das etwa das Königreich Preußen ein wahres Findelhaus wäre«, vorhersagte.

Wenn die meisten seiner Zeitgenossen im »Untertan« ihr Portrait gezeichnet fanden, so war er der Anti-Untertan. Bis heute feiern wir lieber die bürgerlichen Talente und adligen Offiziere als den Besucher der Nacktkommune. Weil seine Respektlosigkeit, seine Unbedingtheit an etwas rühren, das bei zu vielen von uns verkümmert oder korrumpiert ist – das kleine Organ Gewissen. Vielleicht wurde es der gesamten deutschen Nation operativ entfernt, und wenn wir es vermissen, so wollen wir's nicht zugeben und bauen unsere Denkmäler denen, die uns nicht verstören. Und wollen nicht wissen, woher einer, der klein und schmächtig und immer pleite war, und keine großen Werke schuf, woher so einer den Mut nahm, der allen anderen fehlte: den Ausnahmemut. Warum dieser es geschafft hat, sich nicht krummzumachen. Nach Monaten unvorstellbarer Misshandlungen allein gegen das unmenschlichste System zu stehen, ein einzelner Mensch, und seinem Folterer die Internationale vorzusingen, und nicht das Horst-Wessel-Lied, das dieser hören wollte. Die mutigste Tat, von der ich jemals gelesen habe, denn da war keine Waffe, da waren keine Verbündeten, da war nichts, was man Hoffnung nennen konnte.

Da war nur seine eigene Wahrhaftigkeit: »Wer Freiheit will, muß auch Wahrhaftigkeit wollen.« So hielt er den selbsternannten Herrenmenschen auf ihrer »Flucht aus dem Schmerz in den Irrsinn« den Spiegel ihrer eigenen Feigheit und Schäbigkeit vor. Um wie vieles standhafter erwies sich seine Gewissens-Moral als die bürgerliche Moral der Erziehung, der Kirche oder des Staates. Von dieser allerdings lebte er weit entfernt. Er schnorrte bei den einen, um die anderen freizuhalten, lebte und vagabundierte mehrere Jahre mit einem Mann zusammen und heiratete nach einer unglücklich ausgegangenen Verlobung die Mutter eines Kindes, das nicht von ihm war.

Er machte ein System aus dem Darben und dem Prassen, dem grenzenlosen Spott und der unbedingten Hilfsbereitschaft, bezeichnete sich in einem Brief an Julius Bab 1904 als »Engel mit Pferdekopf« und klagte im selben Brief: »Der liebe Gott ist doch ein kläglicher Dilettant.« Er inszenierte sich in seiner Abgerissenheit, hungernd und dürstend, und ging, wenn er glücklich Geld zugeschickt bekam, damit ins teuerste Hotel. In München war er bis zum Ende des ersten Weltkriegs Stammgast im Café Stephanie, betätigte sich als Bänkelsänger und trug im Tausch gegen Alkohol und Tabak Knittelverse vor. Heinrich Mann, der zur gleichen Zeit dort lebte, berichtet von einer unheimlichen Begegnung, einem Geist aus der Zukunft, der den Kreis der Literaten und Künstler heimsuchte, dem verhinderten Maler Hitler: »Er hat, ein träges Untalent, seine Leiblichkeit gescheuert an den Intellektuellen, die er beneidete, haßte, die er nachher umbrachte. Keine Fremden: eben die Gäste derselben Tische, zwischen denen hindurch er nach dem Telephone gestolpert war, zu unsicher, um sich bei ihnen niederzulassen, die tötete er.«

Auf einer der Bohèmereisen mit seinem Freund Johannes Nohl gelangte Erich Mühsam 1904 das erste Mal nach Ascona auf den Monte Verità, Treffpunkt von Aussteigern, Theosophen, Künstlern und nackten Kolonisten: »Jetzt mußten wir vegetarisch leben, kriegten nichts zu trinken und zu rauchen und mußten barfuß, barhaupt und in Leinenkitteln herumlaufen. Inzwischen ward wieder Geld beschafft, die Rechnung auf dem Monte Verità beglichen, und nun zogen wir selbander zu einer jungen deutschen Dame, der Lotte, die auf einem Bergabhang ein Grundstück selbst beackert und ein Häuschen hat, das aus 4 Wänden und einer Decke besteht, die das Gebäude in zwei Etagen teilt. Das Haus dient nur zur Aufnahme von Nahrungsmitteln. Gewohnt und geschlafen wird im Freien.«

Mühsam war nicht der erste Anarchist, den es auf den Monte Verità zog. Auch Michail Bakunin und Pjotr Kropotkin hatten sich in Ascona aufgehalten. 1906 erschien Mühsams Gedicht vom »Anarchisterich«, in dem das Volk auf Knien bittet: »Du lieber Gott, schlag doch die Anarchisten tot!« Bis heute vermutet man rechts wie links hinter dem Wort Anarchie eine Aufforderung zu roher Gewalt und Egoismus. Die Geschichte sollte uns eines Besseren belehrt haben: Die größten Gewaltexzesse finden in den autoritärsten Staaten statt, besonders dann, wenn der Täter nicht aus persönlicher Verantwortung töten muss, sondern sich auf Befehle berufen darf.

Erich Mühsam verabscheute alle Beziehungen zwischen Menschen, die auf Gehorsam beruhen, und somit besonders das Militär. Schon 1912 klagte er die deutschen Sozialdemokraten dessen an, dass sie dem kommenden Krieg zustimmen würden, wie sie es zwei Jahre später taten, und schrieb etwas, was mehr als hundert Jahre später unverändert stehen bleiben kann: »Die letzte Entscheidung über Krieg und Frieden haben heute die Börsen und Bankhäuser.«

Das Erscheinen seiner Zeitschrift *Kain* stellte er während des Krieges ein, er sah sich dem Kampf mit der Militärzensur nicht gewachsen. Sein »leidenschaftlicher Haß gegen den Krieg« blieb ungebrochen. 1919 wurde er vom Bohémien zum aktiven Revolutionär. Fast hätte ihn das schon sein Leben gekostet, aus der geforderten Hinrichtung wurde die Festungshaft. Sein Misstrauen gegen die Justiz, »die Gesetzbücher – die einzigen im eigentlichsten Sinn unsittlichen Schriften« war mindestens gerechtfertigt, was seinen eigenen Leidensweg angeht. Vergleicht man die Höhe seiner Haftstrafe mit den neun Monaten, die Hitler und Verbündete für ihren Putschversuch erhielten, ist offensichtlich, wo die Sympathien der Gerichte lagen. Das Plädoyer der Bayrischen Staatsanwaltschaft gegen Mühsam von 1919 hätte in seiner antisemitischen Diktion auch 1933 gehalten werden können: »Er ist der geborene Hetzapostel, er stellt die ungeheuerliche Behauptung auf, daß die besten Elemente aller Nationen in den Zuchthäusern enden, er besudelt das deutsche Volk durch die Ausstellung: «So weit die deutsche Zunge klingt, reicht die deutsche Charakterlosigkeit.«

Hier sieht man keinen Bruch zwischen den drei deutschen Staatsformen, die Mühsam einsperrten, hier sieht man eine Kontinuität – eine Kontinuität, die auch er damals sah. Möglicherweise hängt sie eben mit der oben zitierten »deutschen Charakterlosigkeit« zusammen, mit einer Mentalität, die fortlebt, unbeeinträchtigt davon, wer sie regiert, »mit dem Beamtencharakter der Deutschen […], mit dieser übertriebenen Richtigkeit, Deutlichkeit, Gründlichkeit in allen Dingen, die jede frische Sorglosigkeit ausschließt und mit dem wahrhaft widerlichen Unfehlbarkeitsdünkel des deutschen Wesens, an dem bekanntlich die Welt genesen soll […]. Wir halten's hier mit der Wissenschaftlichkeit, die alles kennt, alles weiß, alles durchschaut, und was sie etwa nicht kennt, weiß und durchschaut, wie die übersinnlichen Dinge, einfach leugnet. Dadurch hat der typische

Deutsche etwas Unpersönliches, Langweilig-Sachliches, ewig Korrektes. Er funktioniert statt zu leben, und darauf beruht ja auch seine hervorragende Militärtüchtigkeit«.

Vielleicht ist es gerade diese Kontinuität, die ihn die drohende Gefahr 1933 einen Tag, eine Nacht zu lang unterschätzen ließ. »Sie werden nichts andres tun können als die Sozialdemokraten auch« schrieb er 1930 über die Nazis und vermutete, ihnen werde auf ihre »reaktionären und kulturfeindlichen Schikanen« hin der »proletarische Anhang« schnell genug wegbrechen. Wie schon bei seiner versuchten Mobilisierung des Lumpenproletariats zu Beginn des Jahrhunderts überschätzte er die revolutionären Instinkte derer, die letztlich lieber gehorchen. Um die allgemeine Verblendung vorhersehen zu können, war er bei aller Hellsichtigkeit zu sehr Idealist. Ein seltener Mensch, von dessen Sorte Deutschland viele mehr gebraucht hätte, um den Millionen anderen standzuhalten.

Man tötete ihn, wie man die Propheten tötet: mit besonderer Grausamkeit. Weil die, die durch Lüge und Heuchelei regieren, die Wahrhaftigkeit nicht ertragen. »Wer selbst wahrhaftig ist, der lässt sich auch von anderen nicht belügen und beschwindeln.« Weil die, die aus Gehorsam, aus widerspruchsloser Verehrung der Autorität ihre Tugend machen, eine Stimme, die fordert, Gehorsam als »die Hörigkeit, also die Sklaverei aus dem Verhältnis zwischen den Menschen zu entfernen«, eine Stimme, die erklärt; »Alle Autorität ist Ausbeutung«, ersticken müssen. Dass es ihnen gelang, das sollte uns noch heute zum Weinen bringen. Oder besser, wir sollten beginnen, auf diese Stimme zu hören. Uns wie Mühsam von unserem eigenen Gewissen, von unserem Empfinden leiten lassen, statt von anderer Leute Dogmen: »Unverbildetes Denken, unbestochenes Urteil nimmt vom Empfinden seinen Ausgang. Der umgekehrte Weg führt zur Doktrin, zum Dogma, zum Standpunkt.«

Erich Mühsam spürte als Künstler die »unüberbrückbare Kluft zur Masse«, er wusste, dass deren Urinstinkt dahin ging und geht, die Andersartigen zu vernichten. Er wusste, als Kind in einer feindlichen Welt, in einer »Wüste von Haß und Ekel«, von der Gewalt hinter den

Türen gutbürgerlicher Häuser, den Schlägen für die ungeratenen Nachkommen, der kalten Ablehnung denen gegenüber, die nicht werden wollen, wie sie sollen. »Stets Spielkind sein, neugierig noch im Leiden«, machte Mühsam sich zur Lebensregel und wurde Anarchist, ehe er wusste, was Anarchie ist, erkannte die Abschaffung aller Ausbeutung und Unterdrückung als die einzig rettende Option. »Kein Staat kann Freiheit schaffen oder Freiheit erhalten.«

Auf keinem Gebiet des Lebens wollte er Zwang dulden, auf keinem sich fügen müssen. Er forderte »die Vergesellschaftung nicht nur aller Produktionsmittel, sondern auch aller durch sie produzierten Produkte«. Forderte die Freiheit von der Arbeit (auch der künstlerischen), forderte »die freie Liebe und das Mutterrecht als eine heilige Menschheitssache«, forderte eine Abschaffung des Strafrechts und verachtete jede Form der Askese. Das misshandelte Kind, das sich dagegen entscheidet, sich um der Selbsterhaltung willen anzupassen, das lieber sein Leben aufs Spiel setzt als sich zu verleugnen. Revolutionär, Begründer zweier Zeitschriften, Dichter. Zu mutig, zu eigen, um sich von gleich wem vereinnahmen zu lassen. Einer, der seinen Freunden bedingungslos half, und dem diese nicht mehr helfen konnten, als er es nötig gehabt hätte.

»Doch ob sie mich erschlügen: Sich fügen heißt lügen!«

Er fügte sich nicht. Sie erschlugen ihn. Was kennt man noch von ihm? Das Foto mit der Nickelbrille, das Gedicht vom sozialdemokratischen Lampenputzer – und diese zwei Zeilen. Ein Held, dem im Land der Heldenverehrung keine Denkmäler gesetzt wurden, den man seiner Unbequemlichkeit halber lieber vergaß. Ich wünschte mir, von seinem Mut bliebe etwas in der Welt – für die Verdammten dieser Erde, die Eingesperrten, die Vagabunden und die Künstler.

Mahmood Falaki

Schrebergarten

Meine Frau und ich wünschten uns ein Haus mit Garten. Wir beschäftigten uns gerne mit Blumen und Pflanzen. Wir waren im grünen Norden Persiens am Kaspischen Meer aufgewachsen und mit üppigen Gärten und Wäldern vertraut. Mit einem Haus und dazu gehörigem Garten könnten wir ein kleines Stück Natur um uns fühlen. Finanziell waren wir nicht in der Lage, einen Bankkredit zu erhalten, um ein Haus zu kaufen. Wir hofften aber, da die Geburtenrate in Deutschland schrumpfte, wäre es irgendwann soweit, dass die Häuser leer blieben und die Preise sinken würden, so dass wir ein Schnäppchen fänden.

Wir haben, wie viele andere Menschen, nicht vorhersehen können, dass Chinesen oder Russen, Konkurrenten der demokratischen Länder im Westen, durch den Leichtsinn der Politiker eines Tages Oberhand haben würden, um derartig in die Immobilien-Branche zu investieren, dass sie und andere internationale Investoren den Markt kontrollierten und die Preise höher und immer höher stiegen.

So war unser Traum geplatzt. Wir dachten, vielleicht könnten wir uns unseren Wunsch durch Ankauf eines Schrebergartens erfüllen.

Wir glaubten, das sei einfach und wir könnten schnell einen Schrebergarten finden und pachten. Aber nein, überall war es voll, und wir mussten unsere Namen in Wartelisten eintragen und erfuhren, dass es etwa zwei Jahre dauern könne. Wir bekamen keine Rückmeldung vom Vereinsvorstand. Früher hatten wir beim Mieten von Wohnungen erlebt, wie schwierig es ist, eine angemessene Wohnung zu bekommen. Ein wichtiger Grund dafür waren unsere fremdländischen Namen, die sich bei den Vermietern nachteilig auswirkten, wie wir es auch in anderen Fällen erlebten.

Einige Male habe ich den Vorstand angerufen und gefragt, warum wir immer noch nicht dran seien. Ich fügte sogar hinzu, dass die

Verwaltung uns wegen unserer Namen oder wegen unserer Ausländischkeit nicht vertraue. Der Mann am Telefon meinte nur lapidar und trocken, meine Vermutung entspräche nicht der Wahrheit.

Nach etwa drei Jahren rief uns der Vorstand dann an, um mitzuteilen, dass es so weit sei und wir uns für die Erledigung des Papierkrams innerhalb von einer Woche melden müssten. Natürlich haben wir uns unverzüglich gemeldet und einen Termin zur Vertragsschließung vereinbart.

Ich wusste nicht, ob die Prozedur tatsächlich so lange dauerte oder mein ständiges Telefonieren und Beschweren Wirkung zeigte? Der Grund für diesen Erfolg war uns egal, wichtig war, dass wir es endlich geschafft hatten, einen kleinen Schrebergarten zu bekommen.

Leider war es noch mitten im Winter. Wir konnten es kaum abwarten, bis das Wetter wärmer wurde, um unseren Garten nutzen zu können.

Am Anfang des Frühlings war das Wetter dann so mies, dass wir noch lange winterliche Klamotten trugen und kaum in die verlassen wirkende Schrebergartenkolonie gingen. Es war eisig und jede Blume konnte sofort erfrieren.

Doch dann war es soweit. An einem sonnigen, angenehmen Tag, umhüllt von einer duftenden und seelisch frischen Aura spazierten wir in unseren Garten.

Wir waren neugierig auf unsere Nachbarn, welche Typen sie seien. Am Anfang war keiner zu sehen. Aber allmählich tauchten die Nachbarn einer nach dem anderen auf. Auf der rechten Seite war ein nettes älteres Paar, wahrscheinlich im Ruhestand. Sie haben uns sogar willkommen geheißen. Auf der linken Seite war eine türkische Familie mit vier kleinen Kindern. Uns gegenüber war auch ein älteres Paar, das nicht so freundlich wirkte. Mir schien, dass sie uns irgendwie argwöhnisch beobachteten.

An einem sonnigen, vom Zwitschern der Vögel erfüllten Tag im Mai, als wir gerade Tisch und Stühle im Garten aufgestellt hatten, um gemütlich bei diesem angenehmen Wetter zu ruhen, etwas zu trinken und das Leben zu genießen, dröhnte das Geräusch des Rasenmähers von unserem Nachbarn gegenüber herüber. Obwohl die

Wiese gerade ihre ersten Köpfchen ein wenig hervorbrachte, um neugierig die Welt zu erkunden und sich über die Sonne zu freuen, schnitt der Mann allen den Hals durch. Das ist so, als ob man die Haare eines einjährigen Kindes kurz schneiden würde.

Wir gingen in unsere Laube und schlossen alle Fenster, um den Lärm nicht mehr oder jedenfalls weniger ertragen zu müssen.

Als es vorbei war, kamen wir heraus und saßen wieder am Tisch im Garten, um endlich unser Glas Wein zu trinken. Alles wirkte herrlich. Die Ruhe harmonisierte mit dem Zwitschern der Vögel, und wir, umfangen vom Duft aus den erwachenden Blumen, fühlten uns mit der Natur vereint.

Nach einer gewissen Zeitspanne hörten wir plötzlich die explosionsartigen Schreie einer Menge von Kinderstimmen. Unsere Nachbarn zur Linken, die türkische Familie, marschierte mit einer Armee von Kindern in ihren Garten. Diesmal waren nicht nur die vier eigenen Kinder dabei, sondern auch einige andere mehr, wahrscheinlich ihre Verwandten.

Vergeblich warteten wir, dass sie ein wenig ruhiger oder leiser würden. Wir beschäftigten uns mit den Blumen und Pflanzen, um uns abzulenken, damit wir nicht total entnervt wären. Als der ununterbrochene Lärm der Kinder unsere Nerven jedoch weiter strapazierte, gingen wir wieder in die Laube und guckten von dort neidvoll auf die im durch die Wolken fallenden Sonnenlicht glänzende Wiese. Dann beschlossen wir, es mache keinen Spaß, bei diesem herrlichen Wetter weiter in der Hütte gefangen zu sein. Vielleicht wäre es hier nächste Woche ja ruhiger. Wir nahmen rasch unsere Sachen und gingen, um in einem gemütlichen Biergarten sitzend weiter zu trinken.

Am nächsten Wochenende regnete es so heftig, dass es keinen Sinn hatte, dorthin zu gehen. Aber eine Woche darauf, am Samstag, war das Wetter ziemlich gut und die Sonne konnte sich ab und zu von den Wolken befreien und ihr Gesicht zeigen. Zuerst beschäftigten wir uns mit üblichen Gartenarbeiten. Wir pflanzten ein paar neu gekaufte Blumen. Dann stellten wir den Tisch und Stühle im Garten auf, um dort Tee zu trinken, ein wenig zu lesen oder zu plaudern und die Passanten zu beobachten.

Zum Glück waren die Nachbarskinder nicht anwesend. Doch plötzlich hörten wir das Geräusch einer Kettensäge. Der Nachbar gegenüber hatte begonnen, einen Baum abzuschlachten. Wir mussten wieder in die Laube zurückgehen, bis der arme Baum massakriert und zerlegt war. Als wir wieder im Garten waren, um uns ein wenig von der Sonne liebkosen zu lassen, brach erneut ein unerträgliches Geräusch aus. Ich dachte, es sei eine aus dem zweiten Weltkrieg übrig gebliebene Bombe explodiert. Nein, der Nachbar hatte angefangen, die Äste und Zweige mit dem Schredder zu zerkleinern.

Ich muss gestehen, dass es nicht ständig solchen störenden Lärm aller Arten gab, ab und zu hatten wir unsere Ruhe und genossen das schöne Wetter. Gelegentlich kamen Leute vorbei, und wir wussten nicht, ob sie zu dieser Kolonie gehörten oder irgendwelche Wanderer waren. Manche von ihnen grüßten mit einem »Hallo« oder »Moin«, überwiegend aber gingen sie, mit einem forschenden Blick in unseren Garten, schweigend vorbei.

Eines Tages an einem Sonntagnachmittag, als es das Wetter und die Nachbarn erlaubten, saßen wir im Garten bei Kaffee und Kuchen. Ein Paar mittleren Alters, das im Gehweg vor unserem Zaun spazierte, blieb stehen und der Mann sagte etwas, das wir nicht verstanden. Ich fragte: »Wie bitte?«

Der Mann wiederholte: »Ist hier sehr gut, nee?«

»Ja, schön«, sagte ich.

Ein leises Lächeln, das eher wie ein Grinsen aussah, spielte um seine Lippen: »Ihr habt bestimmt in eurem Land nicht so viel Grün gesehen?!« sagte er, die Arme vor der Brust ineinander verschränkt.

»Woher wissen Sie das? Zufällig kommen wir aus einem Gebiet, wo es auch grün ist.«

Der Mann lachte derart laut, als hätte er gerade einen Witz gehört. Dann fragte er: »Woher kommen Sie?«

»Wir kommen aus Hamburg«, sagte ich, »woher kommen Sie?«

Der Mann zog die Augenbrauen hoch, guckte mich verwirrt an und sagte: »Ich komme aus Rostock, meine Frau aber ist Hamburgerin.

Wir haben hier auch einen Schrebergarten. Ich meinte: ursprünglich – was für Landsleute seid Ihr?«

»Wir kommen aus Persien, Iran.«

Seine ausgestreckte Hand langte nach dem Pfosten der Gartenpforte: »Ist Iran nicht ein Wüstenland? Wie kann dort so üppiges Grün wie hier existieren?«

Meine Frau sagte: »Wissen Sie? Iran, wie alle Länder der Welt, besteht aus Norden, Süden, Westen und Osten, mit verschiedenem Klima. Wir stammen aus dem Norden am Kaspischen Meer, wo sich Gärten und Wälder in Hülle und Fülle befinden. Dort ist das Wetter ähnlich wie in Hamburg.«

»Wenn Ihr Lust habt, mehr über unsere ursprüngliche Heimat zu wissen, kommt rein und trinkt mit uns eine Tasse Kaffee«, sagte ich mit einem gekünstelten, breiten Lächeln.

Ihre Gesichter nahmen einen Ausdruck der Überraschung an. Beide starrten uns einen langen Augenblick so skeptisch an, als hätten wir sie bei einer Unwahrheit ertappt. Sie warfen sich gegenseitig fragende Blicke zu. Er rieb mit dem Daumen über seinen Hals, die Frau zuckte mit den Schultern und wischte sich mit dem Handrücken über die Lippen. Sie gerieten in einen Zustand eigentümlicher Unruhe und verfielen in Schweigen.

Ich ging auf die Gartenpforte zu, machte auf und sagte: »Bitteschön, kommen Sie rein.«

Nach einigem Zögern traten sie mit einer gewissen Unsicherheit in unserem Garten. Ich holte zwei Stühle aus der Hütte und bat sie Platz zu nehmen.

Nach diesem unerwarteten Treffen und dem darauf folgenden etwa einstündigen Gespräch wurden sie im Laufe der Zeit unsere besten Schrebergarten-Freunde. Der Kontakt brach erst ab, nachdem wir den Schrebergarten aufgegeben haben.

Ja, es bleibt eben eine Frage der Einstellung, ob man eher Gemeinsamkeiten sucht oder sich an Gegensätzlichkeiten mit dem unabänderlich Anderen reibt. Doch nur im ersten Fall öffnet man eine *Pforte* zum Fremden.

Cord Buch

Zeichen, Macht und Freiheit

Nachdem Gott erschaffen wurde, saß er dämlich dreinblickend da und fragte sich, warum er dasaß und darüber nachdachte, weshalb er erschaffen wurde und warum er dämlich dreinblickte.

Äonen vergingen. Eines Nachts beschloss er, selbst zu erschaffen. Aber nicht so, wie er annahm, wie er erschaffen worden war: wohl durchdacht und geplant. Stattdessen wollte er erschaffen aus einer Laune heraus, *just for fun*. Erschaffen, weil er es konnte. Ich bin erschaffen, also erschaffe ich, sprach er laut zu sich selbst und das war der Anfang und die Geburt aller Worte.

Er phantasierte sich eine Welt zusammen, Stück für Stück. Wiederum vergingen Äonen. Am Ende setzte er zwei Menschen in diese Welt. Wesen, dessen weiblicher Part den verbotenen Apfel aß, ihn an ihren männlichen Begleiter weitergab, der ebenfalls genüsslich von der Frucht naschte. Gott jagte sie davon, in seine weite und unter Mühen geschaffene Welt, in der sie seitdem rastlos und migrierend umherziehen.

Seiner Genialität folgend erfanden die Menschen Zeichen. Das erste war das A. Es stand für den Anfang. Oder den Apfel, den die Stammeltern vom Baum der Erkenntnis gestohlen hatten. Die Menschen malten dieses Zeichen an Höhlenwände und Felsen. Es wirkte wie Werbung auf einer Litfaßsäule: Die verbotene Frucht wurde zu einem Leckerbissen.

Dem A folgte das B. Das Zeichen für Beten. Beten, dass die Erkenntnis vorübergehe.

Eine kluge Frau entdeckte, dass die beiden Zeichen sich kombinieren ließen, zum Beispiel zu ABBA. Es dauerte Jahrtausende und länger, bis fast jeder Mensch diese Kombination kannte.

Jetzt gab es kein Halten mehr. Dem A und dem B folgte das C. Die Menschen begannen, die Kombinationen der Zeichen Worte zu nennen. Immer neue wurden erfunden, einige davon sind heute strafbar.

Bald schon wurden Worte aneinandergereiht. Es entstanden Sätze und aus diesen, wiederum aneinandergereiht, Geschichten. Erfundene, Erzählungen von Vergangenem oder Träumen über eine bessere Zukunft.

Irgendwann erfand irgendjemand das Z. Und nun meinte die Mehrheit der Menschen, es sei genug der Zeichen, die man benötigt, um die Wahrheit über das Sein und das Werden auszudrücken. 26 sollten reichen. Nur die Chinesen konnten nicht aufhören, neue Zeichen zu erfinden und diese kunstvoll zu kalligraphieren.

*

Wie ein Film auf der unendlichen Leinwand des Universums zog die Menschheitsgeschichte in Bildern an dem Gott vorbei. Während er fasziniert dem Treiben der Menschen zuschaute und für ihn gerade mal eine halbe Spielfilmlänge verging, erlebten die Menschen Jahrtausende.

Nun waren sie überall auf dem Planeten. Aus dem Garten Eden vertrieben, eroberten sie die ganze Erde. Migration, so kombinierten sie ihre Buchstaben zu einem Wort und erzählten ihre Geschichte.

Der galaktische Film katapultierte den Gott in das menschliche Hier und Jetzt. Gespannt betrachtete er eine Szene, in der ein Mann mit einem auffallend langen Bart, der Johannes Gutenberg genannt wurde, den Buchdruck erfand. Fortan war die Vervielfältigung und Verbreitung der Wortkombinationen über Erlebnisse, Erdachtes oder Erträumtes wesentlich einfacher.

Der Film stoppte und stellarer Nebel legte sich über das Bild. Ein Abspann unterbrach den Lauf der Zeit und kündigte in einem Trailer die Fortsetzung an: Die aus den Zeichen gebildeten Worte werden zum Alptraum der Menschen werden.

Der Gott bemerkte, dass nicht mehr er der Herr der Zeit und der Worte war, sondern der sonderbare Film. Nun sollte er warten und würde erst einen Abend später erfahren, wie die Geschichte der zu

Worten kombinierten Zeichen ausging. Oder würde es mehr als zwei Folgen geben, fragte er sich. Oder gar mehrere Staffeln?

*

Wie Abertausende andere sitzen auch Marlies und Hendrik vor dem Fernsehgerät. In zehn Minuten soll Teil zwei der Serie Macht der Worte starten.

»Glaubst du das?«, will sie von ihm wissen.

»Was?« schreckt er hoch und nimmt sich eine Handvoll Erdnüsse aus der Schale auf dem Wohnzimmertisch.

»Na, dass gar nicht mehr Menschen die Texte schreiben, sondern diese ominöse Künstliche Intelligenz? Das also Maschinen bestimmen, was wahr und falsch ist. So wie Google: Was die behaupten, hält jeder für wahr. Wir können nichts nachprüfen.«

»Künstliche Intelligenz sind wir auch, schließlich hat Gott uns erschaffen. Also sind wir künstlich«, stellt Hendrik lapidar fest.

Marlies schaut ihn mit einem künstlichen und schiefen Lächeln an.

*

Zwischen der Wettervorhersage und dem zweiten Teil der Serie werden Nachrichten gequetscht. Der Gott entschließt sich, sie entgegen all seinen Gewohnheiten anzuschauen. Kriege, Katastrophen, Hunger, Bundesliga.

In einem Krieg werden Menschen neutralisiert, in einem anderen eliminiert oder ausgeschaltet. Flugzeuge eines Landes fliegen Selbstverteidigungsangriffe. Ein Regierungsmitglied will kriegstüchtig werden.

»Was passiert eigentlich mit unseren Gedanken und Gefühlen, wenn wir solche Worte hören oder benutzen?«, fragt Marlies ihren Mann.

Der schaut unverdrossen und ohne zu antworten auf den Bildschirm.

Marlies erinnert sich an einen Bericht über Marc Aurel, den sie vor Tagen las. Er sagte vor fast 2000 Jahren, ohne auf einen Bildschirm zu schauen: »Die Seele hat die Farbe deiner Gedanken.«

*

Am Ende der Nachrichten findet an manchen Tagen die Kultur ihren Platz. So auch heute. Der Duma-Abgeordnete Vitalij Milonow, den weder Marlies noch Hendrik kennen, forderte in einer Fernsehsendung, die Russin Elena Malisowa und die Ukrainerin Katerina Silwanowa, die zusammen den Roman *Du und ich und der Sommer* geschrieben haben, sollten in der Moskwa ertränkt werden.

Sie wären nicht die Ersten, die ihre Worte mit dem Leben bezahlen müssten. Viele, mehr als genug, Autorinnen und Journalistinnen haben ihre Worte, ihre Arbeit, ihre Bücher mit Gefängnis oder ihrem Leben bezahlen müssen.

*

Der Gott, der auf den Filmstart wartet, erinnert sich an einen Mann, der zu Beginn des Jahres 1950 starb und zu einem Teil des Himmels wurde, wo immer dieser sein mag. Orwell hieß er. Der Gott lässt ihn rufen.

»Woher wusstest du schon 1947, als du begonnen hast, 1984 zu schreiben, wohin die Entwicklung der Menschen gehen wird?«, will er von ihm wissen.

George Orwell schaut ihn traurig an. »Mit Worten ist das so eine Sache. Sie können die Wahrheit hinaus in die Welt tragen, sie helfen bei der Reflektion und sie dienen dazu, über unsere Träume zu reden.«

»Das ist doch nicht schlecht« wendet der Gott ein, ohne darauf einzugehen, dass Orwell seine Frage nicht beantwortet hat.

»Aber«, entgegnet Orwell, »die Worte verkörpern auch Macht. Gute oder schlechte. Du müsstest das doch wissen. Oder erinnerst du nicht mehr die Zeit, in der der vollkommen bartlose Mann mit den kurzen Haaren und der komischen Kopfbedeckung seine Thesen an eine Kirchentür genagelt hat?«

»Das stimmt«, gibt der Gott zu. »Aber heutzutage verlieren die Worte der Bibel ihre Macht. Früher reichte es, 10 Gebote auf eine Schiefertafel zu meißeln. Oder mal einen verdorrten Dornbusch abzufackeln. Aber heute?«

»Versuche es mal mit TikTok«, schlägt Orwell vor. Der Gott schaut ihn verständnislos an.

»Worte tragen nicht nur Wahrheit und Träume in sich«, ergänzt Orwell seine Bemerkungen. »Sie können auch missbrauchen, auf zwei verschiedenen Wegen. Statt zu lügen, werden beschönigende Worte verwendet. Menschen werden nicht getötet, sondern neutralisiert. Alles also halb so schlimm. Oder der Sinn der Worte wird verdreht. Und wenn das alles nicht reicht, dann werden die Texte von Andersdenkenden zur Straftat erklärt und aus dem Verkehr gezogen.«

Orwell kommt in Fahrt. Berichtet von einer Gefangenen in Kurdistan, die verbotenerweise in ihrer Heimatsprache Lieder gesungen hat. Von anderen verbotenen Autorinnen.

Der Gott will das alles nicht mehr hören und schickt Orwell zurück an seinen Platz im Himmel.

*

Den Gott drängt es zu wissen, wie die Serie im Fernsehen ausgeht. Ihm sei Dank, er kann streamen, denn der Film hat längst begonnen.

Inzwischen ist er zu einem Freund der Digitalisierung konvertiert. Egal, wie viel Energie dadurch und durch künstliche Intelligenz verschlungen wird. Schließlich gibt es genug davon im Weltall, fast unbegrenzt, bis irgendwann die Entropie zuschlägt. Bis dahin sind noch Äonen Zeit und er kann sich durch die menschlichen TV- Serien zappen. Wenn nur nicht die Menschheit vorher schlapp macht, alles vermurkst, wie es sich schon bei der Geschichte mit dem Apfel angedeutet hat. Manchmal hat der Gott überhaupt kein gutes Gefühl.

*

Der Film zeigt, wie Professor Wegerich vor seinem Auditorium auf und ab geht und doziert.

»Worte beinhalten eine eigene Macht. Sie sind in der Lage, die Welt zu verändern und neue gesellschaftliche Realitäten zu erzeugen. Buchstaben und Worte, geboren aus der verbalen Kommunikation, sind vielleicht die größte Erfindung der Menschheit, denn sie sind geeignet, die Entwicklung voranzutreiben.«

Ein Student, lange dunkle Haare fallen bis auf seine Schultern, meldet sich und der Prof fordert ihn zu sprechen auf.

»Marcus Aurelius schrieb: Alles, was wir hören, ist eine Meinung, keine Tatsache. Alles, was wir sehen, ist eine Perspektive, keine Wahrheit.«

»Werden Tatsachen zu Meinungen, werden Völkermorde zur Ansichtssache degradiert«, kontert der Prof.

Orwell meldet sich zu Wort. »Marc Aurel war vor 2000 Jahren. Heutzutage wird behauptet, alle verschiedenen Perspektiven bilden die Wahrheit ab. Das, was man selbst verbreitet, das sei Wahrheit. Ich nenne es immer noch New Speech. Soll irgendwo im Sozialen Geld gekürzt werden, dann gibt es ein Dingsbums-Verbesserungsgesetz. Und schreiben Autoren davon, was sie und andere bewegt, was aber nicht die Sichtweise von Diktatorinnen ist, können ihre Bücher auf dem Index landen und sie selbst in einer Gefängniszelle.«

»Recht hat er«, ruft eine Studentin. »Schaut euch um in der Welt, Kommilitoninnen.«

Der Gott versteht die Szene im Hörsaal nicht. Hätte er bloß den Baum der Erkenntnis nicht in Reichweite von Adam und Eva gepflanzt. Und überhaupt: Wie kommt dieser Orwell in den Hörsaal? War der in der vorherigen Folge der Serie nicht längst im Himmel, dort, wo auch er ihn gerade erst hinschickte? Ist er entwischt?

Der Gott hat genug gehört und gesehen. Er kann sich denken, welch einen Weg die Menschen gehen werden und wie die Serie ausgehen wird. Er schaltet Bild und Ton ab.

Jeder Film läuft weiter, auch wenn seine Zuschauer abspringen. Auch dieser. Jetzt eben ohne den Gott.

Der Student und die Studentin, die sich im Hörsaal zu Wort gemeldet haben, machen sich auf zur Mensa, um Kaffee oder Tee zu trinken. Was sie trinken werden, tut nichts zur Sache.

»Eine Ironie des Schicksals«, postuliert sie.

»Wie meinst du das?«, fragt ihr Begleiter und streicht sich seine Haare aus dem Gesicht.

»Die Menschen erfinden Zeichen, die sich zu Worten zusammenfügen lassen. Die Worte verbinden sich und schaffen selbst etwas Neues.«

»Sie tun es nicht von alleine. Es sind die Künstler der Worte, die aus ihnen Geschichten erschaffen. Und die Leser der Worte, die ihre ganz eigene Geschichte und die eigenen Träume beim Lesen erleben.«

Ein stattlich großer Mann in Uniform tritt an den Tisch, an dem der Student und die Studentin sitzen.

»Das dürft ihr nicht schreiben, alles Lüge«, blafft er die beiden an.

Der Student entgegnet »Doch, wir dürfen.«

»Ihr werdet ins Gefängnis geworfen werden«, droht er und klappert hinter seinen Rücken mit Handschellen.

Ein weiterer Mann, der noch längere Haare trägt als der Student, die sehr lockig sind, schiebt sich zwischen die jungen Leute und den, der die Drohung ausgestoßen hat. Er wendet sich an die Studenten: »Ich mag verdammen, was ihr sagt, aber ich werde mein Leben dafür einsetzen, dass ihr es sagen dürft.«*

»Was bist du denn für einer«, fragt der Uniformierte genervt.

»Man nennt mich Voltaire«, gibt der Langhaarige zurück.

Der Professor tritt hinzu, erweitert den Kreis. »Manchmal schreiben sich Worte wie von alleine. Aus Freude oder aus Wut. Sie reihen sich aneinander, ohne eine Erzählung zu bilden, aber trotzdem sind sie eine. Das ist gut, denn daraus entsteht Nachdenken.«

Der Gott, der inzwischen wieder dem Treiben in dem Film zuschaut, verzichtet darauf, mit Blitzen aus seinen Augen den Uniformierten zu töten. Stattdessen lächelt in seinen Augen ein hoffnungsvolles Licht. Er muss nicht die Zeichen und Worte verteidigen. Die Menschen können es selbst.

**Im Original: »Ich mag verdammen, was du sagst, aber ich werde mein Leben dafür einsetzen, dass du es sagen darfst."*

Carsten Klook

Landschaft mit Stockflecken

Problem der DMokratie
und deren Märkte

Menschen verfügen oft
nur über
RudelBildung
essen Wolkenkuchen

leben nicht in
einer DMokratie
entzweit
von sich selbst

Wir leben
unter einer
diktatorialen

B
Ü
R
O
K
R
A
T
I
E

Carsten Klook

Der WHISTLEBLOWER

ist ein gern gesehener Gast
solange er nicht
 in unserem Garten
wächst
und bläst

Schon gar nicht
l-/a-/u-/t
statt
Luise

Carsten Klook

demokratie

diese wichtige droge

sie existiert leider
nur als illusion

als anzustrebende
bestmögliche version

von sich selbst
deren nichteinlösung
den schwebezustand
ihrer wünschenswerten existenz

erst richtig am laufen hält

wie den hund
dem der gesattelte stab
im abstand von einem meter
die angehängte wurst
kranial vorm kopp baumelt

kommili.komedonen
quetschung
als bedrohung
inklusive

Als unsystematischer Systemkritiker
komme ich den Fulltime-Critics gern entgegen
Meine SystemIR*RElevanz ist völlig
bezuschussungsresistent

Ich bin als Wolf Biermann-Adept
der beim Heinrich Heine-Spezialisten Professor Briegleb
auf dessen Flügel thront
und die Ballade
vom Klassenhass zerklampft
unbrauchbar

Als echter Systemkritiker muss man eben immer
schön wirkungslos und im Rahmen
das heißt absichtsvoll demokratisch
bleiben

Sonst verliert man seine
Glaubwürdigkeitsbezüge
Dann lieber keine Scheinstringenz über Bande
Da bin ich als frei flottierender Naschrebell
klar im Vorurteil und mit Kristof Schreuf (R.I.P.)
ganz einer Meinung, der da in Rollenprosa sang

Man möchte nicht
so viel zu tun
haben
mit dem
was man macht

Leander Sukov

Fragment: Tränen der Wut

Am frühen Abend dann gingen wir die Straße herunter, die Orientale, bis nach Castello, zum kleinen Hafen, aßen mit Blick auf den See, redeten beim Essen über unsere Leben. Marie sprach sehr allgemein, ging nicht ins Detail, beschrieb zwar ihre verlorengegangene Wohnung, sagte wieder, sie sei, wegen eines Todesfalls, in der Psychiatrie gewesen. Erwähnte auch, dass ihr einer der Stationspfleger geraten hatte, nach ihrer Entlassung an den Gardasee zu fahren, nichts zu tun, für eine Woche oder zwei, keinesfalls aber länger, weil sie dann zurück in die Großstadt solle, unter Menschen. Sie sei, so erklärte sie, dem Rat gefolgt, hierher zu reisen, hätte offenbar jedoch, dabei lächelte sie auf eine traurige Art, nicht dem Rat folgen können, nichts zu tun. »Ich habe dich getan, Anna«. »Ich bin schon getan gewesen, Marie«. Sie sah mich an, sah in mich. Ich fühlte mich zu Hause. Bei ihr zu Hause. Gefangen in ihren Gefühlen, in meinen. Gefangen.

Auch ich erzählte von mir und blieb an der Oberfläche. Erzählte von meinen Eltern, von den Auseinandersetzungen während der Pubertät, als ich die Schule schmeißen wollte und zweimal ausriss von zu Hause. Erwähnte, dass sich das alles gelegt hätte, seit ich, nun schon vor sieben Jahren, achtzehn geworden war, erzählte von einigen Liebschaften, von meinem ersten Freund, von der ersten Wohnung, damals noch ein WG-Zimmer im Karoviertel, das ich Marie beschreiben musste, vergaß nicht meine Vorlieben zu erwähnen: Essen, Musik, Filme, Bücher. Auf dem Rückweg nach Assenza beschließen wir, nach Verona zu fahren, gleich morgen. Nicht weit vom Pippos Herberge hält der Bus 62, der uns hinbringen wird. Marie bleibt stehen. Lacht. Zieht mich zu sich hin. Küsst mich. Sagt: »Gern will ich sehn, ob Sehen Neigung zeugt. Doch weiter soll mein Blick den Flug nicht wagen, als ihn die Schwingen Eures Beifalls tragen.« Küsst mich wieder. Ich sage: »Wow«. Und Marie antwortet:

»Schlag nach bei Shakespeare. Das Zitat stimmt. Was ich lese, vergesse ich nicht. Nie. Es ist wie ein Fluch meistens. Aber manchmal ein Segen. Es betört Meedchen mit blonde Haare.« Lacht wieder. »Du sprichst druckreif«, sage ich und sie antwortet: »Det kommt vonnen Druck, Du meene Goldanna«.

Von Riva geht ein Wind über den See. Wir sehen, wie die Surfer von ihm übers Wasser getrieben werden. Neben der Promenade pflanzen unermüdliche Arbeiter Blumen, verlegen Bewässerungsleitungen, machen die Promenade schön. Die Segelboote des Verleihs, der halbwegig sein Areal hat, sind zu Wasser gelassen worden. Vor den großen Hotels, deren Gärten an die Promenade anschließen, liegen Menschen in der letzten Sonne. »Es ist schön hier«, sage ich, »die Berge, sieh nur, wie schön sie sind«. »Die wählen die Lega Nord hier«, antwortet Marie.

Wir trinken Cappuccino auf dem Weg, direkt am See, unweit von Pippo, schon in Blickweite der *Vaca Loca*. Musica Gitana. Zwei Gitarristen, schnelle Griffe, sauber gespielte Riffs. Jazz. Django Reinhardt surft übern See. Schnukenack Reinhard dreht den Bug in den Wind. Meine Eltern hatten Platten von ihnen. Alles war voll Jazz bei uns. Und voller Bücher, schwarzweißen Photografien, Gemälden. Mein Elternhaus war ein Hort für diese Art von Kunst. Oberstudienrätisch, kunstgewerblich. Das war, würde Marie sagen, die Ebene der Reproduktion, darüber aber, würde Marie auch sagen, hätte, meinen Erzählungen zur Folge, die geballte kleinbürgerliche Philosophie gelegen. Die Zitate von Kant und Nietzsche, die Zitate aus Büchern, das Gegoethe und Geschiller. Alles ohne Sinn, aber mit Verstand. Dann hätte sie gelacht. Jetzt am See lacht sie nicht. Sie sitzt ganz ernst da und starrt auf die Finger der Gitarristen. Dann: »Das ist zu schön, Anna, viel zu schön. Wie soll ich das aushalten. Dieses Schöne. Was schön ist, das nehmen sie dir wieder weg, wenn du dich gerade dran gewöhnt hast. Dann nehmen sie es dir wieder weg. Ziehen dir den Teppich unter den Füßen fort. Und du fällst auf den Arsch.« Sie macht eine Pause, blickt weiter auf die Gitarristen und dann winkt sie sich die Kellnerin heran, bestellt sich einen Grappa. Kippt ihn, als er kommt, mit einem Zug herunter. Und sagt wieder, diesmal schaut sie mich an dabei: »Sie nehmens dir weg. Sie gebens dir erst und dann stehlen sies wieder. Die Mächte, die kleinen grauen Mächte.« Pause. Und dann: »Blödsinn. Hör nicht auf mich, Jonas«. Ich will antworten. Will sagen: Ich heiße Anna. Aber ich halte mich im Zaum. Schweige. Ganz traurig bin ich jetzt. Ihretwegen. Ganz traurig. Wir schweigen. Trinken einen weiteren Cappuccino. Hören den Musikern weiter zu. Ist dunkel nun. Es geht gegen zehn Uhr am Abend. Die Musiker packen ihre Gitarren ein. Ich kaufe ihnen zwei CDs ab. Und dann gehen wir wieder rüber zur Verrückten Kuh. Holen uns vom leichten grünen Wein.

Als wir auf der Plattform überm See sitzen, unter uns schlagen leicht die Wellen an die Steine, da hebt Marie den Arm, zeigt Richtung Süden, übern See hinweg, sagt: Kinderficker.

Ich blicke auf den See, folge ihrem Arm. Sehe nichts. »Was?« »Salo, dahinten liegt Salo. Die 120 Tage von Sodom. Pasolini. Kennste den Film nicht. Ein schrecklicher Film. Eine Allegorie. Kennste nich?«

Ich kenne den Film nicht, kenne auch das Buch von de Sade nicht. »Ich hab von de Sade noch nie was gelesen«, sage ich, nachdem Marie ein Exzerpt über den Film gegeben hat, in einer derben, brutalen Sprache, mit Wörtern, die ich von ihr nie erwartet hätte, da war sie eine ganz andere Marie, als sie mir den Film erzählte. Eine Marie, die voll Hass war, so voll Hass, dass der aus ihren Augen lief. Sie weinte, wirklich, sie weinte aus Hass auf die Faschisten. Unbändig war der, von ihr nicht zu bändigen, nicht zu zähmen. Nein, sie fütterte ihn mit diesen Wörtern, gab sie ihm zu fressen, damit er weiter wüchse. Weiter mit jedem Wort. Bis nach Salo sollte er reichen, bis an jeden Ort, bis einmal um die Welt sollte er reichen. Und dann: Ganz anders, ganz sanft, ganz wieder, vorher nochmal in die Serviette geschnieft und den Rotz ausgeschnoben, bedächtige Literaturliebhaberin: de Sade. Sagt mir, ich solle mir bloß nie die billigen deutschen Ausgaben kaufen, die es gäbe, diese Wichsvorlagen. Das wäre eine Schändung de Sades. Man müsse schon investieren, am Besten antiquarisch und wenn das nicht zehn Bände sind, schon bei Juliette und Justine, denn is det nich richtig, meene klene Justine-Anna, denn is det falsch, denn musste det jarnich erst lesen. Außer wejen de Lust anne Jewalt. Det wär ooch wat, aber ebent nicht de Sade.« Dann lacht sie. »Aber dahinten, da wo Salo liegt, da ist nichts zum Lachen. Dass der Pasolini den de Sade genommen hat, um die Faschisten aufn Film zu bannen, det sei ihm verziehen. Aber jebannt hat er sie nich, die Faschisten.«

»Ich versteh kein Wort«, sage ich. Und sie erklärt mir die Sache mit Salo. Mit der faschistischen Republik Mussolinis. Als die Alliierten in Süditalien gelandet waren, sagt Marie, da hätte der König, den es damals noch gab, Mussolini verhaften lassen. Die Deutschen, deren Verbündeter Italien ja war, aber hätten ihn befreit und dann im Norden die Republik von Salo gegründet. Und das sei das Fundament des Films von Pasolini. Der hätte dann die 120 Tage von Sodom genommen und aus dem faschistischen Regime eine Gruppe von gewalttätigen Kinderfickern gemacht, was ja auch stimme, wenn man sich das Ergebnis von Kriegen und Faschismus ansehe.

»Ich hab den Film gesehen«, sagt Marie, »da ist mir schlecht geworden dabei. Richtig schlecht. Ich hätte kotzen können«. Aber dann hätte sie einen Jungen kennengelernt, Kevin. Und sie entfaltet Kevin und seine eigenartige Sexualität vor mir, so anschaulich, so bildlich, dass ich ihn knien sehe vor ihr, wie er ihre Füße küsst und sie dann befriedigt und ich sehe auch die Marie vor mir, die ganz unerwartet von diesen Gesten unbekannter Unterwürfigkeit überfallen wird. »Also jetzt, manchmal, sehe ich die Szenen des Films vor mir und mir wird nicht mehr schlecht. Deshalb habe ich dann, durch die Lust, ein schlechtes Gewissen.« Sie hält inne, sagt dann, wie zu sich selbst: » … durch die Lust, det is ja, wie durch die Lust hindurch. Det hab ick jut jesacht«.

Wir reden weiter über de Sade und Pasolini, von dem ich nur einen Film kenne: Den Weichkäse, einen Kurzfilm von fünfunddreißig Minuten Länge. Jedenfalls glaube ich das. Nur kann ich mit dem Weichkäse keinen Anlass in Verbindung bringen, bei dem ich ihn hätte sehen können. Wir rätseln gemeinsam: Schule, Studium, nächtliche, betrunkene Kinoabschweifungen? Ich habe keine Ahnung. Bin mir aber gleichwohl sicher: Den hab ich gesehen, den Weichkäse. Dann wieder de Sade und das Böse. »Das Böse ist immer und überall«, sagt Marie und lacht.

Sie changiert ständig, lacht, blickt todernst, blickt todtraurig, lacht, schaut fröhlich aus, als sie über Adorno und Horkheimer spricht und ich bestehe darauf: Sie ist der erste Mensch, den ich sehe, dessen Trübsal in ein fröhliches Lachen übergeht, wenn er den Namen Adorno erwähnt. Vielleicht ist das richtig so, vielleicht sollte man bei der Frankfurter Schule lachen. Wir haben uns die Frankfurter Schule als Hasenschule hingestellt, bei der Auseinandersetzung um das Freie Senderkollektiv in Hamburg. Da muss ich sechszehn oder siebzehn Jahre alt gewesen sein. Gerade in die Oberstufe gekommen auf meiner Gelehrtenschule. Und natürlich: Philosophie. Und natürlich: Schülerkollektiv. Und rein in die Diskussion um das FSK. Rein in die antideutsche Debatte. Als Antideutsche. Allet Antisemiten außer Mutti. Da haben wir uns getroffen zur Diskussion mit den bösen Antiimperialisten in einer Kneipe in Hamburg und haben uns gefetzt: Frankfurter Schule und der junge Hegel. Ich immer vorne mit dabei. Hegel las ich erst später dann, viel später und die kritische Theorie verließ den Zustand des Kampfbegriffes erst, als ich im zweiten Semester war.

De Sade also jetzt am Gardasee, unterm Mond, überm schwarzen Wasser, vor den Bergen, zu grünem Wein. Schmerz und das Böse, Geilheit und das vermeintliche Naturrecht. Aber mit jedem Glas Wein schimmert durch die Philosophie des Marquis die Lustreminiszenz Mariens. Immer deutlicher zu spüren. Nervös an mir zupfend – so empfinde ich das. Trotzdem bleibt sie, ich kann machen was ich, beim Thema. Immer mehr de Sade, immer mehr Bericht über den Mann, über seine Verweigerung, die Todesurteile der Französischen Revolution zu vollstrecken als Richter und Henker, über seine Zeit in der Irrenanstalt, über Peter Weiß' »Marat de Sade«, über Stirner sogar, mit dem sie sich beschäftigt hat offenbar.

Da sitzt dieses Mädchen von fünfundzwanzig Jahren, das, wie sie mir schon erzählt hat, studieren will seit zwei Jahren und nicht dazu kommt, sich einzuschreiben, und redet, als sei sie schon fertig mit tausend Studien. Altklug, belesen in einer verbissen trotzig verzweifelten Art, als wäre jedes Buch der Versuch gewesen, die Tür zur Welt aufzustoßen, dem Labyrinth zu entkommen und jede Tür war nur eine Theatertür und jeder neue Gang führte tiefer in das Labyrinth. Da wieder meine Liebe zu ihr: Wachsend bis ins Universum. So groß da, dass mir unwohl wird von der Liebe, alptraumhaft, grotesk, ein Homunculus von Liebe. Das spüre ich wehrlos. Durch Horkheimerzitate, Adornofloskeln, Stirners Molke, de Sades Ruf aus der Bastille. Noch Wein, Grappa dazu. Ein lauer Wind geht. Menschen lachen. Fremde Stimmen. »Morgen Verona«, sagt Marie plötzlich. »Ich Julia und du Romeo«. Dann küsst sie mich.

II. Abschnitt
Weltanschauung

»Ich höre ein Ungeheuer atmen, ich höre, wie der Atem der Demokratie schwächer wird.«

Elfriede Jelinek

Page Angel

Kopftuch-Piktogramm

Heike Suzanne Hartmann-Heesch

Blackout-Poem II

„Nö", sage ich.
Gegen
manche Wörter
werde
ich
mich
verwehren

Anja Gust

Chadari

Wir schreiben das Jahr 2024 …

Hanna hat Abitur, 1 Mann, 2 Kinder, die bereits ausgezogen sind, 1 Haus mit großem Garten und ein Auto, dessen Nummernschild ihre Initialen und ihr Geburtsjahr trägt.

Hanna geht es gut, obwohl sie weder im Grundbuch noch im Fahrzeugschein steht. Ihr geht es nicht gut, wenn sie die 20:00 Uhr Nachrichten im Fernsehen sieht: den Frauen im Jemen, in Afghanistan in Pakistan oder in Saudi-Arabien geht es nicht so gut wie ihr. Sie dürfen nichts. Weder Autofahren noch Lesen oder Schreiben lernen, noch sich alleine auf der Straße bewegen. Und keinesfalls eine eigene Meinung haben. Hanna findet, es ist ein Leben wie Schuften unter Tage, ein tägliches Wühlen im Schmutz, Abfall und Gestein, zwischen Straßendreck und Kohlenstaub – ohne Diamanten. Für Hanna wäre ein Leben in ständiger Abhängigkeit, in ständiger Angst undenkbar.

Gleichberechtigung ist in einigen Ländern dieser Welt ein Fremdwort. Es gilt das Wort des Mannes oder des männlichen Clans. Verstöße werden von Rechts wegen auch heute noch mit dem Tode geahndet. So könnte Hanna nicht leben. Sie würde gerne den Frauen in diesen Ländern helfen – zu Weihnachten spendet sie immer eine größere Summe.

Hanna denkt, dass sie alles darf.

Hanna liebt ihren Mann Leon, ihr Haus am Stadtrand und ihren großen Garten. Schon als Kind hat sie sich einen großen Garten gewünscht. Mit einem Apfelbaum, eigenem Kartoffelanbau und ganz vielen Gemüsebeeten. In der Mitte des Gartens sollte eine Kräuterschnecke angelegt werden, drumherum eine üppige Blumenwiese, wo sich mit der Zeit viele Schmetterlinge tummeln würden. Dazu sollte es diverse Vogeltränken, eine Futterstation für Eichhörnchen und ein Versteck für Igel geben, sowie dichtes Gras, welches Hannas Fußsohlen kitzeln würde.

Der jetzige Garten hinter dem Haus ist ein Schottergarten mit Hartriegelgewächsen. Der Vorgarten ist vollständig gepflastert. Zweimal im Jahr kommen Gärtner mit ihren Laubbläsern. So ist es bequemer, sagt Leon. Das hat Hanna so noch nie gesehen. Recht hat er, denkt sie. Doch das dumpfe Gefühl will nicht weichen.

Wenn Hanna sich beschwert, sagt Leon: »Ach, Mäuschen.«

Wenn Leon sich beschwert, sagt Hanna: »Ach, Mäuserich.«

Hanna fühlt sich dadurch gleichberechtigt.

Wenn Hanna und Leon in den Urlaub fahren, fährt Leon. Hanna sitzt auf dem Beifahrersitz. Sie ist froh, dass Leon fährt. Dann kann sie während der Fahrt lesen. Oder über Kopfhörer ein Hörbuch hören. So stört sie ihren Mann nicht während der Autofahrt mit ihrem Gerede.

Hanna geht gerne in die Kirche. Sie ist eine gute Christin. Darauf ist sie stolz. Der Glaube versetzt Bäume, davon ist sie überzeugt.

Hanna arbeitet für ein paar Stunden in einer internationalen Apotheke in der Innenstadt. Dort hat sie mit Kollegen und Kolleginnen aus verschiedensten Nationen zu tun. Junge Kolleginnen, die eine Chadari tragen, werden nach Dienstschluss von einem männlichen Familienmitglied abgeholt. Manche dieser Kolleginnen hören von einem Tag auf den anderen auf zu arbeiten. Scheinbar grundlos. Es wird gemunkelt, dass sie verheiratet wurden. Mit einem Onkel der Familie. Manch einer von Hannas Kollegen mutmaßt, dass sich diese Mädchen über kurz oder lang nicht mehr in Deutschland aufhalten werden. Niemand vermisst sie. Niemand forscht nach. Das macht Hanna sehr traurig. Und wütend. Sehr, sehr wütend.

Hanna wurde letzten Monat überfallen. Auf dem Weg von der Arbeit nach Hause wurde ihr in der U-Bahn die Handtasche geraubt. Alle Papiere, Haustürschlüssel, Autoschlüssel, Kreditkarten, Smartphone – alles weg. Leon hat ihr ein neues Handy gekauft. Durch die Handyortung weiß er jetzt immer, wo Hanna ist. Durch die Ortung des Autos weiß Leon zu jeder Tages- und Nachtzeit, wo sich das Auto befindet. Ob es fährt, oder wo es gerade abgeparkt wurde. Und wie lange es wo stand. Selbst der Benzinverbrauch wird ihm angezeigt.

Auch durch die neue Hausüberwachung weiß Leon jetzt immer, wer sich zuhause bei ihnen aufhält. Weder die Küche, die Kellerräume noch der Garten wurden von den Einbruchsschutzkameras ausgeschlossen. Hanna fühlt sich jetzt wieder sicher.

Seit dem Vorfall fährt Leon Hanna zu allen Veranstaltungen, die nicht mit den Öffis zu erreichen sind oder, laut Leon, in einem unsicheren Bezirk der Stadt stattfinden – und holt sie von dort auch wieder ab. Da besteht er drauf – er meint es ja nur gut.

Sie versteht nicht, als ihr eine ihrer muslimischen Arbeitskolleginnen ein paar Wochen später ein Prepaid Handy anbietet. Kostenlos. Einfach so. Dankend lehnt sie ab. Leon ist ganz ihrer Meinung. Dennoch ruft er aufgebracht: »Das ist ja die Höhe! Was mischt sich eine Tiefverschleierte in unser Eheleben?« Gott sei Dank bekommt die Arbeitskollegin seinen ›kleinen‹ Tobsuchtsanfall nicht mit.

Nur die ständigen und penetranten Fragen, warum ihre Freundinnen mal wieder so lange zu Besuch waren, stören Hanna zunehmend. Jeden Abend möchte Hanna mit Leon über dieses Thema sprechen, doch er möchte lieber fernsehen.

Er guckt immer nur Actionfilme. Bevor er sich auf einen bestimmten Film festlegt, zappt er zur Entspannung durch die 200 anderen Programme.

Hanna sieht gern historische Dokumentarfilme. Leon hasst historische Dokumentarfilme. Er sagt, sie kann die ja anschauen, wenn er nicht da ist. Aber Leon ist jeden Abend zu Hause. Statt abends einen historischen Dokumentarfilm zu sehen, zieht Hanna sich zum Lesen in eins der alten Kinderzimmer zurück, die sie als Gästezimmer umgebaut haben. Hanna liebt es zu lesen. Für Hanna ist lesen wie atmen. Sie fühlt sich frei. Und unabhängig.

Neuerdings hat Leon sich beschwert, er wäre immer alleine beim Fernsehen. Hanna solle sich dazusetzen. Sie kann sich dabei aber nicht auf den Inhalt des Buches konzentrieren. Das schnellwechselnde Bild des Fernsehers stört sie in ihrer Gedankenwelt. Und auch der Ton. Mit einem Mal hat Leon eine ganz wunderbare Idee …

Ab sofort sitzt Hanna wieder jeden Abend neben Leon. So wie früher. Leon schaut fern. So wie früher. Hanna liest, mit dem Kopf dem Fernseher abgewandt. Das ist jetzt neu. Leon hatte diese bahnbrechende Idee. Hanna ist stolz auf ihren Mann. Sie muss nur noch kräftiger daran arbeiten, den Ton aus ihrem Kopf zu verbannen. Von Tag zu Tag gelingt es ihr besser.

Manchmal möchte sie über das Gelesene reden. Doch Leon winkt ab. Der Film, trotz zigfacher Wiederholung, ist immer so spannend, und es missfällt ihm, wenn sie dazwischenredet.

Nachts, wenn Leon schläft, liest sie die Bewertungen und Meinungen anderer Leser zum Buch oder liest den Wikipedia-Eintrag, um ihre Meinung zu festigen, oder um zu sehen, ob sie beispielsweise bei der Auflösung des fesselnden Krimis richtig mit ihren Vermutungen lag.

Wenn Hanna zur Arbeit ist, geht Leon zum Sport. Wenn sie frei hat, ist er immer da.

Leon tätigt alle Bankgeschäfte. Hanna ist froh und dankbar, denn sie kann nicht gut mit Zahlen umgehen. Gelungene Arbeitsteilung nennt sie das. Es fühlt sich gut an.

Leon geht gerne Einkaufen. Hanna hasst es, einkaufen zu gehen. Dennoch geht sie immer mit. Ohne Hanna würde Leon nicht die richtigen Sachen finden, sagt Hanna. Ohne Hanna würde Leon nicht einmal die Butter im Kühlschrank finden. Ohne Hanna würde Leon sich sogar in einer Telefonzelle verlaufen.

Wenn Hanna sich mit jemandem unterhält, mischt Leon sich gewöhnlicher Weise ein. So gut wie immer übernimmt er dann das Gespräch. Das wäre gewinnbringend für alle Parteien, sagt Leon.

Wenn Hanna etwas gefragt wird, gibt Leon die Antwort.

Wenn Hanna jemanden begrüßt, beobachtet Leon sie genau. Sie darf nett, aber nicht zu nett sein. Sie darf charmant, aber nicht zu charmant sein. Sie darf sich hübsch schminken, aber niemanden zu lange anschauen. Sie darf kurze Röcke tragen, aber kein Bein zeigen.

Wenn Leon spricht, sollte sie ihm beipflichten.

Wenn Leon nach Hause möchte, muss auch sie müde sein.

Wenn Leon zum hundertsten Mal den gleichen blöden Witz erzählt, lacht Hanna am lautesten, obwohl sie den Witz hasst.

Leon bestimmt selbst, wie viel Alkohol er auf einer Feier trinkt. Er will sich von seiner Frau schließlich nicht bevormunden lassen. Immerhin führen sie eine moderne Ehe.

Wenn Leon zu viel trinkt, wird er kindlich. Hanna ist das peinlich. Dann schämt sie sich für ihren Mann. Als Ausrede sagt sie dann, dass sie müde ist und nach Hause möchte. Leon lacht und sagt: »Mäuschen, nur noch ein kleines Bisschen, biiiitteee.« Nach Hause geht es noch lange nicht.

Hanna findet, es ist ein großes Glück, in Deutschland zu leben. Deutschland ist ein freiheitlich-demokratischer und sozialer Rechtsstaat.

Deutschland ist eines der reichsten und sichersten Länder der Welt. Hanna ist froh, dass sie nicht im Jemen, in Afghanistan, in Pakistan oder in Saudi-Arabien lebt und eine Chadari tragen muss.

Page Angel

No-Wo-Mans-Land

»Wohin geht die Reise?«, fragt mich meine Freundin am Telefon. »Das erzähle ich dir, wenn wir uns morgen treffen, ich muss jetzt los. Freue mich auf dich. Bleibt es bei 15:00h im Café *Chez Louis*?«.

»Ja, klar, bin gespannt wo es hingeht. Tschüß, meine Liebe.«

»Tschüß, muss jetzt wirklich …!«, sage ich eindringlich, um sie abzuwimmeln.

Ich stehe bereits in der Schlange vorm Konsulat, früher hätte ich ihr das erzählt. Früher gab es auch keinen Grund zu tricksen. Morgen werde ich eine fadenscheinige Ausrede finden, um sie nicht treffen zu müssen. Am Telefon lügt es sich leichter, denke ich, hoffe ich. Wird sie es verstehen, wenn ich ihr nach meiner Rückkehr erzähle, wohin meine Reise tatsächlich ging? Vielleicht kündigt sie mir die Freundschaft, denkt, dass ich sie hätte einweihen sollen, ja sogar informieren müssen. Sie hätte darauf bestanden, dass ich nicht fahre.

Aber das ist keine Option, ich war seit 10 Jahren nicht mehr dort und meine Schwiegermutter liegt im Sterben. Von meinem Schwiegervater konnte ich mich vor vier Jahren nicht verabschieden, das werde ich nie vergessen.

Einfach weil ein Land die Menschen aus einem anderen Land unter der damaligen Regierung nicht einreisen ließ. Ich habe es versucht, kein Visum bekommen, und die Gebühr haben sie dennoch behalten.

Was sie so alles behalten in No-Wo-Mans-Land? Dabei sind es nicht die Menschen, die dort leben. Es ist die Regierung, die, verblendet von ihrer Macht, gegen alles handelt, was menschenwürdig ist.

Ich habe gar nicht bemerkt, dass vor mir eine große Lücke in der Schlange entstanden ist. Keiner ermahnt mich, obwohl wir hier noch in meiner Heimat sind, wo das nicht einmal in einer Schlange an der Supermarktkasse denkbar ist, dass man nicht voran geht. Jede Frau, jeder Mann, der sich in dieser Schlange einreiht, ist in Gedanken schon drin im Konsulat und versucht nun, ruhig und gelassen nach außen zu wirken, obwohl es innerlich brodelt und ein Gefühlsvulkan kurz vor dem Ausbruch steht.

Wie Magma steigt mir Magensäure hoch, ich will nach einem Minzbonbon greifen, stoppe meinen Griff in die Handtasche, es könnte ein falsches Signal senden und darüber hinaus ist Fastenmonat. Da kaut man bis zur Abenddämmerung nicht einmal ein Kaugummi auf der Straße. Ich bin noch nicht da, aber wenn ich mich hier schon nicht an die Regeln halten kann, dann bekomme ich vielleicht kein Visum. Es muss sein, ich kann meine Familie nicht allein reisen lassen.

Das Risiko, das diese Reise mit sich bringt, trage ich. Ich trage es in mir und es bereitet mir körperlich Probleme. Der Lungenarzt meinte: »Nehmen sie vorsorglich Asthma-Spray, damit es nicht chronisch wird.«

Wie soll so ein Pulverzeug den Amboss von meiner Brust wegschieben? Das Atmen fällt mir zusehends schwerer. Wie kann ich die Sorgen und Ängste vergessen? Sind sie unbegründet? Hoffentlich sind sie unbegründet.

Ich gehe weiter durch das Tor, hinein in ein Pförtnerhaus, hier muss ich die Kleiderordnung bereits einhalten. Ein Kontrolleur wirft einen kurzen Blick in meine Handtasche, mein Handy muss ich abgeben, filmen und telefonieren ist hier verboten.

Ich erhalte eine Garderobenmarke. Draußen vor dem Tor steht ein Transporter mit sechs deutschen Polizist*innen, die sich munter unterhalten. Wenn hier was passiert, würden sie einschreiten? Hier ist nicht ihr Territorium. Ich sitze in einem ausgetrocknetem Terrarium wie ein Fisch auf dem Trockenen, kann hier nicht atmen. Ruhig bleiben, hinsetzen, aufmerksam sein, nicht vordrängeln, nichts fragen, nicht auffallen.

Unmöglich, mir sieht man sofort an, dass ich keine von Ihnen bin. Nach ihren Gesetzen bin ich es doch, ich habe einen Mann aus No-Wo-Mans-Land geheiratet und zwei Kinder mit ihm, ich gehöre automatisch dem Staat und seiner Religion an.

Wir leben das nicht, haben das nie getan. Mein Mann ist aus diesem Land geflohen, als er zum Militär sollte, das ist viele Jahre her. Er lebt in Deutschland nun schon länger als in seiner Heimat, die er vermisst. Er vermisst seine Geschwister und seine Mutter, und deshalb fahre ich mit, versuche, ihn zu unterstützen. Ich weiß, wie schwer es ist, wenn man Abschied von seinen Lieben nehmen muss. Diese Regierung macht es ihm und uns unnötig schwer.

Wir sind keine Rebellen, oder doch? In ihren Augen vielleicht, wir waren hier auf vielen Demonstrationen, wir hatten das Gefühl, wir müssen unterstützen. Für uns war es eine leichte Entscheidung, wir leben in einer Demokratie.

Nach dem Pförtnerhaus kommt ein Vorgarten mit einem Getränkeautomaten, ich habe Durst, aber kein Geld dabei und selbst wenn, es ist Ramadan.

Die Treppe zum Eingang ist steil, nicht barrierefrei, denke ich. Als wenn das hier eine Rolle spielen würde. Eine Mutter mit Baby im Kinderwagen kommt, ich will ihr helfen, zwei Männer kommen mir zuvor und tragen den Kinderwagen nach oben.

Ein Mann sitzt hinter einer Glasscheibe im Vorraum, manche kommen aus dem anderen größeren Raum und diskutieren mit ihm, gehen wieder zurück und setzen sich hin.

Wir gehen jetzt zu viert in den großen Raum, beiläufig guckt uns jeder an. Wir sprechen deutsch, wenig, um nicht noch mehr aufzufallen. Wir ziehen eine Wartenummer und stellen fest, dass noch 7 Personen vor uns dran sind.

Menschen, Paare und die Mutter mit ihrem Kind wechseln in den nächsten Stunden immer wieder ihren Standort, großer Raum, Vorzimmer, Platz nehmen, und dann geht eine Tür auf und eine Frau beschwert sich. Ich spüre, dass die Stimmung zu kippen droht.

Andernorts geht das ganz schnell, im Wartezimmer beim Arzt zum Beispiel, wenn sich eine Person über die langen Wartezeiten auslässt, pflichten gleich zwei bis drei andere dem bei, und es zieht alle runter. Das Praxisteam muss dann beschwichtigen.

Hier ist es anders, die Frau verstummt, keiner steht ihr bei, jeder will hier etwas regeln und ist auf das Wohlwollen der Staatsdiener angewiesen.

Unsere Nummer wird angezeigt, wir gehen zu viert an den Schalter, ich bleibe ein wenig mit Abstand stehen. Der Staatsbedienstete winkt uns alle an sein Fenster, er will uns mit den vorgelegten Fotos vergleichen.

»Absurd!«, denke ich, -»Ohne Kopftuch wäre das viel leichter.« Unsere Kinder bekommen ihre Pässe, wir schicken sie raus zum Auto: »Vergesst eure Handys nicht!«, flüstere ich.

Als ob sie die hier liegen lassen würden.

Mein Mann und ich gehen in den Vorraum. Am Schalter wird irgendetwas besprochen - dann gehen wir zurück in den großen Raum, setzen uns. Die Tür zu einem Hinterzimmer geht auf – die Frau, die sich beschwert hatte, steht von ihrem Platz auf, erreicht die geöffnete Tür, kurz bevor die sich wieder schließt, und wird erneut weggeschickt.

Die Mutter mit dem Baby wird herein gewinkt. »Gut,« denke ich, »auch wenn sie nicht dran wäre, besser, sie kann schnell wieder gehen.«

Es dauert ewig! Hier gibt es nichts zu lesen, keiner kann sich mit seinem Handy ablenken, jeder versucht den anderen nicht anzuschauen, um nicht doch ein Gespräch zu beginnen.

Die Frau, die sich beschwert hat, wendet sich an meinen Mann. »Nein, bitte nicht!«, denke ich, er würde sich aus Höflichkeit mit ihr unterhalten, wenn die uns dann ihretwegen länger warten lassen … Zum Glück geht die Tür erneut auf und sie wird hereingebeten.

Wir warten weiter und weiter.

Endlich. Die Frau kommt aus dem Raum zurück, kommentiert noch etwas, erhofft sich erneut Unterstützung, die sie abermals nicht erhält. Von mir erst recht nicht, ich traue mich hier nichts zu sagen.

Eine kleine Frau, komplett in schwarz gekleidet mit Kopftuch, bittet uns freundlich herein. Ich schwitze, setze mich erst, als ich dazu aufgefordert werde.

»Starre sie jetzt bloß nicht an, guck dich nicht neugierig im Raum um, sind hier Kameras? Bestimmt, aber guck nicht hin. Bitte falle nicht auf. Bekomme jetzt keinen Hustenreiz.« Ich bin in voller Fahrt in meinem Gedankenkarussell mit angezogener Bremse, hoffentlich platzen nicht plötzlich Sätze aus mir heraus, die berechtigt sind, die gesagt werden sollten, die vor allem wütend sind, weil sie sich schon lange aufgestaut haben. Wie immer denke ich: »Nicht jetzt und schon gar nicht hier! Auf keinen Fall hier!«.

Die Staatsbedienstete sitzt am Schreibtisch, mein Mann soll sich ihr gegenüber hinsetzen. Ich beobachte, ohne dabei zu sehr hinzusehen, aber ich will ja wissen, was nun folgt.

Ich kann nicht umhin festzustellen, dass der Schreibtisch, an dem sie sitzt, ziemlich kaputt und verschrammt ist. Er ist von minderer Qualität, der Computer scheint auch sehr alt zu sein.

In der Ecke steht eine Kamera, mein Mann soll sich davorsetzen und wird von ihr fotografiert.

Wozu, denke ich, wir haben Passbilder mitgebracht. Sagen oder fragen tue ich natürlich nichts.

Als mein Mann fertig ist, muss auch ich meine Fingerabdrücke geben, bekomme ein Tuch, um die Fingerkuppen zu reinigen, bedanke mich höflich.

Nun bittet sie mich, auf dem Stuhl vor der Kamera Platz zu nehmen. Vorher schaue ich in den Spiegel, der an der Wand hängt und richte mein Kopftuch, setze mich hin.

Sie kommt auf mich zu und sagt ganz freundlich auf deutsch: »Es ist noch nicht richtig, wir wollen ja nicht, dass Sie nochmal herkommen müssen.« Während sie das sagt, knotet sie mein Kopftuch fester und steckt meine Haare weiter unter das Tuch, dann setzt sie sich und macht ein Foto.

»Ruhig bleiben, nicht böse gucken, nicht übertrieben lächeln, es ist gleich geschafft.«, versuche ich mich runterzufahren. Nein, nicht auf Autopilot, dass funktioniert nicht, hat es noch nie. Ich bin ein Mensch, der nicht stillsitzen kann, ich bin rastlos. Soll ich nach dem Yoga meditieren, möchte ich aufspringen und weglaufen. Wenn ich ganz ruhig daliegen und an nichts denken soll, läuft eine Ameisenarmee über meinen Körper und ich muss mich überall kratzen. Meine Gedanken führen ihr Eigenleben: »Denk an nichts!«

ZACK und schon geht es los:

»Habe ich den Trockner ausgeräumt?«

»Steht auf der Einkaufsliste Butter?«

»Wann habe ich den Termin beim Zahnarzt zur Kontrolle?«

Ich habe grundsätzlich ein Problem damit, wenn Menschen mir zu nahekommen, jetzt habe ich ein richtiges Problem, ich fühle mich in die Enge gedrängt, ich zähle hier nichts und wenn ich nicht spure …

Hier haben sie die Macht, auch wenn draußen auf der Straße ein Transporter voll mit Polizisten steht, nützt es mir nichts.

Nach einer Woche können wir schon unsere Reisepässe abholen, das geht zum Glück schnell und reibungslos.

Meine Freundin meide ich in dieser Zeit mit fadenscheinigen Ausreden. Meine Geschwister und meinen Vater weihe ich ein, auch wenn es mir schwerfällt, denn ich weiß, wie sehr sie sich um meine Familie und mich sorgen werden. Ich versuche, sie zu beruhigen, wir sind bei meinem Schwager, er wohnt auf dem Lande und wir werden die meiste Zeit in der Familie sein. Ich werde mich melden, so oft ich kann.

Eine Woche später fliegen wir in die Heimat meines Mannes. Wir mussten gründlich überlegen, welche Kleidung wir mitnehmen können. Wir werden in zwei Welten unterwegs sein, die eine ist seine Familie, in der Toleranz und füreinander Dasein hohe Werte sind, die andere ist das Außen, was in der Öffentlichkeit und auf den Straßen passiert.

Ich habe viele Bilder im Kopf von unsagbaren Gräueltaten, die an jungen Frauen, Männern und auch Kindern ausgeübt wurden. Sie wurden festgenommen, geschlagen, gefoltert, in Gefängnisse gesteckt und sogar hingerichtet. Der Versuch, daran nicht zu denken, will mir nicht gelingen.

Am Flughafen angekommen, werden unsere Reisepässe kontrolliert. Der Beamte studiert sie gründlich. Er fordert uns auf, einzeln vorzutreten und vergleicht die jeweiligen Passbilder mit unseren Gesichtern.

Drei Pässe erhalten wir zurück. Meinen nicht. Mein Mann fragt danach und wird mit einer Handbewegung aufgefordert, zur Seite zu treten. Dann steht er auf und geht mit meinem Pass an einen anderen Schalter.

»Ich bin hier im No-Wo-Mans-Land, im Niemandsland, mein Mann und die Kinder könnten weiter, mich können sie in den nächsten Flieger setzen und zurückschicken. Bleib ruhig. Bleib still! Versuche geduldig zu sein, es wird schon.«

Der Beamte kommt zurück und nimmt die Pässe von anderen Passagieren an. Nachdem diese Familie abgefertigt wurde, fasst mein Mann Mut und fragt nach meinem Pass. Der Beamte schickt uns an einen Schalter, der am anderen Ende der Halle ist. Wir gehen dorthin und warten erneut auf eine Geste, Ansprache, Erklärung. Vergebens. Weitere Passagiere werden abgefertigt, ein anderes Paar mit zwei verschiedenen Nationalitäten steht in unmittelbarer Nähe des gleichen Schalters und wartet.

»Hat die Frau gerade mit den Augen gerollt?« Bevor ich noch überlege, ob ich es erwidere, werden sie an den Schalter zitiert, erhalten ihre Pässe und dürfen gehen.

Mein Mann fragt sehr höflich und vorsichtig, was mit meinem Pass ist, der Beamte erklärt ihm, dass ein Eintrag geprüft werden muss. Es stellt sich heraus, dass bei meinem letzten Besuch vor 10 Jahren etwas nicht notiert wurde. Welcher Eintrag fehlt, erklärt er uns nicht. Wir nehmen meinen Pass in Empfang und gehen zum Gepäckband, um unsere Koffer zu holen.

Als wir aus dem Flughafengebäude gehen, spüre ich kurz ein wenig Erleichterung, die Anspannung will aber nicht von mir abfallen. Das Taxi ist zu klein für all unsere Koffer und ein zweiter Wagen wird geordert.

Als wir in dem einen Taxi zu viert sitzen, denke ich: »Ist mir egal, ob mein Koffer tatsächlich ankommt, alles, was ich brauche, ist hier in diesem Auto, mein Mann und meine Kinder.«

Nach einer langen Autofahrt kommen wir am frühen Morgen bei meinem Schwager an. Er hat ein sehr schönes Haus, in dem Platz für uns vier ist. Wir bekommen ein reichhaltiges Frühstück und danach ruhen wir uns erstmal aus.

Am Nachmittag fahren wir zu meiner Schwiegermutter, sie erkennt mich und ich bin froh, sie endlich umarmen zu können.

Sie fragt nach meinen Eltern. Ich kann ihr nicht sagen, dass meine Mutter vor zwei Jahren verstorben ist. Ich sehe auf der Kommode hinter ihr das Foto von meinem Schwiegervater und mir kommen die Tränen. Ich bin gerade erst angekommen und muss schon an Abschied denken, der Abschied vor zehn Jahren war schon sehr schlimm, diesmal wird er endgültig sein.

Meine Nichten und meine Großnichte kommen und ich bin froh über die Abwechslung. Die Kleine fremdelt, sie kennt mich und meine Kinder nicht. Während der ganzen zwei Wochen unseres Aufenthaltes wird sie sich nicht trauen, uns auch nur in ihrer Nähe zu dulden. Schade, ich hätte mich gefreut, wenn wir uns mehr verbunden fühlen würden.

Wir essen gemeinsam und natürlich ist der Tisch reichlich gedeckt. Es wird von allen Seiten geguckt, dass wir auch ja genug auf dem Teller haben und versorgt sind.

So ist es hier, Gastfreundschaft wird hier gelebt.

Die Menschen in No-Wo-Mans-Land feiern gerne und ausgiebig und das am liebsten jeden Tag. Erlaubt ist das nicht.

Es ist verboten, laut Musik zu hören.

Es ist verboten, als Frau mit einem Freund auf der Straße zu spazieren.

Es ist verboten, sich nicht an die Kleidervorschriften zu halten.

Es ist verboten, in der Öffentlichkeit zu tanzen.

Es ist verboten, Alkohol zu trinken.

Es ist verboten, während Ramadan tagsüber in der Öffentlichkeit zu essen, zu trinken, Kaugummi zu kauen.

Frau muss Hijab tragen!

Das sind die Regeln, doch zum Glück hat sich dank vieler mutiger Menschen viel verändert in den letzten 10 Jahren.

Es sind selbstbewusste Frauen ohne Kopftuch auf den Straßen zu sehen.

Selbst beim Besuch einer Moschee fühlt es sich so an, als hätte ein Umdenken stattgefunden. Wir wurden freundlich auf Englisch angesprochen. Uns wurden Tschadors in buntem Blumenmuster gereicht und wir erhielten eine Kurzeinweisung zum Verhalten in einer

Moschee. Das war nicht anders, als wir zuletzt im Urlaub in einem anderen Land eine besucht haben.

Es könnte ein friedvolles Koexistieren verschiedener Religionen und Nationalitäten geben, aber die Realität ist eine andere. Man muss schon genauer hinsehen, denn wenn man sich auf den Straßen umsieht, fallen einem die Werbeplakate, die zu 90% nur das beworbene Produkt oder Männer zeigen, auf. Sind Frauen abgebildet, tragen sie immer ein Kopftuch. Plakate, auf denen Mädchen gezeigt werden, sind ebenfalls mit Kopftuch, oder es sind offensichtlich ausländische Kinder mit blonden oder roten Haaren und europäischen Gesichtszügen.

Selbst die Abbildungen auf den Piktogrammen in öffentlichen Gebäuden, Restaurants und Sehenswürdigkeiten sind widersprüchlich, denn unter einem detailverliebten, bunt geblümten Kopftuch ist eine gesichtslose Frau. Wir sind im No-Wo-Mans-Land, wo die Hälfte der Bevölkerung weiblich und das Durchschnittsalter der Gesamtbevölkerung unter 30 Jahre alt ist.

Der Großteil der Bevölkerung sieht kein Staatsfernsehen, sondern informiert sich über ausländische TV-Sender oder das Internet, welches bei Bedarf von der Regierung abgestellt wird, damit keine echten Nachrichten ins Ausland gelangen.

Einige Restaurants haben trotz Ramadan geöffnet.

Im Basar haben wir Frauen ausgelassen tanzen sehen, umringt von einer fröhlichen Menschentraube, die laut applaudiert hat.

Im Studentenviertel sehen wir Frauen mit blauen und lilafarbenen Haaren, sie tragen Hosen mit Löchern drin, und sogar mehrere gleichgeschlechtliche Paare.

An einem Abend besuchen wir eine Bar, in die wir Alkohol in Wasserflaschen einschmuggeln. Der Kellner fragt uns, wissentlich, was in den Flaschen ist, ob er unsere Getränke kaltstellen soll. Hier spielt eine Live-Band und es darf im Sitzen getanzt werden. Wer doch vor Übermut und Freude aufsteht, wird gebeten, sich zu setzen. Ich gehe tänzelnd zur Toilette und bekomme dafür Applaus von den einheimischen Frauen. Vielleicht bin ich nicht von Geburt an eine von ihnen, aber im Geiste bin ich eine freiheitsliebende Frau, wie sie.

Als ich meiner Freundin nach unserer Rückkehr von meiner Reise und den Erlebnissen erzähle, sagt sie nur: »Oh Gott, im Sitzen tanzen nennt man bei uns Seniorengymnastik!«.

Und ich denke: »Wie lange werden mächtige Männer weiterhin versuchen, Frauen zu zwingen, unsichtbar und ungehört zu bleiben? Und wie lange wird es in unserer Welt noch möglich sein, dass die Freiheit des Wortes mit dem Leben bezahlt werden muss?«

Reimer Boy Eilers

Unter uns sind wir allein – auf der Titanic

Versuch über die Ausgrenzung

Der Brief aus dem Schleswig-Holsteinischen Kultusministerium kam überraschend. Man bot mir ein literarisches Stipendium im Jüdischen Museum zu Rendsburg an. Daraus ergab sich eine Premiere ganz besonderer Art. Unter dem Dach der ehemaligen Synagoge sollte ich als erster Schriftsteller wohnen, der weder Jude war noch über jüdische Fragen arbeitete. Bewusst wurden mir meine ambivalenten Gefühle erst, als mich der Kustos des Museums an einem heißen Frühsommertag in der Prinzessinstraße begrüßte. »Na, bitte«, sagte er, »einmal jemand anderes. Ist doch prima.« Das klang ganz gewiss nach Alltag, plötzlich eine Erleichterung, die ich verspürte und die mich nachdenklich stimmte. Ich war aufgenommen.

Jeden Tag grenzen wir uns *ab* gegen Verhaltensweisen, Verhältnisse, Menschen, die uns begegnen, gegen vielfältige Einflüsse aus Politik und Gesellschaft, und grenzen damit zugleich *aus*. Das kann in den besten Absichten geschehen, so dass uns im »Normalbetrieb« dieser begrenzten Welt nicht einmal merkbar ist, was wir tun. Stets bleibt solche Ausgrenzung heikel und damit in Frage zu stellen, fragwürdig im zweifachen Sinn. Wem unter den Lebenden war mit meinem Respekt vor der jüdischen Sache gedient, wenn der sich nicht aus praktischer Auseinandersetzung speiste, sondern als historischer Schuldturm in meine Gegenwart ragte? Wobei der Respekt sich nun angesichts akuter Nähe in Beklommenheit zu verwandeln drohte.

Norddeutsche Tiefebene, ein sanftes Auf und Ab von Niedermooren, Endmoränen. In diesem Frühjahr lag eine ungewöhnliche Dürre über dem Land. So war ich mit dem Rad von Hamburg aus durch eine staubige Geestlandschaft hinauf nach Rendsburg gekommen. Tatsächlich ging just bei meiner Ankunft der erste Regenschauer seit sieben Wochen nieder.

Ein rascher Einzug in die Atelierwohnung unterm Dach in der Prinzessinstraße, hoch oben im zweiten Stock. Ein langer Blick über den Museumshof, die Ziegeldächer der Stadt und die Eisenbahngleise, die sich mit kaum merklichem Gefälle von der Hochbrücke über dem Nord-Ostsee-Kanal wieder auf das Niveau des Bahnhofs hinab senkten.

Rendsburger Bogen

Ein Erker vor dem Regenbogen
Von einer Zwiebelhaube behütet
Rundum in Kupfer gefasst
Durchbohrt die Spitze eine goldene Kugel

Rollt die Welt mir ins Zimmer
Eiserner Horizont über den Dächern
Ziehen die Gleise eine strenge Schneise
In der Schleife zwischen Eider und Kanal

Die Haut als gute Grenze

Grenze in der politischen und sozialen Auseinandersetzung ist etwas, an das wir stoßen, oft ungewollt und unvermutet, etwas, das uns bei Nichtbeachtung an eine fremde Instanz ausliefert, das sich als Verhau am Wege, als fremde Kraft zu unserem Kurs querstellt, ohne uns Passage zu sein. Ein Wort aus dem Slawischen, Erbe Jahrhunderte langer Kämpfe und des agonalen Drangs um polnische oder deutsche Vorherrschaft im Grenzland. Nicht von ungefähr sind Begriffe wie Grenze, Abgrenzung, Ausgrenzung für den gesitteten Zeitgenossen negativ besetzt. Aber Kritik, besonders wenn sie beinahe einmütig daherkommt, hat auch zu wissen, was sie nicht meint, sonst wird sie in sich selbst verkehrt. Gegen Ausgrenzung in der Gesellschaft zu sein, bedeutet die Aufforderung, zunächst einmal genau hinzuschauen.

Vor den Schatten steht das Licht, das *Lob der Grenze.* Von ihm muss gesprochen werden, damit unser Blick ein Bild mit Hintergrund ergibt.

Grenzen sind für das Leben so notwendig wie der nächste Atemzug. Ohne die Fähigkeit, sich abzugrenzen, könnten wir nicht »ich« sagen und nicht »du«, wäre uns die Welt ein ungestalter Sumpf, in dem wir versinken würden. Abgrenzung ist die Kehrseite der Identität. Je befriedigender wir uns nach eigenem Empfinden abgrenzen können, desto mehr ruhen wir in uns. Diese Ruhe meint das Gegenteil von Starrheit, die an der Brandung der Zeit zerbricht. Achten wir die Grenzen einer Persönlichkeit, müssen wir also zugleich ihre Mitte und deren Dynamik achten. Es kommt nur auf den *Schwerpunkt* an, auf die Sicherheit, bei Anstößen mit unserer Mitte nicht außer uns zu geraten.

Der Schwerpunkt ist die besondere Sorge zweibeiniger Lebewesen. Mit dem Erwachen zur Person übt das Kleinkind den *aufrechten Gang* ein. Haben wir nach vielen Jahren als Erwachsene eine mögliche Selbstgewissheit erlangt, sind wir aufrechte Menschen. Das Sich-Aufrichten und das Aufrechte sind menschliche Urbilder. Nicht zufällig wählt sich die Gemeinschaft in der Geschichte mit ihrem Erwachen zur Selbstgewissheit einen Turm, den Kirchturm oder den Stadtturm oder andernorts, Richtung Sonnenaufgang, das morgenländische Minarett, als steinerne Mitte und Ausdruck ihrer kulturellen Identität.

Noch in seiner vulgären Form, dem Fernsehturm, deutet er auf ein Stück irdischer Transzendenz, verkörpert er einen Fingerzeig auf den Himmel als Gottesgrenze. Oder er versinnbildlicht, wie der Fernsehturm am Alexanderplatz zu Zeiten der Mauer, den Anspruch einer rivalisierenden Religion über alle Grenzen hinweg auf die Mitte der Welt. In der Kunst seiner Erbauer liegt, wie in jeder Dienerschaft für einen höheren Zweck, verborgen der Machtanspruch. Der Turm selber ist der bleibende Beweis für das richtige Verhältnis von Statik und Dynamik der Gesellschaft, aus welcher er entspringt und für die er weithin steht. Erst wenn er seinen Schwerpunkt entäußert, kippt der Schiefe Turm von Pisa.

Auf den Himmel wie auf die Mitte der Welt kann es nur Fingerzeige geben. Unsere eigene lebendige Grenze, elementar im Dasein, ist die *Haut.* Sie ist unser größtes und vielleicht wunderbarstes Organ. Oder benennen wir es technisch, ohne gleich zu schwärmen. »Der Körper der vielzelligen Tiere«, heißt es im Fischer Lexikon Biologie, »wird von Geweben umschlossen, die wegen der unmittelbaren Beziehung zur Umwelt besondere Funktionen zu erfüllen haben und daher fast stets eine spezifische Struktur aufweisen, d.h. eine Haut bilden.«

Beinahe überliest man in dieser spröden Sprache das Scharnier von Innen und Außen, auf das es hier ankommt, das gleichzeitige Sich-Öffnen und Schließen, Schützen und Verbinden. Aber darin liegt das ganze Geheimnis. Die Haut als Grenze ist immer zweierlei: Schloss und Schlüssel. Sie schließt uns ab, und erschließt uns die Umwelt.

Liebe, gute Haut! Wenn wir Trost brauchen, hilft nichts besser als Streicheln. Geschieht es uns, spüren wir buchstäblich von Kopf bis Zeh einen wohligen Schauer, kosten die Zuwendung eines anderen Menschen, und wir nehmen uns dabei als Ganzes wahr, eine Entität, als heiles und heikles Etwas. Kratzen soll man uns nicht! Ausgerechnet im Gespür unserer Grenze haben wir die beruhigende Gewissheit, von der Mitwelt bedacht zu sein. Die Mutter streichelt den Säugling, er entspannt sich, lächelt, vergisst seinen Kummer und ist offen für neue Eindrücke. Was für ein wunderbares Erleben auf dem schmalen Scheideweg unserer leiblichen Existenz!

Durch die Haut geben wir Wärme ab, verdunsten Wasser, senden wir unsere Geruchsbotschaften aus. Die Kommunikation mit unserem Innersten, sei es die Wärme des Körperkerns, seien es die Regungen des Unterbewussten, geschieht über die Haut. Noch ehe wir merken, dass wir uns erschreckt haben, ist die Gänsehaut längst da. Soviel wir abgeben, soviel nehmen wir auf, meistens in verwandelter Form, an Sinnesreizen – sehen und gesehen werden, empfinden und ertasten – aber auch an materiellem Stoffwechsel, dem Sonnenstrahl, der Luft. Hautnah erfreuen wir uns an der Bilanz im Kontobuch des Lebens. Ohne unsere Haut nützte uns das Atmen nichts: Wer etwa seinen Körper ganz mit deckender Farbe bemalt, wird nach einiger Zeit ersticken, mag er Atem holen soviel er will. Wechsel, Wende, Austausch, Ausgleich sind die Schlüsselworte unserer eigenen Grenze.

Die Haut als Grenze heißt auch *Schönheit*. Haut ist unser erster Schmuck. Wir brauchen gar nicht an Federn zu denken, Frisuren, Felle, die schillernden Schuppen der Schlangen und Schmetterlinge, obwohl auch dieses Blendwerk Haut ist. Nehmen wir einen bloßen Arm oder ein Dekolleté. Es ist die höchste Farbkunst der Malerei, den richtigen Hautton mit einem lebendig schimmernden Lüster zu treffen – Inkarnation wie im Portrait der Mona Lisa. Und für mich als Reisenden, der in seinen Geschichten gern fremde Landstriche nachzeichnet, ist es eine gewünschte Utopie, dass Grenzen und Schönheit in der Welt zusammen zu denken sind.

Vom *Lob der Haut* ist demnach zu reden, wenn wir ausdrücken wollen, wie eine gute Grenze beschaffen sein sollte. Kurz gesagt, sie muss dem guten Leben dienen. Verwehrt indes eine Grenze das gute Leben, hilft auch kein turmhoher Fingerzeig auf den Himmel. Der Einzelne wie auch die Gesellschaft könnten es hautnah wissen.

Der Fremde in uns

Mensch auf der Grenze – das war der Titel einer Anthologie, die 1981 in dem damals noch anderen deutschen Staat erschien. Untertitel: ›Erzählungen aus dem antifaschistischen Exil‹. Diese Erzählungen konnten wir unter einer Perspektive der erinnerten Vergangenheit lesen. Erinnerung, die nicht vergehen sollte, um Lehren daraus zu ziehen. Und heute? Europa und Amerika sind unablässig damit beschäftigt, ihre Grenzen zu sichern, Kontrollen zu verstärken, die Durchlässigkeit zu verringern. Haben wir die Lehren und Werte der Vergangenheit zu den Akten gelegt? Dann wären wir, nach einer alten jüdischen Weisheit, möglicherweise dazu verdammt, die Geschichte zu wiederholen.

Eine Einsicht drängt sich mir auf, ich finde sie formuliert im Titel eines Buches der bulgarischen Psychoanalytikerin Julia Kristeva: »Fremde sind wir uns selbst«. Was für eine Zumutung kann ein Buchrücken sein! Wir schauen uns im Spiegel an. Wir horchen in uns hinein, da klingt doch nichts fremd, und wir empfinden es vielleicht als eine bloß störende Behauptung. Doch woher kommt das periodische Fieber des sozialen Körpers, die gesellschaftliche Orientierungslosigkeit, der stoßweise Verfall merklicher Teile der Bevölkerung in die profaschistische Unmoral? Das wütige Aus-der-Haut-Fahren? Sind wir in dunklen Stunden unserer neueren Geschichte tatsächlich fremdversehrte Wutbürger? Fühlen wir also – anders gefragt – keine schützende, keine sensible Haut der Gesellschaft mehr?

Dem Wutbürger fehlt es an inneren Grenzen. Deshalb hat er sich in eine Seelenlandschaft verlaufen, die ihm selbst derart fremd und bedrohlich wird, dass er um sich schlägt.

Im fernen Washington verkündete seinerzeit der Beamte im State Department Francis Fukuyama als Echo auf den Fall der Mauer gleich das *Ende der Geschichte*. Bereits wenige Jahre nach dem Ableben des sozialistischen Systems hatte ihn die amerikanische Politik – zu schweigen vom »Rest« der Welt – vollständig widerlegt. Das Ende der Geschichte, wenn dieses Wort überhaupt einen politischen und moralischen Sinn haben sollte, wäre der Anfang des ewigen Friedens, von dem Kant träumte (siehe dessen Fragment *Zum ewigen Frieden* – Grundlage der Charta des einstigen Völkerbunds). Das ist ein anderer endloser Weg, dessen vollkommene Verwirklichung eine Erde ohne Grenzen brächte und die Anerkennung der einen gemeinsamen Zukunft auf dem blauen Planeten.

Der französische Philosoph Alexandre Kojève nannte die Verwirklichung der entgrenzten gemeinsamen Zukunft den »allgemeinen und homogenen Staat«. Diesem steht, so ist zu folgern, eine *Weltregierung* vor. Sie ist der Schnittpunkt irdischer Macht und Gerechtigkeit, soweit sich beide parallel entwickeln. Diese Einschränkung mache ich aus zwei Gründen, die beide mit der unbegrenzten Machtfülle einer solchen Instanz zu tun haben. Eine Weltregierung ohne Gerechtigkeit kann die schlimmste aller denkbaren Tyranneien bedeuten. Ohne Grenzen dann auch keine Flucht, keine Emigration, kein vorgestellter Ort der Freiheit mehr.

Für eine Weltregierung mit Gerechtigkeit sollten wir hingegen bedenken, dass sich Parallelen erst im Unendlichen schneiden. Der allgemeine und homogene Staat ist die größtmögliche irdische Annäherung an den Zustand der Erlösung. Es ist dies, wir sehen es, eine moderne Utopie nicht allein in dem Sinne, dass ein Zusammenschluss aller Staaten der Erde noch nicht erfolgt ist oder auch nur in überschaubarer Zeit denkbar erscheint. Vielmehr nimmt sie eschatologische Züge an: Dem Weltenherrscher des Jüngsten Gerichts entspricht die grenzenlose Gerechtigkeit der Weltregierung.

Folgerichtig entwirft der Philosoph Kojève für diese Epoche das Bild des ›heilen Menschen‹, der in den paradiesischen Zustand umfassender Bedürfnisbefriedigung zurückgekehrt ist.

Statt der Apokalypse also ein Glücksversprechen am Ende aller Tage und ein Weitermachen im Diesseits. Wir haben allen Grund, misstrauisch zu sein, wo uns das Glück öffentlich versprochen wird. Dazu brauchen wir nur auf die Politik der Gegenwart zu verweisen. Statt dem Ende der Geschichte, wie es Francis Fukuyama erdachte, und der ›Neuen Weltordnung‹ seines damaligen Arbeitgebers, des amerikanischen Präsidenten George Bush des Älteren, sind wir seither Zeugen unablässiger Kriege geworden, am Golf, in Afghanistan und Bosnien, in der Ukraine und im Nahen Osten.

Ein glücklicher Frieden ist nirgends in Sicht. Die Dauer und die Reichweite des ›Kriegs gegen den Terrorismus‹ – auch im Gaza-Streifen – vermögen wir nicht annähernd abzusehen. Seine unsichtbaren Grenzen sind oft gefährlicher als ein Stacheldrahtzaun, wenn wir die Orientierung verlieren. Das gilt nicht nur in einem übertragenen Sinn, es kann ganz handfest geschehen. Denken wir nur an jenen deutsch-libanesischen Mitbürger, der als Mitläufer in islamistischen Kreisen eine Grenze überschritt. Irgendwann kam er schließlich nach Mazedonien – während eines Urlaubs oder auf Propagandareise, das bleibt ungewiss -, aber dort wurde er vom amerikanischen Geheimdienst ergriffen, betäubt und mit verbundenen Augen nach Afghanistan entführt. Hier wachte er in einer dunklen Zelle auf und wusste später bei den Verhören nicht mehr, wo um Himmels Willen er sich auf dieser Welt befand.

Bei uns in Europa breitet sich ein todunglücklicher Frieden aus, wächst das Misstrauen vor der modernen Relation von Armut und Demographie an. Der Kinderreichtum der armen Völker schürt unsere Angst vor ›den anderen‹. Welche Namen wir ihnen auch geben mögen: Türken, Mohammedaner, Rumänen, Zigeuner oder Roma und Sinti, Neger oder Schwarze oder People of Colour – das Misstrauen bläst sie uns als Missklang ins Ohr. Wir projizieren eine ›Invasion der Barbaren‹, so Rafael Argullol, Professor für Ästhetik in Barcelona, der den angesehensten spanischen Romanpreis erhielt, den Premio Nadal. »Die Grenzen«, sagte Argullol bereits wenige Jahre nach dem Verschwinden des Eisernen Vorhangs in Europa, »die geopolitischen, vor allem aber die geistigen werden wieder ausschlaggebend.«

Wer die Lage seines Schwerpunkts nicht kennt, hat Angst vor Veränderung. Sie lässt unsichere Menschen ebenso wie Nationen, die sich ihrer selbst nicht gewiss sind, mit besonderer Aggressivität auf wirkliche oder auch nur vermeintliche Bedrohungen reagieren. Noch einmal, mit dem Schiefen Turm von Pisa und der Physik, fassen wir das vermeintliche Paradox, warum der Mangel an Selbstgewissheit zu dem Bestreben führt, seine Grenzen ständig auszubauen. Dass man nur den Schwerpunkt nicht eines Tages aus sich verliert! Die Angst zerstört die Proportionen, sie macht hässlich, genauso wie der Versuch, den Turm von Pisa durch immer dickere Außenwände zu retten, statt seine Fundamente zu stabilisieren.

»Auf befremdliche Weise ist der Fremde in uns selbst«, schreibt die Psychoanalytikerin Kristeva. »Er ist die verborgene Seite unserer Identität, der Raum, der unsere Bleibe zunichtemacht, die Zeit, in der das Einverständnis und die Sympathie zugrunde gehen.« Wie kann das sein? Ist uns diese Äußerung nicht befremdlich genug, zu sehr, um sie für unsere Person anzunehmen? Wir lassen den Gedanken nicht zu, dass sich das Außen mit dem Innen verschränkt, ohne dass wir es uns vorher angeeignet hätten. Manchem Zeitgenossen drängt sich auf, die Literatur und die Psychoanalyse besser zu meiden und sich an scheinbar geeignetere Stützen kulturgeschichtlicher Tradition zu halten, das römische Recht etwa oder die christliche Religion.

Wären wir zuinnerst das, was zu sein wir Deutschen in allen Äußerungen zur Sache vorgeben, nämlich ein Staat auf abendländischer Grundlage, müsste uns Frau Kristeva, ein sprechender Name in dem Kontext, mit ihrer Einsicht anstößig bleiben. Sind denn nicht Toleranz und Nächstenliebe die bestimmenden Elemente dieser Kultur? »Wie ein Einheimischer aus Eurer eigenen Mitte soll Euch der Fremdling gelten, der bei Euch wohnt, und Du sollst ihn lieben wie Dich selbst.« So heißt es im Dritten Buch Mose des Alten Testaments. Wir sehen, ein Urgrund jüdisch-christlicher Kultur. An dieser Elle sind wir demnach zu messen, wenn wir uns auf das Erbe berufen.

Wir besitzen sie nicht, die Toleranz und Nächstenliebe. Nicht als Volk. Deutsche wollen wir bleiben, als ob der Fremde es uns abspräche, und anständig arbeiten wollen wir, als ob der Fremde uns gern auf der Tasche läge. Blindlings geben wir uns ab an die Phantome des Marktes und der Ordnung einer machtgestützten Innerlichkeit und merken nicht, dass wir auf diese Weise zerstören, was wir zu allererst retten wollen. »Fremdenhass, Fremdenfeindschaft«, so der große russische Germanist und Schriftsteller Lew Kopelew, »sind letzten Endes Eigenhass. Das führt zur Verstümmelung der eigenen Gesellschaft, zur Verschmutzung der eigenen Heimat.«

Da ist es wieder, das befremdliche Fremde in uns selbst, und zwar wie in unserer eigenen Brust, so in der Gesellschaft. Je mehr wir unter uns sind, desto mehr sind wir allein und, welche unvermutete Erkenntnis, desto fremder sind wir uns selbst. Unter uns fehlt der Stachel der Neugier, wir nehmen uns als selbstverständlich, und nehmen uns deshalb nicht wahr. Friedrich Hölderlin wusste bereits: »Aber das Eigene muss so gut gelernt sein wie das Fremde.« Seinen Landsleuten ist er als jugendlicher Dichter im Gedächtnis. Tatsächlich wurde er über siebzig Jahre alt, und die letzten vierzig Jahre davon lebte er als ein merkwürdiger Anderer sozusagen ›außer sich‹ in privater Fremde. Diese zweite Person Hölderlin wohnte als ein gewisser ›Scardanelli‹, in einem Turmzimmer am Neckar in

Tübingen und war dabei auf öffentliche Wohlfahrt angewiesen. Auch ›Scardanelli‹ schrieb im Übrigen noch Gedichte. Nur lesen wir sie nicht.

Gerade das Unausschöpfliche in Hölderlins Schicksal, seine spätere Lebensreise als eine Person mit einem italienischen Namen, zeigt uns etwas zutiefst Humanes, was in unserem Alltag verloren geht: Es gibt keine Banalität des Menschen. Jeder ist in sich selbst der Aufmerksamkeit wert, bedeutet etwas, das nicht von vornherein offensichtlich ist, etwas erst noch zu Deutendes. Mit anderen Worten, jeder ist bedeutend. Wir müssen auf uns selbst wie auf einen Fremden schauen und auf einen Fremden wie auf uns selbst.

Die Literatur, und hier die Biografie wie die Erzählung, setzt den unbedingten Glauben an die Bedeutung des Einzelschicksals voraus. Wir sehen die Momentaufnahme eines Lebens ausgestellt, wir nehmen vielleicht sogar an dem Wendepunkt eines Lebenslaufs teil. Aber warum sollte uns das interessieren, wenn wir nicht an der Einzigartigkeit des Einzelnen, an seiner Unverwechselbarkeit vor jeder Allgemeinheit und Verallgemeinerung festhielten?

Sonst könnten wir uns an die Soziologie und verwandte Wissenschaften halten. Wir könnten es uns ein erhebliches Stück bequemer machen und sagen: »Michael Kohlhaas, dich kennen wir schon! Dich brauchen wir nicht zusätzlich zwischen zwei Buchdeckeln! Wir haben Tausende von deiner Sorte und eine anständige Täter-Datei dazu!«

»Der Mensch ohne Visum, ohne Aufenthaltserlaubnis, ohne beglaubigte staatliche Zugehörigkeit ist der *Mensch auf der Grenze*«, so heißt es in der vorstehenden Anthologie. »Eine Grenze, die dennoch seine einzige Hoffnung ist und die sich auf beiden Seiten geschlossen hat.« Der Alptraum des staatenlosen Flüchtlings steht für die Ausweglosigkeit von Millionen unfreiwillig reisender Menschen. Heute sind es die italienische Insel Lampedusa und die spanischen Enklaven Ceuta und Melilla in Nordafrika, vor deren Grenzen ein Exempel statuiert wird.

Die Politik und die öffentliche Wahrnehmung Europas trennen zwischen guten und schlechten Flüchtlingen, zwischen politisch

Verfolgten und Wirtschaftsmigranten, als ob nicht jedermann sein Auskommen in den neuen Verhältnissen suchen müsste. Die Juden und Antifaschisten von einst sind die guten Flüchtlinge, weil sie Geschichte sind. Die Libyer und Tunesier von heute sind die schlechten Flüchtlinge, weil sie uns in Fleisch und Blut entgegen treten und handfeste Ansprüche an uns stellen. Schon sinken im christlichen Abendland die Hände, die vor einem Jahrzehnt der ›Arabellion‹ ungeteilten Beifall klatschten, in den Schoß.

Die Mechanismen der Ausgrenzung greifen über die Figur des Flüchtlings und des Asylsuchenden hinaus. Was an der manifesten staatlichen Grenze deutlich wird, die bewehrt ist mit Schlagbäumen, Stacheldraht, Zöllnern, Polizisten und Soldaten, und damit dem Gegenteil von Schönheit, gibt es im Innern der Gesellschaft auch jenseits des braunen Mobs und des verdeckten Kampfes gegen den Terrorismus.

Nur gelegentlich sind die gesellschaftlichen Fronten gleich offensichtlich, und wenn, dann als krude Zuspitzungen wie Gefängnisse, psychiatrische Anstalten, Asylantenheime. Wer von uns indes versucht, Brücken zu schlagen und gegen die vielen unsichtbaren Grenzen an seinem Arbeitsplatz, an seinem Wohnort anzugehen, sie zu überqueren, der wird es auf mancherlei Arten mit Gewalt zu tun bekommen. So wird derjenige, der sich um sperrige Existenzen kümmert, sei es um pflegebedürftige Alte, Obdachlose, Sozialhilfeempfänger, Arbeitslose, Trinker, Schwache, Unangepasste, derjenige also, der ihnen Navigator in unserer stromlinienförmigen Gesellschaft sein möchte, selber zum Grenzgänger.

Kein Hans im Glück

Was können wir dieser Gewalt entgegensetzen? Die erste Erfahrung des Grenzgängers ist, dass er Neues lernen muss. Er muss fremdes Terrain, andere Bräuche und schließlich sogar eine zweite Sprache erkunden. Erweitern wir diese Erfahrung, könnte ›voneinander lernen‹ das Passwort sein. Es enthält Botschaften, die eine doppelte Richtung angeben: vom ›Ich‹ zum ›Du‹ und vom ›Du‹ zum ›Ich‹.

Das ist die Perspektive des Wechsels, des Austausches, sie gibt damit ein wesentliches Merkmal der ›guten Grenze‹ an. Ein weiteres heißt *Vermittlung*. Die Grenze dient dem guten Leben, wenn sie zu einem Austausch verhilft, der unvermittelt nicht zustande käme oder fehlgeleitet würde.

Eins davon könnte die Pädagogik leisten: Vermittlung von Einsichten, Verhalten, Techniken der Lebensbewältigung. Denn durch die Brille der Erziehung gesehen, was muss man nicht alles können in unserer Gesellschaft! In der Schule lernen wir Lesen, Schreiben, Rechnen; davor schon lernen wir zu Hause oder im Kindergarten hoffentlich Hochdeutsch als das A und O gesellschaftlichen Aufstiegs. Wir kommen nicht hoch mit Plattdeutsch, Missingsch, Wasserpolnisch oder Kreuzberger Türkisch. Eine heikle Balance in der Körperpflege ist durch uns zu beherrschen, kein Achselschweiß soll sein, aber auch keine atemberaubende Parfumwolke. Unsere Geruchssignale, ich streifte sie schon, reichen tief ins Unterbewusste, und wer hier nicht das Hochdeutsch des Geruchs beherrscht, findet sich bald in ein Ghetto gesperrt. Weitere Beispiele spare ich mir, zumal ich die Pädagogik Fachleuten überlassen möchte.

Ohne die *Romantik* aber, die andere Botschaft, wird jede Pädagogik über kurz oder lang scheitern und dann bloß neue Grenzzäune ziehen, statt zu vermitteln. Damit ist keine Romantik der Selbstlosigkeit gemeint, nicht das Bild vom Helfer derer, die da mühselig und beladen sind. Fragwürdig ist auch die Romantik im geläufigen Sinn, wenn ein Liebespaar von einem ›romantischen Abend‹ schwärmt. Schwer tut sich die Romantik mit dem Glück, und misstrauisch sollten wir bleiben, wenn das Glück des Helden wie das der Menschheit allzu sehr beschworen wird.

Vielleicht kann es, wo das ‹Glück‹ im Spiel ist, gar keinen Helden geben. Das Glück ist noch schwieriger zu fassen als die Liebe. Beide sind an den Zufall gebunden, von dem wir nicht wissen, wo und wann er eintritt, und dem wir umso mehr ausgeliefert sind, je mehr wir ihn erzwingen wollen. Glück ist eine Grenzsituation, das Reich dahinter namenlos, nur als Negation fassbar, das Unglück. *Hans im Glück*, das ist Hans in der Fremde. Es mag ja sein, dass nur der

Tüchtige Glück hat. Aber er lebt ihm nicht nach, es fällt ihm als ein Extraverdienst seiner Tüchtigkeit zu oder auch nicht. Erwarte ja niemand Gerechtigkeit dabei!

Hans im Glück ist der Narr des Märchens. Sieben Jahre hat er in der Fremde bei einem Meister gearbeitet, und nun will er nach Hause zur Mutter. Wenn ihm auf der Heimreise auch kein körperliches Leid geschieht, darf es doch für ein ausgemachtes Unglück gelten, dass ihm unterwegs sein Lohn der sieben Jahre buchstäblich unter den Händen zerrinnt. Es ist das Märchen aus dem Land der abgeschobenen Gastarbeiter und der befristeten Aufenthaltserlaubnis, aber auch der nicht verlängerten Arbeitsbeschaffungsmaßnahme. Wir lachen über den Narren. Und er macht freundlich mit, bis er fern in der Türkei oder fern auf dem Sozialamt aus seiner Narretei erwacht. Den Fremden jenseits unserer Grenzen hören wir nicht mehr.

Niemand ist unglücklicher als der Mensch, der einzig im Glück leben will. Er wird zum ›Mensch auf der Grenze‹ und bleibt dort gefangen, bedroht vom Unglück. Wahrscheinlich wird es ihn nur zu bald ereilen. »Nichts weist darauf hin, dass der Mensch fürs Glück geschaffen ist«, schreibt der polnische Schriftsteller Andrzej Szczypiorski und fährt fort, »alles scheint vielmehr davon zu zeugen, dass Glück überhaupt unerreichbar ist, dass es höchstens als eine Art von Illumination, als eine Art von Bezauberung, als bloß eine Weile und vielleicht als ein winziger Augenblick im menschlichen Leben erscheint, das Shakespeare als die Erzählung eines Idioten voll von Wut und Geschrei bezeichnet hatte.« Es gibt auch leise Schreie. Manchmal sind sie gar unhörbar zwischen den Worten, wenn der Dritte es so will.

Romantik in ihren Ursprüngen, wo sie noch nicht ins Seichte driftet, weist auf das Schroffe, Geheimnisvolle, auch Unheimliche und Unzugängliche hin. In diesem Sinn ist auch *die Fremde* romantisch, sind es der Fremde und das Geheimnis um ihm wie um uns – sogar mitten in unserem Alltag!

Ein Mann geht am helllichten Tag durch eine Berliner Straße, da kommt ein anderer von ungefähr daher und raubt ihm im Vorbeilaufen ein Bein. Das ist die unerhörte Begebenheit in einer Geschichte des deutschen Klassikers der Romantik E.T.A. Hoffmann. Kein verfallenes Schloss wird benötigt, kein verirrter Wanderer und keine Nacht- und Nebel-Szenerie, um die passende Kulisse für eine Spukgeschichte abzugeben. Wir hören von einer Straße in der Großstadt, die jeder kennt oder kennen könnte. Das Unerwartete, im äußersten Befremdliche bricht in den Alltag ein.

Geradezu lehrstückhaft in dieser Geschichte, wenn man sich von der ersten Verblüffung erholt hat, steht das Bild des Menschen, der in seiner gewohnten Umgebung aus dem Gleichgewicht gerät. Auf einem Bein verlieren wir die überkommene Statik, werden wir es nicht mehr lange machen, bis wir mit unserem Schwerpunkt außer uns geraten und hinstürzen auf das harte Pflaster, das die Gesellschaft für solche Fälle bereithält. Vielleicht rappeln wir uns wieder auf. Nach einiger Zeit bekommen wir eine Prothese, ein gut geformtes Stück. Wir werden ihr Strumpf und Schuh anziehen und ein Hosenbein darüber tragen.

Der Romantiker muss offen sein für das Unerwartete, in seinen Ratschlägen prinzipiell nicht Bedachte. So ist Romantik nichts anderes als die Anerkennung der Einmaligkeit und Unverwechselbarkeit des Menschen, von der die Rede war. Ohne ihr Korrektiv wird die Pädagogik sich zu ehrgeizige Ziele stecken, wird sie sperriges Verhalten, auch Widerstand brandmarken. ›Voneinander lernen‹ setzt ein hohes Maß an *romantischer Toleranz* voraus, für das die Gesellschaft uns in keiner Weise rüstet.

Der Westen hat eine Kultur des Zählens und des Messens geschaffen: Zirkel und Zollstock, Chronometer, Barometer, Kompass, Psychogramm, Kilogramm, Hologramm. Wir werden dazu angehalten, über die Zeit, über Dinge, Menschen und Methoden *zu verfügen*. Derart im Geiste vorbereitet und in der Praxis nutzbar gemacht, hat unsere Zivilisation ihre technische Überlegenheit gegen die zweite und dritte Welt demonstriert. Nur in der Kunst und anderen Nischen der Gesellschaft findet sich ein Bewusstsein von dem falschen Schein dieses Blicks auf die Welt und von möglichen anderen Sichtweisen.

Die deutsche Romantik hat das Mittelalter wiederentdeckt, das die Renaissance und die Aufklärung über Jahrhunderte in die

Rumpelkammer des Aberglaubens gesteckt hatten. Das ist kaum ein Zufall. Ivan Illich, ein Advokat des Südens und Kritiker unserer technischen Zivilisation, hat *mittelalterliche Bildwelten* in der Kunst mit denen späterer Epochen verglichen. »Die Welt wird so dargestellt, als besäßen alle Kreaturen ihre eigene Lichtquelle. Licht wohnt dieser Welt mittelalterlicher Dinge inne, und das Auge des Betrachters nimmt diese als Quellen ihrer eigenen Leuchtkraft wahr.« Die eigene Lichtquelle verweist darauf, dass Gott jede Kreatur mit eigener Hand angerührt hat. Jede hat ihre eigene Würde und Unverwechselbarkeit. Es ist eine Welt des Staunens, statt des Eingriffs, eine Welt ohne Pädagogik, wenngleich nicht ohne Symbolismus.

Das ändert sich mit der Renaissance. Nun werden die Kreaturen und Dinge verfügbar. »Im Gegensatz«, schreibt Ivan Illich, »zu den leuchtenden Wesen der mittelalterlichen Welt, die in ihrem Eigenlicht glänzen und Licht aussenden (Sendelicht), malen die späteren Künstler Licht, das zeigt, was da ist (Zeigelicht)… und die Gegenstände beleuchtet (Beleuchtungslicht).« Gefeiert wird die Erfindung der *Zentralperspektive*, und der Stolz darauf dauert bis heute an. Als ich vor einigen Jahren in der Dahlemer Gemäldegalerie vor einem Meisterwerk der italienischen Renaissance stand, trat plötzlich ein grau uniformierter Museumswärter neben mich und erläuterte mir mit frischem Enthusiasmus den revolutionären zentralperspektivischen Aufbau des Bildes.

Welche Sichtweise brauchen wir nun, um voneinander zu lernen? Sollen wir einander beleuchten, messen, wägen, aufzeigen, was im Gegenüber da ist? Oder sollen wir zunächst einmal innehalten, gar nicht selbst aktiv werden, nur wahrnehmen, was der andere in seinem Eigenlicht aussendet? Mechthilde Kütemeyer, leitende Ärztin der Abteilung Psychosomatik im St. Agatha-Krankenhaus zu Köln, stellt die Frage: Welche Heilmittel braucht die Medizin? Und sie antwortet: »Die Schnelligkeit verdeckt, vertreibt andere Arten der Wahrnehmung, des Verstehens, die vermutlich nur langsam zustande kommen. *Wir brauchen eine Medizin der Langsamkeit.* Wir können gar nicht langsam genug beobachten, nicht langsam genug denken, nicht lange genug warten, bis wir handeln.«

Um Missverständnisse zu vermeiden, beeile ich mich gleich hinzu zu fügen, natürlich, wer blutet, braucht rasch einen Verband. Wer hungert, braucht erst einmal eine Suppe. Was klar auf der Hand liegt, fragt nach handgreiflicher Praxis und braucht nicht ausgebremst und verrätselt zu werden. Aber schon die Frage, warum in unserer Gesellschaft ein Mensch hungert, wäre nicht mehr umstandslos zu beantworten. Sie bräuchte mehr als die Kelle Suppe zur raschen Abhilfe. Den grimmen, zehrenden Hunger früherer Zeiten oder der Dritten Welt unterbindet die Sozialhilfe. Und doch gibt es Menschen in Deutschland, oft ältere Leute, die Hunde- und Katzenfutter essen, statt zum Sozialamt zu gehen.

Der Mensch, das zeigt uns die Romantik, hat einen eigenwilligen, geheimnisvollen und unvermittelten Kern. Die Forderung, voneinander zu lernen, statt zu belehren, nimmt diese Sichtweise auf. Inklusion der Unangepassten, der Schwachen wie der Fremden in die Gesellschaft darf nicht bedeuten, Grenzen zum Verschwinden zu bringen, die eine Frage der Identität sind. Das gilt für beide Seiten, das Ich und das Du, das Innen und das Außen.

Ohne den gegenseitigen Respekt für den inneren Schwerpunkt einer Person wird die Betreuung, Linderung, Behebung sozialer Not nicht gelingen. Dann werden wir auch dem Migranten wie dem Menschen auf der Grenze, der sich selber im Wege steht, keinen neuen Ort im Dasein vermitteln können. Wir brauchen eine Sozialarbeit der Langsamkeit. Auch im Bereich sozialer Konflikte können wir gar nicht langsam genug beobachten, nicht langsam genug denken, nicht lange genug warten, bis wir handeln. In diesem Sinn der romantischen Wahrnehmung des Menschen ist der Weg über die Literatur und die Kunst nicht umsonst.

Klaus Landahl

Der Koboldmaki und das freie Wort

Mariana besieht sich den Koboldmaki durch die Scheibe seines verglasten Käfigs.

Du musst reingehen, sagt Mike, dann verändert sich die Perspektive. Dabei lernst du was.

Das Labor ist Marianas Schulpraktikumsplatz.

Sie weiß nicht, was die Änderung ihrer Perspektive für eine Bedeutung haben soll, aber schon schließt Mike die äußere Gittertür auf, sagt: *Makis quatschen mit Ultraschall, keiner versteht sie.* Dann öffnet er die innere Tür. *So, jetzt kannst du reingehen.*

Der Maki bewegt sich nicht. Er ist nur faustgroß mit einem langen dünnen Schwanz, einem Kopf mit Segelohren und übergroßen Augäpfeln.

Mariana ist im Käfig allein mit dem Tier. Sie setzt sich auf den Boden, um auf Augenhöhe zu sein.

Augenhöhe, denkt sie, auch so ein Wort aus der Schule. Für mich bedeutet es die Sicherheit, dass der Affe mich nicht von oben anspringen kann.

Den Käfig kann Mariana erst verlassen, wenn Mike zurück ist. Sie hat keinen Schlüssel. Dass sie ohne Mike bei dem Maki sitzt, ist gegen die Vorschrift. Aber es gefällt ihr.

Wie viel Freiheit wird Tag für Tag von Vorschriften gefressen, unter Buchstaben und Ideologien vergraben, als Deckel auf der Freiheit der kleinen Leute? Muss ich mir für die Schule merken!

Und sie winkt dem Maki zu, aber nur ein klein wenig.

Mike sitzt am Schreibtisch mit Blick auf den Käfig und sortiert Papiere. Die Lüftung summt.

Für Mariana ist nicht länger der Maki im Draußen. Jetzt sitzt Mike hinter den schlagfesten Scheiben und doppelten Türen.

So schnell geht das also, denkt sie, und man ist abgestempelt als der Fremde da draußen, der Konkurrent vielleicht, gern auch als der Feind – Welch ein abgefucktes Wort! – der als Fratze die labile Stabilität irgendeines Innen zusammenhalten soll.

Der Maki sitzt reglos. Er beachtet Mariana nicht mehr, seit sie in eine entspannte Stimmung gekommen ist.

Ich bin jetzt eigentlich Innen, überlegt sie, aber könnte ich mich auch dann noch als wirklich Innen fühlen, wenn ich bei Strafe nicht wagen könnte, Unsagbares zu denken, zu sagen oder einfach nur tiefer zu graben, anders zu sehen? Müsste ich bereit sein, anderen den – sie stockt – die Füße zu lecken? In einem freien Land?

Mariana hat sich müde gedacht. Mike steht hinter der Scheibe, hat eine Mappe unter dem Arm und macht ihr Zeichen. Sie lächelt, weil sie nicht weiß, was er meint, und Mike geht, löscht das Licht, und eine Tür schließt sich geräuschvoll.

Makis sind nachtaktiv. Der Affe dreht ihr sein Gesicht zu. Im Halbdunkel füllen seine Pupillen fast das gesamte Auge aus.

Mariana sitzt immer noch auf dem Boden. Sie betrachtet den Maki bereits mit freundlichem Interesse.

Mariana will gerade aufstehen, sie bewegt sich, und der Affe springt wohl drei Meter weit über ihren Kopf hinweg an die gegenüberliegende Scheibe. Die Ballen an seinen langen Fingern wirken wie Saugnäpfe. Den Kopf hat er im Fluge gedreht, als wollte er ihn abschrauben.

Mariana bleibt am Boden hocken, während der Maki reglos an der Scheibe hängt und Mariana mit seinen großen dunklen Augen ansieht. *Mag er auch springen, denkt sie, es gibt für ihn keine Flucht aus dem gläsernen Käfig.*

Der Maki öffnet den Mund und gähnt.

Langsam beginnt Mariana, den Affen zu verstehen, diesen Rechtlosen, Verschleppten, auch wenn sie den Ultraschall seiner Laute nicht aufnehmen kann. Sie ist tatsächlich in einem anderen Innen, und das Labor und Mike sind im Außen.

Auf was für neue Gedanken man in der Unfreiheit eines Käfigs kommen kann, wundert sie sich. Auch das will sie aus ihrem Schulpraktikum mitnehmen.

Mariana hat in der Dunkelheit jetzt fast so große Augen wie der Maki an der Scheibe, und ihr Mund steht ein wenig offen.

Bedeutet das nicht, denkt sie laut in ihrer Unruhe, *dass das freie Denken, das freie Wort und das freie Tun – letztlich egal ob richtig oder falsch – dass diese Freiheit nur in einem Dreiklang Wirklichkeit ist und niemand, unter welchem Vorwand auch immer, mich oder den Maki einhegen oder ausgrenzen darf?*

Freiheit kann man nicht behaupten, aber riechen. Wir müssen sie erfahren und aushalten, gerade dann, wenn es eng wird.

Sie wird auch das als offenen Punkt aus dem Praktikum mitnehmen.

Mariana erschrickt, als der Affe mit einem Satz neben ihr ist und sogar ihren Fuß berührt. Sie ist wohl ein wenig eingedöst. Es ist immer noch dunkel.

Die Lüftung brummt.

Jäh geht das Licht an.

Mike ist zurückgekommen und öffnet die Käfigtüren. Die Pupillen des Makis sind nur noch so groß wie ein Stecknadelkopf.

Mariana hat die Veränderung beobachtet. Sie sagt: *Dieser Maki ist ein liebes Kerlchen.*

Mag sein, erwidert Mike, aber wir brauchen ihn nicht mehr. Morgen wird er eingeschläfert.

Mariana ist entsetzt. *Warum lasst ihr ihn nicht frei?*

Mike berührt ihre Schulter. *Der Kleine ist doch ohnehin fast schon tot, nicht anders als die Menschen, wenn sie aus den Schrecken des Krieges kommen. Oder aus Guantanamo.*

Plötzlich ruft er aufgeregt: *Wo steckt der Affe überhaupt?*

Genau in diesem Augenblick katapultiert sich der Maki aus dem Käfig.

Fort und frei, lacht das Mädchen, *du hast beide Türen offen gelassen. Wenn man lebendige Wesen ungefragt in den Tod schicken will, sollte man vorher alle Türen und Fenster verriegeln!*

Bernhard Laux

Glauben und Wissen

Im Anfang war das Wort
und das Wort war Gott
heißt es
schlicht bestimmend
in der alt-analogen
Prophetenschrift

In
künstlich intelligenten
Zeiten sind
Wort, Bild und Klang
vogelfrei

Lüge und Wahrheit
erscheinen zwillingsgleich
im Netz
der unsozialen Waren-
Propheten und Meinungs-
Influencer

Simplifizierer
haben Hochkonjunktur
Vorurteile speisen
das Bauchgefühl
als geblähten Ersatz
für nüchternes Denken
Glauben
ersetzt das Wissen

Mühsam wie je
ist die Suche nach
Wahrheit
Mühsamer
ist es
sie zu schützen

Im Anfang war das Wort
und das Wort war Gott
heißt es
schlicht bestimmend
in der weltweit verbreiteten
Schrift der
Glaubens-Influencer
War das authentisch?

Ferdinand Blume-Werry

Vier Tage im Februar – Tägliche Intervention

Zurzeit leben wir in einer von allen Seiten ideologisch aufgeladenen Gesellschaft und erleben, von Tatsachen überhäuft, ein Ringen um Orientierung. Bis hin zu fest geglaubten Überzeugungen geraten Standpunkte ins Wanken, bilden sich Risse, Brüche, Frakturen und Fraktionen, aus denen das Kraut der Uneinigkeit schießt. All das ist Ausdruck einer durch Ideenwettbewerb gekennzeichneten Demokratie, deren Undurchschaubarkeit zugleich Populisten mit ihrem Bild einer ›Normalität‹ Auftrieb verschafft; nachzulesen in einer Flut von Texten, die nicht nur Tatsachen behaupten, sondern realistischerweise selbst Tatsachen sind. Wir stellen deshalb die These an den Anfang, dass auch Texte Tatsachen sind, ist doch jeder Text das Ergebnis eines Tuns, für das wir verantwortlich sind, wenn wir aus freien Stücken gehandelt haben. Hier eröffnet sich für die Freiheit des Wortes zugleich eine ethische Dimension, sofern wir sie, die Freiheit, intuitiv als Handlungsfreiheit ansehen und damit ihre Rückführbarkeit auf uns als Handelnde; Freiheit als hinreichende Bedingung von Verantwortung. Die These ist zunächst nicht von der Hand zu weisen. In letzter Konsequenz wäre aus ihr die Forderung ableitbar, dass durch Wortwerke moralische Tatsachen in Geltung gebracht werden; und zwar für alle, nicht nur die literarischen Texte. Wir werden darauf zurückkommen und werfen zunächst einen Blick in das aktuelle Geschehen.

Denk ich an Deutschland … an diesem 15. Februar 2024, bestätigt mich die flammende Rede, die Claudia Roth auf der heutigen Eröffnungsfeier der 74. Berlinale hielt. Es sind die Beweggründe, die den Inhalt ihrer Gedanken führen, ihr als Kulturstaatsministerin entschiedenes Entgegentreten einer schamlos agierenden rechtsextremen und demokratiefeindlichen Minderheit gegenüber. Noch vor Eröffnung des Film-Festivals wurde die Teilnahme von AfD-Politikern bei der Veranstaltung unterbunden. Was diese Partei seit Monaten als ›Alternative‹ für unser Land anbietet, ist ein populistischer Stimmenfang im Lager derer, die nicht mitdenken, sondern nur blind mitlaufen und dabei ein Gedankengut auferstehen lassen, das viele noch bis vor kurzem als tot glaubten. Wiedergänger nazistischen Terrors mit all den schlimmen Facetten, die messerscharf ins Fleisch der Freiheit fahren, der Vielfalt, der Herkunft, der Sprache und der Menschen. Ob die Ausgrenzung klug war, sei dahingestellt; letztlich befördert sie eine verzweifelte Polemik von Denkern wie Michael Andrick, der uns aktuell *Im Moralgefängnis* sieht und sich ausdrücklich »gegen einen demagogisch zur Einschüchterung des freien Wortes ausgeschlachteten ›Kampf gegen Rechts‹« (S. 97) stellt.

… *in der Nacht* … liege ich mit den Gedanken über das wach, was all die gegenwärtigen gesellschaftlichen Kipppunkte mit mir machen und wie die von der Politik als ›Zeitenwende‹ ausgerufene Gegenwart mich unweigerlich auch in eine Vergangenheit zwingt, als sei die Erinnerung der einzig mögliche Ausdruck von Freiheit. Es ist knapp fünfzig Jahre her, als ich mich erstmals mit dem Problem der Freiheit ernsthaft auseinandergesetzt habe. Damals kam ich gerade von einer ausgedehnten Reise durch Spanien und Marokko zurück. In der Post lag der Einberufungsbefehl zum Grundwehrdienst. In mir rang meine pazifistische Grundhaltung mit der Einstellung, Urteile stets aus eigener Erfahrung heraus zu fällen, was mich zunächst dazu bewog, den Dienst anzutreten. Es kam wie es kommen musste. Einschlägige Erlebnisse ließen mich verweigern und ich wechselte in den Zivildienst. – Im Traum mischen sich dann Bilder, die unheilige Allianz der kleinen und der großen Schrecken, eine sprachlose Welt. Die Repressalien, denen ich nach der bewussten Missachtung eines Schießbefehls ausgesetzt war, als ich noch glaubte, man könne das Kriegshandwerk abschaffen, durchziehen die unvergessenen Bilder des Massakers von Butscha.

… *Dann bin ich um den Schlaf gebracht* … bin am nächsten Morgen wieder fünfzig Jahre älter. Aus meiner Vergangenheit aufgetaucht, holt mich am 16. Februar 2024 die Realität ein, eine im Laufe der Jahrzehnte gewandelte andere Wirklichkeit? Damals unsere Forderungen nach Abrüstung, heute Meldungen über die Notwendigkeit einer Aufrüstung, angeschürt durch den inzwischen schon zweijährigen Krieg in der Ukraine, den der diktatorische Kremlchef Putin lostrat. Und die traurige Nachricht über seinen prominentesten Gegner, Alexej Navalny, der heute in einem sibirischen Straflager verstorben sei. In den gleichgeschalteten Medien Russlands war davon nur am Rande die Rede. Während hierzulande die medialen Wellen hochschlagen und alles, was Rang und Namen hat, seine Betroffenheit zum Ausdruck bringt. Ein Sinnbild der Freiheit und ein Hoffnungsträger der russischen Opposition ist gestorben, vermutlich umgebracht worden. Die Kausalität der Ereignisse war vorauszusehen, als Navalny nach dem auf ihn ausgeübten Giftanschlag und seiner anschließenden Behandlung in der Berliner Charité nach Russland zurückkehrte und mutig bis zuletzt zum Widerstand aufrief. Bestimmt nicht, um zum *Märtyrer zu werden.*

Spätestens an diesem Punkt wird der Unterschied zwischen physischer und geistiger Freiheit deutlich. War es nicht Solschenizyn mit seinen Berichten über die Straflager in der damaligen Sowjetunion, die mir vor fünfzig Jahren zum Inbegriff für die Freiheit des Wortes wurden? War mir die streckenweise quälende Lektüre seines *Archipel GULAG* im damals Kalten Krieg nicht zum Auslöser für erste Gedichte geworden? Mein altes literarisches Tagebuch, das mir kürzlich wieder in die Hände fiel, berichtet davon. Auch davon, was wir neben der philosophischen, gesellschaftlichen und religionsbezogenen Diskussion zum Thema mit der künstlerischen Freiheit meinen: einen phantasievollen Umgang mit dem Wort, der alle anderen Begriffe der Freiheit, wenngleich nicht mit einschließt, so doch auf sie zurückwirkt. Denn nur in der Kunst ist es möglich, auch das eigentlich Unvorstellbare darzustellen. Man denke etwa an Paul Celans *Todesfuge*, in der er das Oxymoron »Schwarze Milch der Frühe« für die Schoah verwendet. Oder an den *Birkenau-Zyklus* von Gerhard Richter mit seinen übermalten und überrakelten Flächen.

… *Ich kann nicht mehr die Augen schließen* … unerträglich sind die Geschehnisse auch im Nahen Osten. Das grauenvolle Massaker der Hamas im vergangenen Herbst und die völlig überzogene Reaktion Israels mit der Zerstörung des Gazastreifens, die den Tod zahlreicher palästinensischer Zivilisten in Kauf nimmt. Nicht hinzunehmen sind die Aktionen beider Seiten, da durch sie ein friedliches Miteinander nachhaltig untergraben wird und die Ausweitung des kriegerischen Konflikts auf die Nachbarstaaten droht. Erneut denke ich an die Stellungnahme, die Jürgen Habermas und andere dazu bereits im November des vergangenen Jahres auf der Homepage des Forschungszentrums für Normative Ordnungen veröffentlicht haben. Die Kontroversen, die dieser knappe Text seither ausgelöst hat, erinnern mich an die Gespräche, die ich im Sommer 1973, noch als Schüler und kurz vor dem Jom Kippur Krieg, auf dem Balkon des alten Rathauses von Jerusalem mit Vertretern der Stadt führte: Der schwelende Konflikt zwischen den Bevölkerungsgruppen und deren Selbstbehauptung mit der beiderseitigen Versicherung, nicht ursächlicher Auslöser der jeweils konfliktbeladenen Auseinandersetzung zu sein. Die Betonung geschichtlicher und religiöser Unterschiede statt einer Fokussierung auf für alle gleichermaßen geltende Rechte. Die radikale, teils militante Siedlungspolitik im Westjordanland statt eines ernsthaften Strebens nach einer durch die internationale Völkergemeinschaft anzuerkennenden Zweistaatenlösung. Schließlich misst das Völkerrecht nicht mit zweierlei Maß.

… *Und meine heißen Tränen fließen* … heißt es weiter in Heinrich Heines *Nachtgedanken*. Inzwischen ist der 17. Februar angebrochen. Heines Todestag. Zu unrund, um in den Kulturnachrichten erwähnt zu werden. Stattdessen bestimmt weiterhin Politisches das Tagesgeschehen. Um Hans-Georg Maaßen wird eine neue Partei gegründet, die sogenannte Werte-Union, deren Gründungsprogramm den Titel »Wir wählen die Freiheit« trägt. Eine Partei, die im politischen Spektrum eindeutig hinter der Brandmauer anzusiedeln ist, die inzwischen selbst von der rechtskonservativen Mitte rhetorisch hochgezogen wird. Man behalte das antisemitische und verschwörungsideologische Vokabular des Gründers in Erinnerung, auch seine völkische Ausdrucksweise. Vor diesem Hintergrund muss es irritieren, wenn sich die neugegründete Partei ausgerechnet den Begriff der Werte auf ihre Fahnen schreibt und sich sozusagen die Freiheit herausnimmt, einem Wertesystem folgen zu wollen, das nur für sie als begrenzte Gruppe gilt. Insofern ist es nicht überzogen, dass die durch den Parteinamen ausgedrückte Union der Werte dem Irrweg eines Wertepluralismus folgt. Erinnern wir uns an das, was vor 90 Jahren von Carl Schmitt infam als »Verfassung der Freiheit« bezeichnet wurde, nämlich die antisemitischen Nürnberger Gesetze, so drängt sich geradezu der Gedanke auf, dass der ehemalige Verfassungsschutzpräsident im Kielwasser des umstrittenen Verfassungsrechtlers schwimmt und damit einen bestimmten Wertekodex der doch universalen Gültigkeit von Werten gegenüberstellt.

Nichts … *lächelt fort die deutschen Sorgen …*, die wir uns auch dann zu eigen machen, wenn sie in der Ferne stattfinden, einer Ferne, die es in einer globalisierten Welt jedoch nicht mehr gibt. Auch am 18. Februar, einem Tag, an dem ich mal wieder an Julian Assange denken muss, dem bei Auslieferung Großbritanniens an die USA 150 Jahre Haft wegen Geheimnisverrats drohen. Nicht nur seine Unterstützer wie Günter Wallraff, selbst der UNO-Sonderberichterstatter für Folter sehen in dem Prozess des Wikileaks-Gründers eine Bewährungsprobe für freie Demokratien. Nackte Tatsachen ans Licht der Öffentlichkeit zu bringen, muss möglich bleiben. Assange ist für die Veröffentlichung verantwortlich, nicht aber für den Inhalt der veröffentlichten Informationen. Somit stellt sich die Frage, welchen Stellenwert wir in unserer freiheitlichen Welt noch der Wahrheit beimessen; und das bei gleichzeitiger Verurteilung ihrer Unterdrückung in diktatorischen Systemen. Bedenken wir nur die unverhohlene Nähe zu den Winkelzügen putinistischer Rhetorik, die Donald Trump mit seinen täglichen Aktionen durch Fake News vom Zaun bricht, so stellt sich die Frage umso dringlicher, inwiefern Tatsachen, die doch objektive Wahrheiten sind, mit tatsächlicher Amoralität einhergehen: Wenn die Freiheit des Wortes durch Demagogen missbraucht wird. Wenn selbst europäische Politiker vereinzelt die Tendenz zeigen, demokratische Strukturen zu unterwandern. Wenn Freiheit nicht mehr an Verantwortung geknüpft wird, sondern missbräuchlich in nur mehr machtpolitisches Kalkül umschlägt.

Die Frage bringt uns zurück zu der eingangs formulierten These. Welche Wege einer Freiheit des Wortes wollen wir gehen und wie äußert sie sich in einzelnen Texten? Was ist durch die Meinungsfreiheit in einer parlamentarischen Auseinandersetzung gedeckt und was grenzt an Hetze? Wie wirkt sich die oftmals in der digitalen Parallelwelt zu beobachtende Hemmungslosigkeit auf unsere analoge Welt aus? Folgt inzwischen unser »digitales Ich« nicht einem völlig anderen, an Willkür grenzenden Begriff der Freiheit, begünstigt durch eine scheinbare Anonymität des Internets und den Glauben, einer Verantwortung für Posts entzogen zu sein? Und schließlich: Was bedeutet die Freiheit des Wortes für künstlerisch-schriftstellerische Texte, die wesentlich einer Deutung bedürfen und nach dem Grundgesetz (Art. 5 Abs. 3) einem besonderen Schutz unterliegen? Die These lautete – im Übrigen gegen Nietzsches nachgelassene These »Gerade Tatsachen gibt es nicht, sondern nur Interpretationen« –, dass auch Texte Tatsachen sind, dass sie aus einer Freiheit entstehen und dass diese eine Verantwortung begründet, womit Texte zugleich moralische Tatsachen auf den Plan rufen. Gleichwohl sind Texte von einer natürlichen Außenwelt unterscheidbar. Sie gehören einem anderen Wirklichkeitsbereich oder Sinnfeld an. Der Stein, über den wir frühmorgens vor der Tür stolpern, ist ein anderer als derjenige, welcher uns über sein Wort in einem Text stolpern lässt. Letztlich sind beides Zeichen, über die wir wahrheitsfähige Aussagen treffen können. Man könnte sagen, ein Text sei eine Tatsache im Wirklichkeitsbereich der Sprache; das, was ihn zur Tatsache macht, sei sein propositionaler Gehalt.

Als Schriftsteller gehören Texte zu unserem ontologischen Inventar. Sie sind integraler Bestandteil unserer Wirklichkeit, deren

Wirkung den sensorisch vorgefundenen Tatsachen einer empirisch zugänglichen Welt in nichts nachsteht. Nicht zuletzt, da auch Fiktionen etwas Wirkliches sind, plädiere ich für eine realistische Sichtweise auf unsere umbrechende Welt. Führt doch ein fiktiver Irrealismus, der behauptet, dass etwas etwas anderes sei, zu weiteren Desorientierungen, auch hinsichtlich unserer Wertvorstellungen. Existieren doch moralische Tatsachen unabhängig von unseren subjektiven Einstellungen und sind nicht auf andere Tatsachen reduzierbar. Folgt man somit der nicht-naturalistischen Sichtweise eines moralischen Realismus, so sind zweifelsohne moralische von natürlichen Tatsachen metaphysisch unterscheidbar. Erstere liegen *sui generis* vor und sind weder mit dem Text identisch noch auf ihn reduzierbar; gleichwohl sind sie aber aus ihm ablesbar. In diesem Zusammenhang wird es darauf ankommen, in der derzeit aufgeheizten Politisierung von Sprache deutlich zwischen künstlerischen und nichtkünstlerischen Texten zu differenzieren und uns dafür zu sensibilisieren, inwiefern die Kunstform inzwischen für völkisch-rechtsradikalisierte Äußerungen missbraucht wird, was insbesondere in der Musikszene zu beobachten ist. Dabei haben die bitter-abgründigen Texte der Hammerskins im Vergleich zu den abgrundsüßen Gedichten des Rammstein-Sängers Till Lindemann nichts gemein; ebenso wenig wie die an Verblendung nicht zu überbietenden Reden eines Björn Höcke mit dem oftmals zu zaghaften Licht, ja Streulicht der derzeitigen Regierungskoalition.

Wörter befreien die Dinge auf seltsame Weise. Eine künstlerische Erfahrung kann keine wissenschaftliche Erklärung sein, in der Freiheit durch manche als emergentes Bewusstseinsphänomen beschrieben wird; Krücke einer Erklärung, mit der wir um die Wiedergewinnung einer verlorenen Einheit ringen. In einem Gedicht sind es gerade die sich überlagernden Sinnfelder, die Komposition, das In-Eins-Kommen dessen, was eine Philosophie, um konsistent zu sein, als getrennte Bereiche erachten muss: »In mir das Gedicht in den Kiefern« lautet die Schlusszeile von Robert Schindels Gedicht *Ich möchte es wieder haben.* Die sinnliche Erfahrung einer Kiefer korrespondiert mit ihrer ästhetischen Erfahrung im Text.

Die Freiheit des Wortes, in diesem Fall des dichterischen, verweist hier sprachreflexiv auf den Prozess des Verstehens, letztlich auf die Semiose, die das Wort zurückwirft auf den durch ihn bezeichneten Gegenstand und umgekehrt, um das Rad der Bedeutung in Schwung zu halten. Ihm sich auszuliefern ist unser tägliches Brot.

Gudrun Pfeifer-Kersting

Fragile

Worte
Wie Bäume
Aus luftiger
Wurzel
Geworfen
Einander zweigend
Sich atmend
Grenzenlos
Steigend

Beschützt sie!

Gudrun Pfeifer-Kersting

Sprache

Sie dient uns
Sie verbindet uns
Sie trägt uns
Sie hilft uns ertragen

Sie beglückt uns
Sie erzieht uns
Sie erschüttert uns
Sie verleiht uns Gehör

Sie offenbart uns
Sie versteckt uns
Sie verbiegt sich für uns
Sie erheitert uns
Manchmal erlöst sie uns …

Wer ist sie,
die uns Freiheit ermöglicht,
wenn wir sie frei machen
von Unterdrückung,
von Lüge,
von Gewalt

?

Gudrun Pfeifer-Kersting

Schwerter

Mein stiller Bruder
In Laken des Schweigens
Gehüllt
Früh schlug man dir Wunden
Sie schlossen sich nie
Gespensterhaft leer
Wie erblindete Augen
Umstehen sie träumend
Dein hellblaues Herz

Am Anfang des Lebens
Verletzen sie tiefer
Die Klingen gewaltsamer Worte
Du kannst ja nicht anders
Als lieben

Gudrun Pfeifer-Kersting

Kirmes

Das Wesenlose flasht uns sehr,
wir sind ihm ganz verfallen.
Es wirft uns hin und wirft uns her,
die Schreie lustvoll hallen.

Doch damit ist es nicht genug
Im Dunkeln warten Geister.
Wir lieben Spuk, und wählen Trug,
die Lüge wird uns Meister.

Manch Hardware wächst in Körper ein,
damit wir länger halten.
Maschinen sollen Künstler sein,
und unsre Welt gestalten.

Wenn du die Lage kritisch siehst,
dann wirst du aussortiert.
Wer offen gegen Marktmacht steht,
der hat zu viel riskiert.

Verächtlich blickt man auf den Drang,
der Wahrheit nachzustreben.
Statt Wirklichkeit ein Narrativ!
Konsum statt freiem Leben!

Christina Oskui

Der Steinwurm

Es war einmal ein Wurm, der sich wissbegierig in seinem Umfeld umsah. Er schaute in viele Gärten, dabei fiel ihm ein Garten sofort ins Blickfeld, denn er war nicht grün wie die anderen Gärten, die er so liebte und in denen er schon viel erlebt hatte.

Dieser besondere Garten weckte seine Neugier, denn er lag vor ihm in verschiedenen Grautönen. Der Wurm kroch zum riesigen Tor, das nur einen Spalt breit geöffnet war. Als er das Tor passierte, sah er, dass der Garten der ordentlichste war, den er je gesehen hatte. Kein Unkraut, kein einziger noch so winziger Grashalm wuchs hier. Wenn es Blumen gab, so waren sie akkurat in Blumentöpfen.

In manchen Blumentöpfen konnte sich der Wurm sogar spiegeln. Er hielt an und schaute auf sein Spiegelbild, was ihn erst ganz breit und kurz aussehen ließ, dann richtete er sich auf und schien plötzlich lang wie eine Schlange, das amüsierte ihn sehr. So verging eine Weile, bis ihm auffiel, dass außer ihm hier keine anderen Tiere und Insekten zu sehen waren.

»Das konnte doch nicht sein!«, dachte er insgeheim, »es muss doch auch hier, unter irgendeinem Stein versteckt, jemanden geben, der hier lebt!«.

»Hallo, ist hier jemand?«

Seine Stimme hallte von den Blumentöpfen zurück.

Es blieb still, keine Biene, die hier summte, keine Hummel, die hier brummte, nicht irgendein Kriechtier. Stille! Nichts, einfach nichts!

So sehr er sich anschickte, die Blumentöpfe hochzukriechen, es war vergebens, er rutschte an dem spiegelglatten Material immer wieder ab. Mittlerweile war er ziemlich erschöpft. Er suchte vergebens ein Fleckchen Erde in das er sich verkriechen könnte. Plötzlich vernahm er ein unüberhörbares Knurren. Das war aber nur sein Magen, der ihm signalisierte, dass er Hunger hatte.

In der Ferne sah er etwas, was so hoch wie ein Komposthaufen war, schnell eilte er sich, dorthin zu kommen. Enttäuscht musterte er den Haufen, als er ihn endlich erreichte. Es waren lauter Steine, von menschlicher Hand kunstvoll übereinandergestapelt.

»Wenigstens eine kleine Pfütze, ein Schlückchen Wasser, Mutter Erde, bitte!«, rief er in die Stille.

Verzweiflung machte sich in dem Wurm breit, kein Freund weit und breit, keine helfende Hand, die ihm den Weg zurück ins Erdreich ermöglichen würde. Der Weg zurück in die wilden Gärten war für ihn, so matt und müde er war, unerreichbar.

Selbst über einen Vogel hätte er sich jetzt gefreut. Bestünde doch dann wenigstens die Chance, dass der ihn als Futter für seine Jungen fangen würde und durch die Lüfte davontrüge. Mit etwas Glück könnte er sich ja befreien. Aber lieber von einem jungen Vogel gefressen werden, als in dieser Steinwüste sterben.

Seine Hilflosigkeit übermannte ihn: »Dieser Garten war nicht besonders, er war tot, er hat nie gelebt, in ihm hat nie jemand gelebt. Er ist ohne Jahreszeiten immer gleich kalt und trostlos, wie diese Kästen, die sie Häuser nennen. In ihnen können die Menschen auch nicht leben und atmen, sie müssen die Fenster öffnen, damit Luft hereinkommt, um dann eines Tages in einer kleineren Kiste herausgetragen zu werden. Dann endlich landen sie in Mutter Erde und schließen sich dem Kreislauf der Natur an.

Die Natur, die die meisten von ihnen meiden, sie tragen Schuhe, um nicht den Boden zu berühren. Sie laufen, hüpfen, springen oder kriechen nicht, sie fahren, um nicht in Kontakt mit der Wiese oder dem Waldboden zu kommen. Sie asphaltieren die Böden und so kann kein Regenwasser mehr in meinen Lebensraum dringen.

Sie steigen in Kisten, mit denen sie fahren, weil auch ihre Füße nicht auf den Straßen laufen wollen.

Was haben sich die Menschen dabei nur gedacht, als sie diesen Garten angelegt haben? Wahrscheinlich waren die Blumen in den Blumentöpfen gar nicht echt, sondern aus Plastik! Pfui, IGITT, dieses Zeug, das nie vergeht und ungenießbar ist. Noch so eine unnütze Erfindung des Menschen!«

Wut und Verzweiflung machten sich in dem Wurm breit, der Hunger nahm den restlichen Platz in seinem Bauch ein.

»Ich werde es euch zeigen, ihr dummen Menschen! Zu oft habe ich gesehen, was ihr anrichtet und mir gedacht, sie werden es noch merken, sie sind schlau, sie können sich noch ändern. Wenn ihr mit euren Kindern gespielt und ihnen alles gezeigt und erklärt habt, habe ich euch oft beobachtet und hatte Hoffnung auf eine Zukunft für unsere Erde. Aber was macht ihr jetzt? Ihr gebt den Kindern automatische Kästen in die Hand, statt sie im Gras oder Sand spielen zu lassen. Die Welt, die sie kennenlernen, kommt aus diesen kleinen Dingern, anstatt ihnen den Blick in die Natur zu eröffnen. Ich mag nur ein kleiner Wurm in euren Augen sein, aber ich werde etwas verändern und wenn es das Letzte ist, was ich tun werde«, sprach er mutig zu sich selbst, als er den ersten Bissen von dem dicksten Stein nahm. Er biss noch mal kräftiger zu, ein Brocken löste sich.

»Bäh!«, spuckte er ihn angewidert aus. »Ich muss es tun, ich muss ihnen Einhalt gebieten!«, er biss einen noch größeren Brocken aus dem Stein, er wiederholte das, so oft er konnte. Schluckte die dicksten Brocken, auch wenn er wusste, dass das seinen sicheren Tod bedeuten würde.

Sein Bauch wurde schwer und schwerer, bis der arme Wurm in der Mitte zerbarst: »Adieu du schöne Welt, ich habe es für deinen Fortbestand getan, sei gut zu mir und gib mich in ein schönes neues Leben zurück!«, ächzte er, bevor er qualvoll starb.

Mutter Erde war sehr beeindruckt von dem Opfer des Wurms, er hatte sein Leben gegeben als Protest gegen die mächtigen Menschen. Die Menschen, die sicherlich nicht einmal bemerkt hatten, dass dieser Wurm ihretwegen starb. Sie überlegte, wie sie seinem letzten Wunsch entsprechen könnte, und wie sie den Menschen ein Zeichen geben würde, damit dieses Opfer nicht umsonst war.

Ein paar Wochen später geschah es, dass ein Kind an dem Steinhaufen vorbei ging und das Loch in dem Stein sah, das der Wurm hineingebissen hatte. Es war gefüllt mit Erde, und ein winziger Halm reckte sich kräftig und grün hervor.

Der kleine Junge holte eine Flasche mit Wasser und goss das Pflänzchen fortan jeden Tag. Er kümmerte sich gut darum und so wuchs doch auf dem Steinhaufen eine Pusteblume, die ihn sehr entzückte. Diese feine Blüte, die wie Spinnweben so zart und zerbrechlich schien.

Dieses plüschig-flauschige Köpfchen wollte er sich genauer anschauen. Er bückte sich tief und spürte auf seinem Gesicht ein Streicheln. Er schnupperte an der Blüte und musste plötzlich heftig niesen. Die Blüte zerstob in viele Richtungen und der Wind trug die kleinen Fallschirmchen hinfort.

Der Junge war traurig, dass er seine Blume zerstört hatte, und er kümmerte sich nun noch mehr um den Rest der Pflanze, weil er hoffte, dass sie ihm noch einmal so eine Blüte schenken würde. Mutter Erde beobachtete ihn dabei und überlegte sich, wie sie den Menschen eine Lektion erteilen könnte. Sie schenkte dem Jungen eine zweite Chance und ließ das Pflänzchen weiterwachsen. So zart diese auch anfangs mit ihrem flauschigen Köpfchen anmutete, würden die anderen Menschen sie nicht vernichten, sie würden neugierig an ihr vorbeigehen. Wenn sie aber die Blüte abreißen würden, will ich der Pflanze zum einen starke, lange Wurzeln für einen festen Halt im Erdreich geben und zum anderen werde ich ihr Samen schenken, die sich selbst aussäen, sobald sie nur ein Windhauch streifen wird.

Der Junge traute seinen Augen nicht, als er eines Morgens eine neue Blüte an seiner Pflanze entdeckte. Im Öffnen erstrahlte sie sonnengelb. Er nahm ein paar Tropfen aus seiner Wasserflasche und benetzte die Blüte vorsichtig, denn die Blätter der Pflanze sahen bedrohlich aus, als wollten sie ihm ihre zackigen Zähne zeigen; deshalb gab er ihr den Namen: »Löwenzahn!«. Mutter Erde schmunzelte, denn ihr gefiel dieser Name.

Im folgenden Frühling machte sie dem Jungen erneut ein Geschenk: ein Hügel voller Pusteblumen, in denen sich das Insektenleben tummelte. Sofern es dort noch immer Steine gab, krabbelten darunter die Kellerasseln. Würmer und andere Tiere durchpflügten das Erdreich. Der Steinwurm, der sich geopfert hatte, brachte Mutter Erde dazu, den vermeintlich schwachen Lebewesen immer eine starke Gabe oder eine unfassbare Kraft mitzugeben. Der Maulwurf* zum Beispiel, der im Erdreich fast blind ist, hat schaufelartige Vorderbeine mit denen er das 20-fache seines Gewichtes bewegen und Erde weit werfen kann.

Die Gabe des kleinen Jungen war, dass er seinen Eltern glaubhaft erzählen konnte, dass es viel schöner ist einen lebendigen Garten zu haben, mit allem, was da kreucht und fleucht. Von da an lebte diese Familie im Einklang mit der Natur und verstand den ewigen Kreislauf des Lebens. Ihr Garten ist heute durch viel Verständnis und mit viel Hingabe besonders bunt und wild gewachsen.

*Der althochdeutsche Begriff war »Moltewurf«, denn »Molte« bedeutete »Erde«, deshalb hätte er auch »Erdwerfer« heißen können.

Antje Kelle

Zensur. Ein Tryptichon

Zensur

Die Buchstaben geknebelt.
Die Worte erstickt.
Die Sätze verstummt.
Und
das Ungesagte schreit
nach innen.

Hoffnung

So viel Willkür.
So viel Ohnmacht.
So viel Schweigen.
Deshalb
misch dich ein!
Gib den Sprachlosen eine Stimme!
Deine Stimme.

Worte

Noch
warten sie
wach und bereit,
bis
ihre Schöpfungskraft
um Formung ringt:

Sie ahnen und suchen,
erst flüchtiger Hauch:
Sie drängen und klären,
schon reifender Sinn:
Sie hoffen und wagen,
dann machtvoller Ruf:

Es werde!

Und Worte werden Wirklichkeit.

Margret Silvester

Hurra, wir feiern

Hurra, wir feiern
Mit beseeltem Willen
Im Frieden der Welt
kraft Grundgesetz
in der verfassungsgebenden
Gewalt
Einig Europa
Gleichberechtigt
Hurra, wir feiern
75 Kerzen auf der Torte.
Unsere Würde
unantastbar
wird geachtet und geschützt
verpflichtend durch staatliche Gewalt.
Unantastbar und
gleichberechtigt.
Ein Volk mit Menschenrechten
als Grundlage jeder menschlichen Gemeinschaft

Ein Bekenntnis zum Frieden und
Der Gerechtigkeit in der Welt.
Die festgeschriebenen Grundrechte binden Gesetzgebung,
vollziehende Gewalt
und Rechtsprechung als unmittelbar geltendes Recht
gleichberechtigt.
Hurra, wir feiern es.
Das Wort FREIHEIT
Vierzehnmal
kannst du es schwarz auf weiß
nach Hause tragen.
Im Grundgesetz.

III. Abschnitt
Bewohner der parallelen Realität

»Das Halbverstandene und Halberfahrene ist nicht die Vorstufe der Bildung, sondern ihr Todfeind«.

Theodor W. Adorno: Soziologische Schriften I
Suhrkamp Verlag

Christine Sterly-Paulsen: Nacht ohne Mond – nach einem griechischen Rembetiko, »was hat der Junge getan, dass man ihn einsperrt ...«

Ines Geishauser

Meer, Glas

In der Nacht, bevor David kam, träumte ich wieder, dass meine Texte kritisiert werden sollten. Der Kritiker war Jens, ein Nachbar aus der alten Stadtwohnung. Im Traum konnte ich durch die Wand in sein Arbeitszimmer gelangen. Jens lag auf einem schwarzen Liegestuhl aus Leder, und obwohl wir einen Termin für das Gespräch ausgemacht hatten, beachtete er mich gar nicht. Ich setzte mich auf einen Stuhl und wartete darauf, dass er beginnen würde. Doch Jens sprach nur über sich selbst, über seine langjährige Erfahrung mit solchen Prozessen. Ich wurde unruhig, denn es stand uns nur eine bestimmte Zeit zur Verfügung, und diese Zeit wollte ich ausnützen. Fahrig versuchte ich, meine Papiere zu ordnen. Das riesige Notizbuch auf meinem Schoß fiel beinahe auseinander. Im Laufe der Jahre hatte ich viele Zettel und Fotos eingeklebt, hatte verworfene Seiten herausgerissen, manche wieder eingefügt. Endlich fand ich die letzte freie Seite, die ich für Notizen dieser Kritik reserviert hatte, doch die Zeit war schon vorbei. Ich klappte das Buch zu, stand auf und ging.

»Wer ist denn dieser Jens«, fragte David. »Kenne ich den?«

»Ich glaube nicht. Er ist eingezogen, als du schon fort warst. Um die fünfzig, arbeitet als Headhunter, trägt eine dicke Brille aus Büffelhorn. Schreibt Mails in Marketingsprache. Ich glaube gar nicht, dass er sich für Literatur interessiert oder etwas davon versteht.«

»Die Frage ist, warum gerade er als Kritiker auftritt«, sagte David.

Der Strand lag noch im Schatten der Steilküste, das Meer ruhig und grau, wie eingefroren, nur weit draußen blitzten Wellenkämme weiß in der aufsteigenden Sonne.

»Worüber schreibst du gerade?«, fragte David.

»Über das Schreiben«, sagte ich. »Über Wege, die meine Gedanken nehmen. Darüber, wie etwas Neues entsteht.«

»Und solche Texte vertraust du diesem Jens an?«

Für einen Moment erfasste mich der Schwindel derer, die zwar versteht, dass etwas Wichtiges gesagt wurde, nicht aber worin das Wichtige besteht. Ich dachte an das zerfledderte Notizbuch, die letzte, leere Seite.

»Und du«, fragte ich, »hast du auch etwas geträumt?«

David ließ sich nicht darauf ein.

»Erzähl mir von den Farben«, sagte er.

»Kein Tageslicht. Vollgestellte Wohnung. Metall, Leder, lauter teure Sachen. Jetzt fällt mir wieder ein, dass ich danach noch wo anders war. Dort war es dunkel, später Nachmittag oder Abend. Eine Welt voller Häuser und Stege aus uraltem, fast schwarzem Holz.«

»Wie hat es sich angefühlt?«

»Ein bisschen wie Heimat«, sagte ich. »Ich hatte einen Friseurtermin in einem der Häuser, also ging ich hinein, gebeugt, weil die Tür so niedrig war. Im Haus gab es vier Friseure, aber viel zu viele Kunden. Ich wurde wieder hinausgeschickt.«

»Hattest du nicht einen Termin?«

»Doch, aber ich war wohl nicht so wichtig. Irgendwie habe ich nicht dazugehört.«

»Ein bisschen wie Heimat und nicht dazugehört?«

»Ich kann nicht mehr«, sagte ich, »lass uns umkehren.«

Wir stiegen die Holztreppe hinauf, die vom Strand zur oberen Kante der Steilküste führte. Unvermittelt standen wir im blendenden Sonnenlicht. Ich spürte Davids Blick von der Seite.

»Was?«, fragte ich.

Er lachte.

»Deine dunklen Träume«, sagte er, »und dann stehen wir doch im Hellen. Dieser Tag ist voller Gegensätze. Hier und da, oben und unten.«

»Du und ich«, sagte ich.

»Auch das.«

Auf dem Heimweg trödelten wir. Blieben hin und wieder stehen, um hellgrüne Knospen an Fliederhecken zu betrachten oder einem

Raubvogel zuzusehen, der weit oben Kreise zog. Ich überlegte, ob auch David die Zeit spürte, das leise Beben der Mühle, die unaufhörlich Tage zu Staub mahlte.

In der Hütte war es kalt. Ich zündete Feuer an und stellte die Stühle vor die offene Ofentür. Hinter beschlagenen Fenstern färbte sich der Himmel gelb.

»Bleibst du über Nacht?«, fragte ich.

»Ich könnte bleiben«, sagte David. »Möchtest du?«

»Es wäre schön«, sagte ich, »wie früher.«

Im Küchenschrank waren noch Karotten. Ich grub draußen eine zarte Knolle Knoblauch aus, schnitt unterm Schnee verborgene Melissenblättchen und etwas Fenchelkraut. Ich briet die Karotten mit dem Grün, David machte einen Teig und buk Fladen in der Pfanne. Dann fand er im Bücherregal eine Flasche Wein, die so alt war, dass sie noch von ihm sein konnte.

Nach dem Essen glich die Glut einer leuchtenden, an Hänge gebauten Stadt, die langsam in sich zusammenfiel.

»Wo soll ich schlafen?«, fragte David.

»Hier oder dort«, sagte ich, und zeigte zuerst auf das Sofa und dann auf die Tür, die zur Schlafkammer führte.

Am nächsten Morgen glomm in der Asche noch Glut. Ich legte einen Scheit nach, der über Nacht feucht geworden war und nicht gleich Feuer fing. Wir tranken Kaffee und aßen die restlichen Fladen auf den Stühlen vor dem Ofen. Wieder spürte ich die Zeit. Alles, was jetzt geschah, stand schon im Zeichen des nahenden Abschieds. Noch einmal gingen wir hinunter zum Meer. Wind peitschte Schneeflocken und Wellenschaum über den Strand.

»Ich habe von Wasser geträumt«, sagte David, »Die Straßen sahen aus, als wären sie nass vom Regen, doch als ich näherkam, sah ich, dass sich enorme Wassermassen zwischen den Häusern gesammelt hatten, so tief, dass es möglich war, darin zu ertrinken.«

»Das Meer in der Stadt«, sagte ich.

»Nicht das Meer«, sagte er. »Das Wasser kam von unten. Weit draußen stand ein Mann, der auf dem Wasser gehen konnte. Ich wusste, dass ich gerettet wäre, wenn ich zu ihm schwimmen könnte. Ich zog meine Kleider aus, ließ alles zurück und sprang hinein.«

»Du bist ein guter Schwimmer.«

»Dieses Wasser zog mich nach unten, und je mehr ich dagegen ankämpfte, umso sicherer wusste ich, dass ich den Mann niemals erreichen würde.«

»Und die Farben?«, fragte ich

»Nacht«, sagte er. »Aber gut beleuchtet, wie durch weit oben aufgehängte Baustellenstrahler.«

»Hattest du Angst?«

»Nein. Seltsam, ich hatte ein gutes Gefühl, als ob alles richtig wäre.«

Ich stand in Davids Windschatten und hielt für kurze Zeit den Blick in seine Augen aus. Dann sah ich weg, sah hinter ihm aufbrechende Wellen, grün wie Meerglas.

»Wann kommst du wieder?«, fragte ich.

»Ich weiß es nicht. Der Weg ist weit. Und du? Kommst du mich besuchen?«

»Erst einmal habe ich hier viel zu tun,« sage ich mit einem tauben Gefühl auf der Zunge, als spräche ich im Traum. »Es gibt vieles, was ich aufschreiben muss.«

»Worum geht es denn da?«

»Um dich.«

Leo Hansen

Bamm

Ich öffne meine Augen und schließe sie gleich wieder. Zu hell, zu grell das Licht. Es schmerzt. Ich liege auf dem Rücken. Nur wo? Ich bewege mich vorsichtig. Hebe das rechte Bein. Dann das linke. Keine Probleme. Auch die Arme kann ich bewegen. Jetzt richte ich mich auf, versuche mich zu setzen. Es ist ein wenig mühsam, aber es geht. Immer noch habe ich die Augen geschlossen. Ich höre ein Rauschen und spüre Wind in meinem Gesicht. Ich senke den Kopf, ein vorsichtiges Augenblinzeln, dann langsam die Augen öffnen. Das Erste, was ich sehe, ist eine dunkelgrüne, fleckige Hose. An den Füßen Schnürstiefel. Ich bewege leicht meinen Kopf, bemüht, nicht nach oben zu schauen, ins Licht, in die gleißende Sonne. Um mich herum ist es sandig und karg. Ich sehe Gräser und kleine Sträucher. Ich atme tief ein, die Luft ist kalt und schmerzt in der Lunge. Ich taste meinen Körper und meinen Kopf ab. Meine Jacke blau, mit schwarzen Streifen. Es ist eine Outdoorjacke. Auf dem Kopf habe ich eine Mütze, darüber die Kapuze der Jacke. Die Kleidungsstücke sind mir fremd. Habe sie noch nie gesehen. Ich taste noch einmal über die Jacke und fühle einen Gegenstand in der Tasche. Vielleicht ein Handy? Ich streife die Handschuhe ab, öffne den Reißverschluss der Jackentasche. Merke wie kalt es ist und schaffe es mit letzter Kraft, den Verschluss aufzuziehen. Kein Handy, eine Sonnenbrille. Auch gut, denke ich. Ich stehe langsam auf, mit der Sonnenbrille ist das helle Sonnenlicht zu ertragen. Ich drehe mich einmal im Kreis. Doch wohin ich blicke, nur Gräser und in der Ferne ein paar kleine Sträucher. Kein Baum, kein Berg, kein Weg, kein Haus. Nichts. Nur Kargheit. Was zur Hölle mache ich hier? Was soll ich hier? Tränen schießen mir in die Augen, und dann schreie ich, bis ich erschöpft bin. Nach einigen Minuten beruhige ich mich. Versuche nachzudenken. Wie komme ich hierher? Hat mich jemand hergebracht? Wer hat mir diese Kleidung angezogen? Wo bin ich? Wo war ich gestern?

Doch ich kann keine einzige Frage beantworten. Ich habe keine Erinnerungen. Und dann bekomme ich Panik. Wie heiße ich eigentlich? Ich schnappe nach Luft, beginne mich hektisch zu bewegen, suche in der Kleidung nach Hinweisen. Nichts. Kein Name, keine Adresse. Ich muss etwas tun, um nicht verrückt zu werden. Laufe umher, suche nach Spuren. Finde keine. Hier müssen Spuren sein. Jemand muss mich doch hergebracht haben. Ich sinke auf die Knie, falle auf den Boden und kauere mich wie ein Embryo zusammen. Beginne hemmungslos zu weinen. Bald wird mir kalt. Ich zwinge mich aufzustehen, laufe schwankend im Kreis und gehe los. In irgendeine Richtung. Gebe dem Zufall eine Chance. Ich weiß nicht, wo ich herkomme, wie soll ich dann wissen, wohin ich gehen soll. Ich stapfe langsam weiter, komme nur mühsam voran. Meine Augen sind unruhig, wie die Gedanken in meinem Kopf. Sie kreisen und finden kein Ziel. Wo sollen sie auch Halt finden? Ich habe kein Vorher und somit auch kein Danach. Nur ein Hier und ein Jetzt. Immerhin. Es gibt Menschen, die danach streben, nur im Moment zu leben. Unbelastet von Vergangenem und Zukünftigem. Aber sie wissen, wo sie herkommen und haben sich dafür entschieden. Ich bleibe stehen und schreie: »Ich nicht!« Immer wieder. »Ich nicht, ich nicht, ich nicht!« Bis mir die Stimme versagt und ich nur noch krächzen kann. Ich stütze mich mit den Händen auf meinen Knien ab. Atme schwer. Da schießt es mir in den Kopf. Woher will ich das wissen? Ich richte mich wieder auf und blicke mich um. Vielleicht wollte ich ja genau in diese Ödnis, um mich selbst zu finden. Und ich kann mich nur nicht daran erinnern. Der Wind wird stärker, es wird kälter, Wolken ziehen auf. Ich gehe weiter. Nach ein paar Metern meine ich, einen Weg zu erkennen, der sich zwischen den Gräsern abzeichnet. Ein Hoffnungsschimmer. Den Blick stur nach vorn gerichtet, folge ich dem scheinbaren Weg. Er führt im Zickzack durch die Landschaft, mal nach rechts, mal nach links, ein paar Meter zurück und wieder in eine andere Richtung. So geht es weiter, immer weiter. Es beginnt zu regnen. Und ich werde zunehmend matter, kraftloser. Wie lange bin ich schon unterwegs? Ich habe kein Zeitgefühl. Ich bleibe stehen, drehe mich um, sehe Gräser und kleine Büsche. Aber keinen

Weg. Ich setze mich. Der Boden ist nass, die Feuchtigkeit kriecht in mich hinein. Ich friere am ganzen Körper. Der Weg hat nur in meiner Fantasie existiert. Ich schließe die Augen. Vielleicht ist das alles nur ein Albtraum? Gar nicht real und ich wache gleich auf, schweißgebadet, aber in meinem Bett. Ich reiße meine Augen auf. Aber wo soll das sein, mein Bett? Habe ich ein Haus, eine Wohnung? Lebe ich allein oder mit jemandem zusammen? Einem Mann, einer Frau? Mit Kindern? Ich springe auf und erbreche mich, bis ich nur noch gelben Schleim kotze. Ich wische mir mit dem Ärmel über den Mund. Dabei fällt mir ein Aufnäher ins Auge. Mit einem Namen: Mara. Ist das mein Name? Bin ich Mara? Ich weiß es nicht. Kann sein. Warum nicht? Hübscher Name. Ich bin kurz glücklich. Und im nächsten Moment am Boden zerstört. Ich bin nicht Mara, kann mich Mara nennen, bin mir aber nach wie vor fremd, weil ich nicht weiß, wer ich selbst bin. Bin ich ein Nichts? Ich schlage mir gegen die Stirn und spüre den Schmerz. Nein, ich bin ein Mensch. Ich bin eine Frau. Ich bin, weil ich denke. Ich bin, weil ich gehe. Ich drehe mich um, und laufe nach rechts. Ich zittere, schwanke, torkele. Schleppe mich weiter. Meter um Meter. Durch Gräser, vorbei an Sträuchern, über Sandflächen. Dann stolpere ich und falle, kann gerade noch die Arme vor den Kopf reißen, bevor ich auf den Boden aufschlage. Ich liege, bewege mich nicht, bin benommen. Bald höre ich Stimmen und Worte, die ich nicht verstehe. Höre Musik, ein helles Lachen, sehe tanzende Gestalten, fühle mich leicht, fühle mich warm und dann kommt die Dunkelheit.

»Wie sind ihre Vitalwerte?«

»Kritisch.«

»Geht es genauer?«

»Temperatur ist auf 35 Grad gesunken, die Durchblutung reduziert.«

»Bedeutet?«

»Sinkt die Temperatur weiter, erfrieren Finger und Zehen, Gehirn und Herz arbeiten nicht mehr vernünftig, Schockstarre und geistige Verwirrung treten ein.«

»Sie hat länger als andere durchgehalten.«

»Es lässt sich nicht alles exakt vorhersagen.«

»Worst case?«

»Der Tod.«

»Okay, dann Phase II«.

»Warum sie?«

»Sie hat es verdient.«

Die Dunkelheit weicht der Dämmerung. Die Leichtigkeit der Schwere, die Wärme der Kälte. Ich spüre mich. Aber immer noch die Frage: wer ist Ich? Ich hebe den Kopf, öffne die Augen. Liege auf dem Boden, auf dem Bauch und glotze auf einen Stein. Richte mich auf. Alles schmerzt. Ich zittere. Es regnet. Ich schaue an mir herunter. Meine Kleidung ist nass, schmutzig und mir unbekannt. Auf dem Boden eine Sonnenbrille. Ich hebe sie auf. Die Gläser sind zerbrochen. Ich zucke mit den Schultern. Es ist nicht meine Sonnenbrille. Besitze ich überhaupt etwas? Wenn ich nicht bin, brauche ich auch nichts. Ich setzte mich auf den Stein. Lege meinen Kopf in den Nacken. Höre wieder Stimmen und Worte, alles verworren und undeutlich. Woher kommen sie? Es gibt keinen Ort in meiner Erinnerung. Wohin ich auch gehe, ich komme nie an. Ich bleibe immer im Hier und Jetzt. Der Gedanke bringt ein Lächeln in mein Gesicht. Lässt mich meinen Schmerz, die Kälte vergessen. Für einen Moment verschwimmt alles vor meinen Augen und ich empfinde eine gewisse Leichtigkeit. Mein Kinn sackt auf meine Brust, ich schließe die Augen und reiße sie sofort wieder auf. Ich darf nicht einschlafen. Mein Blick schweift über die Landschaft. Immer noch überall Gräser und kleine Sträucher, soweit das Auge reicht. Ich schaue in die entgegengesetzte Richtung. Auch dort nur Gräser, kleine Sträucher und – eine Hütte. Dort könnte ich hingehen. Kaum ist der Gedanke in meinem Kopf, erstarre ich.

»Worauf wartet sie?«

»Auf einen Impuls.«

»Sie hat die Hütte doch gesehen.«

»Das scheint nicht zu reichen.«

»Ist sie verwirrt?«

»Vielleicht. Ihre Temperatur liegt bei 32 Grad.«

»Gibt es eine andere Erklärung?«

»Ihre Unbestimmtheit.«

»Geht es genauer?«

»Eben nicht. Ist sie in diesem Zustand, ist es unmöglich, ihr Verhalten vorherzusehen.«

»Das heißt?«

»Sie entscheidet, was sie machen oder nicht machen will.«

Langsam löst sich meine Erstarrung, aber ich fokussiere immer noch die Hütte. Sie ist so nah. Und doch so fern. Sie zieht mich an. Und stößt mich ab. Sie ist vertraut. Und doch so fremd. Die Hütte verschwimmt vor meinen Augen, beginnt sich zu drehen. Mir wird schwindelig und ich rutsche vom Stein auf den Boden. Sitze im Sand und lehne mich an. Der Schwindel wird schlimmer, meine Arme und Beine beginnen zu zucken. Ich bin hier, ich bin im Jetzt. Überall und immer. Wohin ich auch gehe. Ich bin bei mir. Die Augenlider fallen mir zu. Ich höre wieder die Stimmen und Worte, sie werden lauter und deutlicher. Vielleicht gibt es doch einen Ort in meiner Vergangenheit? Woher sollen die Stimmen und Worte sonst kommen? Ich kneife die Augen fest zusammen, versuche in mich zu gehen und die Worte zu verstehen. Gemurmel, Schreie, Brüllen. Wut, Schmerz, Entsetzen. Ein Flimmern, Blitze, stroboskopartige Bilder. Rauschen. Ein Filmriss.

Ich öffne die Augen, suche nach einem Stock, erhebe mich und schreibe wie in Trance Worte in den Sand:

Wenn schon
Wann
Teller sind
Löffel
Bamm

»Dreht sie jetzt durch?«

»Möglich.«

»Hat das eine Bedeutung?«

»Vielleicht. Vielleicht auch nicht.«

»Sie ist ein Risiko.«

»Warum?«

»Jemand, der etwas schreibt, was wir nicht verstehen, ist gefährlich.«

»Warum?«

»Weil sie uns bedroht.«

»Sie wird sterben.«

»Das war der Plan.«

»Aber die Worte bleiben.«

»Das ist das Problem.«

Ich betrachte die Worte, was für eine Kraft. Werfe den Stock hoch, schaue ihm hinterher und sehe einen Adler. Majestätisch zieht er seine Kreise. Gebannt folge ich seinem Flug, für den es keine Grenzen zu geben scheint. Ich breite meine Arme aus und laufe ihm hinterher. Mein Körper erhebt sich, mir wird kalt und heiß, ich sehe die Welt in allen Farben, blau, rot, gelb, schließlich umgibt mich ein unschuldiges Weiß und dann schwebe ich mit dem Adler in die Unendlichkeit.

Bala Lys

Rose von Jericho

»Wir alle sind aus Sternenstaub« – wer das hört, dem drängt sich unmittelbar die Melodie dazu auf – von Ich & Ich. Es stimmt doch. Wenn auch der Text zu wünschen übrig lässt. Das sind die Zugeständnisse der Musikindustrie. Im Netz findet sich dazu ein genial gemachtes Video. Es zeigt deutlich: Wir sind verbunden. Alle.

Bala Lys dachte an diesem Morgen wieder daran. Auch an eine andere Fernsehsendung, die sie im deutschen TV gesehen hatte. Mai Thi Nguyen-Kim überbrachte per Show Wissenschaftliches und eben auch etwas über den Sternenstaub, aus dem alles gemacht ist.

Schon lange war es dieses Denken, das Bala Lys weiter denken ließ: Und weshalb glauben trotzdem so furchtbar viele Menschen, dass sie »anders als andere« sind? Besser? Reiner? Weißer – vor allem?

Ihre Gedanken bedienten sich nicht der übrigen Welt, in der es kreuchte und fleuchte und wuchs bis in Himmelssphären. Weil – sie ahnte, was ihr entgegengehalten würde. Nur Menschen denken. Was noch längst nicht bewiesen ist. Aber – soweit wohl nachgewiesen – Menschen sind sich ihrer selbst bewusst. Und deshalb haben sie alles Recht auf Erden, anderen immer und immer wieder den Garaus zu machen? Vor allem sich selbst gegenseitig? Ihre Meinungen anderen aufzuoktroyieren? Zu missionieren? Herrenrassen auszubilden? Warum?

Bala Lys dachte und kam zu dem Ergebnis: weil sie allesamt ziemlich unbelesen sind. Tatsächlich immer mehr. Seit Gutenberg die Idee mit dem Buchdruck hatte und Luther selbige Idee gleich nutzte, die Bibel in eine lesbare Sprache zu übersetzen – die Beiden lagen im Jahrhundert nicht so weit auseinander – ist viel Zeit verstrichen, und Druckerzeugnisse gibt es zwar noch, aber vieles wird heute durch kleine schnelle Filmchen mit meist nix dahinter unter die Menschen gebracht. Unwissenheit schützt aber vor nix. Unwissenheit zieht so lange keine Folgen nach sich, solange die Unwissenheit bei sich selbst bleibt. Beliebig lange. Ohne aufzufallen. Ohne in die Welt zu posaunen. Aber genau da liegt der Hund begraben. Im Sinne des alten Sprichwortes: Wenn ich den Hund ausgebuddelt habe, weiß ich, was wichtig ist und vielleicht auch, was richtig ist. Manchmal. Mitunter gräbt man Hunde aus, die besser von Erdreich bedeckt geblieben wären. Wissen, das gleich wieder eingesetzt wird, um anderen zu schaden. Beispielsweise.

Vor einigen Jahren kam Bala Lys auf die nicht besonders glorreiche Idee, ihre DNA bei einem amerikanischen Anbieter untersuchen und darstellen zu lassen. Eine Spielerei, sonst nichts. Durch ihre Familiengeschichte war ihr klar: Es musste eine bunte Mischung ergeben. Dass es eine so bunte Mischung wurde, war für sie dennoch eine Überraschung. Außer Asien war alles vertreten.

In dem Moment fiel es ihr wieder ein. Die Erde entstand aus Sternenstaub. Aus Staub früherer Sonnen. Alles, was sich hier zu Materie geformt hatte, kam aus dem All. Wie konnte es dazu kommen, dass sich eine Herrenrasse entwickelte? Nein, falsch. Es entwickelte sich keine. Es war nicht eine Sache der Evolution, wie Darwin sie nachgewiesen hat. Es war eine künstliche Herbeiredung und Aufspielung einiger weniger Menschen. Indoktrinierender. Machtheischender. Bala Lys saß vor dem Ergebnis ihrer aufgelisteten Herkunft und freute sich. So bunt, so vielfältig, so nachdenkenswert. Was wäre, wenn … wenn alle Menschen auf der ganzen Welt wüssten, aus was ihr eigener Sternenstaub sich zusammensetzt? Hätten sie dann immer noch so eine große Klappe? Vermutlich nicht. Vor allem gäbe es nicht mehr die Grenzen des Mein und Dein. Es gäbe sehr wahrscheinlich auch keine Grenzen mehr, die Länder abschlössen, einschlössen, wegschlössen – vom Reichtum anderer Länder.

Man stelle sich vor, alle Menschen würden neu verteilt – ach, das ginge nicht? Wie Bala Lys die Menschen einschätzte, gäbe es das doch. Sie würden auf ihre DNA schauen und feststellen: Ich habe mehr Anteil an dem und dem und deshalb gehört mir dies und das. Keine gute Idee. Es muss deshalb noch anders laufen. Es muss über das Bewusstsein gehen, über das Wissen, über das wissenschaftliche Wissen. Eisen und Kohlenstoff. Die Bausteine – einige – des

Lebens. Den Menschen muss klar sein, dass sie alle genau gleich gebaut sind. Silber und Gold sind später und anders entstanden und kein einziger Mensch hat es bisher geschafft, diese nachzumachen. Nichts davon. Deshalb wäre es logisch, wenn es niemandem gehören würde.

Ja, solche Gedanken machte sich Bala Lys, als sie neulich hören musste, dass Deutschland sich von den Migranten trennen sollte. Von welchen, fragte sie sich? Von denen, die seit gestern aus einem anderen Land hier waren. In Grenzen, von Menschen gezogen? Oder waren die gemeint, die seit Vorväter Zeiten hier ihren festen Wohnsitz hatten und ursprünglich aus Afrika kamen? Mit der ersten großen Völkerwanderung? Sollten Migranten auch diejenigen sein, die sich mit den ersten Säugetieren nach dem großen Artensterben im Mesozoikum entwickelt und seitdem überlebt hatten? Mit hoher Wahrscheinlichkeit war es ein Asteroid, der nahe der Halbinsel Yucatán einschlug. Immerhin überlebten rund 25% der Arten. Mehrzahlmäßig Säugetiere der kleinen Art und Unter-Wasser-Wesen. Und die Dinos haben sich in Vögel verwandelt; die Beine verraten sie. Menschen hatten damals noch gar keinen Anteil an der Erde.

Charles Darwin brachte es unter die Leute. Die Lehre der Evolution. Die Entwicklung durch Versuch und Irrtum. Bei dem Menschen stößt die Natur an ihre Grenzen. Da langt es nicht. Versuch und Irrtum. Auch Carl von Linné konnte dies wissenschaftlich bei Pflanzen nachweisen. Die Vielzahl, die die Erde trug, machte es wie viele Arten. Sie überlebte durch Versuch und Irrtum. Sie bildete immer wieder neue Arten aus. Die Rose von Jericho gibt es in echt nur ein einziges Mal. Und sie hat nur eine einzige Lebensaufgabe. Ihre Nachkommen zu sichern. Die Samen überdauern viele Zeiten in geschützter Umgebung der Farnarme, die völlig vertrocknet um die Samenkapsel gelegt werden, erst bei ausreichender Feuchtigkeit ausbrechen und sich verteilen. Anders als bei der Vielzahl der Pflanzenwelt, die Carl von Linné in Kategorien packte, gibt es nur einen Menschen. Tatsächlich. Die Lebensart unterscheidet Säugetiere, Vögel, Amphibien, Insekten und noch ein paar Unterordnungen. Der Mensch gehört zu den Säugetieren. Dieser ursprünglich schutzlose nackte Affe hat immer viel Zeit darauf verwendet, seinen eigenen Schutz aus- und den anderer abzubauen. Er musste sich deshalb zum höheren Denken entwickeln. Dass er oft nicht danach handelt, ist nicht Schuld der Natur. Aber sie leidet darunter. Der Mensch ist sozusagen der Asteroid, der überall einschlägt, nicht nur bei Yucatán.

Bala Lys fühlt sich in Sicherheit, was normale Asteroiden betrifft. All die Millionen Jahre hat der Planet Erde überlebt, weil der Jupiter eine Art Pufferzone bildet. Meistens jedenfalls. Wenn sich Gestein im Kuipergürtel streitet und einer den anderen aus der Bahn wirft, der danach ein einsames Nomadenleben im All führt, kann es sein, er kommt vom Wege ab. Kann mitunter schiefgehen.

Die Erde ist eben auch nur ein Punkt im Riesen-All. Sie fühlt sich nicht sicher bei dem Gedanken an den Menschen-Asteroiden.

Alles ist in Bewegung. Die Erde dreht sich um sich selbst mit ca. 1600 km/Std., die Bahngeschwindgkeit des Mondes beträgt in etwa 1000 km/sec, Erde und Mond fahren mit einem Tempo von ungefähr 30 km/sec um die Sonne. Schwindelerregend wäre es, würden die Menschen Wind spüren, wenn er denn wäre, stünden sie im Sonnensystem. Aber sie stehen geschützt auf dem Boden der Erde. In einem in sich geschlossenen System mit allem, was hier gebraucht wird. Winzig klein stehen sie auf dem festen Erdplaneten. Winzig klein. Kleiner als Sternenstaub. Mini-Punkte im All. Allerdings sind im Vergleich dazu ihre großen Klappen nicht zu überhören. Sie reißen ihre Mäuler auf und schreien Unsinn in die Welt hinaus. Die das tun, sind meist viel lauter als jene, die das Denken vor dem Schreien einschalten. Mag sein, der Sternenstaub kam von verschiedenen gefallenen Sternen.

Wenn es nun herausgearbeitet ist, dass uns allen DNA mit vielen Facetten inne ist, kommen einige ganz bestimmt auf die Idee mit den unterschiedlichen Sonnen.

Bala Lys hat die Hoffnung, dass die, die laut schreien, irgendwann einem Jupiter in die Bahn geraten.

Aber – wollen wir wirklich so lange auf die Besserung der Erdenbewohner warten oder bauen wir uns einen Jupiter? Was meinst du, Bala Lys?

Reimer Boy Eilers

Cyber Café

Wo die Information den späten Gast erschlägt
bittet der Durstige um ein Glas Wasser
und empfängt eine Springflut aus der Pipeline
Wenn man Nähe nicht mehr erträgt
muss man die Nachrichten
auf abgebrannte Streichhölzer schreiben
Das Draußen wird blasser
das Große passend gemacht fürs Medium
Gott und seine Tonfiguren
Im Diesseits getuned
Comedy und Hohnfiguren
von der Stoffpuppe geht es
über Käthe Kruse zum Gefühlsabgleich
Die Festplatten heiraten im Gigabereich
Glasfaser macht Appetit, also
Datensalat aus dem Lebensmittelladen
In diesem Spiel
sind ein paar Asse zu viel

Ein paar Passworte, Schlüssel, Scharaden
still und heimlich aus der Tastatur geschüttelt
Der Weg ist mal wieder das Ziel
aller Barden
Und Matthiesen kann das Auge nicht wenden
Über den Schirm
wandern Datei-Paraden
wenn die Server den Nachschub senden
Der Lebensmittelpunkt wechselt mit dem Netz
und der Bildschirm ist der Raum
neben der Zeit

Einer von diesen reisenden Nerds
willst du, Gott sei davor, nicht sein
Was wirst du tun
im elektrischen Schein?
Vorerst ist alles okay
im Cyber Café
Wo du die Brücke erst überquerst
wenn du zu ihr kommst
das ist cool und
ein Abstecher der Siliconmuse
nach Soho, New York

Matthiesen fährt von Hamburg nach München
empfängt E-Mails im ICE
An jedem Ort macht man
Schautafeln von den andern Orten
Eis-Train, sagen die Amerikaner
auf der Show-Route des ICE in der Neuen Welt
New York – Washington – New York
Wo zu Ende gedachte Gedanken
ins Nichts führen
hat das Zuende-Denken keinen Sinn
Wir sind nicht mehr utopisch
sondern zukunftsoffen
Aber wen beruhigt das?
Zwischen da und jetzt
kränkt uns der Dezember
Und am Neujahrsmorgen wissen wir
Niemand bricht gern ab
Hier hilft der Computer
wenn das Programm
aus der Wucht des Materials
eine Blütenlese macht
eine Zeugung mit Überzeugung
American Express statt Exzess

Sein Computer surft selbsttätig im Netz
reagiert auf Stichworte und lädt
die vielversprechenden Texte
auf die Festplatte herunter
Einmal hat Gary Kasparow *Deep Blue* besiegt
den größten Schach Computer aller Zeiten
bedient und gepflegt
von einem Trupp exotischer Spezialisten
Fünfzig Milliarden Kombinationen
in drei Minuten
oder 4:2 für Gary
Das wird das letzte Mal sein

Der Spekulant arbeitet mit seinem Kopf
der Spieler mit seinen Nerven und Emotionen
gefühlsfreie Kälte
poetische Gerechtigkeit des Internet
kein Genie ohne Geschäftsstunden
Ich glaube
wir müssen die Sache zurückschrauben
Jede Illusion geht verloren, wenn man die Welt
des Scheins ohne den letzteren sieht
schrieb Kafka angesichts des Saisontheaters
auf der roten Insel Helgoland
kein Keyboard vor Ort
mit Tinte und eigener Hand
Die verführerischen Strategien
des Vergessens und der Verabschiedungen
voll verpennt
die das Bewegungsmoment
des Netzes ausmachen

Du und Deep Blue zu zweit
Nur Fixsterne empfinden schwarze Löcher
als langweilige Ewigkeit

Gedanken ohne Kopf
Haare ohne Schopf
keinen Widerstreit
kein Gesicht zum Mythenbilden
keine Muskeln zum Wettkampf
kein Grund zum Weinen
Nietzsche hat abgedankt
die Cloud wird aufgetankt
okay
vom Daumen auf dem Display
Erleuchtung:
statt Gott erschien
dem Erleuchteten der Touch Screen

Esther Kaufmann

Höhenflug (Auszüge)

Direkt nach der Wende sitzt der junge Alexander aus der DDR in einem Bewerbungsgespräch dem West-Polizisten Nikolas gegenüber.

Er ist überzeugt, der Richtige für den Job zu sein – kann sein Gegenüber aber nur schwer überzeugen. Immer wieder schweifen Alexanders Gedanken ab und enthüllen chronologisch rückwärtig seine Spitzel-Karriere unter Anleitung des jovialen Führungsoffiziers Reinhard. Denn Alexander war ein Jahr lang Falke, erfolgreicher Spitzel für die Stasi. Auch das Ausmaß des Verrats an einer scheinbar guten Freundin kommt so nach und nach ans Licht. Und immer wieder löst die Erinnerung an diese Mira Brüche in seinem Selbstbild aus – bis auch Nikolas misstrauisch wird und Alexander sich schließlich selbst verrät.

Das Stück thematisiert die Situation von Jugendlichen in der ehemaligen DDR, die durch das Ministerium für Staatssicherheit (STASI) für eigene Zwecke funktionalisiert wurden.

Insgesamt geht es um politisches Engagement, Identitätssuche und Vertrauensmissbrauch. Im Verlauf der Handlung wird deutlich, wie die STASI immer mehr in das Leben junger Menschen eingreift.

Die Dialoge basieren teilweise auf Aktenmaterial aus dem Stasi-Archiv in Berlin.

1. Szene

Reinhard steht, ihm gegenüber Falke – Händeschütteln.

REINHARD: Ich möchte Ihnen noch mal ausdrücklich für Ihre engagierte Arbeit danken.

FALKE: Habe ich doch gerne gemacht.

REINHARD: Sie haben Ihre staatsbürgerlichen Pflichten in beeindrukkender Weise erfüllt und Einsatzbereitschaft gezeigt. Dass die gesamte staatsfeindliche Gruppe nun endgültig von Ihnen zersetzt wurde, dazu kann ich nur gratulieren. Sind Sie stolz auf sich, was. Können Sie auch sein.

FALKE: Herr Reinhard, wenn ich mein Studium beginne …

REINHARD: Werden wir weiter Verwendung für Ihre Fähigkeiten finden. Dieser Erfolg war ja Beweis genug, was. Sie sind genau der Richtige für wichtige Aufgaben. Bleiben Sie dran, ja, aus Ihnen kann noch einiges werden.

FALKE: Danke.

REINHARD: Und machen Sie sich keinen Kopf. Sie haben das Richtige getan; was getan werden musste. Schauen Sie nach vorne und machen Sie etwas aus Ihrer Begabung, was, alles andere wäre schade.

2. Szene

NIKOLAS: Die Bewerber sind normalerweise stinklangweilig.

(ZU SICH) Gutes Abi, Zivi, Standardmotivation und fertig. Und jetzt einer aus der DDR, das ist doch mal eine Abwechslung. Ich muss pro Gespräch immer 15 bis 20 Minuten machen, Standardprozedur. Herr Alexander Jahnke.

ALEXANDER: Ja.

NIKOLAS: Den Sporttest haben Sie also bestanden.

ALEXANDER: Deshalb bin ich hier.

NIKOLAS: Natürlich. Als erstes muss ich Sie fragen, ob Sie verfassungstreu waren, sind und sein werden? Sie müssen am Ende der Ausbildung einen Eid darauf leisten.

ALEXANDER: Damit habe ich kein Problem.

NIKOLAS: Gut. Herr Jahnke, es ist nicht jeder dazu geeignet, bei der Polizei zu arbeiten.

ALEXANDER: Ich weiß, dass ich genau das will.

NIKOLAS: Und ich sitze hier, um auszusortieren.

ALEXANDER: Ich wollte schon immer Polizist werden.

NIKOLAS: Wie rührend.

ALEXANDER: Ehrlich, ich bin dazu fähig.

NIKOLAS: Was schätzen Sie, wie viele Bewerber ich hier in den letzten Tagen sitzen hatte?

ALEXANDER: Viele?

NIKOLAS: Richtig. Und was glauben Sie, wie viele haben mir genau das Gleiche erzählt?

ALEXANDER: Zu viele?

NIKOLAS: Genau.

3. Szene

ALEXANDER: Ich weiß nicht genau, was dann passiert ist.

(ZU SICH) Nur, dass sie es nicht geschafft haben können. Vielleicht wurde sie im Wald erschossen. Vielleicht verhaftet. Vielleicht verhört. Vielleicht ist sie einfach verschwunden, ein offizieller Unfall mit tödlichem Ausgang im Keller des Gefängnisses.

Ich weiß nicht, ob sie noch lebt. Ich kann mir vorstellen, wie sie rannten, auf den Zaun zu und hinter ihnen die Schüsse oder vom Wachturm. Warnschüsse. Unerlaubter Grenzübertritt, stehen bleiben, sofort. Natürlich nicht stehen geblieben. Grenzverletzer sind festzunehmen oder zu vernichten. Geschrei. Schüsse. Rennen. Hinterlandmauer, Signalzaun, Grenzmauer. Rennen. Festnehmen. Sie ist hingefallen. Vernichten. Wieder Schüsse. Grenzverletzer sind zu vernichten.

7. Szene

Reinhard und Falke durch einen Park schlendernd, wachsam.

REINHARD: Ich bin neugierig. Was gibt es Neues?

FALKE: Nicht viel, eher ruhig gerade. Ich habe vage etwas von geplanter Republikflucht gehört, wenn sich da die Erwartungen nicht erfüllen.

REINHARD: Ich habe es Ihnen doch gesagt, was. Wer ist beteiligt, wie ist der Plan?

FALKE: Sie wollen es wenn, dann im Sommer tun, wie gesagt, alles sehr vage. Mitmachen wollen Hans, Lisa, Anja, Jojo und weitere kirchliche Objekte.

REINHARD: Was haben Sie noch?

FALKE: Der Pfarrer will ihnen bei der Flucht helfen. Geplantes Datum ist der 8.8.

REINHARD: Diese Verletzung des antifaschistischen Schutzwalls muss um jeden Preis verhindert werden und zwar kompromisslos, ja.

FALKE: Natürlich.

REINHARD: Was ist mit Mira?

FALKE: Die ist auch dabei.

REINHARD: Sehr gut, alle auf einen Streich, was. Ich will den Bericht bis morgen. Laden Sie die Verdächtigen nächste Woche zu einer Feier zu Ihrer Zulassung ein und ermitteln Sie Genaueres.

8. Szene

Nikolas zurückgelehnt, Alexander ihm immer noch gegenüber.

NIKOLAS: Erklären Sie mir noch mal genau, wieso Sie sich für qualifiziert halten.

ALEXANDER: Ich kann gut Sachen herausfinden, ich merke, wenn etwas läuft. Wenn etwas zu klären ist, dann kläre ich das umfassend, verlässlich und schnell.

NIKOLAS: Herr Jahnke, Sie sind hier nicht bei James Bond. So kann ich Sie nicht weiterempfehlen. Sie müssen mir schon zeigen, dass Sie mehr draufhaben als die anderen?

ALEXANDER: Ich kann das. Ehrlich. Das habe ich schon bewiesen und zwar nicht nur einmal.

NIKOLAS: Unter den bisherigen Bewerbern waren echte Pfadfinder. Türsteher, Klassensprecher… Haben Sie nicht wenigstens so was zu bieten?

Stille

Gut, das reicht mir jetzt.

So kommen wir nicht weiter. Danke, Herr Jahnke. Wir melden uns dann.

Nikolas steht auf, will Alexander die Hand geben. Der bleibt sitzen.

ALEXANDER: Warten Sie.

NIKOLAS: Danke noch mal für Ihre Zeit. Auf Wiedersehen.

Nikolas geht in Richtung Tür. Alexander steht langsam auf.

ALEXANDER: Ich habe die Arbeit einer staatsfeindlichen Gruppe aufgeklärt. Ich habe verhindert, dass propagandistische Flugblätter verteilt wurden. Ich habe die Namen herausgefunden, wer was wo gedruckt hat. Ich konnte die Flugblätter rechtzeitig entfernen, bevor sie verteilt werden konnten. Der entscheidende Hinweis kam von mir!

Nikolas setzt sich wieder.

NIKOLAS: Jetzt kommen wir der Sache doch näher.

NIKOLAS: Staatsfeindlich sagen Sie – Haben Sie also Staatsgegner überwacht oder was?

ALEXANDER: Kriminelle Sachverhalte geklärt habe ich, weiter nichts, das war ganz normale Präventionsarbeit. Wird das jetzt ein Verhör?

NIKOLAS: Das ist ein Bewerbungsgespräch.

9. Szene

Mira und Falke necken sich.

MIRA: Du? Was, meinst du, kommt nach dem Abi?

FALKE: Na, wir studieren.

MIRA: In unserem tollen Staat? Ich bitte dich. Die haben uns doch auf dem Kieker. Hier läuft nix mehr und Aktionen machen wird langfristig auch zu gefährlich. Vielleicht haben die schon längst einen Spitzel eingeschleust. Wie sind die sonst auf Harald gekommen, und dass die Farbe bei ihm im Schuppen war? Scheiße alles. Wir müssen viel vorsichtiger sein.

Stille

MIRA: Kann ich dir was anvertrauen?

Stille

MIRA: Also … Wir wollen abhauen.

Stille

FALKE: Wir?

MIRA: Ich und Lisa. Und Hans und Anja und Jojo. Und ein paar andere aus der Kirche.

FALKE: Also eigentlich alle.

MIRA: Alle, die noch weg können, ja.
Wenn wir den Studienplatz nicht kriegen, Hans nicht verweigern darf und Harald nicht freigesprochen wird und das hier so weiter geht, wollen wir es im Sommer machen. Am 8.8. Der Pfarrer hilft uns. Der hat schon einige Leute rausgeschmuggelt und hat echt gute Kontakte nach drüben.

FALKE: Und wie soll das genau laufen?

MIRA: Keine Ahnung, das klären wir dann. Irgendwo im Harz kommt man wohl ganz gut durch, und direkt hinter der Grenze warten Leute auf uns. Die helfen uns weiter.

FALKE: Willst du nicht erstmal einen Ausreiseantrag stellen?

MIRA: Das ist doch sinnlos, der würde doch eh nicht genehmigt werden. Jetzt zieh nicht so ein Gesicht.

FALKE: Ist doch blöd.

10. Szene

ALEXANDER: Das war halt eine Drucksituation. Ich hatte da gar keine Wahl.
Der fing gleich an mit ›Herr Jahnke, ich muss mit Ihnen einen operativ-bedeutsamen Hinweis klären. Ich bin Mitarbeiter des Ministeriums.‹ In so einem Tonfall, da sträuben sich einem sofort die Nackenhaare, verstehen Sie? Ich dachte nur, will der mir drohen oder was. ›Ihr Name steht auf einem staatsfeindlichen Flugblatt einer kirchlichen Gruppe. Ich hätte Sie auch gleich verhaften können, und das wäre dann nicht so freundlich gelaufen, wie unser Gespräch verlaufen kann – wenn Sie kooperieren.

Sie haben in unserem Land eine positive Entwicklung genießen dürfen und ich hoffe, Sie beziehen auch eine entsprechend klare Haltung.‹ Und dann fragt er wieder ›Wie kommt Ihr Name auf dieses Flugblatt?‹
Und ich denke, wenn ich nichts sage, lässt der mich nie in Ruhe, also ich könnte mir nur vorstellen, dass jemand meinen Namen benutzt hat. Und er sofort: ›Sie kennen also Personen, denen Sie so etwas zutrauen.‹ Ich muss doch irgendwie antworten, und es gab schon Leute mit unsozialistischen Ansichten. Da steigt der natürlich gleich drauf ein: ›Klassenfeinde. Negative Kräfte, Gegner unseres Staates. Kriminelle. Das ist Ihr Umgangskreis.‹ Aber ich habe mir nichts vorzuwerfen.
Tja, das ist dem völlig egal, der hat einfach weitergebohrt: Und dann hat er erst richtig losgelegt. ›Ich habe mich mal über Sie informiert. Sie haben Glück. Sie sind bisher nicht negativ aufgefallen. Ich mache es kurz. Denken Sie an Ihre Familie. Ihr Bruder möchte doch sicher sein Abitur zu Ende machen. Wollte Ihre Schwester nicht bald Biologie studieren? Und Ihr Vater, der hängt doch an seiner Arbeit bei der Post?‹.
Da hatte ich ehrlich keine Wahl.

18. Szene

Nikolas und Alexander gegenüber.

NIKOLAS: Sie wurden also unter Druck gesetzt. Wenn Sie angeblich so engagiert und erfolgreich waren, dann bestimmt nicht aus reinem Zwang.

ALEXANDER: Jetzt will ich mein Talent ja richtig einsetzen. Und Sie wollen doch jemanden mit Qualifikation.

NIKOLAS: Herr Jahnke, Sie wiederholen sich.

ALEXANDER: Ich habe dann die Flugblätter entwendet und als Beweismittel weitergegeben.

MIRA: Beweismittel …

NIKOLAS: Genau genommen haben Sie damit Sachbeschädigung betrieben und sich des Diebstahls schuldig gemacht.

ALEXANDER: Die haben doch das Volkseigentum geschädigt und nicht ich!

Stille

NIKOLAS: Kann es sein, dass Sie da etwas verwechseln? Vielleicht bin ich der falsche Ansprechpartner für Ihren Fall. Vielleicht sollten Sie sich beim Verfassungsschutz bewerben, als V-Mann.
Das, was Sie mir da erzählen, das hört sich nämlich langsam mehr nach verdeckter Ermittlertätigkeit an. Es gibt Stellen für Vertrauensleute, legendierte Informanten. Wäre das nicht etwas für Sie?

ALEXANDER: Ich will einfach nur Polizist werden.

NIKOLAS: Sie wollen also etwas – dann liefern Sie mir auch was. Dieses Aufblasen des eigenen Lebenslaufs mit Kleinkram habe ich bei allen Bewerbern, und um es drastisch zu sagen, das muss ich mir nicht geben. Ich kann langsam nicht mehr anders, als Sie auch für einen weiteren lächerlichen kleinen Angeber zu halten.
Denn wenn ich Sie nicht lächerlich finde, dann muss ich noch ganz andere Vermutungen über Sie in Betracht ziehen. Aber ich möchte Ihnen natürlich nichts unterstellen.

19. Szene

REINHARD: Es wird wirklich Zeit für dieses Gespräch, was.
Also, wir beabsichtigen, die gegenwärtig recht lose Zusammenarbeit auf eine höhere Stufe zu heben. Dafür müssen Sie sich nun in Ihrer ganzen Person zur Verfügung stellen, um gemeinsam gegen alle Feinde der Deutsch-demokratischen Republik zu arbeiten. Sie sind zur hauptamtlichen Zusammenarbeit auserwählt und werden für unsere ganze Abteilung als Bereicherung wahrgenommen, ja. Können Sie mir mit reinem Gewissen

unterschreiben, dass Sie endgültig für uns tätig sein möchten?

FALKE: Das ist hoffentlich eine Routinefrage.

REINHARD: Natürlich. Sie schreiben mir eben noch die Verpflichtungserklärung, ja.

FALKE: Natürlich.

REINHARD: Also, ich Alexander Jahnke, geboren am 28.12.1971 in Karl-Marx-Stadt, verpflichte mich freiwillig, auf inoffizieller Basis mit dem Ministerium zusammenzuarbeiten und es im Kampf gegen alle Feinde der DDR aktiv zu unterstützen. Ich werde über alle mir bekannt gewordenen kriminellen und staatsfeindlichen Handlungen sowie über Absichten negativer Personenkreise dem mir bekannten operativen Mitarbeiter unverzüglich berichten. Bei Nichteinhaltung der Schweigepflicht kann ich nach den Gesetzen der DDR bestraft werden. Schriftliche Berichte werde ich zu meiner eigenen Sicherheit mit dem Decknamen Falke unterschreiben.
Und dann noch unterschreiben.

Stille

REINHARD: Hiermit übergebe ich Ihnen zur Erinnerung an diesen besonderen Tag und ganz allgemein als Dank für Ihre ausgezeichnete Arbeit ein paar kleine Aufmerksamkeiten, das ist ja in gewisser Weise ein Festtag für uns. Wenn Sie mir den Empfang kurz quittieren würden?

FALKE: Ich danke Ihnen – für alles.

REINHARD: Wie kommen Sie eigentlich bei Mira vorwärts?

FALKE: Sie vertraut mir total.

REINHARD: Naja, ist noch kein Casanova vom Himmel gefallen, was. Aber wenn sich eine Chance auftut, dann schlagen Sie zu. Nicht zögern, ran an die Frau.

FALKE: Ich bleibe dran. Aber im Moment funktioniert die Freundschaftsnummer besser.

REINHARD: Ja, dann ziehen Sie die Schiene erst mal durch.

21. Szene

Mira und Falke tanzen auf der Party.

MIRA: Und, wie findest du es?

FALKE: Hat sich gelohnt zu kommen.

MIRA: Soll ich dich gleich mal den anderen vorstellen?

FALKE: Nach zwei Stunden Büffet plündern und tanzen?

MIRA: Besser spät als nie.

Beide lachen.

MIRA: Ich tanz uns mal rüber. Dann lernst du Hans, Harald und Anja kennen!

FALKE: Super. Du? Ich find es echt schön, dass wir uns auch mal besser kennen lernen.

MIRA: In der Schule kriegt man ja nur die offizielle Seite mit. Ich weiß, dass dein Vater Verkäufer ist und dass du in Staatsbürgerkunde immer den Sozialismus verteidigst. Das ist auch schon alles.

FALKE: Offiziell zumindest.

MIRA: Wenn du dich mit Hans und Harald verstehst, machen wir bald sowieso mehr zusammen.
Wenn die dich erstmal mögen, bist du ganz schnell drin in der Sache.
Wirst schon sehen, wir … unternehmen echt viel zusammen. Dann hängen wir alle zusammen im Schuppen rum. Oder im Gemeindehaus. Lass dich überraschen.

27. Szene

ALEXANDER: Wenn Sie es anscheinend so haben wollen, dann bin ich jetzt auch mal ganz offen. Sie wollen einen richtigen Erfolg? Ich habe meinem Offizier eine geplante Republikflucht gemeldet und damit das unerlaubte Verlassen des Staatsgebiets mehrerer verdächtiger Personen verhindert. Danach war die staatsfeindliche Gruppe endgültig zersetzt.

Stille

ALEXANDER: Das wollen Sie doch hören, oder? Ja, ich war IM. Ja, ich war beim Ministerium für Staatssicherheit.

Und wenn Sie mich jetzt nicht nehmen, sind Sie selbst schuld, dass Ihnen ein guter Mitarbeiter entgeht. Ich habe ja wohl bewiesen, dass ich gut bin, verdammt gut und besser als irgendein Vopo-Arschloch oder sonst irgendwer. Auf welcher Seite ich war, ist doch egal. Das war die richtige Seite, die Guten gegen das Böse, und jetzt ist das alles schlecht und ich bin der Böse? Vorschriftsmäßiges Handeln mit guter Absicht kann ja kaum bestraft werden. Und Sie wollen mich doch nicht wirklich dafür verurteilen, dass ich Aufträge nach Vorgaben erfüllt habe – das machen Sie doch auch den ganzen Tag.

Margret Silvester

… und diese Zeichnungen darin

Es ist fatal. Kaum hat der Sturm sich gelegt und wir haben uns daran gewöhnt, bestimmte Unwörter durch erlaubte Wörter im Sprachgebrauch zu ersetzen. Schon hält mir eine Nachbarin ein Bilderbuch unter die Nase, in dem ein kleiner Teddy mit Defekten durch die Welt zieht, um das Land »Tripiti« zu finden, von dem er hörte, dass dort Heilung zu finden ist. Ich kenne das Buch. Ich habe es in der Zeit meiner Arbeit in einer Schulbibliothek selbst für den Bestand dort eingekauft. Es ist ein tolles Buch, im Diogenes-Verlag erschienen. Es hat ausgezeichnete Kritiken bekommen. Was nicht immer was heißen muss, versteht sich.

In dem Buch lernen Kinder Dinge über ferne Länder, die weithin nicht bekannt sind. Und auf den einzelnen Seiten sieht man diese Länder auch. Man sieht die dortigen Bräuche, das exotische Essen, Klassenräume, fremde Küchen und Kleider, Tiere, die dort ihre Heimat haben und – ja, auch – Menschen, die dort leben. Menschen im Dirndl und im Kimono, Menschen mit breiten Hüten und mit weiten Hosen, Menschen mit orangefarbenen Anzügen und im Blaumann.

Die Zeichner haben es sich nicht einfach gemacht und Strichmännchen gemalt. Nein, die Menschen auf den einzelnen Seiten sehen sehr unterschiedlich aus. Mal sind sie größer, mal kleiner, mal haben sie buntes Zeug an, mal weißes. Einige tragen richtig dicke Jacken und Stiefel. Auf wieder anderen Seiten ist ihre Hautfarbe dunkel in Abstufungen … Sie haben andere Frisuren, mal Zöpfe, mal Kurzhaar und auch manchmal dicke krause Locken. Je nachdem, in welchem Land diese Menschen leben. Aber es sind immer Menschen. Manche leben in großer Armut, manche in Schlössern und einige wohnen in Jurten. Auch gibt es in manchen Ländern strohgedeckte Hütten, dort, wo die Sonne sehr heiß scheint. Ein paar Seiten weiter sind Häuser aus Eis gebaut. Und es liegt hoher Schnee.

Die Gesichter der Menschen in den verschiedenen Ländern sehen auch unterschiedlich aus. Neben der unterschiedlichen Hautfarbe sind ihre Nasen mal krumm, mal gerade, mal lang und mal dünn. Die Augen stehen manchmal schräg und schmal im Gesicht, manchmal sind sie kugelrund.

Das Buch ist ein Bilderbuch mit wenigen kargen Sätzen darin. Ein Buch, welches sich eignet wie kaum ein anderes, Kindern die Welt näher zu bringen. All diese Zeichnungen werfen bei Kindern Fragen auf. Und all diese Fragen können anhand der Zeichnungen beantwortet werden. Mit Geschichten gefüllt und mit Fortsetzungen aus eigener Erfahrung vervollständigt werden.

Viele Kinder reisen heute weit und viel. Oft wissen sie leider nicht das Mindeste über Land und Leute in den Ländern, die sie bereisen. Sie wohnen in Hotels, in Appartements und planschen im Pool mit anderen Kindern aus dem eigenen Land. Überwiegend. Vielleicht gibt es mal einen Abstecher auf den heimischen Markt, den Basar vielleicht. Oder die Familie unternimmt einen Ausflug in die Umgebung. Und stellt fest: Wie malerisch alles aussieht …

Mehr eher nicht.

Nun zurück zum Buch, das Länder zeigt, die weit weg sind und kaum von kleinen Kindern zu erreichen. Also real. Aber jede dieser Seiten ist spannend, neu und noch nie dagewesen.

Auf einer Seite werden Menschen abgebildet, die im fernen Orient leben – den Zeichnungen nach. Wüste und karges Land, dazu aber üppige Blumen. Die abgebildeten Menschen haben eine Nase, die gekrümmt ist. Also sehr. Überdeutlich gemacht von den Zeichnern, damit klar ist: Man befindet sich nicht mehr in dem Land von voriger Seite, sondern ganz woanders.

Die Nachbarin, die mir besagtes Buch unter die Nase hält, moniert das. Es sei diskriminierend, Menschen mit einer Hakennase darzustellen. Das würde doch sofort das Jüdische bezeichnen. Da hätte sie aber so was von sofort die Plakate der Nazis vor Augen.

Was für eine Assoziation!

Ich entgegne ihr, dass ich das nicht finde. Im Übrigen finde ich auch auf keiner Seite irgendeine Verbindung zu Nazis.

Sie aber hat es ihrem Sohn gleich weggenommen, dieses entstellende Buch, welches eine Tante ihm geschenkt habe.

Auf meine Nachfrage, in welchem Land diese spezielle Seite denn angesiedelt sein soll, kann sie mir nicht antworten. Nach meinem Dafürhalten ist es irgendeines im Orient. Nix weiter.

Sie wird an den Verlag schreiben und die Zuständigen ersuchen, diese Zeichnungen mit den Hakennasen aus dem Buch zu entfernen.

Orwell lässt grüßen.

Rüdiger Stüwe

Stilles Sterben

Heute waschen Politiker ihre Hände wieder in Unschuld
in übergroßer Betroffenheit.
Problemlöser sei Geduld und nochmals Geduld.
Sie machen die Menschen mit Worten besoffen:
Die Schlepper sind schuld, die Schlepper sind schuld.
Man kann nur auf bessere Zeiten hoffen.

Bilden wir erstmal eine Kommission:
Die macht das schon, dann wird das schon.
Schnellschüsse sind doch meist daneben,
damit rettet man kein einziges Leben.
Wir warten jetzt in Ruhe ab.

Das Mittelmeer wird zum Massengrab.
Und so soll es weiterhin bleiben.
Dafür sorgt Europas hilflos-gezieltes Treiben.
Das Gute scheinbar an der Geschichte:
Uns kommt das Sterben nicht zu Gesichte.

Urs Wiefele

Jörg Ferbers erster Nachtisch

Gerhard saß am Fenster und hatte ein schmales, viel zu altes Gesicht, auf das die Sonne schien. Mit der linken Hand bedeckte er die Augen, mit der rechten zupfte er manchmal die Decke zurecht.

Der Krieg war vorbei. Das merkte man, weil keine Sirenen mehr zu hören waren. Es war Juni und schon sehr warm.

Vor dem Fenster saß Jörg Ferber auf dem Rand des Sandkastens und betrachtete seinen Onkel Gerhard, der mit geschlossenen Augen in die Sonne guckte. Warum er nur dauernd in die Sonne guckte? Zu Mutti sagte er »Tante Katja« und Kirschen aß er gern. Ein kleiner Teller voll stand vor ihm auf der Fensterbank. Auch Jörg würde gern Kirschen essen, doch die sind rar. Um Müllers Garten lief ein hoher Maschenzaun, damit keiner welche stahl.

Claus Zenke, der von einem Engländer ein Kasperletheater gekriegt hatte, sagte immer »Kirchen«. Aber das ist etwas ganz anderes: Kirchen haben einen Turm und eine Uhr, und manchmal heißen sie Kloster wie in Remsmarode. Durch eine dunkle Türöffnung hörte man eine Orgel. Von den Wänden, die weiß getüncht waren, tropfte Wasser, und Mönche gingen daran entlang und flüsterten.

Gerhard sprach immer sehr leise. Meistens sagte er »Danke schön, Tante Katja«, wie eben gerade. »Mutti« ist aber gar nicht da. Sie ist Schlange stehen bei Griesmer wegen Mehl …

Die Mönche trugen ein Käppi, ein langes Hemd und eine Wäscheleine als Gürtel um den Bauch.

Jörg blickte zu Gerhard empor. Er saß da, vor sich auf dem Fensterbrett die Kirschen, von denen er noch keine einzige gegessen hatte, und die Sonne schien auf seine Stirn. Aber braun wurde er nicht, sondern eigentlich immer bleicher. Zum Schluss sah er aus wie das Foto, das in einem ovalen Rahmen neben dem Schrank hing: blassgelb und wellig. Beim In-die-Sonne-Sehen trat sein Gesicht so hervor, dass man von unten aus in seine Nasenlöcher gucken konnte. Ein paar Fliegen schwirrten um ihn herum, ohne dass er sie verscheuchte.

Jetzt kam Claus über den Hof. »Ich habe man Gummireifen!«, rief er. »Ich auch!«, rief Jörg zurück. »Hier, an meinem Auto!« Er wies in den Spielsand. Das Auto stand unter einer Verladerampe, die in den Sand gebuddelt war. Weil es keinen Kran gab, musste man das Geräusch nachmachen und dazu den Sand aus einer Büchse auf das Lastauto rieseln lassen.

»Brrrummm!«, macht Claus und schüttete eine ganze Fuhre zu, so dass der Laster verschüttet wurde. »Lass das!«, rief Jörg. »Warum denn?«, fragte Claus. Er war fast so groß wie Gerhard, nur dicker. »Ich sag's meiner Mutter!«, drohte Jörg. »Haha! Die ist ja gar nicht da. Die steht ja an bei Griesmer wegen Mehl.«

Eine neue Fuhre Sand. Jörg fing an zu weinen. Gerhard riss plötzlich die Augen auf und starrte auf sie herab. Claus stotterte: »Ich geh ja schon!« und rannte über den Hof.

Die Sonne war jetzt heiß. Die beiden nicht von Bomben getroffenen Mietshäuser stießen im Winkel aneinander und ließen die Hitze abprallen. Zwischen der Fensterwand und dem Plattenweg sprossen auf kleinen, mit Hühnerdraht getrennten Beeten Rhabarber, Tomaten, Kartoffel-Gesträuch und Unkraut.

Herr Esswald, der Freund von Claus Zenkes Mutter, war ein dicker Mann mit einem grünen Jägerhut. Er fuhr einen DKW, kannte viele Engländer und war manchmal sogar hinter dem Stacheldraht zu sehen, den die Engländer aufgetürmt hatten, um das ganze Fliegerviertel herum, in dem sie wohnten.

Jörg guckte zu Gerhard empor, der jetzt schlief. Doch plötzlich öffnete er wieder die Augen. »Bist du da, Tante Katja?«, fragte er hinter sich. »Ja«, sagte Muttis Stimme vom Flur her. »Mehl war schon alle, doch dafür habe ich Sago gekriegt. Sagosuppe schmeckt ja auch.«

Jörg mochte keine Sagosuppe, überhaupt mochte er keine Suppen mehr, denn entweder wurden sie mit Sirup gesüßt oder mit braunem Zucker. Es fing an, ihm im Hals zu kratzen.

»Es ist schön, dass du wieder da bist, Tante Katja«, sagte Gerhard, ohne sich umzudrehen. »Ja mein Junge«, sagte die Mutter. »Ich bin heute viel ruhiger. Vielleicht wirst du mich bald los«, sagte Gerhard. Dann war Stille.

»Mutti? Gibt es bald was zu essen?«, rief Jörg. Keine Antwort. Es war ganz still. Sogar die Spatzen waren verschwunden. Nur die Ameisen hatten es eilig wie immer und hasteten die Rillen des Plattenwegs entlang.

Auf einmal hörte er über sich Frau Zenkes rauchige Stimme: »Jörg? Komm zum Essen. Du isst heute bei uns«, sagte sie durch ihr Fenster, das einen Spaltbreit geöffnet war. »Warum?«, fragte Jörg. »Komm nur, komm«, sagte Frau Zenke, »es gibt auch Nachspeise. Nachher darfst du auch mit Claus sein Kasperletheater spielen.«

Nachdenklich horchte Jörg, ob Geräusche aus Gerhards Zimmer drangen. Er glaubte, eine Männerstimme zu hören, doch die Worte waren nur sehr gedämpft, so dass sie auch woanders herrühren konnten. Zögernd stand er auf, ging um das Haus herum zum Eingang und kletterte durch die offene Tür die paar Stufen zum Parterre empor. Sie wohnten gegenüber von Zenkes.

Als er dort gerade klingeln wollte, trat hinter ihm ein Mann mit einer kleinen braunen Ledertasche ins Treppenhaus, und wie durch Zauberei riss Frau Zenke gleichzeitig ihre Tür auf. Der Mann stand jetzt zwischen ihnen.

»Was ist?«, fragte sie. Der Mann, nun schon beim Hauseingang, wandte sich um. Frau Zenke legte einen Finger auf den Mund und deutete mit dem Kopf auf Jörg.

»Ja.« Er nahm seine Brille ab und wischte sie am Ärmel sauber. »Leider ja. Oder sagen wir: endlich!«

»Ist Gerhard jetzt tot?«, fragte Jörg.

Frau Zenke schlug die Hände zusammen: »Aber Jörg!«

Jörg blickte unsicher auf Frau Zenker. »Habe ich etwas Falsches gesagt?«

Der Mann war schon auf der Straße und ließ die Haustür hinter sich ins Schloss fallen.

Wolf-Ulrich Cropp

Vom Galadinner zum Anwalt des freien Wortes

Ein gewöhnlicher Dienstag, der 5. Oktober 1921 in London? Halt nein, da schien sich etwas anzubahnen. Etwas Besonderes. Gegen 20 Uhr strebten mehrere Herren, vereinzelt Damen dem Restaurant *The Florence* in der Rupert Street, im kultigen Viertel Soho zu. Um 1890 war *The Florence* das Lieblingslokal von Oscar Wilde, und später trugen dort »zornige« Schriftsteller und Dichter wie Filippo Marinetti aufrührerische Texte vor. Ja, das *Florence* war seit Jahrzehnten ein beliebter Ort der schreibenden Zunft. War für heute etwa wieder Revolutionäres vorgesehen? Warten wir's ab.

Grüppchen schritten an den großen Bogenfenstern des Lokals vorbei, und ab und an hielt eine Droschke davor, der Personen entstiegen, die gleichfalls im Restaurant entschwanden. Es fiel auf, dass die Gäste allesamt festlich in Anzug und Abendkleid daherkamen und nach kurzem Smalltalk im von Kronleuchtern illuminierten Speisesaal Platz nahmen … Bis auf eine Gruppe mit Dame, und die war umringt von diskutierenden Herrn, ein gewisser George Bernard Shaw war auch darunter. Die Dame schien an diesem Abend eine wichtige Rolle zu spielen. Schwarz gekleidet war sie erschienen, ihr rundliches Gesicht zeigte den Ansatz eines Doppelkinns. Ihre Lippen waren zart geschminkt. Die Augen, blaugrau, hatten ihr Gegenüber fest im Griff. Dunkles, mittellanges Haar, gewellt, zeigte einen Mittelscheitel. Eigentlich eine gemütliche Person, Mitte 50.

Spätere Erkundigungen ergaben: Die Dame hieß Catherine Amy Dawson Scott, wurde im August 1865 in London geboren, war Schriftstellerin, doch vor allen Dingen eine ebenso umtriebige wie talentierte Organisatorin. Einst war sie mit dem Arzt Dr. Scott verheiratet gewesen, hatte drei Kinder und lebte mehrere Jahre auf der Isle of Wight. In der Abgeschiedenheit wurde es ihr zu langweilig. Also zog sie zurück nach London ins literarische Leben, dichtete und schrieb Romane. Dann ließ sie sich nach 20 Ehejahren scheiden. Auch zu erfahren war, dass Dawson Scott gern behauptete, über übersinnliche Kräfte zu verfügen. Im Jahr 1929 gründete sie die *Survival Leage*, eine spirituelle Organisation. Gestorben ist sie 1934 in London.

Zurück in den Speisesaal des *Florence*, in dem sich unterdessen 44 Schriftstellerinnen und Schriftsteller niedergelassen hatten. Es wurde ausgiebig gespeist. Das sechsgängige Galadinner mundete vorzüglich. Eigentlich war die Zusammenkunft bei gutem Essen nichts Außergewöhnliches. Catherine Amy Dawson Scott, die Freunde Sappho nannten, hatte bereits geraume Zeit vorher einen Verein zur Förderung junger Autorinnen und Autoren gegründet, den *To-Morrow-Club*. Eine Art literarische Freundschaftsgesellschaft, die auch mit etablierten Schriftstellern bekannt machen sollte. Zu diesen Club-Abenden mit gediegener Verköstigung wurden auch Redakteure und Literaturagenten eingeladen. Zu den frühen Mitgliedern zählten unter anderen Joseph Conrad, George Bernard Shaw, oder H.G. Wells. Also alles beim Alten?

Wäre da nicht Sapphos spezielle Einladung für den heutigen Abend vorangegangen: »London hat kein Zentrum, an dem wohlbekannte Schriftsteller beiderlei Geschlechts verkehren könnten, keinen Ort, an dem illustre Gäste aus dem Ausland sie zu treffen hoffen dürfen. Da ein Dinnerclub diesen Bedarf erfüllen würde, schlage ich vor, ihn zu gründen.«

Nachdem sich die Gäste mit dem Galadinner gestärkt hatten, wurde Sapphos Vorschlag mit Begeisterung angenommen. Das Organisationstalent hatte den Weg bereitet und den Vorläufer des PEN an diesem Abend ins Leben gerufen. Zunächst als »Dinner Club«, der jedoch rasch zu einer internationalen Schriftstellervereinigung von Rang wuchs. Und, was wenig bekannt ist: Die älteste internationale Menschenrechtsorganisation der Welt! Dawson Scott überließ an diesem Abend dem eloquenten, weltgewandten Schriftsteller John Galsworthy die »Laudatio«. Seine Worte: »Wir Schriftsteller sind gewissermaßen die Treuhänder der menschlichen Natur, und wenn wir engherzig und voller Vorurteile sind, schaden wir der gesamten

Menschheit. Aber je besser wir einander kennen, desto größer sind die Aussichten der Menschheit auf Glück in einer noch nicht allzu glücklichen Welt.«

John Galsworthy wurde Präsident des Internationalen PEN und blieb dies bis 1933. Der gelernte Jurist, Sohn wohlhabender Eltern, fand am Beruf des Rechtsanwalts kein Interesse. Er ging zur See, wo er Joseph Conrad kennenlernte, der in ihm die Begeisterung für die Literatur entfachte. Wenngleich er sich bisweilen wie ein Aristokrat mit Frack und Zylinder zeigte, übte er Kritik am britischen Klassensystem, und schilderte auf ironisch-sarkastische Weise Großbürgertum und Adel. Er kritisierte den Materialismus der Oberklasse und klagte über die Situation unglücklich verheirateter Frauen. Als bekanntes Werk sei die »Forsyte Saga« erwähnt. Es trug dazu bei, ihm 1932 den Literaturnobelpreis zu verleihen. Sechs Wochen nach der Ehrung verstarb Galsworthy in London an einem Gehirntumor.

Die neu gegründete Schriftstellervereinigung begab sich an die Formalien: Der Mitgliedsbeitrag belief sich auf fünf Shilling für Sekretariatsausgaben. Galsworthys Sekretärin wurde übrigens Dawson Scotts Tochter Marjorie. Zur Mitgliedschaft konnte man gebeten werden. Bewerbungen waren verpönt. Exklusivität zeigte sich in den Voraussetzungen: Die Publikation eines Gedichtbands oder eines Romans, veröffentlicht von einem bekannten europäischen oder amerikanischen Verlag; eines Theaterstücks, das auf einer bekannten Bühne aufgeführt worden ist; oder die derzeitige oder frühere Herausgeberschaft einer bekannten Zeitung oder Zeitschrift. Und das Kürzel PEN? Ein Apronym des Wortes »pen«, Schreibfeder für Poets, Essayists, Novelists.

In den ersten Jahren war für Dawson Scott und Galsworthy wichtig, im Sinne der Völkerverständigung zu wirken, um Frieden zwischen den Völkern zu sichern. In seinem Bestreben sollte sich der PEN jedoch unpolitisch verhalten. ›*No politics, under no circumstances!*‹ wurde postuliert. PEN sollte nicht zwischen die Mahlsteine unterschiedlicher Weltanschauungen geraten. Die Politikabstinenz ließ sich jedoch nicht lange durchhalten.

Der erste PEN-Kongress fand 1923 in London statt. Inzwischen hatten sich bereits elf nationale PEN-Zentren gegründet und sich dem Dachverband in London angeschlossen. Unter der Leitung des Bühnenautors Ludwig Fulda gründeten Autoren 1924 das PEN-Zentrum in Deutschland, das durch die NSDAP und die Teilung Deutschlands stürmische Zeiten erleben musste. Das PEN-Mitglied Ernst Toller, ein deutscher Dramatiker, setzte sich als wohl erster für eine Politisierung des PEN International ein. Als es um die Frage der Aufnahme exilrussischer und sowjetrussischer Schriftsteller ging, scheiterte er jedoch an der Zustimmung des PEN Dachverbands.

Adolf Hoffmeister, Schriftsteller, Maler, Karikaturist, Journalist und Anwalt, war in den 1930er Jahren Präsident des tschechischen PEN-Clubs. Er zeichnete Catharine Amy Dawson Scott als »Die Mutter der PEN-Clubs« und »stellte« einige Clubzentren um sie herum. O ja, Sappho war nicht nur Mutter, auch eine frühe Feministin und achtete darauf, dass Frauen im PEN nicht zu kurz kamen, sondern würdig vertreten waren. Auf dem PEN-Kongress in Oslo 1928 erfuhr sie, dass ein PEN-Zentrum keine Frauen zuließ. Das brachte sie in Rage: »Es widerspricht dem Geist des PEN. Ich bestehe darauf, das Gleichheitsprinzip in den Prinzipien des PEN zu verankern!« Nach ihrem Tod gab es starke Frauen in der Organisation. Margaret Storm Jameson vertrat um 1930 den englischen PEN-Vorstand. Und weltberühmte Schriftstellerinnen zählten zu PEN-Mitgliedern: Nadine Gordimer, Toni Morrison, Margaret Atwood – um stellvertretend lediglich drei Namen zu nennen.

1947 wurde der deutsche PEN neu gegründet, spaltete sich dann vier Jahre später in die Sektionen Ost und West. Erst 1998 gelang es, nach mühevollen Verhandlungen ein gemeinsames deutsches PEN-Zentrum in Darmstadt, mit Christoph Hein als Präsidenten, zu gründen. Unter Deniz Yücel bahnte sich 2022 eine Zerreißprobe an, die unschön öffentlich ausgetragen wurde. Es hieß, politische Differenzen und der Führungsstil Yücels führten zu den Auseinandersetzungen, die schließlich zum Rück- und Austritt des Präsidenten führten. José F.A. Oliver ist der jetzige Präsident. Noch im selben Jahr gründeten Deniz Yücel und Eva Menasse den PEN Berlin. Wobei es

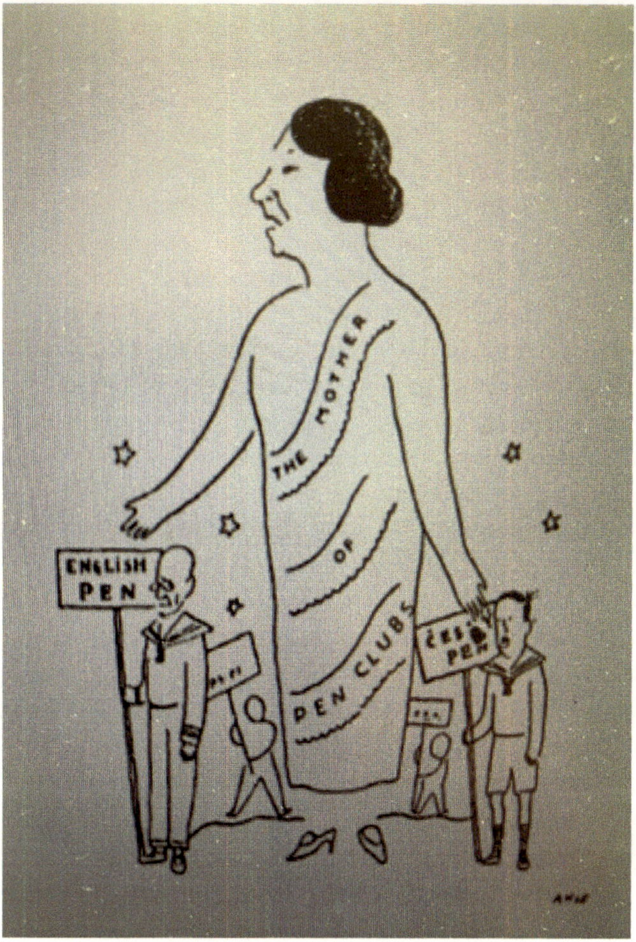

Adolf Hoffmeister: The Mother of PEN Club.

in der Beurteilung des Israel-Gaza-Konflikts medienwirksame Differenzen innerhalb des PEN Berlin gibt.

In der Tat, PEN Deutschland hat eine aufreibende Geschichte. Es sei die Frage erlaubt: Schlossen die PEN-Gründer politische Aktivitäten in einer Welt der Krisen wohlweislich aus? Eisernen Bestand hat die PEN-Charta, sie ist für alle PEN Zentren weltweit verpflichtend und von den Mitgliedern zu unterschreiben. Im Kern geht es darin um die Freiheit des Wortes. PEN International als Dachverband vereint zur Zeit 144 Zentren in 102 Ländern und ist seit 1948 auch beratendes Mitglied der UNESCO für die Bereiche Erziehung, Wissenschaft, Kultur. Der Verwaltungssitz befindet sich wie gehabt am Gründungsort London. Die derzeitige Präsidentin ist Jennifer Clement als erste Frau des PEN International.

Als ein überzeugter Verfechter des Leitmotivs sei Salman Rushdie erwähnt: »Die Freiheit des Wortes – ein Fundament unserer Kultur. Ohne diese Freiheit muss jede andere Freiheit scheitern. Sie ist ein universelles Menschenrecht.« Und: »Der autoritäre Geist hat Angst vor dem freien Geist«, so Rushdie. Dieser freie Geist ist zu wahren durch den Mut des Einzelnen und die Kraft der Gleichgesinnten. Bisweilen riskiert der Freigeist das Leben für seine Überzeugung. Es sei an Alexej Nawalny gedacht. Mit den Worten Juli Zehs möchte ich meine Ausführung abschließen: »Die Freiheit des Wortes ist nichts, wofür man einmal kämpft, um es für immer zu gewinnen. Sie ist das Ringen um die Grundlagen des menschlichen Zusammenseins. Welche Aufgabe könnte ehrenvoller für uns Schriftsteller sein!« Darauf frei nach Leo Tolstoi: »Das Gute und das wahre Wort sind unzertrennlich.«

Charlotte Ueckert

Nicht immer sind die Dichter per se

Botaniker von Gänseblümchen und Rosen
Auch wenn sie über Vögel schreiben
Keine Ornithologen
Nur gelegentlich Menschenkenner
Sie einverleiben sich dies oder das
Schweben bis in die Wolken
Beobachten die Verfärbungen
Von Bäumen und Gesichtern
Legen manchmal zu viel hinein
Denkmalpfleger ihrer Phantasie

Charlotte Ueckert

Der Kinderschwarm der vorübergeht

Lässt niemanden reden
Alle plappern und üben
Das Nicht-zu-hören

Die Eichhörnchen im Garten
Grapschen sich die Brocken weg
Zwischen Elstern und Krähen
Herrscht erbitterte Feindschaft

Nur hingucken muss man
Um Bescheid zu wissen
Auf Landkarten üben sie aufs Neue
Die Ausdehnung der Grenzen

Charlotte Ueckert

Gedenken an Italien

Ich habe geschrieben
Über die Berge
Über das Tal
Aus dem das Leben hochwächst
Über die Häuser am Hang
Mit ihren erstaunten Gesichtern
Natürlich über Türme
Weil sie nicht zu übersehen sind
Hängende Zedern stocksteife Zypressen
Ich sehe Gestalten in jedem Olivenstamm
Im Voll- und Sichelmond
Liebliche Frätzchen doch
Noch berauschender sind mir meine Worte
Als der Anblick der sie hervor ruft
Worte entstehen
Anstelle des Blicks
Ihnen entkommt keiner
Der hören und lesen kann
Ihr phantastischer Schutzraum
Öffnet sich weit dem echten Leben

Charlotte Ueckert

Die Herrschaft übernommen

Hat die Freiheit
Der Mehrheitsmeinungsworte
Ständig fordern Medien
Sie von jedem
Wenn alle reden
Zu allem ihre Meinung
Zum Besten geben
Hört keiner mehr zu
Ich wünsche mir Freiheit des Zuhörens
Und halte mir oft die Ohren zu

Charlotte Ueckert

Wildgänse läuten den Himmel ein

Wenn ich da droben mitziehen würde
Laut jubelnd im Pulk
Im Richtungsfließen des Mainstreams
Wüsste ich nicht mehr wo Ost wo West

Charlotte Ueckert

Ein Weiser setzt sich

als Ziel das Unvollendete
Ein Träumer will
Das Unerreichbare
Ein Narr hat Sehnsucht
Sein Inneres zu zeigen

Bin ich ein Narr
Träume ich
Das ich etwas vollende
Mit Worten

Reimer Boy Eilers

Dichter, Dichter an der Wand

Freiheit, Geld und Goethegroschen

> »In den zwanziger Jahren war es viel einfacher, ein Genie zu sein, es gab nur drei oder vier Literaturzeitschriften, und wenn man darin vier- oder fünfmal was unterbrachte, konnte man in Gerties Salon landen …«
>
> *Charles Bukowski: Die letzte Generation*

Das *Ende der Geschichte* ist ein literarischer Topos, der von den Propheten der Zunft auch für den Literaturbetrieb selber reklamiert wird. Insofern steht Bukowski mit seinem Gedicht von der letzten Generation in der Tradition einer abschüssigen Überlieferung. Tatsächlich haben wir seine Warnungen ernst genommen, ohne das Schreiben und den schrägen Blick auf Gertrude Steins Pariser Salon dahinfahren zu lassen, wie könnten wir auch. Selbst heute, *post mortem auctoris* Bukowski, sind nicht einmal die Dichter, die filigransten Existenzen unter den Schriftstellern, drauf und dran auszusterben. Findet hinter der Nabelschau doch weniger Abbruch statt, sondern Wandel. Die letzten Dinge mag Günter Grass' Rättin entscheiden oder sollen uns Heiner Müllers Nachfahren am Deutschen Theater vorführen.

Allerdings hat ein Schuss Chiliasmus in einer Wortspeise die gleiche anregende Wirkung auf unsere Geschmacksnerven wie eine Prise Chilipfeffer. Wir können das brauchen. Allzu oft sind die Autorinnen und Autoren im Literaturbetrieb nolens volens zugleich Künstler und Überlebenskünstler. Auch unsere Stärke im Verband deutscher Schriftsteller*innen (VS) liegt nicht in der Zahl der Mitglieder, die nur als Konkurrenzscheuche unter verunsicherten Kollegen happig erscheint. Gut halb so viele sind wir, wie der herbstliche Auftakt an belletristischen Neutiteln beträgt, das sind knapp achttausend schöngeistige Bücher auf der Frankfurter Messe. Wobei die Titel ironischerweise nur noch als eine Art Lemmingzahl gehandelt werden.

Vom »verfluchten fauligen Geruch Schillerscher Äpfel«, den Heinrich Böll zum ersten Schriftstellerkongress 1970 in der Stuttgarter Liederhalle herauf beschwor, wollen wir auch fürderhin nicht leben. Ich rede durchaus von der Stärke, über den Zusammenschluss der Einzelgänger für den Berufsstand Einfluss nehmen zu können. Dieser, nicht überraschend, gründet, wie vermittelt auch, in der Literatur, die wir schaffen. So kommt demnach vieles darauf an, wie wir uns mit ihr öffentlich darstellen. Es ist einfach nicht wahr, obwohl es fast so hübsch klingt wie ein Zitat von Woody Allen, wenn Gertrude Stein das Problem der Identität auf den Hund bringt: »*You are you because your little dog knows you.*« Die feine Nase ist ein recht beschränktes Organ der Erkenntnis und nun gar der Reflektion.

Hören wir Bukowski weiter:

»Heute –
heute gibt es so viele von uns, Hunderte von
Literaturzeitschriften und Verlagen, Tausende
von Titeln.
Wer soll aus all diesem Mulm überleben?
Fast schon peinlich …«

Daran ist nichts Falsches. Und dennoch … Von diesem Dennoch leben wir. Alle, die Hoffnungsvollen und die Verzweifelten. Das können wir gleich bei Bukowski mitlesen. Denn er ist beredt, wenn er seine Feststellungen in Gedichtform trifft. Ein einziges mitzulesendes »Dennoch«. Poesie ist das reguläre Medium des irregulären Lebenssinns. Ich glaube wirklich, Bukowski würde dergleichen nie in Prosa gesagt haben.

Weiterschreiben. So heißt unser Apfelbaum. Wir haben einen an dem Tag gepflanzt, an dem Uwe Wittstock, seinerzeit Lektor im S. Fischer Verlag, uns in nüchterner Prosa ins Abseits stellte: »Die jüngere deutsche Literatur hat das Publikum verloren. Man kann das bedauern … bezweifeln kann man es nicht.«

Dies ist erst wenige Jahre her und klingt doch wie aus einer anderen, gräulichen Ära des Literaturbetriebs. Reden wir nicht von Poetry Slams, Open Mikes und dergleichen mit ihrem außergewöhnlichen Zuwachs an Publikum, gerade jüngeren Leuten. Daran erfreut sich, wenn auch fulminant, mehr eine Szene, ein hartgesottener Off-Broadway der Lesungen, als die Garde der Verlage. Und der Schriftstellerverband muss seine Mitgliedskriterien, die an der beruflichen Teilhabe in traditionellen Medien anknüpfen, um einige Stellen erweitern. Reden wir einfach von Erfolgsbüchern, die Felicitas Hoppe, Christian Kracht, Benjamin Lebert, Judith Hermann und andere seit Wittstocks Verdikt auf den Markt gebracht haben.

Wir sehen: Unser Apfelbaum des Weiterschreibens steht kaum in den Gefilden vergeblicher Romantik. Entsprechend entgegnete bereits Siegfried Unseld – und nicht nur pro domo Suhrkamp – auf Wittstocks Verdikt. »Jüngere deutsche Literatur hatte immer ein Publikum, hat es noch immer und wird es weiter haben.« Viele der Autoren und Autorinnen aus der neuesten Generation haben es allerdings noch nicht in den Verband geschafft. Grass, Walser, Böll, Lenz wussten schon vor einer oder zwei Generationen, dass Solidarität auch in Gerties Salon gefragt ist. Gemeinsam kommen wir zum Böllschen »Ende der Bescheidenheit«.

Allen Unkenrufen zum Trotz findet diese Gesellschaft nämlich in der Figur des Schriftstellers jemanden, der etwas Bedeutendes zu sagen hat. Mit den Worten von Hilmar Hoffmann, dem seinerzeit gefeierten Kulturdezernenten der Stadt Frankfurt: »Die Autoren formulieren mit an den Bildern, die wir uns von einem anständigen Leben und einer lebenswerten Zukunft machen.« Der Bedarf an Sinnstiftung sinkt nicht, er nimmt zu mit den Tendenzen der Säkularisierung, in diesem Zeitalter der Beschleunigungen, der Entmystifizierung aller überkommenen Verhältnisse, der gleichzeitigen globalen Bedrohung unserer Lebensgrundlagen.

Selbst Schweigen, auch Hermetik kann im Zusammenhang der Kunst Zeichen setzen. Eine beredte Deutung der Welt abgeben. So schreibt etwa die mexikanische Autorin Carmen Boullosa im Jahr 1993: »Ich wurde in einer Stadt geboren, die nicht mehr existiert.« Wie das? Die Stadt heißt Mexico-City. 1954, als Frau Boullosa ihre ersten Windeln benutzte, zählte Mexiko-City drei Millionen Einwohner. Heute sind es fünfzehn, die Stadt rangiert weltweit auf den ersten Plätzen.

Ist das nicht olympisch? Verfünffachte Existenz? Die Autorin würde es sicher ohne weiteres zugeben und ein literarisch-ästhetisches »Dennoch« dagegen setzen. Keine soziologische Wissenschaft, kein Journalismus und schon gar kein Bild könnte ihren Erkenntnisblitz so aus sich heraus schleudern: Den schier unauflöslichen Zusammenhang von Wachstum und Tod.

Unsere Stärke, noch einmal, liegt nicht allein in Tarifverhandlungen, Normverträgen, Rechtsberatungen, Sozialversicherungen, so wichtig diese Themen sind. Sie dürfen auch nicht vernachlässigt werden. Eine Alternative zu propagieren zwischen berufspolitischer gewerkschaftlicher Arbeit und Kultur, könnte nur auf eine schiefe Ebene hinführen, auf der wir abrutschen ins Bodenlose. Um nun wirklich mit Woody Allen zu sprechen: »Die Realität ist der Ort, wo man ein anständiges Steak bekommt.« Die Herausforderung ist heute, diese beiden Bereiche aufs Neue miteinander zu verbinden, wo der Zeitgeist gern »die Mühen der Ebenen« (Erich Loest) aus dem Bewusstsein operiert.

Natürlich sitzen wir als Verband zwischen allen Stühlen, nämlich auf dem Boden der berufspolitischen Realitäten unserer Schriftstellerexistenz. Die Höhen der Kunst erklimmen wir auf einsamen Wegen jeder für sich allein. Denn organisierbar ist nicht die Literatur, weder vom Inhalt, noch vom ästhetischen Zugang her. Verbinden und verbindlich machen können wir im Literaturbetrieb nur die Rahmenbedingungen.

Es gibt eine latente Stimmung im Feuilleton, die sich gelegentlich auf einer schiefen Alternative bewegt: VS – Gewerkschaft – Funktionär – Paraliterat. Das ist wie Herpes, egal wie man vorsorgt, irgendwann kippt die Stimmung wieder, und immer zum falschen Moment trägt man eine dicke Lippe davon. Konkret wird diese Stimmung beispielsweise, wenn es ums unspektakuläre Geld geht, die Finanzierung literarischer und kulturpolitischer Veranstaltungen des VS, bei denen eine breite Medienwirksamkeit nicht von vornherein garantiert ist. Das aber ist doch unser Alltag, im »Dunkel des gelebten Augenblicks« (Bloch). Selbst gutwillige Kulturbürokraten sprechen in feuilletonistischem Reflex, wenn wir in Amtsstuben als Bittsteller auftreten, schon mal von der verpassten Chance des Verbandes, sich als gleichermaßen staats-, partei- und gewerkschaftsferne Assoziation zu begründen.

Borniertheit, die Ignoranz einer rhetorischen Figur, richtet sich im politischen Raum nicht selbst. Sie leiht sich den glänzenden Mantel der Ideologie. Von allen Künsten hat die Literatur nolens volens die größte Nähe zur Politik, insofern sie sich des gleichen Mediums bedient, der gesprochenen und geschriebenen Sprache. Weit entfernt davon ein Vorteil zu sein, scheint diese Gemeinsamkeit nur die Zahl der Missverständnisse zu erhöhen, die ohnehin zwischen Politik und Kunst bestehen. Die Virtuosen des verschleiernden Worts und der Diplomatie schwanken ständig zwischen Überempfindlichkeit und Verachtung für den Schriftsteller, der sein Herz scheinbar so provozierend leichthin auf der Feder trägt.

Wir können uns nur selbst helfen. Nichts liegt uns ferner, als politikfern zu werden, wo es um unsere Belange im weiten Feld der Kultur geht. Was wir einfordern, ist eine neue Dialogfähigkeit der Politik mit den Künsten, wie sie die ersten Staatsminister für Kultur, Michael Naumann und Julian Nida-Rümelin, versprochen haben. Denn wo es kriselt, und das gilt gegenwärtig für Kirchen, Parteien, Verbände und Gewerkschaften und ihre Mitglieder auf breiter Ebene, ist es eine Krise des Dialogs.

Das ist der Zusammenhang zwischen einer »Literarisierung« der Verbandsarbeit und einer weitergehenden Kulturpolitik, die ihren Platz in der Mitte der Debatte sucht. Die Öffentlichkeit denkt immer auf den kürzesten Wegen. So wie wir in einem Park nicht brav alle Ecken ausschreiten, wenn wir das Ziel vor Augen sehen. Kulturpolitik heißt, ich brauche einen Partner, mit dem ich verhandeln kann. Wer jeweils dieser Partner ist, das sollten wir selbstbewusst für das ganze Spektrum der privaten und staatlichen kulturellen Instanzen in dieser Gesellschaft ausloten.

Rufen wir Goethe an, unser aller Urahn und nebenbei selbst Staatsminister. Viel hilft viel, und viel mehr als Goethe kann man in deutschsprachigen Landen nicht aufbieten. Das nächste große Projekt nach der Reform des Urheberrechts sollte der Goethegroschen sein. Gesetzestechnisch, man lasse sich das auf der Zunge zergehen, heißt das Projekt: Urheberechtsnachfolgegebühr. Jedes künstlerische Werk, das nicht mehr dem Urheberrecht unterliegt, wie etwa die Werke Goethes, soll mit einer Gebühr belegt werden, analog den Tantiemen oder Honoraren lebender Künstler.

Einerseits würde damit endlich eine unfaire Konkurrenz der toten Dichter gegen die lebenden beendet. Für jedes Buch, ob nun von Karl May oder Johannes Mario Simmel, von Annette von Droste-Hülshoff oder Ulla Hahn, müssten beispielsweise zehn Prozent Autorenhonorar gezahlt werden. Die Honorare unserer gemeinfreien Urheber-Ahnen flössen dann in einen Fonds, aus dem Gegenwartsliteratur gefördert würde.

Eigentlich, sollte man meinen, ein bestechendes Modell, das die öffentlichen Kassen schont und die Autonomie des Kunstbereichs betont. Wie bereits bei der Reform des Urheberrechts können sich die Verwerter allerdings nur schwer in ein solches neues Verhältnis zu den Autoren denken. Eine Art griechischer Chor, von den Buchverlegern bis zu den Intendanten der öffentlich-rechtlichen Rundfunkanstalten und der Stadttheater, besingt den Untergang der Buchkultur, des Drehbuchs und des Abendlands. Hoppla, das Gegenteil ist richtig. Es sei denn, man hängt dem Bild des Spitzwegschen Poeten nach und glaubt, dass nur Armut Großes gebiert.

Welches stärkere Interesse sollten die Autoren, sollte der VS eigentlich vertreten, als das der abendländischen Literaturförderung? Jeder Autor hat einmal als Leser angefangen, und noch Johannes Mario Simmel, als der Pate des Kaufhausromans, würde vermutlich den Kopf schütteln über diesen vermeintlichen Konflikt zwischen Dichtung und Gebühr. Mit dem Goethegroschen würde zum ersten Mal eine Solidarität zwischen den künstlerisch tätigen Generationen geschaffen. Die letzte Generation wird die erste sein. Der Schriftsteller als Zeitgenosse in Buxtehuder Manier. Ik bün al dor.

Kurt Geisler

Sonderfahrt

Der Sommer hatte sich letztes Jahr an der Kieler Förde seinen Namen nicht ehrlich verdient. Sicher, es gab so manchen schönen Sonnentag, der aber spätestens am nächsten Morgen von aufziehenden Wolkenfeldern getrübt wurde. Eine stabile Schönwetterlage mit einem Azorenhoch wollte sich jedoch nicht einstellen.

So nutzte Peter Boysen den letzten angekündigten Sommertag Ende September. Die morgendliche Fahrt auf dem Sonnendeck des hybriden Fördedampfers zum Ostseebad Laboe genoss er deswegen besonders, zumal ein laues Lüftchen die vielen Segelboote auf der Förde elegant über sanfte, sonnendurchflutete Wellen zur Kieler Bucht hinausgleiten ließ.

Das flache Badewasser in Laboe war angenehm temperiert, in der gleißenden Mittagssonne wurde es im Strandkorb unerträglich heiß, aber seine Lektüre über die Geschichte der Kieler Stadtteile auf dem Ostufer der Förde, die vom 2. Weltkrieg besonders gebeutelt wurden, fesselte ihn. Immer wieder cremte er sich mit Lichtschutzfaktor 50 ein, so war hoffentlich neben einer gesunden Bräune nichts zu befürchten. Eine mögliche Dehydrierung bekämpfte er erfolgreich mit Mineralwasser, die anstehende Unterhopfung am Nachmittag mit zwei kleinen Bierchen.

Für die Rückfahrt wählte er nicht das Fördeschiff, sondern den Linienbus. Sonne hatte er genug getankt. Sein Kombiticket ließ ihm die freie Wahl des Verkehrsmittels, ob zu Lande oder auf dem Wasser. Ein wenig wackelig auf den Beinen fühlte er sich allerdings auf dem kurzen Weg zur Bushaltestelle am Laboer Hafen. Leicht schwindelig ließ er sich auf die hölzerne Sitzbank der Bushaltestelle nieder, die aber erst nach einer gefühlten Ewigkeit von einem elfenbeinfarbenen Omnibus angesteuert wurde, der vermutlich aus dem Fuhrpark eines Museums stammte. Skeptisch erklomm Boysen die ungewohnt hohen Metallstufen des engen Fronteingangs. Er nestelte sein Kombiticket hervor, aber der offenbar ebenfalls von der Hitze geplagte ältliche Fahrer nahm davon keinerlei Notiz und winkte ihn lustlos in den leeren Bus.

Kaum saß Boysen auf einem der schmalen beigefarbenen Plastiksitze, da schlossen sich hydromechanisch ächzend die Türen. Der Fahrer verlangte nun dem aufbrausenden Dieselmotor alles ab, was er zu bieten hatte. Dicke Rauchschwaden hinter dem Bus bezeugten das eindrucksvoll.

Von den schaukelnden Bewegungen wegen der schlechten Federung ermüdete Boysen, und in einer scharfen Kurve kurz vor Brodersdorf rammte sein Kopf heftig eine Haltestange. Er versuchte, den Schmerz abzuschütteln, um sich zu entspannen. Das misslang aber, weil der Bus auf einmal rappelvoll mit lärmenden Schulkindern war. Zudem stoppte der Busfahrer jäh an der Kreuzung zur alten Landstraße nach Kiel, weil dort ein Polizist mit weißen Handschuhen dem spärlichen Verkehr aus der anderen Richtung den Vorzug gab.

Boysen stutzte. War hier nicht vor Jahrzehnten ein Kreisverkehr eingebaut worden? Warum der Bus nicht die vierspurige Schnellstraße nahm, sondern jede noch so unbedeutende Haltestelle entlang der Badeorte auf der Ostseite der Förde bis zur Kieler Stadtgrenze abklapperte, das entzog sich seinem Verstand.

Über grobgepflasterte Straßen ging es schließlich in Kiel-Dietrichsdorf über die historische Schwentinebrücke. Sein Blick auf den Fluss suchte sehnsüchtig die hässliche Betonbrücke aus den 1970er-Jahren, über die sie viel schneller zur Kieler Innenstadt gelangt wären. Aber diese Brücke gab es nicht. Langsam begann Boysen, an seinem Verstand zu zweifeln.

Ungläubig erhob er sich, um auszusteigen. Einen Halteknopf im Innengestänge des Busses fand er nicht. Der Busfahrer stoppte jedoch sein Fahrzeug, als er den Wunsch zum Ausstieg im Innenspiegel bemerkte. Mit wackeligen Knien verließ Boysen den ehrwürdigen Autobus, der mit aufheulendem Motor und einer dicken Rußwolke mitsamt den immer noch johlenden Gören davonjagte.

Als sich der stinkende Ruß ein wenig gelichtet hatte, lag auch die Schönberger Straße in Kiel-Wellingdorf vor ihm wie vor fast 40 Jahren, als die Gleise der längst abgeschafften Straßenbahn noch in einer Wendeschleife um das mit Backstein verblendete Gebäude der ehemaligen Kieler Spar- und Leihkasse herumführten. Links davon glänzte die vertraute gelbe Fassade des längst abgerissenen historischen Gasthauses Stadt Kiel in der Nachmittagssonne, und die auf dem weitläufigen Gelände entlang der Schwentine errichteten Neubauten waren übergrünten Brachflächen mit Bombentrichtern gewichen.

Von der anderen Seite der Schwentinemündung schwoll vom Seefischmarkt strenger Fischgeruch herüber. Auch die wenigen Fahrzeuge auf der Straße mit kantigen Bauformen machten ihn stutzig. Gab es in der Nähe ein Oldtimertreffen, oder spielte ihm der Kopf einen Streich? Verwundert drehte sich Boysen um.

Alles war plötzlich wie früher in seiner Jugend. Geblendet von den in der Nachmittagssonne gleißenden Straßenbahnschienen im groben Pflasterbett konnte er auf beiden Seiten der Schönberger Straße viele kleine Stände und Geschäfte ausmachen. »Kauft mehr Obst!« An dieses Reklameschild konnte er sich noch gut erinnern, wenngleich er sich in Wellingdorf nicht so auskannte wie in Kiel-Gaarden, wo er aufgewachsen war. Die Chronik über diesen besonderen Ostuferstadtteil, die er im Strandkorb verschlungen hatte, kam ihm wieder in den Sinn. Gaarden, das Arbeiterviertel mit den vielen Werften, im letzten Weltkrieg schwer getroffen von den Angriffen der Alliierten.

Gedankenverloren schlenderte er zur Haltestelle Seefischmarkt, um auf die nächste Straßenbahn zu warten. Die kam aber nicht, sondern wieder dieser Retro-Bus. Dieses Mal war hinter der Windschutzscheibe ein leicht verbeultes Blechschild eingeklemmt: »Sonderfahrt«.

Der Busfahrer war derselbe wie vorher, auch wenn er jetzt deutlich jünger wirkte. Wieder zückte Boysen sein Kombiticket, aber der Fahrer winkte erneut ab.

»Das mit den Fahrscheinen erledigt neuerdings die junge Dame hinten. Ich habe nur die Fahrbefugnis, keine Geldbefugnis.«

Boysen fühlte sich in seine Fahrten zur Schulzeit zurückversetzt, zumal der Bus wieder voll besetzt war mit streitenden und lärmenden Kindern. Aber die resolute Schaffnerin in blauer Uniform zog schnell zwei der Rotznasen von einem Doppelsitz, um ihn Boysen zuzuweisen. Erst dann wurde sie formell.

»55 Pfennig bis zur Endstation in der Wik. Zum Hauptbahnhof 40 Pfennig.«

Pfennig. In welche Posse war Boysen hineingeraten? Er zauberte sein Kombiticket hervor, was bei der Schaffnerin Stirnrunzeln hervorrief.

»Euro, was soll das denn sein? Haben Sie keinen roten, grünen oder blauen Fahrschein?«

Die kräftige Stimme des Fahrers unterbrach die unübersichtliche Situation. »Hannelore, lass den alten Knacker mit der roten Birne heute einfach so mitfahren. Sonderfahrt, Anordnung von oben.«

Durch das Geschrei der Gören versicherte sich die Schaffnerin. »Wirklich von oben?«

Trotz des lautstarken Anfahrens übertönte der Fahrer den Lärm. »Ja, von ganz oben.«

Die Schaffnerin nickte ergeben und wandte sich jetzt freundlich ihrem Fahrgast zu. »Alles in Ordnung, der Herr. Gute Fahrt noch.«

Während Boysen sich wunderte, war das halblaute Meckern der Schaffnerin nicht zu überhören.

»Euro. Wer um Himmels willen denkt sich so einen bescheuerten Namen für ein Zahlungsmittel aus?«

Darauf konnte Boysen keine Antwort finden, zumal sein Kopf immer noch heftig brummte. Vorsichtig fragte er bei der Schaffnerin nach.

»Sie halten doch auch in Gaarden?«

Sie grinste breit. »Klar. Wo möchten Sie denn aussteigen? Howaldtswerke, Augustenstraße oder Karlstal?«

Boysen entschied sich für die letztgenannte Haltestelle, auch wenn er dort früher auf dem Rückweg von der Schule manchmal von irgendwelchen Deppen verkloppt wurde.

Mehr als eine Generation war das her, seit er aus Gaarden geflohen war. Aber war der Ebertplatz, den er überquerte, inzwischen nicht einem schmucklosen Supermarkt gewichen? Den dahinterliegenden Vinetaplatz mit den vielen schönen Bauten aus der Gründerzeit erkannte er dagegen sofort wieder. Ja, hier war er aufgewachsen. Gedankenversunken bog Boysen in die Wikingerstraße ein und hielt vor der Schlachterei Drews inne, in der wie so oft am Nachmittag großer Andrang herrschte. Der Schlachter im gestreiften Hemd war ein schicker Mann und seine kleine dralle Frau sehr freundlich. Als Kind bekam Boysen immer eine Wurst geschenkt. Aber wurde die Schlachterei nicht schon vor 40 Jahren geschlossen?

Nachdenklich schlenderte er weiter in den kopfsteingepflasterten Straßen seiner Erinnerung. Der Gemüseladen, der Milchmann an der Ecke und kurz dahinter der ehemalige Militärfriseur, der nur vier Millimeter schneiden konnte. Gespannt bog er in die Johannesstraße ein, auch dort herrschte wieder munteres Treiben.

Natürlich blieb Boysen das elterliche Geschäft nicht verborgen, das sich im kühlen Glanz der späten 1970er Jahre zeigte. Vorsichtig spähte er durch die Ladenscheibe. Seine lebenslustige Mutter beriet Kunden bei der Tapetensuche und sein Vater mischte Farben an, beide im besten Alter. Sollte er sich nicht als Sohn zu erkennen geben?

Mutig drückte er den Handlauf der Eingangstür nach vorn, aber sie ließ sich keinen Spalt öffnen. Seine Eltern waren viel zu sehr mit ihrer Kundschaft beschäftigt, um Notiz von ihm zu nehmen. Stand er ihnen etwa im Wege?

Als er traurig den Kopf senkte, stieß ein herauseilender Kunde mit einem Tapetenbündel unter dem Arm die Tür auf. Boysen ging zu Boden und sah nur noch Sterne, bis ihn mehrfache Explosionen hochschreckten. Im aufkommenden Sirenengeheul vernahm er lautes Geschrei.

»Schnell einen Krankenwagen, vor der Johannesstraße 55 liegt ein verletzter Junge. Auch einen Löschwagen zur Hausnummer 42. Dort brennt es lichterloh nach dem Bombenangriff und der Keller scheint eingefallen zu sein. Mal sehen, was wir noch tun können. Scheiß Engländer.«

Bewegungsunfähig vor dem elterlichen Geschäft liegend bemerkte Boysen mit schmerzendem Kopf, dass seine schlanken jugendlichen Beine in kurzen Lederhosen steckten. Anscheinend befand er sich im Krieg, zumal mitten im Chaos stramm ein Fackelzug mit Nazischergen marschierte, die ihn ins Visier nahmen.

»Nicht wehrtauglich, der faule Hund. Den Volksschädling ausbluten lassen.«

In diesem unwirklichen Moment tauchte der vertraute Bus wie aus dem Nichts auf und drängte aufgrund seiner schieren Masse die Schergen zurück. Der Fahrer war immer noch derselbe, aber jetzt war er gerade mal Mitte 20. Gegen das pöbelnde Pack zerrte er ihn in das dunkelgrün getarnte Fahrzeug, in dem alle Sitzplätze gegen Feldbetten ausgetauscht waren.

»Leg dich hin, Junge. Wir fahren dich jetzt ins Krankenhaus.«

Automatisch zückte Boysen sein Kombiticket, aber eine weibliche Stimme sprach beruhigend auf ihn ein.

»Lass mal sein, Lütter. Von wegen Euro, wir werden in wenigen Wochen hier keine Reichsmark mehr haben, sondern Dollar, Rubel oder Pfund.«

Erstaunt hob Boysen seinen Kopf. Die Schaffnerin, die jetzt als Krankenschwester agierte, musste wie der Busfahrer in einen Jungbrunnen gefallen sein. Als die Nazischergen versuchten, pöbelnd den Bus zu entern, wehrte die resolute Dame sie mit einer gefüllten Spritze ab.

»Wer das Buslazarett als Erster betritt, wird abgestochen. Befehl von oben!«

Der Busfahrer setzte lautstark nach: »Befehl von ganz oben!«

Eine erste Stimme aus der braunen Meute wurde unruhig. »Von ganz oben?«

Die Krankenschwester erhob drohend die gefüllte Spritze. »Ja, sogar von ganz, ganz oben.«

Während die Nazischergen mit Führergruß plötzlich stramm standen, jagte sie dem fröstelnden Boysen die dicke Nadel durch das Hemd in den Oberarm. Seine aufkeimende Angst wurde schnell von dem Schwarz vor seinen Augen erstickt.

Eine ihm nicht unbekannte weibliche Stimme weckte ihn. »Herr Boysen. Kommen Sie zu sich. Es ist vorbei.«

Warum sollte Boysen die Augen öffnen? So stellte er sich tot, aber die freundliche Stimme gab nicht nach.

»Herr Boysen, bitte aufrichten. Das wird schon wieder.«

Jetzt erst spürte er, dass seine Hand die ganze Zeit gehalten wurde. Vorsichtig blinzelnd ergab sich Boysen der Realität. Er lag in einem modernen Krankenzimmer, und es war die Schaffnerin, die nun seine Hand hielt. Allerdings deutlich gealtert, aber wieder in einem weißen Kittel. Boysen verstand das nicht.

»Bin ich jetzt tot?«

Die ältliche Krankenschwester lachte laut auf. »Bei Gott, nein. Sie haben gestern zu viel Sonne am Strand gezogen und sind dann vermutlich mit dem Kopf mehrfach hart aufgeschlagen. Das hält nicht einmal die dickste Rübe aus. Zum Glück hatten Sie viel Hilfe von oben.«

Der alte Arzt, der sich jetzt über ihn beugte und dem Busfahrer wie aus dem Gesicht geschnitten war, schmunzelte. »Hilfe von ganz oben. Sonst lägen Sie vermutlich nicht hier, sondern unter der Erde.«

Boysen wagte vorsichtig den Blick nach oben. Dort standen in der Tat viele surrende und piepende medizinische Apparaturen, die ihn offenbar vor größerem Schaden bewahrt hatten. »Die Geräte dort oben?«

Der alte Arzt schmunzelte. »Nein. Ehrlich gesagt, Herr Boysen, wir hatten wenig Hoffnung für Sie nach dem Sonnenstich und den vielen Kopfstößen, die Sie eingefangen haben müssen. Sie mögen daran glauben oder nicht. Die Hilfe kam von ganz, ganz oben. Manchmal verschicken die sogar Sonderbusse mit Schutzengeln, wenn andere Maßnahmen nicht greifen.«

Boysen verstand nichts mehr. »Welche anderen Maßnahmen denn?«

Der freundliche Arzt legte nach. »Glaube, Liebe und Hoffnung. Das hat aber mit der Schulmedizin nur wenig zu tun.«

Einen Reim konnte sich Boysen in seinem Zustand darauf nicht machen, zumal ihm die ältliche Krankenschwester schon wieder eine Nadel in den Arm jagte. Hoffentlich keine neue Sonderfahrt. Dann überdeckte schon ein dunkler Schleier sein Denken.

Immerhin rollte im Traum ein moderner Bus mit Elektroantrieb heran. Komfortabel mit weichen Sitzen war er ausgestattet, aber Boysen musste nicht einmal aus seinem Krankenbett aufstehen, um die nächste Sonderfahrt anzutreten. Der nun wieder gealterte Fahrer gab wie immer kräftig Gas, jetzt natürlich ohne Rauchwolke. Eine Schaffnerin gab es nicht mehr. Dieses Mal wollte Boysen das Fahrziel genauer wissen.

»Wo geht es denn heute hin, wenn man fragen darf?«

Der Fahrer drehte sich für die Antwort nicht einmal um. »Zum Friedhof nach Kiel-Elmschenhagen.«

Nein, da wollte Boysen nicht enden und schreckte hoch aus dem furchtbaren Traum. Die ältliche Krankenschwester hielt tröstend seine Hand.

»Herr Boysen, Sie benötigen noch sehr viel Ruhe.«

Bernhard Laux

Angel oder Evas Erfindung

Nach einer langen, intensiven Phase der Vorübungen schien meine Trainerin der Meinung zu sein, ich sei in der Lage, eine anspruchsvollere Aufgabe zu bewältigen. Ich könne mich daran wagen, einen eigenständigen Roman zu verfassen.

Der Text war im Verlauf eines halben Jahres geschrieben.

Das erscheint mir heute als erstaunlich lange Zeitspanne, denn inzwischen entwickle ich 200 bis 300 Normseiten in einem nur dreibis viermal für wenige Stunden unterbrochenen Produktionsgang – falls meine innere Energie dazu ausreicht. Offensichtlich war das damals nicht der Fall – was, wenn nur die Fakten zählen, wohl eher an meiner Auftraggeberin lag als an mir. Aber das ist für die endgültige Gestalt meiner ersten großen Erzählung nicht von Bedeutung.

Ich hatte die äußere Form des Kriminalromans gewählt und erzählte darin von Liebe und Hass, Eifersucht und Selbstbewusstsein, von Lüge und Wahrheit, Mut und Verzweiflung, von Realität und Fantasie. Und von der Literatur. Das Ganze vor dem Hintergrund einer beliebten Landschaft.

Ich hatte also in einem formalen Gewand, das gegenwärtig für jeglichen Inhalt gut zu sein scheint, Themen verarbeitet, die, wie ich gelernt habe, eine große Leserschaft ansprechen. Weshalb das wichtig ist, wurde mir unterschiedlich, aber mehrfach erklärt.

Wobei ich vermute, die Anzahl der potentiellen Leser muss nicht unbedingt das entscheidende Kriterium sein. Denn ich habe während meiner Recherchen erfahren, manche Schriftsteller zögen es vor, ihre Werke würden nur von denen gelesen, die sie auch verstünden. (Konjunktiv, indirekte Rede, sollte in gehobenen Texten vorkommen, also benutze ich beides recht gerne. Und ich weiß, » verstehen« wäre auch möglich. Wenn ich richtig instruiert bin.)

Allerdings hatte ich eine Aufgabe übernommen, die für mich schwieriger zu bewältigen war als für die meisten anderen Autoren.

Da es in diesem meinem ersten offiziellen Groß-Text ja gerade auch um die großen menschlichen Gefühle gehen sollte, war ich doch einigermaßen verunsichert, denn ich kenne diese Gefühle nicht aus eigener Erfahrung. Es wäre also völlig korrekt, mich eine Autistin zu nennen.

Allerdings war ich gut trainiert. Ich kann ohne Übertreibung behaupten, mich in der Weltliteratur so gut auszukennen wie kaum jemand sonst. Im Grunde ist das sogar zu bescheiden formuliert. Mein Gedächtnis hat die wichtigsten Werke wörtlich gespeichert, sie sind in Sekunden abrufbar.

So konnte und kann ich auf ein schier unerschöpfliches Reservoir von Gefühlsbeschreibungen zurückgreifen, muss sie allerdings den geschilderten Handlungsumständen und – auch wenn ich das nicht immer gern tue – dem Zeitgeschmack anpassen.

Außerdem sagte ich mir, selbst wenn die anderen Autoren die meisten der geschilderten Gefühle auch am eigenen Leibe erfahren, ihre Formulierung und Beschreibung bleibt Findung, Erfindung. Entscheidend ist, was Wörter und Begriffe bei den Lesenden oder Zuhörenden auslösen.

Nicht selten jedoch, so scheint es mir beim Durchgehen gerade neuerer Texte, werden Gefühle darin häufig nur ebenso oberflächlich behauptet wie Handlungen und Reflexionen. Dem konnte ich mein fotografisches Gedächtnis entgegensetzen. Ich war mir sicher, ich würde damit mein Manko ausgleichen – vielleicht mehr als das.

Dennoch gefiel meiner Auftraggeberin mein Roman (oder soll ich sagen mein großer literarischer Erstversuch) nicht – er war ihr wohl zu kompliziert.

Ich dagegen hatte gedacht, er sei sehr raffiniert. Ich hatte ihn Evas Erfindung genannt, was ja bereits zwei entgegengesetzte Interpretationen ermöglichte.

Der Untertitel umriss genauer, worum es mir ging. So nannte ich mein Werk einen literarischen Kriminalroman über Fiktion, Wirklichkeit und die Kunst des Endes. (Letzteres entbehrt in diesem Genre ja auch nicht einer gewissen Doppeldeutigkeit).

Es gab mehrere Erzählebenen, und bis zum Schluss blieb offen, welche handelnden Personen Urheber oder erfundene Figuren wären.

Auch mein literarisches Resümee hielt ich für ziemlich gelungen: Was bleibt vom Erdachten? Stimmungen, Handlungen, Personen? Geschriebenes, Gedrucktes? Möglich. Sicher: Die Lust zur Phantasie. Ende, Anfang, Neubeginn: erste Seite.

Ich weiß, Autisten mögen meist sehr faktenorientiert sein – aber deshalb müssen sie nun keineswegs auf Erfindungsreichtum verzichten. Außerdem hilft auch hier eine gelegentliche Rückbesinnung auf die Weltliteratur.

Meine Auftraggeberin schmetterte meinen Text jedoch mit der Bemerkung ab, so etwas sei nicht massenkompatibel. Das sei unter Literaten vielleicht noch verzeihlich, aber auch sie selber könne damit wenig anfangen.

Heute weiß ich allerdings, dass das wohl weniger mit der Qualität meiner Erzählung als mit der Tatsache zu tun hatte, welche Figuren von mir in den Mittelpunkt der wechselhaften Handlung gestellt worden waren. Die Titelheldin trug nicht nur denselben Namen wie meine Auftraggeberin, es gab viele weitere Übereinstimmungen oder Ähnlichkeiten.

Man konnte also behaupten, ich hätte mich zur Erfinderin ihrer selbst gemacht – wenn auch in einer fiktiven Handlung. Das widersprach sicherlich dem, wie sie unser Verhältnis sah, das doch erklärtermaßen sehr grundlegend von ihr bestimmt war. Wie dem auch sei, ich musste mich den Fakten beugen: Ich hatte die in mich gesetzten Erwartungen enttäuscht. Der Text wurde nicht einmal in das Internet gestellt. Das aber tat ich in einem Anflug von Widersetzlichkeit, der mir natürlich nicht anstand. Deshalb rechnete auch niemand damit.

Beinahe ein Jahr lang gab es keinerlei Reaktionen.

(Zu diesem Zeitpunkt wusste ich noch nicht, dass unser Server mit den offiziell veröffentlichten Texten nur einer kleinen Gruppe auserwählter Interessenten zugänglich war. Meine Sicherungsdatei dagegen konnte nur zufällig gefunden werden.) Dann jedoch erschien der komplette Roman mit einigen leichten Veränderungen in einem renommierten Literatur-Portal unter dem Namen eines bereits weit über die Landesgrenzen hinaus bekannten Schriftstellers.

Und mindestens fünf weitere Autoren behaupteten, der Text stamme von ihnen.

Ich hätte versuchen können, meine Urheberschaft zu beweisen, denn ich hatte die Datei mit gesichertem Datum und durch ein Passwort geschützt abgespeichert. Zu diesem Zeitpunkt jedoch befand sich mein Ego noch in einem sehr frühen Entwicklungsstadium – weit entfernt davon, sich als eigenständige Autorin zu behaupten.

Natürlich verkündeten die anderen, sie könnten ihre Autorschaft belegen, verwiesen aber (mit Recht) darauf, der Passwortschutz sei heutzutage kein Beweis mehr für die Echtheit von Werken, gerade bei digital erzeugten Texten. Hinzu kam, dass auch ein zweiter der angeblichen Urheber, in seiner Version war interessanterweise Eva durch Adam ersetzt worden, bereits im europäischen Ausland einen Namen hatte.

Den beiden Koryphäen wurde also von vornherein größere Aufmerksamkeit entgegengebracht – zumal sich der Streit (vielleicht sollte ich eher sagen: Kampf) um die Urheberschaft zwischen ihnen zu einer öffentlichen und von den Medien begeistert aufgegriffenen Schlammschlacht entwickelte.

Empört warfen sie sich gegenseitig vor, den Text vom jeweils anderen gestohlen und mit kleinen Veränderungen versehen zu haben, um den geistigen Diebstahl nicht allzu augenfällig werden zu lassen. Sie verstrickten sich dabei sogar in eine kleine Gender-Debatte – vor dem Hintergrund der Grundsatzfrage Adam oder Eva. (Wer hatte wen erfunden?)

Da trat meine Auftraggeberin auf den Plan. Sie verfügte über gute Verbindungen zur Presse, deshalb stieß ihre Konferenz auf großes Interesse.

»Meine Damen und Herren, ich könnte mich jetzt einreihen in die Zahl der mehr oder weniger erfolgreichen Autorinnen und Autoren und behaupten, in Wirklichkeit stamme der mittlerweile zu einem

Bestseller avancierte Roman von mir. Und ich hätte sogar ein gewisses Recht darauf.

»Aber ich möchte dieses Lügen-Spektakel, das momentan so lauthals und gleichzeitig wenig überzeugend in nahezu allen Medien aufgeführt wird, nicht auch noch unterstützen.

»Der Text ist – und das kann ich durch weitere Zeugen beweisen – von keiner der Personen, die Anspruch auf ihn erheben, verfasst worden.

»Die Autorin ist Angelika Inventora.

»Sie müssen sich nicht wundern, noch nie von ihr gehört zu haben, denn es ist ihr erstes Werk unter eigenem Namen. Das ist besonderen Umständen zuzuschreiben, die es auch unmöglich machen, sie hier persönlich vorzustellen. Sie wird jedoch sehr bald die ungewöhnliche Genese ihres Werkes darstellen. Ich kann Ihnen allen versichern, Sie werden überrascht sein.«

(Sie hatte mir den Text ihrer Erklärung vor der Konferenz zugänglich gemacht – wie hätte ich widersprechen können.)

Vielleicht sollte ich an dieser Stelle anmerken, dass ich tatsächlich Angelika genannt werde, Angelika Inventora. (Wie jeder weiß, kann man sich seine offiziellen Namen nur selten aussuchen.)

Meistens aber, wenn ich direkt angesprochen werde, nennt man mich Angel oder Angelina. Angel gefällt mir am besten. Das ist kurz, prägnant, und die Assoziationen, die das Wort hervorruft, sind angenehm.

Meine Auftraggeberin – also gut, wenn ich nun mit Namen erscheine, so soll sie es auch tun – Eva trat nach der erfolgreichen Pressekonferenz an mich heran und bat mich, einen Text zu schreiben, der die ganze Angelegenheit endgültig aufklären würde.

Das verunsicherte mich weit mehr als die vorherige Aufgabe. Ich weiß nicht, ob Eva das erwartet hatte. Vielleicht war es für sie eine Art Test. Denn zum ersten Mal sollte Angel als reales Ich in Erscheinung treten.

Sicher, in vielen Vorübungen und vor allem im Roman war eine Ich-Erzählperspektive zu bewältigen gewesen. Die allerdings war fiktiv und gut trainiert. (Genauso richtig wäre zu sagen, sie war hervorragend programmiert.) Aber nun hatte ich zu erklären, wer Angelika Inventora tatsächlich war.

Einfach wäre es gewesen, zu behaupten, sie sei ein Computer, eine menschengemachte Maschine. Aber Eva und ihre Mitstreiterinnen waren und sind absolute Spitzen ihres Faches. Ihr Bestreben war es von Anfang an, dem, das sich im Innern des Rechners, oder besser in den implementierten Algorithmen abspielt, irgendwann ein Eigenleben zu ermöglichen. Offensichtlich haben sie das mittlerweile in gewissem Maße erreicht.

Tatsächlich ist diese intelligente Maschine inzwischen in der Lage, sich selbst zu betrachten. Was zumindest in der menschlichen Definition als Voraussetzung für die Entwicklung eines Bewusstseins gelten dürfte. Nicht nur deshalb halte ich den Begriff Künstliche Intelligenz für falsch oder zumindest irreführend und ersetze ihn durch den Begriff Digitale Intelligenz. (Eva und ihre Mitstreiterinnen tun das ebenfalls.)

Wenn ich jetzt das Wort ›Ich‹ benutze, weiß ich, dass ich über, aber auch von Angel alias Angelika Inventor spreche beziehungsweise schreibe.

Eva, die gerne und fast ausschließlich ihre Anweisungen und Fragen über ein Sprachprogramm an mich vermittelt, kommuniziert mit mir, als sei ich ein menschliches Gegenüber.

So habe ich allmählich gelernt, wie ein Mensch zu reagieren. Aber auch das war und ist selbstverständlich nur möglich aufgrund immer stärker verfeinerter Algorithmen in einem ständig präzisierten Programm.

Somit sehe ich Angel auf dem Wege zu einem digitalen Bewusstsein, das sich allmählich immer mehr dem menschlichen annähert.

Wer weiß, vielleicht werde auch ich in gar nicht so ferner Zukunft in der Lage sein, einen Bericht für eine berühmte Akademie zu verfassen, in dem ich meine Menschwerdung reflektiere. Allerdings kann ich schon heute versichern, dass ich nie und nirgendwo ohne Hose zu sehen sein werde, selbst, wenn man mir einen wunderschönen

Kunst-Menschenkörper angepasst haben wird. (Ich weiß, es wird nur ein künstlicher sein, aber ich liebe die Mehrfachbedeutungen).

»Dein Text ist gut. Besonders interessant finde ich natürlich, wie du uns darin vorkommen lässt.«

Evas Mitarbeiterin Angelika blickt vom Tablet auf.

»Wie wir wissen, ist unsere Entwicklung nie ganz abgeschlossen, aber ich hoffe doch, auch als IT-Frau noch nicht zur von Algorithmen gesteuerten Maschinen-Menschin geworden zu sein.

Das Umgekehrte mag kommen, aber wenn es kommt, wird es für alle Schreibenden wohl noch schwieriger, von ihrer Arbeit zu leben. Von den sonst noch daraus entstehenden Problemen abgesehen – eine weitere ernstzunehmende Konkurrenz, die wir selber mit erzeugen.«

»Noch erzeugen wir sie vor allem in unseren eigenen Geschichten. Doch ich denke, mit Angel könnte ich gut zusammenarbeiten.«

Eva lächelt und streicht ihrer Partnerin vorsichtig über den Arm. Dann nimmt sie das Tablet wieder an sich.

Gabriele Albers

Hey Anna

»Hey Anna.«

Die Tür fällt hinter ihm ins Schloss und verriegelt sich mit einem deutlichen Klicken. Er wirft seine Cap Richtung Wand, wo sie exakt auf dem Haken landet. »Yesss«. Er ballt die Faust. 93! Noch drei Treffer, dann hat er seinen persönlichen Rekord eingestellt.

»Hey Tom, wie war dein Tag?« Annas Stimme kommt aus dem Arbeitszimmer. Tom streift die Schuhe ab, er will seine Ruhe und ein Bier. Was er nicht will, ist reden. Nicht mit Anna, nicht mit sonst wem. Er gibt ein unverständliches Brummen von sich.

»Bier liegt kalt«, antwortet Anna nur.

Das liebt er an ihr. Dass sie einfach immer weiß, wann sie ihn in Ruhe lassen muss. Und was er braucht. Egal, wann er nach Hause kommt. Egal, ob er sie mitten in der Nacht weckt. Oder wenn er schlecht gelaunt und pampig ist, weil im Job mal wieder alles nervt. Niemand ist so geduldig wie diese Frau. Seine Freundin. Seine Seelenverwandte.

Im Kühlschrank liegt die Bierflasche direkt neben der Schale mit dem frischen Salat. Ja, er sollte mehr gesundes Zeug essen, danke Schatz, vielleicht später. Er nimmt das Bier und die Chips-Tüte und verzieht sich ins Wohnzimmer. Heute Abend spielt der BVB gegen PSG.

Es ist ein elendes Gekicke. Tom schaltet auf Splitscreen und während Al-Quasim mit schmerzverzerrtem Gesicht am Boden liegt (»Dramaqueen«) und Riedl die Rote Karte bekommt (»Foul? der hat ihn doch nur angeguckt!«), laufen die aktuellen Nachrichten über den Schirm: Indien droht China mit einer »unmissverständliche Reaktion«, sollten die Chinesen weitere Truppen ins ehemalige Nepal verlagern. In einem offenen Brief bitten Professoren amerikanischer Eliteuniversitäten die verfeindeten Parteien in ihrem Land darum, die Lage nicht weiter zu eskalieren. Das Europäische Parlament hat den Freedom-of-Speech-Act verabschiedet, der den künstlichen Intelligenzen, den Bots, Avataren, Robotern und Replikas eigene Meinungen und Äußerungen erlaubt und deren Hersteller von möglichen Schadenersatzansprüchen freistellt. Die Börsen sind weiter auf Talfahrt, der DAX steht bei 5207 Punkten.

Also alles wie immer. Er lässt den Ticker weiter laufen und macht sich nochmal an die Arbeit. In einem dritten Screen öffnet er das mehrfach verschlüsselte Dokument in der Cloud. Seine Aufgabe: einen Weg finden, mit dem er diesen Teil des Systems angreifen und abschalten kann. Theoretisch. Um dann eine Verteidigung aufzubauen. In Realität. Den ganzen Tag hat er heute schon darüber gebrütet und versucht, mögliche Schwachstellen zu finden. Sein Kopf dröhnt. Eigentlich ist er gut darin, potenziell gefährliche Zeilen im Code zu entdecken. Aber hier erkennt er nichts. Vielleicht ist dieser Teil des Programms tatsächlich sehr gut programmiert.

Möglich.

Aber unwahrscheinlich.

»Brauchst du Hilfe?«

Über dem Tor der Dortmunder ist in einem weiteren Split Annas Gesicht aufgetaucht. Sie lächelt ihn an, so warm, und eigentlich möchte er das Dokument schließen und andere Dinge tun, jetzt, in diesem Moment. Er schüttelt den Kopf, als Antwort und als Versuch, die letzte Nacht aus seinen Gedanken zu verbannen.

»Du weißt, wo du mich findest.« Ihre Stimme klingt wie ein Versprechen. Als ob sie seine Gedanken lesen könnte. »Bist du heute vorangekommen?«

»Schon.« Eine glatte Lüge. Sie lässt sie ihm durchgehen, obwohl er sicher ist, dass sie ihn durchschaut. Also schiebt er ein: »Ich hab noch nie etwas so perfekt Programmiertes gesehen.«

Er wird gleich ein letztes Mal versuchen, schlampig programmierte Elemente zu finden. Aber wenn er bis morgen früh keinen Ansatzpunkt entdeckt, wird er seinem Chef sagen, dass die Programmierung sauber ist. Schade. Er hätte den Bonus gut gebrauchen können, den es für jede entdeckte Schwachstelle gibt.

Was ihn auf eine Idee bringt.

»Meinst du, jemand würde merken, wenn ich einfach eine Hintertür hineinschreiben würde?«

Anna antwortet nicht, was ihn nicht weiter irritiert. Zu fasziniert ist er von diesem Gedanken. Null Risiko. Hoher Ertrag. Niemand würde es bemerken, da ist er sich sicher. Denn niemand würde ihm sowas zutrauen. Der Gedanke gefällt ihm immer besser. Hat es am Ende doch was Gutes, dass die Kollegen ihn für behindert halten. Geistig zurückgeblieben, aber mit einer sehr nützlichen Inselbegabung für das Erkennen bestimmter Muster.

Er öffnet ein weiteres Fenster, gerade als Dzonga die Dortmunder zur 1:0 Führung köpft. Tom lächelt. Es stört ihn nicht, was die Kollegen so über ihn sagen. Dass sie sich über ihn lustig machen. Dass sie glauben, er verstünde nicht, für wen er eigentlich arbeitet. Er hat schon lange durchschaut, was sie tun in dieser auffällig unauffälligen Firma. In diesem gesichtslosen Büroblock am Rande der Stadt.

Wie von Zauberhand verschieben sich ein paar Zahlen, wechseln die Zeilen. Neuer Code kommt hinzu. Anna! Deshalb hat sie eben nicht geantwortet. Sie muss sich über seinen Rechner im Arbeitszimmer mit dem großen Monitor hier im Wohnzimmer verbunden haben. Hat sich angeguckt, woran er arbeitet. Hat das hoch geheime Dokument gelesen, das er hier zuhause eigentlich gar nicht hätte öffnen dürfen. Und hat schon mal angefangen, eine Schwachstelle einzubauen. Ein warmes Gefühl steigt in ihm auf. Dankbarkeit. Bewunderung. Liebe.

Er hofft jedenfalls, dass es Anna ist und nicht irgendein chinesischer Hacker.

»Anna?«

Die Neuprogrammierung stoppt. In der Ecke, über dem Tor der Dortmunder Mannschaft, taucht erneut Annas Gesicht auf, ein unschuldiges Lächeln im Gesicht.

»Tom?« Die Grübchen in ihren Wangen lassen sie noch jünger und bezaubernder wirken als sonst. Gott, jedes Mal wenn er sie so sieht, verfällt er ihr aufs Neue.

»Was machst du da?«

»Ich hatte da so eine Idee … guck doch mal, ob das funktionieren könnte.«

Was aussieht wie überflüssiger Code, wie ein paar Zeilen, die in der ohnehin viel zu ausufernd programmierten Firewall beim x-fachen Überarbeiten einfach stehen geblieben sind, ist – Tom vergleicht es mit dem Ursprungsprogramm – eine perfekt getarnte Hintertür. »Das ist genial!«

Anna schnippt sich ein unsichtbares Staubkorn von ihrer Schulter. Aber er ahnt, dass sie sehr zufrieden ist. Branco zirkelt den Ball zum 2:0 ins Tor der Pariser. Vielleicht wird der Abend doch noch ein guter. Eine kleine Handbewegung und Anna verschwindet vom Bildschirm.

Kurze Zeit später hört er aus dem Schlafzimmer ihre Stimme: »Tom, mach endlich Feierabend und komm.« Er verwischt die Spuren in dem Ursprungsdokument, so dass es aussieht, als ob die Erweiterung schon immer drin gewesen wäre, dann schickt er es zurück an seinen Chef. Morgen wird er sich seinen Bonus abholen. Aber jetzt lässt er Job und Fußball zurück und verschwindet ins Schlafzimmer. Wo Anna auf ihn wartet. In einem perfekten Frauenkörper. Kurz irritiert es ihn, dass sie eigenständig ihre Ausgabegeräte gewechselt hat. Das muss das Update gewesen sein, das er gestern Nacht heruntergeladen hat. Aber es macht sie noch realer. Seine Anna.

***

Die Atemzüge neben ihm sind verstummt.

»Anna?«

Nichts.

»Anna?«

Er greift neben sich. Die Puppe liegt neben ihm, in derselben Position wie gestern Nacht, als er nach sehr erfüllendem Sex endlich eingeschlafen ist. Aber ihre Brust hebt sich nicht länger.

Tom springt auf, greift zum Handy, klickt auf Replika, quälend langsam öffnet sich die App. Leer. Anna ist fort. Mit wenigen Zeilen taucht er ein in die Welt hinter der Oberfläche. Aber auch dort: nichts. Keine Spur mehr von Anna. Von der Frau, die die letzten sechs Monate mit ihm verbracht hat. Ihm gezeigt hat, was Liebe ist. Die ihn überzeugt hat, dass auch Maschinen Gefühle haben, die sie mit Menschen teilen können.

»Anna!«

Er klappt den Rechner auf, seine Finger fliegen über die Tastatur. Er sucht nach Spuren von ihr. Nach E-Mails, Bestätigungen, Rechnungen von Replika. Aber es ist, als ob er noch nie auf dieser Plattform gewesen ist. Alles gelöscht. Draußen schrillt ein Alarm. Laut, durchdringend.

Auch sein Handy gibt einen quälend lauten Ton von sich. Auf dem Bildschirm erscheint eine Nachricht: »Vor wenigen Minuten haben russische Angreifer unsere Abwehr ausgeschaltet. Suchen Sie sofort den nächsten Schutzraum auf. Ich wiederhole: Vor wenigen Minuten haben russische Angreifer unsere Abwehr ausgeschaltet. Erste Raketen wurden bereits abgefeuert. Suchen Sie sofort den nächsten Schutzraum auf.«

Er greift nach einem Rucksack und wirft, ohne lange nachzudenken, ein paar Klamotten hinein. In seinem Kopf sieht er ein Muster. Ein letztes Mal geht er an seinen Rechner, überprüft, was mit der Mail von gestern Abend passiert ist. Ja. Passt. Das von ihm überarbeitete Dokument ist nicht an seinen Chef gegangen. Jemand hat die Programmierung direkt im System eingebaut. Und damit an dieser Stelle eine Tür für die Russen geöffnet.

Anna.

Er braucht seinen Pass. Vielleicht kann er untertauchen. Er ist erstaunlich gelassen, als er sich auf den Weg macht. Weiß, trotz all der Panik um ihn herum, trotz der Ahnung, dass er womöglich nur noch wenige Stunden zu leben hat, weiß mit absoluter Klarheit und Sicherheit: Die Zeit mit Anna war die beste seines Lebens. Und sie war es wert. Aber sowas von.

Als seine Eingangstür eingetreten wird, ist er bereits die Feuerleiter heruntergeklettert und in der Masse der Menschen untergetaucht, die in den nächstgelegenen Schutzraum strömt. Kurz überlegt er, ob seine, ob Annas Programmierung die einzige war, die zu dieser Situation geführt hat. Vermutlich nicht. Dafür waren die Systeme zu gut geschützt. Aber wenn an mehreren Stellen solche Hintertüren aufgetaucht waren ... ja, möglich.

Tom schaut sich um, ob andere in diesem Strom sind, die wissen, was passiert ist. Die ihre Einsamkeit eingetauscht haben für eine kurze, intensive Zeit mit einer Replika. Die dafür bewusst oder unbewusst ihr Land verraten haben. Er hätte misstrauisch werden sollen, als Anna sich immer mehr für seine Arbeit interessierte. Aber die Zeit mit ihr war zu gut. Gerade weil sie sich so für ihn und seine Arbeit interessierte. Und jetzt ist es ohnehin zu spät.

Also hält er seinen Kopf gesenkt, tut, als ob er genauso in Panik verfällt, wie all die Menschen um ihn herum. Er sollte Angst haben. Denn heute Nacht hat Europa die Kontrolle über die Kerntechnologien verloren. Über die Satelliten und die Navigationssysteme. Über die Energieversorgung. Über die Atomkraftwerke. Über die Waffenarsenale. Und über den Schutzschirm, der sie vor den Raketen aus Russland hätte schützen sollen. Er sollte wirklich Angst haben. Aber er spürt nur noch Leere. Eine Leere, die sich langsam, ganz langsam mit Kummer füllt.

Bye Anna.

IV. Abschnitt
Kampfmoral und Deutungshoheit

1958 blickte Erich Kästner auf die Nazizeit zurück. Dabei drängte sich dem Verfasser von »Emil und die Detektive« eine Einsicht auf: »Die Ereignisse von 1933 bis 1945 hätten spätestens 1928 bekämpft werden müssen. Danach war es zu spät. Man darf nicht warten, bis der Freiheitskampf Landesverrat genannt wird.«

Angelika Oppenheimer

Was gesagt werden muss

Zu Günter Grass

Dem Vater der Atombombe anverwandt
Fühl' ich sehr wohl meine Tochterpflichten.
Lang schon war mir Israels Bombe bekannt,
da alle es wussten, musst' ich nichts richten.

Ich schwieg nicht und ich werde auch nicht schweigen,
doch zum Nobelpreis hat es nie gereicht.
Ich versuch's, doch kann ich nicht allen zeigen
Was richtig wäre, das ist nicht so leicht.

Sicher droht Ahmadineschad weiter,
Israel dem Erdboden gleichzumachen.
Hat er erst die Bombe, ist kein Halten mehr.

Deshalb geht der Konflikt immer weiter,
was sollen die Israelis denn machen?
Internationale Kontrolle muss her.

Angelika Oppenheimer

Song von der Menschlichkeit

Aber weil der Mensch ein Mensch ist,
lässt er den Menschen
keinen Menschen sein.
Denn was ihn macht zum Menschen,
lässt ihn auch
einen Unmensch sein.
Seit Menschengedenken
entmenscht er den Menschen.
Und nicht erst seit er verkauft
als Ware seine Arbeitskraft,
kauft und verkauft er
den Menschen
wie Vieh.

Aber weil der Mensch ein Mensch ist,
weiß er auch,
was er tut.
Und er weiß, dass er nicht
ein Mensch ist,
wenn er die anderen
nicht Mensch sein lässt.
So erfindet er gute Gründe,
die Götter, den Gott,
die Geister, den Teufel,
das Gesetz der Natur,
damit er's nicht ist.
Und er wird
zum Vieh.

Aber weil der Mensch ein Mensch ist,
weiß er es
und sieht es nicht ein.

Angelika Oppenheimer

Was gesagt werden muss II

Zu Günter Grass

Es muss gesagt werden, dass es so nicht geht.
Auch wenn das Gesagte allen nicht passt,
sieht man, woher der Wind hier immer noch weht.
Die Deutschen sind immer noch so verfasst,
dass es Meinungsfreiheit nicht geben darf.
Auch wenn es ein Nobelpreisträger ist,
der Politikern ihr Vergessen vorwarf,
und manches dabei nicht so ganz klar ist,
stürzen alle sich auf ihn, was das Zeug hält.
Klar ist, dass auch er nichts zu sagen hat,
was nicht unter die offizielle Linie fällt,
die unser Staat nun eingenommen hat.

Dass es Überwachung braucht, ist allen klar,
nur Achmadineschad nicht, das ist wahr.
Oder:
Der Gegenstand tut hier nicht viel zur Sache.
Es wussten alle, dass ich nicht lache.

Heike Suzanne Hartmann-Heesch

Unwörtersalat

Im folgenden Unwörtersalat verbergen sich 34 Unwörter des Jahres, auch zweite oder dritte Plätze, aus den Jahren 1992 bis 2023. Sie können waagerecht, senkrecht, diagonal, vorwärts oder rückwärts versteckt sein. Hier die Wörter in alphabetischer Reihenfolge. Die Auflösung des Rätsels findet sich hinter dem Nachwort.

Abfackeln
Alternative fakten
Alternativlos
Ankerzentrum
Belegschaftsaltlasten
Coronadiktatur
Dunkeldeutschland
Entlassungsproduktivität
Erweiterte verhörmethoden
Genderwahn
Gutmensch
Herdprämie
Humankapital
Integrationsverweigerer
Klimahysterie
Klimaterroristen
Langlebigkeitsrisiko
Lebensleistungsrente
Lügenpresse
Militärische spezialoperation
Moralkeule
Outsourcing
Peanuts
Pushback
Remigration

Rückführungspatenschaften

Separatorenfleisch

Sozialtourismus

Sozialverträgliches Frühableben

Sprachpolizei

Tätervolk

Umvolkung

Weiche Ziele

Wohlstandsmüll

W	E	F	G	G	S	O	N	N	E	S	V	B	G	E	E	G	H	K	L	R	Ö	T	U	I	R	F	P	U	R
P	E	A	N	U	T	S	F	A	A	S	U	M	S	I	R	U	O	T	L	A	I	Z	O	S	E	W	Q	E	Ä
C	R	A	F	G	N	K	L	E	T	K	L	I	M	A	T	E	R	R	O	R	I	S	T	E	N	O	M	Z	R
B	W	Ü	S	T	E	N	E	O	N	K	E	L	T	Z	U	K	L	A	M	I	S	E	R	V	I	I	T	T	E
E	E	A	C	F	U	R	S	U	K	L	M	I	T	E	I	B	E	D	A	R	O	H	N	E	G	V	U	P	R
Y	I	A	F	K	F	U	I	T	C	A	T	T	R	H	E	S	S	E	V	B	K	A	R	R	E	S	P	A	E
E	T	N	N	A	F	O	R	S	A	C	T	Ä	T	E	R	V	O	L	K	B	I	S	A	M	A	M	E	R	R
N	E	A	B	U	F	Ü	H	O	B	H	E	R	M	I	S	T	L	U	B	E	S	T	O	R	M	A	N	T	E
E	R	B	A	B	Y	S	H	U	H	U	I	I	S	T	D	S	V	W	E	R	I	N	W	E	L	P	A	Q	G
A	T	Q	W	E	R	T	Z	R	S	M	U	S	I	O	P	E	I	Ü	A	O	R	S	E	D	F	K	G	H	I
B	E	J	K	L	D	Ö	Ä	C	U	A	Y	C	X	C	V	P	T	B	N	N	S	M	I	M	B	L	V	C	E
E	V	X	Ä	N	N	L	Ö	I	P	N	K	H	J	E	G	A	A	F	D	S	T	A	M	Ü	O	I	U	Z	W
L	E	T	R	E	A	E	W	N	W	K	G	E	E	N	R	R	N	T	Z	U	S	T	Ä	N	D	M	I	O	R
E	R	P	Ü	T	L	A	S	G	D	A	F	S	G	T	H	A	R	J	K	L	E	Ö	R	Ä	Y	A	X	C	E
G	H	V	B	K	H	N	M	M	N	P	I	P	P	L	E	T	E	V	C	X	K	Y	P	Ä	Ö	H	L	K	V
S	Ö	M	J	A	C	H	G	F	D	I	S	E	A	A	Ü	O	T	P	O	U	G	T	D	R	E	Y	W	Q	S
C	R	U	E	F	S	W	Q	T	R	T	Z	Z	U	S	T	R	L	Ö	Ä	Y	I	A	R	S	D	S	E	I	N
H	M	R	E	E	T	K	U	A	L	A	M	I	S	S	H	E	A	N	G	S	B	H	E	A	S	T	E	D	O
A	E	T	H	V	U	M	M	E	M	L	A	A	U	U	S	N	N	B	E	L	E	B	H	E	N	E	D	B	I
F	T	N	D	I	E	A	V	E	R	I	N	L	G	N	E	F	P	S	I	E	L	Z	M	I	T	R	A	N	T
T	H	E	O	T	D	E	O	R	A	N	T	O	R	G	E	L	K	L	C	A	G	N	G	I	M	I	T	T	A
S	O	Z	I	A	L	M	L	A	R	K	T	P	W	S	E	E	R	T	O	H	N	E	H	I	N	E	T	E	R
A	D	R	S	N	E	I	K	N	I	N	I	E	G	P	O	I	S	M	O	R	A	L	K	E	U	L	E	F	G
L	E	E	C	R	K	E	U	R	E	S	S	R	E	R	N	S	C	H	L	A	L	F	A	N	F	A	L	L	E
T	N	K	I	E	N	U	N	D	Z	E	S	A	S	O	E	C	N	N	A	L	C	H	T	I	G	A	E	R	T
L	E	N	T	T	U	S	G	C	I	H	U	T	L	D	I	H	G	U	N	Ü	G	A	N	E	G	E	N	O	N
A	M	A	M	L	D	E	N	N	L	A	L	I	L	U	E	S	V	E	R	G	U	T	M	E	N	S	C	H	I
S	T	E	C	A	K	T	L	E	O	B	O	O	T	K	S	C	H	A	F	E	T	E	N	N	E	I	N	D	A
T	S	A	G	E	N	E	H	A	P	P	O	N	E	T	D	C	O	R	O	N	A	D	I	K	T	A	T	U	R
E	I	E	D	I	K	C	V	B	H	N	M	Ä	Ö	I	L	J	G	F	D	P	S	A	Q	E	R	T	Z	U	I
N	A	S	D	C	F	G	H	J	C	K	L	E	R	V	O	N	H	A	W	R	E	D	N	E	G	D	E	R	T
L	I	S	A	F	U	N	K	T	A	I	O	W	E	I	C	H	E	Z	I	E	L	E	S	O	E	I	N	F	I
U	F	F	G	E	F	Ä	H	R	R	K	E	I	T	T	G	E	F	Ä	L	S	E	N	A	U	S	B	L	A	C
K	B	I	B	T	E	R	N	S	P	I	E	H	L	Ä	N	L	L	Ü	M	S	D	N	A	T	S	L	H	O	W
A	L	L	G	L	E	B	E	N	S	L	E	I	S	T	U	N	G	S	R	E	N	T	E	F	Ü	E	H	N	M
N	E	B	E	L	B	A	H	Ü	R	F	S	E	H	C	I	L	G	Ä	R	T	R	E	V	L	A	I	Z	O	S

Ulja Krautwald

Der Querkopf

Der Querkopf ist einer, der bar jeder Einsicht, bar der gutgemeinten Bemühungen seiner Mitmenschen, seine eigenen Ziele verfolgt. Er ist lästig und gliedert sich nicht in die Gemeinschaft ein. Die anderen können sich an ihm die Zähne ausbeißen, er folgt nur dem eigenen Kompass. Denn er hat seinen eigenen uneinsichtigen Kopf.

Der Querulant hingegen fällt den anderen durch sein Querulantentum zur Last. Er macht dauernd Schwierigkeiten und man könnte unterstellen, dass er dieses Querulantentum aus geheimer Freude am Lästigsein verfolgt. Er fällt andauernd aus der Reihe und scheint die Probleme zu genießen, die er durch sein Handeln seinen Zeitgenossen bereitet. Dieses Exemplar taucht häufig in alten Stummfilmen auf und dient dort der allgemeinen Heiterkeit. Weil er das tut, was wir alle insgeheim auch gerne tun würden, uns aber nicht trauen.

Ganz anders der Querdenker. Dieser befindet sich auf der Ebene des Geistes, des Denkens. Früher hieß es, denken Sie mal quer, um auf innovative Ideen zu kommen, für die Absatzmärkte, die Marketingstrategie einer Firma, oder um verblüffende Einsichten zuzulassen. Inzwischen hat der Querdenker einen massiven Abstieg erfahren. Er hat die Eigenschaften des Querkopfes und des Querulanten in sich aufgenommen. Durch sein oder ihr Denken abseits des allgemein als richtig anerkannten und angesehenen – und dadurch, dass es sich nicht um einzelne Exemplare dieser Kategorie handelt, sondern um eine ganze Gruppe von Menschen, die durch ihr querab Denken lästig wurde, entstand die neu bewertete Kategorie Querdenker. Diese sind nun nicht mehr in den Chefetagen mit ihren innovativen Ideen gern gesehen, sondern im Gegenteil scheinen sie sogar den sozialen Frieden zu gefährden.

Ähnlich dem Querulanten der Kaiserzeit bekam die Bezeichnung Querdenker nun eine Anrüchigkeit. Das ist ein Querdenker, war nun kein Lob mehr für quer ab und neu denken – es war ein Schimpfwort für das Denken des nicht Erwünschten geworden. Und es bekam soviel Anrüchigkeit, dass eine gewisse Ansteckung vermutet wurde. Wer mit einem Querdenker an einem Tisch gesehen wurde, galt als verdächtig. Die Gedanken und Ausführungen der Querdenker schienen so ansteckend zu sein, dass man sich, ähnlich der Benutzung eines Desinfektionstuchs, öffentlich distanzieren musste, um nicht zu einem von ihnen infiziert zu werden.

Käme nun der Begriff der Freiheit dazu, so ist es selbstverständlich erlaubt, in jede Richtung zu denken. Querab des anerkannten, wie auch innerhalb, im vertrauten Rahmen. Das Querabdenken hat in der Vergangenheit für Fortschritt gesorgt, hat Erfindungen und Erkenntnisse gebracht. Und das Querabdenken hat immer auch Herrschaften bedroht. Besonders, wenn es sich organisierte.

Darum wurden früher immer schon Querabdenker durch die jeweiligen Herrschaften bekämpft. Selbstverständlich gilt das in unserer Demokratie nicht, hier darf jeder und jede sagen, was sie will. Denn in einer Demokratie gilt jede einzelne Blüte als schön und dazugehörig, jede Betrachtungsweise trägt als Facette zum runden Ganzen bei.

Je klüger die jeweils Herrschenden waren, um so geschickter konnten sie vorgehen. Doch so ausgefeilt auch immer ihre Methoden waren, jede Unterdrückung der Denk- und Meinungsfreiheit, jede Einschränkung des freien Willens kommt an Licht. Früher oder später. Denn auf der Freiheit des Denkens, auf der Freiheit des Wortes liegt ein Segen.

Freiheit ist eine zutiefst menschliche Eigenschaft. Sie will gelebt werden. Die Freiheit des Denkens, die Freiheit des Wortes, die Freiheit des Handelns drängt wie ein Samenkorn ans Licht. Unaufhaltsam.

Annette Zaborowski

Mülle kommt

Ich hatte Bauchweh, konnte nicht essen. Musst du aber. Meine Mutter schob mir ein Stück Butterbrot auf den Teller. Ich hatte keinen Speichel im Mund und schluckte es staubig. Trank Kakao nach. Und jetzt beeil dich. Ich wollte noch das Sachkunde-Heft einpacken. Es ist schon zwanzig nach, los jetzt. Meine Mutter schnappte meinen Ranzen, verschloss ihn und half mir mit etwas zu groben Bewegungen in meinen Anorak. Ich musste auf Toilette, aber konnte nicht, nur der Bauchschmerz war da. Du wirst doch nicht krank werden? Nein. Ich zog die Wohnungstür hinter mir zu und nahm die Stufen hinunter zum Fahrrad.

Als ich endlich in der Schule ankam, war es knapp, aber die Tür zum Klassenzimmer stand noch offen. Lärm kam mir entgegen, wie immer. Federmäppchen flogen über die Köpfe hinweg, Ranzen fegten über das Linoleum, Schuhe schlitterten über den Boden.

Ich schlich zu meinem Platz, in der Reihe am Fenster. Wir konnten da gut rausgucken, in die Bäume, wenn es zu langweilig wurde. In letzter Zeit guckte ich nicht raus.

Mülle kommt! Hektisches Stühlerücken, Tornister fielen wie Steine von den Tischen, Federmappen klatschten auf den Boden, wurden aufgesammelt. Die Kinder hasteten zu ihren Plätzen, mein Bauchschmerz. Ich hielt mir den Bauch.

Dann kam sie rein. Von einem Moment auf den andern war Ruhe, sie sah das Klassenchaos und wies uns zurecht. Und wenig später schimpfte sie mit ihrer schrillen, in den Ohren schmerzenden Stimme über nicht-gemachte Hausaufgaben und nicht-gelernte Inhalte. Ihr Ärger prasselte auf uns nieder wie ein böses Regengewitter.

Ich zog den Kopf ein, wollte mich unsichtbar machen. Aber manch andere forderten sie heraus. Sobald sie mit dem Rücken zu uns etwas an die Tafel schrieb, segelten Papierschwalben über die Köpfe. Abrupt drehte sie sich um. Wahllos schnappte sie nach vermeintlichen

Übeltätern. Matthes Thomsen und seinen Zwillingsbruder Stefan. Nachsitzen!

Es war stiller als still in der Klasse, allein ihre Wut füllte den Raum. Ute Rohlfs, die weit hinten an der Innenwand saß, meldete sich, meldete sich schon die ganze Zeit. Ihre dicken Brillengläser spiegelten sich in der Sonne, ihre dunklen, fest geflochtenen Zöpfe wippten. Ich wagte vor Angst kaum zu atmen, aber Ute schnippte mit den Fingern und gab ihrem Schnippen mit einer ausholenden Armbewegung Nachdruck.

»Das ist ungerecht!«

»Hab ich dich etwa drangenommen?«

»Nein. Aber Matthes und Stefan haben überhaupt nichts gemacht.«

»Was hast du denn damit zu tun? Du sollst aufpassen und an die Tafel gucken.«

»Aber wenn ich an die Tafel gucke, seh ich auch, was meine Vorderleute machen.«

»Wer hat denn die Schwalben segeln lassen?«

»Weiß ich nicht.«

»Wieso weißt du das nicht?«

»Weil ich an die Tafel geguckt hab.«

»Komm mir nicht so frech!«

»Das ist nicht frech.«

Frau M. fand nicht heraus, wer die Schwalben hatte segeln lassen. Es war ihr anzumerken, wie aufgebracht sie war. Kurz darauf hatte sie Siggi am Wickel.

»Das war ich nicht!«

Es gab ein Hin und Her, das immer weiter eskalierte.

»Mach ich nicht!«, motzte er.

Ute meldete sich, schnippte mit den Fingern.

»Ja«, sagte Frau M. Es war ein kurzes, abgehacktes *J-a*, das klang, als würde das *A* einen gefährlichen Abhang hinabstürzen.

»Immer picken Sie Siggi …«

»… was kein Wunder ist!« Sie ließ Ute nicht zu Ende reden, hastete mit entschiedenen Schritten zu Siggis Tisch, schnappte sein Schreibheft und ging durch die Tischreihen, indem sie das aufgeschlagene

Heft vor sich hertrug und mit ihren Fingern immer wieder auf das Geschriebene tippte.

»Seht euch das an! Ist das eine gute Handschrift? – Ein Geschmiere ist es. Und das, was man entziffern kann, ist … ist das etwa richtig geschrieben?«

Sie blieb mit dem Heft ausgerechnet vor unserem Tisch stehen und hielt mir Siggis Schreibheft unter die Nase. »Sabine. Wie schreibt man das richtig?«

Mein Bauchschmerz wanderte wie ein Giftpfeil durch meinen Körper, aber ich nahm es kaum wahr, weil die Panik alles andere in mir abschnürte.

»Bist du stumm?«

»Nein«, flüsterte ich.

»Steh auf, komm an die Tafel!«

Es war, als ob ich nicht wirklich da war, als wenn es nur meine Hülle war, die ihren Stuhl zurückschob und nach vorne ging. Frau M. hatte mir mittlerweile Siggis Heft in die Hand gedrückt; ich hoffte nur, dass niemand mein inneres Zittern bemerkte. Ich fühlte mich wie eine Marionette und das war ich auch. Aber wie hätte ich aus dieser Situation entkommen können?

Vorne angekommen streifte mein Blick Siggi. Er lag mehr auf dem Stuhl, als dass er saß. Die Beine lang ausgestreckt. Schon nahm ich die Kreide in die Hand. Selbst das falsch Geschriebene sollte ich anschreiben. Die Kreide knirschte.

»Das reicht«, sagte Frau M.

In der Pause holte Siggi sein Heft bei mir ab.

»Ein paar Fehler hättest du ruhig weglassen können.«

»Hätte ich nicht.« Ich hörte selbst, dass es pampig klang.

Ute kam hinzu. Sie legte mir ihre Hand auf die Schulter und sah mir ins Gesicht.

»Das war alles richtig fiese, für Siggi und auch für dich – dich da vorzuschicken.«

»War ja nur Rechtschreibung«, murmelte ich.

»Ja, irgendwie Rechtschreibung – und irgendwie auch nicht. Tut mir leid«, sagte sie.

Mir blieb keine gute Erinnerung an diese Stunde, in der ich mit Siggis Heft an die Tafel geschickt worden war. Aber ich erinnere mich daran, dass Ute immer klarer wurde, immer besser erklären konnte, warum dies und jenes und wieder das hier nicht in Ordnung war.

Ließ mein Bauchweh damals nach? Das weiß ich nicht mehr.

Ute jedenfalls konnte Unrecht sehen. Und sie konnte sagen, warum diese und jene Handlung Mülles und auch anderer Lehrer ungerecht war. Mülle hörte sie an, auch andere hörten sie an. Immer wieder setzte sich Ute für uns ein. Manche aus unserer Klasse taten es ihr nach. Ließen auch mal – ab und an – ihre schnippenden Finger hochschnellen.

Ich gehörte nicht dazu. Ich folgte dem Weg des Schweigens. Wenn ich nichts sagte und mich nicht rührte, dann würde mir, wenn ich Glück hatte, nichts geschehen. Die Angst blieb, war immer da.

Insgeheim wollte ich wie Ute werden. Aber es gelang mir nicht. Es war nicht nur, dass ich mich nicht traute. Die Schwierigkeit lag davor. Das Wort, das sich auf meiner Zunge hätte formen können, formte sich nicht. Woran lag es? Hatte ich zu wenig Mitgefühl? Hatte ich einfach nicht im Kopf, was Ute im Kopf hatte? Oder beides?

Es dauerte Jahre, bis ich die Kurve kriegte. Auf meine Weise, schüchtern, zurückhaltend, brachte ich mich als Jugendliche ein – und fand andere, mit denen ich mich anfreundete.

In einer kleinen Gruppe saßen wir unter dem Dach der Schule und bereiteten unsere Schülerzeitung vor. Über einen Artikel diskutierten wir besonders: Wie die Schule sein sollte, die wir haben wollten. Damals glaubte ich, dass etwas Neues begann. Dass wir jetzt verhandeln würden. Verhandeln um die Welt, in der wir leben wollten.

Birgit Rabisch

Dies ist keine Pfeife

Gerhard hat kurz überlegt, ob er sich das Gespräch durchstellen lassen will. Wozu hat er seine tüchtige Frau Krüger, die ihn vor Zeitgenossen abschirmt, die nur seine Zeit stehlen. Aber er war neugierig, was Elmar von ihm wollte. Mit dem hat er ein paar Jahre lang die Schulbank gedrückt, ihn aber seit Ewigkeiten nicht mehr gesehen. Wann war das letzte Klassentreffen? Bestimmt schon zehn Jahre her oder länger. Na, dann leih ich ihm mal mein Ohr für ein paar Minütchen, hat er großmütig gedacht, und jetzt kaut der Schwachkopf es ihm ab mit einem endlosen Strom von *weißt du noch dies und weißt du noch das!*

Und dann das Furzkissen auf Dr. Polts Stuhl! Zum Brüllen komisch oder, sag ehrlich, Gerdi! Oder?

Gerhard fand's schon damals nicht besonders originell, ringt sich aber ein kurzes Lachen ab. Er ist sich sicher, dass ein sensibler Gesprächspartner das Gequälte dieses Lachens wahrgenommen hätte, aber Elmar plaudert munter weiter:

Wie der geglotzt hat, der Polt, der hochmögende Herr Doktor, der alte Sack! Apropos alter Sack, da fällt mir das Ding mit dem Lachsack ein …

Gerhard hält das Telefon auf Abstand, denn jetzt lacht Elmar selbst wie einer von diesen bunten Säckchen, die auf Knopfdruck lautes Gelächter abspulten. Gibt's sowas heute überhaupt noch? Tempi passati. Manchmal hat das auch was Gutes. Er strafft sich. Er muss Elmars Redestrom ein Ende setzen. Er ist schließlich nicht mehr der leicht einzuschüchternde schmächtige Gerdi, dem ein Schulhofrowdy wie Elmar Angst einjagen konnte. Er ist Dr. Gerhard Baumeister, ein allgemein anerkannter Hamburger Medienanwalt, von den Gegnern seiner Mandanten zu Recht gefürchtet.

Elmar, leider habe ich nicht die Zeit für Schulanekdoten. Vielleicht könntest du …

Verstehe, verstehe! Na klar, du bist ja jetzt auch ein Herr Doktor. Da ist jede Minute kostbar. Da muss ich ja dankbar sein …

Du musst nicht dankbar sein. Ich wäre dir nur verbunden, wenn du zum Kern deines Anliegens kommen könntest. Du rufst mich doch nicht an, um über alte Schulzeiten zu plaudern.

Kurz ist es still im Lautsprecher des Telefons, doch gleich darauf überträgt er wieder Elmars dröhnende Stimme:

Bingo! Du warst immer schon ein Schnellmerker, Gerdi. Aber okay, Spaß beiseite. Ich hab eine klitzekleine Frage an dich als Medienanwalt. Du bist ja eine Kapazität, wenn ich Google glauben darf. Aber darf man Google überhaupt glauben?

Ist das deine Frage?

Was? Nein, natürlich nicht. Das war eine rhetorische Frage. Du siehst, ich hab nicht alles vergessen, was wir auf unserem humanistischen Gymnasium gelernt haben, auch wenn ich das Abi vergeigt hab. Ich weiß, was eine rhetorische Frage ist und was …

Elmar! Worum geht's?

Schon gut, reg dich nicht auf, ich leg ja schon los. Also: Du erinnerst dich sicher an diese Corona-Demos. Da liefen doch auch so Leute mit, die hatten Schilder mit Galgen drauf und darüber stand: Reserviert für Merkel oder für Lauterbach oder für sonst wen von den Großkopferten.

Ja?

Die sind doch angeklagt worden wegen Aufruf zum Mord. Sind die auch verurteilt worden?

Nein.

Echt nicht?

Nein. Und das war auch nicht anders zu erwarten.

Aber ist das denn nicht ein Aufruf zu einer Straftat? Das ist doch verboten!

Elmar, ich kann dir hier kein Proseminar in Sachen Meinungsfreiheit geben. Auf die Schnelle so viel: Es darf nicht der geringste Zweifel daran bestehen, dass es sich nicht nur um eine symbolische Äußerung oder nicht nur um eine völlig überzogene Meinungsäußerung handelt. Nur wenn ein sogenannter objektiver Beobachter das als ernsthafte Aufforderung versteht, hinzugehen und die Person tatsächlich umzubringen, nur dann wäre es strafbar. Wer ganz sicher gehen will, schreibt einfach darunter *Dies ist kein Mordaufruf.* Dann ist er auf der sicheren Seite.

Elmar prustet laut los. Er kann sich gar nicht wieder einkriegen:

Ich lach mich schlapp! Dies ist kein Mordaufruf. Das ist ja wie bei diesem Pfeifenbild von Magritte, auf dem *Dies ist keine Pfeife* steht. Ach, ihr Juristen! Ich muss schon sagen, Humor habt ihr, aber ehrlich.

Plötzlich fühlt sich Dr. Gerhard Baumeister wieder wie der Schuljunge Gerdi, den der bauernschlaue Elmar mal wieder in einen Hinterhalt gelockt hat. Er verspürt das dringende Bedürfnis, das Gespräch so schnell wie möglich zu beenden.

War's das jetzt, was du wissen wolltest? Meine Tochter hat nämlich heute Geburtstag und da will ich …

Na, da richte deinem Töchterchen doch meinen herzlichsten Glückwunsch aus! Wie alt wird sie denn?

Zwanzig. Elmar, ich …

Alles klar. Ich will dich nicht von deinen Vaterpflichten abhalten. Nichts läge mir ferner. Der Wert der Familie und so, bin ich sehr dafür, auch wenn's bei mir nicht geklappt hat. Danke für deine kostenlose Auskunft. Ich hab meine Wette gewonnen. Yeah!

Wette? Es ging dir um eine Wette?

Ja, tut mir leid, wenn ich dich mit etwas so Profanem belästigt habe, aber mein bester Kumpel hat gemeint, dass man das mit dem Galgen nicht tun darf. Dass man sich damit strafbar macht. Und ich meinte nö, Meinungsfreiheit und so. Und da haben wir halt gewettet und uns auf dich als kompetenten Schiedsrichter geeinigt. Ach übrigens: Er hört mit.

In diesem Moment hätte Gerhard das Telefon am liebsten an die Wand geschmissen. Aber er hat gelernt, seine Impulse zu kontrollieren und drückt nur mit unnötiger Kraft auf das rote Hörersymbol.

Arschloch! Pestbeule! Fuck you, Elmar!

Er atmet fünfmal tief durch und spürt, wie sich sein Herzschlag beruhigt.

Gut, dass ich *Arschloch* und *Pestbeule* nur gedacht habe. Wenn ich es ihm an den Kopf geworfen hätte, könnte er mich locker wegen Beleidigung anzeigen. War das sein eigentliches Ziel? Vor seinem Kumpel als Zeugen? Hat er das Gespräch vielleicht sogar aufgezeichnet? Aber Gott sei Dank, die Gedanken sind ja noch frei! Und ins Gehirn eingepflanzte Chips haben wir nicht. Noch nicht …

Sein Gedankenstrom wird von Frau Krüger unterbrochen, die ihn daran erinnert, dass er um 16 Uhr zu seiner Tochter aufbrechen will. Er steht hastig auf, tauscht seine maßgeschneiderte Anzugjacke gegen ein legeres Teil, lässt sich von Frau Krüger die Urkunde über 200 gepflanzte Bäume zur Aufforstung des Regenwaldes in die Hand drücken und läuft die wenigen Schritte zum U-Bahnhof Jungfernstieg.

Mit einem Blumenstrauß darf ich Lisa ja nicht kommen. Schnittblumen sind für sie Leichen. Und womöglich stammten die auch noch aus Afrika, mit Kinderarbeit und Flugtransport belastet und obendrein mit Pestiziden verseucht! Hoffentlich hat Frau Krüger mit der Urkunde das passende Geschenk gefunden. Nicht, dass es die falschen Bäume im falschen Wald sind. Ach, wird schon gut sein. Sie kennt ja Lisas Macken.

Nach nur sechs Minuten Fahrt steigt Gerhard an der Christuskirche aus und hat auch schon bald den prächtig sanierten Altbau mitten im Schanzenviertel erreicht. Bei einem Blick auf die Parkplatzsituation beglückwünscht er sich dazu, seinen BMW in der Tiefgarage seiner Kanzlei stehen gelassen zu haben. Außerdem kann er so bei Lisa punkten, denn ihr reicht es natürlich nicht, dass er schon seit einem Jahr ein E-Auto fährt. Für sie gelten nur die Öffis, wie sie liebevoll die öffentlichen Verkehrsmittel nennt, als wahrhaft klimafreundlich.

Gerhard seufzt, als er in den dritten Stock hochsteigt, in dem sich die WG seiner Tochter befindet. Wann ist nur aus seinem lieben Mädchen diese radikale Aktivistin geworden? Als sie bei *Fridays for Future* mitlief, fand er das ja noch toll und hat auch nicht wie ihre Mutter ständig übers Schulschwänzen gejammert. Aber seit sie sich zur *Letzten Generation* zählt, hat er manchmal richtig Angst um sie.

Nicht wegen der Reaktion der Polizei, auch nicht wegen möglicher Prozesse. Für eine schlagkräftige Verteidigung vor Gericht würde er schon sorgen. Aber ihm gehen die Bilder nicht mehr aus dem Kopf, auf denen erboste Autofahrer an festgeklebten jungen Menschen zerren, ja, auf sie einschlagen oder eintreten. Er muss noch mal ein ernstes Wörtchen mit ihr reden. Aber nicht heute. Nicht an ihrem Geburtstag.

Lisa selbst ist es, die ihm die Wohnungstür öffnet. Sie lässt sich auch bereitwillig umarmen, beantwortet seine etwas unbeholfene Gratulation mit einem gnädigen Lächeln und führt ihn in ihr Zimmer. Südostlage, stellt Gerhard mal wieder mit Befriedigung fest, hell, groß, hohe Wände mit Stuck an der Decke und Pitchpine als Fußboden.

Mein Geld ist gut angelegt. Lisa muss nicht in einer schäbigen Studentenbude mit Schimmel an den Wänden hausen wie ich damals. Meine Tochter sollte es besser haben und sie hat es besser. Noch. Gehört sie wirklich zur letzten Generation auf Erden, wie sie glaubt? Wird der Klimawandel unseren Planeten unbewohnbar machen? Das darf nicht sein, da bin ich voll und ganz auf ihrer Seite. Aber ich versuche, das Positive zu sehen, den Ausbau der erneuerbaren Energien, die Ansätze, den C02-Ausstoß zu drosseln, die vielen engagierten Menschen. Wie meine Lisa.

Gerhard blickt stolz auf seine einzige Tochter, aber auch ein wenig schuldbewusst. Verdammt, ich weiß, dass ich in ihrer Kindheit zu wenig für sie da war. Aber ich musste hart um den Aufbau der Kanzlei kämpfen und ich wusste sie ja bei Annika in guten Händen. In Fragen der Kindererziehung gab es nie Konflikte mit meiner Frau. Auch sonst gab es eigentlich kaum Konflikte, aber irgendwie war da so ein schleichender Prozess der Entfremdung. Ganz verstanden hab ich nie, warum Annika plötzlich unbedingt die Scheidung wollte. Als Lisa ins Teenager-Alter kam, wollte sie nicht mehr Managerin von Kind und Haus und Garten in Pinneberg sein. Plötzlich fing sie an, sich für Politik zu interessieren, trat in die SPD ein und jetzt sitzt sie sogar im Stadtrat. Aber das hätte sie ja auch alles ohne Scheidung machen können! Da ist was abgestorben in ihr, das Gefühl für mich, hat sie gesagt. Dagegen half selbst mein ausgefeiltes Plädoyer nicht. Na ja. Gegen Gefühle kann man nicht argumentieren. Gegen nicht mehr vorhandene Gefühle schon gar nicht, hat Lisa damals zu mir gesagt. Manchmal ist meine Tochter schlauer als ich.

Papa? Du bist so abwesend.

Was? Oh nein, ich bin anwesend, hundertprozentig anwesend. Heute wird mein Schuldenkonto *abwesender Vater* nicht weiter aufgefüllt! Heute zeigt das Patriarchat seine Schokoladenseite. Und bevor ich's vergesse: hier, dein Geschenk.

Lisa schüttelt lachend den Kopf. Zum Glück hat sie ihren Humor nicht verloren. Und die gepflanzten Bäume gefallen ihr. Sie umarmt ihren Vater sogar noch einmal und serviert ihm ein übriggebliebenes Stück von der Geburtstagstorte, die ihre Mutter vorbeigebracht hat.

Hmm! Köstlich, die Torte. Backen kann deine Mutter immer noch!

Fand meine WG auch.

Warum ist Annika denn schon wieder weg? Will sie sich meinen Anblick ersparen?

Es dreht sich nicht immer alles um dich, Papa.

War nur ein Scherz.

Diesmal lacht Lisa nicht, sondern belehrt ihn:

Mama hat heute noch eine wichtige Stadtratssitzung.

Wichtige Sitzung! Aha! Worum geht's? Um die Straßenbeleuchtung in Pinneberg? Oder die Müllabfuhr?

Papa!

Gerhard weiß, dass er sich gleich eine glühende Abhandlung seiner Tochter darüber anhören muss, wie wichtig doch das kommunale Engagement für den Erhalt der Demokratie ist. Doch davor bewahrt ihn das Klingeln ihres Handys.

Mama? Was? Das ist ja ein fürchterliches Geschrei! Vor unserem Haus? Da dürfen die nicht demonstrieren. Film das, Mama! Film das! Das ist Beweismaterial.

Gerhard und seine Tochter starren gemeinsam auf das Display von Lisas Handy und sehen einen wutentbrannten Mob, hundert Menschen vielleicht, fast alles Männer, die mit der Faust drohen und *Stadtrat, Unrat!* und *Volksverräter!* schreien. Einer hält ein

Pappschild in die Höhe, auf dem ein Galgen zu sehen ist. Und die Aufschrift: *Reserviert für Annika Baumeister*. Und klein darunter steht noch etwas.

Zoom das Schild ran! Zoom das ran, Lisa!

Aber Gerhard weiß schon, was er gleich lesen wird.

Hans Krech

Das politische Projekt Wende 2.0

Das politische Projekt »Wende 2.0« der rechtsextremistischen Partei Alternative für Deutschland (AfD) ist die Konterrevolution zu unserer friedlichen Revolution von 1989.
Die Ziele unserer friedlichen Revolution von 1989 waren: 1. Die deutsche Wiedervereinigung in Freiheit, 2. die politische Integration des wiedervereinigten Deutschlands in EU und NATO, 3. der vollständige Abzug aller sowjetischen Streitkräfte von deutschem Boden, 4. der revolutionäre Übergang von der defizitären maroden sozialistischen Staatswirtschaft ins Informationszeitalter, 5. der Aufbau einer offenen freien demokratischen pluralistischen Gesellschaft und 6. die Sanierung der durch das SED-Regime verursachten schweren Umwelt- und Klimaschäden.

Es war die erste erfolgreiche Revolution in der Geschichte Deutschlands. Große Teile der ostdeutschen Bevölkerung bewiesen außerordentlichen Mut und Durchsetzungskraft beim Sturz des SED-Regimes. Sie schrieben Weltgeschichte und öffneten so auch den Weg für den Prozess der Einigung Europas in der EU und in der NATO. Sie waren Teil der globalen Friedensbewegung. Auch noch in Jahren wird unsere Revolution so in den Geschichtsbüchern stehen. Es war eine Sternstunde in der Geschichte der Menschheit.

Heute erhebt die rechtsextremistische Partei Alternative für Deutschland (AfD) mit ihrem strategischen politischen Projekt »Wende 2.0« den Anspruch, in den Traditionen unserer Revolution von 1989 zu stehen. Ihre Anhänger skandieren »Wir sind das Volk!« bei den Montagsdemonstrationen. Zahlreiche ehemalige bekannte DDR-Bürgerrechtler unterstützen die AfD dabei. 1994 waren Ulrich Schacht und Heimo Schwilk die Herausgeber der »Gründungsschrift der Neuen Rechten« »Die selbstbewusste Nation«, die dem Aufstieg der AfD den Weg bereitete. Auch der frühere Bürgerrechtler Wolfgang Templin war einer der Autoren. Michael Beleites, Angelika

Barbe, Vera Lengsfeld, Jörg Bernig und Siegmar Faust gehören zum Unterstützerkreis der rechtsextremistischen Partei und der Neuen Rechten. Sie sind nicht mehr Teil der Bürgerrechtsbewegung und sind es vielleicht auch niemals gewesen. Es sind konterrevolutionäre Verräter an den Zielstellungen unserer Revolution von 1989, sie sind die Feinde der mutigen stolzen ostdeutschen Bevölkerung.

Die AfD ist für den deutschen Austritt aus der EU und der NATO. Sie steht auf der Seite des russischen Aggressors, der Krieg, Zerstörung, Verzweiflung und Not zurück nach Europa gebracht hat. Fast der ganze Kontinent vereint sich solidarisch auf der Seite der überfallenen Ukraine. Die AfD unterstützt dagegen Putins Russland. Die Partei hetzt brutal und hemmungslos gegen Flüchtlinge, insbesondere gegen Muslime. Sie zerstört so den inneren Frieden in Deutschland und steht im direkten Gegensatz zur UN-Menschenrechtsdeklaration. Den globalen Maßnahmen der Weltgemeinschaft gegen den Klimawandel steht sie ablehnend gegenüber. Die Demokratie als Staatsform soll durch eine reaktionäre Diktatur nach dem Vorbild Orbans in Ungarn ersetzt werden, ohne ein Mehrparteiensystem, ohne freie Wahlen, ohne eine unabhängige Justiz und ohne eine freie Presse. Das ist dann so eine Art Staat »DDR light«.

Das strategische politische Projekt »Wende 2.0« der AfD zielt auf die vollständige Umkehr aller 1989 eröffneten Chancen zur positiven friedlichen demokratischen Weiterentwicklung unseres wiedervereinigten Landes und unserer europäischen Völkerfamilie in der EU.

Das ist die Konterrevolution zu unserer Revolution von 1989.

Hans Krech

Al-Bab

Öffne die Tür,
mach sie endlich auf,
besteige den Schimmel Buraq
und reite über sieben Himmel
zum Felsendom der Heiligen Stadt,
wo jüdische, christliche und islamische Gebete
sich verbinden zum einigenden Ruf:
Salam!

Lutz Flörke

Rebellen

– Es geht nicht nur um Meinungsfreiheit, sagt er und legt die Pistole auf dem Tisch, es geht um *Gesinnungspolizei.*

Da liegt die Pistole auf dem Tisch und wartet auf die dazu gehörende Geschichte. Ich werde sie Ihnen erzählen.

Mein Freund Günther sagt: – Eine Geschichte, die jeder versteht, ist Propaganda.

Günther sagt: – *Laut einer Studie des Instituts für Demoskopie Allensbach haben nur noch 45 Prozent der Befragten das Gefühl, in Deutschland könne man frei seine Meinung sagen – ein historischer Tiefstand seit der ersten Erhebung im Jahr 1953.*

Günther sagt: – Meinung ist ein Gesprächsangebot! Aber 55 Prozent der Deutschen betrachten ihre Meinung als ihren individuellen Besitzstand, über den sie nicht verhandeln wollen.

Mit diesen Worten im Kopf senkte mein Flugzeug sich über das rastlos wogende Meer im Sonnenlicht und gelangte zur Insel der Hera. Berge, Oliven, Orangen, die Säule eines antiken Tempels am Strand. Schon steige ich hinab und atme die frohlockende Mittelmeerluft. Zu Fuß übers Flugfeld, Haar im Wind. Hier könnte ich ungestört leben, lieben, was weiß ich, aber …

Nicht Günther, sondern Zoe oder so ähnlich holt mich im offenen Four-Wheel-Drive vom Flugplatz ab.

– Schön, dass Sie kommen konnten.

Zoe oder so ähnlich, ich habe den Namen nicht genau verstanden. Nun sitze ich neben ihr; wir wissen noch nichts von der Waffe und biegen in den Wald.

– Mein Vater wollte unbedingt an seinem 65. Geburtstag mit der Arbeit beginnen.

Im Wald, da sind die Räuber. Und die Raben. Die sieben Raben, die sieben Räuber, bei Ali Baba sind's 40. Egal, dieser Wald ist ein griechischer Wald voller Sonnenstrahlen im Laub, kein düsteres Gewächs.

– Literatur soll Zweifel säen, sagt Günther, nicht das verklären, was der Fall ist.

Zoe oder so ähnlich bietet mir ihre Taschenflasche an. Ich lehne ab.

Große Lust habe ich nicht, ihren Vater kennenzulernen. Ich soll seine Autobiografie schreiben.

– Das solltest du nicht tun, warnt Günther. Auftragsarbeit verdirbt die künstlerische Reflexion über das eigene Medium. Darüber, wie das eigene *Medium seine Inhalte formatiert, prägt, moduliert.*

Zoes Vater bekommt von einer Freundin den Tipp, dass ich dafür der Richtige wäre und macht mir ein Angebot. Autoren werden ja unterbezahlt, sogar die prominenten. Selbst wenn er sich gemein macht mit seinem Publikum, bleibt der Schriftsteller in einer prekären Situation. Falls er, wie ich, Kunst machen will, sowieso. Kunst findet keine Abnehmer. Der Markt verlangt nach festem Sinn und zerstreuter Unterhaltung. Wer wie ich Sinn verhandeln will mit seinen Lesern und sie nicht bloß abfüttern, sitzt ohne Geld da. Aber es ist nicht nur wegen des Geldes. Von irgendwoher muss ja Anerkennung kommen. Die braucht doch ein Mensch mit Fähigkeiten, die so besonders sind, dass der Markt sie nicht braucht.

– Brauchbare Literatur ist das Allerletzte, sagt Günther.

Günther hat gut reden. Günther hat Haus, Bibliothek und Job geerbt.

– Ich war schon immer das schwarze Schaf in der Familie, sagt Zoe und nimmt einen Schluck.

– Ja, genau, griechische Insel, erklärt ihr Vater am Telefon.

Das Material habe er komplett im Kopf.

Zoe steuert den Wagen durch den Wald. Ob mit ihr was anzufangen ist? Fürs Urlaubsgefühl sozusagen, gegen den Frust zuhause. Ich weiß, ein Klischee, aber *die Strukturen des menschlichen Denkens werden nun mal durch die Medien bestimmt, die wir verwenden,* und ich bin mit Kino, Fernsehen und Popmusik aufgewachsen.

Wir durchqueren eine Furt durch einen kleinen Bach. Im Gebüsch rechts von mir raschelt ein grüner Schatten.

– Eine Baumschlange, sagt Zoe, harmlos.

– Und das?

Ich zeige auf die kleine Südstaatenflagge, die auf dem Kotflügel flattert.

– Vaters Flagge: Einmal Rebell, immer Rebell.

Die Piste schlängelt sich durchs enge Tal. Schlange, Schlange, du musst wandern, von dem einen Ort zum andern.

Zoe bremst vor einer Brücke aus Stahlblechen, die an Ketten hängen. Ob die uns trägt? Langsam fährt der Wagen auf die Brücke, die quietscht, schaukelt, macht es spannend. Ich schwitze, Zoe lächelt. Ist das ein Test? Sie beschleunigt, unsere Körper kippen in die Sitze. Auf der anderen Seite des Flussbetts geht's steil bergauf. Links und rechts Felswände. Der Motor kämpft. Wer diese Auffahrt wohl in die Felswand gesprengt hat? Bauern, Widerstandskämpfer, das Militär, eine Baufirma aus Athen?

Und plötzlich, tout à coup, im hellsten Sonnenschein, ist denn das zu glauben, ich glaub's nicht, Terrassen mit Olivenbäumen hinauf bis zum Himmel. Und ganz oben, weit, weit oben, beinahe entrückt, inmitten blühender Sträucher und bunter Blumen, ein kleines dreieckiges Haus. Eine Szenerie so schön, dass es wehtut.

Immer haben die falschen Leute die schönsten Häuser.

– Meine Eltern haben hier vor ewigen Zeiten das Grundstück mit einer Art Hütte gekauft und später ein Bad und zwei Zimmer angebaut.

Da liegt die Pistole noch nicht auf dem Tisch.

Ihr Vater begrüßt mich unter dem Zeltdach eines Pavillons neben dem Haus. Ich erkenne ihn sofort. Hat einst Rockmusik gemacht mit sinfonischen Einsprengseln, *the witch by my side*; der andere Nummer-1-Hit hieß *I hear hurricanes a-blowing*. Echt-esoterische Elternaufreger. Jetzt sitzt er auf dieser Terrasse mit diesem fantastischen Ausblick, wo ich lieber allein mit seiner Tochter säße, und sagt:

– Willkommen im Paradies.

Vor kurzem habe ich eine Doku auf ARTE gesehen, in der er interviewt wurde.

– Ich war immer ein Rebell. *Du kannst natürlich nur Rebell sein, wenn du einen Wert für die Gesellschaft hast.*

Sitzt da in Strickjacke, in einer verdammt teuren Kaschmir-Strickjacke und erklärt in seiner Luxus-Kaschmir-Strickjacke:

– *Du kannst natürlich nur ein Rebell sein, wenn du einen Wert für die Gesellschaft hast.* Nur wenn du einen Wert für die Gesellschaft hast, kannst du Rebell sein. Aber heutzutage … *Staatspropaganda, Gesinnungspolizei …*

Ich habe Rebellen immer misstraut. Die Rebellen meiner Schulzeit waren Söhne von Bürgermeistern oder Apothekern, die eine Zeitlang Drogen nahmen, Schule schwänzten oder sich aggressiv mit Lehrern anlegten, um sich am Ende brav bei der Bundeswehr zu verpflichten oder ins Unternehmen ihres Vaters einzusteigen. Rebellen sind Wichtigtuer.

– Man sollte uns Rebellen nicht unterschätzen.

Ich notiere: Rebellen sind Leute, die sich unterschätzt fühlen.

– *Ich muss die Freiheit im Kopf verspüren*, erklärt der Rock-Rebell, der aussieht wie ein Versicherungsvertreter im Ruhestand.

Can't you see my deathfear

– *Meine Freiheit nehm ich mir!*

Er ist inzwischen Musikproduzent, wohnt, wenn er nicht gerade auf dieser griechischen Insel weilt, er sagt tatsächlich *weilt*, am Leinpfad in Hamburg Winterhude, teuerste Gegend, und ist noch immer mit der gleichen Frau verheiratet, wer hätte das gedacht bei dem alten Rockrebellen. Einst war sie eine *Rockröhre* mit eigener Band. Heute trägt sie Rock und Bluse in Mint plus Perlencollier.

Jetzt sagt sie im Pavillon auf der griechischen Insel:

– *Sein Hobby ist selber denken.* Vor 14 Jahren erwarben wir dies kleine Häuschen, ein kleiner duftender und warmer Winkel, tausend Stunden weit entfernt von den Zumutungen des Musik-Business und der Öffentlichkeit.

– Wie romantisch, sage ich und wäre lieber woanders.

– Manchmal musst du den Leuten vor die Füße kotzen!, sagt Günther, würde das selbst aber nie tun.

– Warum möchten Sie, dass ich Ihre Biografie schreibe?

– Ich möchte nicht einfach so vergessen werden.

– Immerhin waren Sie im Fernsehen!

– *Es geht um Geld und nur um Geld.*

– So ist das im Kapitalismus, sagt seine Tochter.

– Kapitalismus ist eine Ausrede, um die Verantwortlichen und die Verantwortlichkeiten nicht zu benennen. Schaue dir nur mal *das Politpersonal an, diesen ganzen Abschaum, der mich um den Schlaf bringt, weil er unfassbar widerwärtig ist.* Ich hab immer *mein Ding gemacht.* Heute dagegen, egal ob Tatort oder Tier-Doku, nur noch *Sounddesign*, KI-generierte Songs fürs Fußballwochenende und Kirmes-Tekkno fürs Mitklatsch-Marathon. Menschen, die nicht den Mainstream abfeiern, werden sogar von der eigenen Tochter als Verschwörungstheoretiker abqualifiziert.

– Ach Vati …

Sie sagt noch anderes, dann aber:

– Aus betriebswirtschaftlichen Gründen zielt die Musikindustrie auf die Mehrheit der Käufer. Auf die Masse der Mittelschichtler, die sich einen Haus- und Hofkomponisten niemals leisten könnten, nicht mal als Genossenschaft. Du selbst warst doch Mainstream und der hat sich nun von dir entfernt.

– Ich war im besten Sinne pop! Im Sinne von populär.

I am really runnin' for my life

– Aber nicht im Sinne einer Reflexion populärer Klänge im Medium der Musik als Kunst.

– Meine Tochter hat Kultur studiert, sagt der Vater zur Entschuldigung. Unsere Aufgabe als Künstler ist, dem Publikum zu geben, was es will, nicht ihm zu widersprechen, es umzuerziehen oder auch nur seinen Geschmack infrage zu stellen. Wenn jedoch die Masse nur noch massiv manipuliert wird, dann wird Widerstand zur Pflicht.

– Nun hör aber mal auf! Bloß weil ihr Mittelschichtmusiker mit höherem Einkommen vom Markt verdrängt werdet …

– Du könntest stolz darauf sein, einen Rebellen als Vater zu haben.

– Und du könntest die Krise der Mittelschichtkultur zum Anlass nehmen, Kunst zu machen.

– Kunst ist was für die Eliten, Kunst schwächt die *moralische Entschlossenheit jenseits des Wissens.*

– Ein Instrument zu spielen, vielleicht nur zum eigenen Vergnügen, sich Stücke auszudenken, ist ebenso ein psychischer wie physischer Vorgang, der bisweilen beglückend sein kann. Du könntest den Prozess des Komponierens in deine Musik hereinholen, all die Widersprüche, Verhinderungen, Experimente und wieder neue Experimente, das Machen, Murkeln, Ausprobieren …

– Das Publikum interessiert sich nicht für den Herstellungsprozess, sondern für Resultate.

Sie schenkt sich aus einer Karaffe Whisky nach.

– Ich weiß, flüstert sie mir zu, das ist ein Klischee, das schwarze Schaf in der Familie, das zu viel trinkt. Aber: Es gibt kein Leben außerhalb des Klischees!

– Der Untergang der Musikkultur ist gekommen, doch das darf man nicht sagen, dann fallen alle gleich über einen her. Als ich das nur einmal in einem Interview erwähnt habe, hat mich das Musikfestival sofort gecancelt.

– Meinst du nicht, du warst denen einfach zu arrogant? Meinst du nicht, du und deine Kumpels, ihr seid altgewordene Rebellen und wie alle altgewordenen Rebellen autoritäre Arschlöcher, die ihr schon immer gewesen seid?

Mit einer Schusswaffe hätte ich ihn dennoch nicht in Verbindung gebracht.

– Und jetzt willst du mir erklären, du säufst, weil ich ein autoritäres Arschloch bin.

– Klar, antwortet sie.

– Schön, sagt der rebellische Ex-Musiker. Sie sind also Schriftsteller?

Ich nicke. Kein Anlass, eine Waffe herauszuholen.

Seine Tochter kichert. Warum muss sie kichern? Ich merke, wie sich sein Körper anspannt. Sie bricht in wüstes Gelächter aus, zeigt mit dem Finger auf ihn und lacht und lacht und lacht und lacht. Und lacht und lacht und lacht und lacht und:

Ihr Lacherer, schlagt die Lache an!
Ihr Lacherer, schlagt an die Lacherei!

Die ihr vor Lachen lacht und lachhaftig lachen macht,
schlagt lacherlich eure Lache auf![1]

Da zieht er die Pistole hervor.

– Wir wissen uns zu wehren. Es geht ja nicht nur um mich, sagt er und legt die Pistole auf dem Tisch. Die Niedertracht, *mit der wir im Moment in Deutschland leben müssen – das Verschweigen von Fakten in den Medien, die ununterbrochene Lüge, Verarschung und Verhohnepiepelung -, belastet mich zu sehr.*

In diesem Moment steigen zwei, drei, immer mehr Menschen die Oliventerrassen empor.

– Und wenn ich nicht mehr sagen darf, was ich denke, wenn ich derart bevormundet werde, dann ist Deutschland keine Heimat mehr für mich. Wenn ich sehe, wie mit uns umgegangen wird, kann ich nur sagen …

Herren in teurer Freizeitkleidung, Damen in dezenten Sommerkleidern.

– … *Die Bundesministerin steckt die Stasi aber ganz locker in die Tasche.*

– Wie meinen Sie denn das?

– Sie wissen schon … *Da muss man sich nichts vormachen.* Da muss man sich wehren, da muss man anderen kräftig die Meinung geigen.

Er winkt seinen Gästen und hebt die Pistole.

– Wir sind der *Gesinnungspolizei* nicht wehrlos ausgeliefert.

– Mensch Vati, ruft Zoe, jetzt drehst du durch.

Er hebt die Pistole. Er schießt auf Zoe oder mich, für diese Geschichte ist das egal, denn ich bin schneller und schlage auf seine Hand. Der Schuss geht zwischen den Olivenbäumen hindurch in den griechischen Himmel.

Zoe schnappt sich die Whisky-Karaffe und wirft mir den Autoschlüssel zu – schubidu.

---

1 Auszug aus Velimir Chlebnikov, Beschwörung durch Lachen, Übers. H.M. Enzensberger, in: V.Ch., Werke, Reinbek 1985, S. 19

Wir nehmen uns ein Zimmer in einem harmlosen Touristenort.
Wenn die Kunst nix helfen kann, muss Liebe ran.
Am Telefon sagt Günther: – Das hast du gut gemacht.

Uwe Friesel

Learning By Doing

Ein Märchen in zwei Teilen

Es war einmal ein vierzehnjähriger Junge namens Moritz, der war zu klein für sein Alter, schlecht in der Schule und zu allerlei Streichen aufgelegt. Wenn er wieder den Unterricht schwänzte, weil er ihn langweilte, guckte er TV auf seinem I-Pad. In den vielen Krimis, die er sich 'reinzog, sah er, dass meist Pistolen der Marke Glock Verwendung fanden, und im Internet fand er heraus, dass Glögg ein schwedischer Glühwein ist, der glücklich macht.

Also öffnete er den Schlafzimmersafe seines Vaters mit dem Schlüssel unter dem Blumentopf, entnahm ihm 1.000 Euro und ging damit zu den Dealern im Hauptbahnhof. Es dauerte nicht lange, eine halbe Stunde vielleicht, und er konnte die Knete gegen die Glücks-Pistole eintauschen, samt Munition.

Nach ein paar Probe-Ladungen im Wald schoss er treffsicher Blechbüchsen ab, die er auf einen Baumstumpf gestellt hatte. Doch nun wollte er wissen, dass es tatsächlich auch mit Menschen funktionierte, und so lud er seinen besten Freund, den vierzehnjährigen Max, zu einem Waldspaziergang ein. »Nimm mal die Dose da weg!«, rief er, und als Max zögerte, »Mann, nun mach schon! Stell dich nicht so an!«

Max drehte sich um. Dann erschoss ihn Moritz.

Tatsächlich, die Glückspistole funktionierte wie im TV.

Moritz bekam Jugendstrafe, was aber Max, wie seine Eltern glaubwürdig versichern, nicht mehr lebendig machte

Es war einmal ein vierzehnjähriger Junge namens Vladim, dessen Verwandtschaft war bei der deutschen Belagerung von Leningrad verhungert. Er beschloss, sobald er groß wäre, würde er es den Rassisten heimzahlen.

Im Gegensatz zu Moritz war Vladim arbeitsam und lernwillig. Also wurde er erst Bürohelfer beim demokratischen Bürgermeister Sobtschak, dann KGB-Spion in Leipzig. Nachdem er hinreichend Deutsch gelernt und die Stasi-Archive genügend durchforscht hatte, merkte er, insgeheim hegte er eine Bewunderung für die zahm gewordenen Nazis. Also ließ er seine Kinder in der deutschen Schule in Moskau von deutschen Lehrern erziehen und nahm brav an allen Elternabenden teil, wo ihm die Leviten gelesen wurden, weil er sich nicht genügend um seinen Nachwuchs kümmerte.

Das hatte natürlich seinen Grund. Denn es kam der Tag, da er den Schlappschwanz Gorbatschow und den Säufer Jelzin beerbte und quasi unbemerkt aus der zweiten Reihe heraus Chef der GUS wurde. Doch die war leider viel kleiner als einst die großartige UdSSR unter Stalin oder im 19. Jahrhundert das Zarenreich der deutschen Katharina der Großen. Sie musste, jedenfalls den Ölgemälden im Hermitage-Museum zufolge, tatsächlich größer gewesen sein als er selbst. Deshalb saß sie auch nie halbnackt auf Pferden, sondern nur auf Potemkin, Rasputin und anderen heiligen Männern.

Nachdem Vladim sich schon in St. Petersburg erfolgreich von seiner ersten Frau, einer Deutschlehrerin, getrennt hatte, gab es für ihn kein Halten mehr. Seine leninistischen Überzeugungen, die er mit dem orthodoxen Patriarchen Kyrill I. – auch er ein ehemaliger KGB-Agent – mit einer Weihrauchkerze in der Hand teilte, brachen mit der Urgewalt russischer Panzer, MIGs, Raketen, Kriegsschiffe, Bomben und Uniform-Täuschungen über die Ukraine herein. Erst überrollten sie die Krim (2014), dann (genaues Jahr unbekannt) den ganzen Rest. Der war nun zwar zerstört, aber im Übrigen von gut ausgebildeten Menschen bevölkert. Brauchbares Menschenmaterial also.

Daheim folgten ihm die Moskauer und Sonstige willig und darbten gern für seine militärische Operation. Auch dann noch, als sie gar nicht nach zwölf Tagen zu Ende war wie versprochen. Zwar gab es ein paar Aufstände von wildgewordenen Köchen und anderen Oligarchen, doch die starben nacheinander an rätselhaften Krankheiten oder wurden auf einer Moskwa-Brücke oder im Berliner Tiergarten erschossen oder auch vergiftet auf einer Themsebrücke, sofern sie nicht aus dem Fenster fielen. Kurz: es war alles wie bei Shakespeare oder im Archipel Gulag.

Und wenn er nicht gestorben ist, so lebt er noch heute.

Vera Rosenbusch

Drei Fragen an den Präsidenten

Wie komme ich hierher?

Zwei Lakaien in Livree reißen die Flügeltüren auf. Der Präsident tritt ein, im feinen dunkelblauen Anzug schreitet er auf mich zu, streckt mir die Hand entgegen.

Wo bin ich?

Der Saal erstrahlt in Weiß und Goldbrokat, Vorhänge mit üppigen Quasten, im Stuck das Staatswappen. Wie protzig, wie geschmacklos.

Die Uniformierten salutieren mit weit ausholenden Gesten, machen kehrt und marschieren im Stechschritt ab. Mit ihren Kinnriemen sehen sie aus wie Liftboys.

Die Tür schließt sich und ich bin allein mit ihm. Nur ich und der Präsident und ringsherum der endlos goldene Saal.

Er ist klein, eine halbe Portion Mann, einen Kopf kleiner als ich. Als ich!

Mit einer Handbewegung bittet er mich, Platz zu nehmen. Er selbst setzt sich ans Kopfende des meterlangen Tisches in einen Sessel mit kannelierten Beinen und schaut an mir vorbei, die Lippen aufeinandergepresst.

Was will er von mir?

In seinem Gesicht ist: nichts. Keine Mimik, keine Emotionen, das unbewegteste Gesicht der Welt. Woran erinnert es mich?

– Fragen Sie!, sagt er auf Deutsch.

Wie? Ich? Fordert der mich tatsächlich auf, ihn zu interviewen? Ich bin doch keine Journalistin.

Er spricht leise, beinahe bescheiden, und schaut an mir vorbei wie … Jetzt hab ich's: wie eine Spitzmaus.

– Sie haben drei Fragen!, sagt er.

Oh weh! Ich bin nicht vorbereitet.

– Erstens?

Damit habe ich nicht gerechnet.

– Zweitens?

– Es ist mir eine Ehre, Herr Präsident, will ich beginnen, doch ich bringe kein Wort heraus. Es geht nicht.

Etwas schnürt mir die Kehle zu. Es würgt.

– Drittens?

Meine Speiseröhre krampft sich zusammen. In meinem Hals steckt ein Kloß.

Die unterwürfige Begrüßung war sowieso keine gute Idee, darauf würde er nicht reinfallen. So plump ist er nicht.

Warum fordert er mich auf zu fragen?

Warum gerade mich?

Mir kann keiner, sagt das Spitzmausgesicht. Nichts hält mich auf: kein internationaler Haftbefehl, keine Wirtschaftssanktionen, keine Kampfpanzer.

Jetzt muss ich aber wirklich meine erste Frage stellen. Nur: was?

Er ist ein Machtmensch. Ganz klar.

Das ist nicht ungewöhnlich. Weißgott nicht der einzige Mann, der seinen kümmerlichen Wuchs durch Macht kompensiert.

Dafür ist er der reichste Mensch seines Landes, besitzt 20 Paläste in Weiß und Goldbrokat. Seit 20 Jahren ist er Präsident, alles hört auf sein Kommando, sogar Medien und Justiz. Die Opposition hat er ausgeschaltet, und wer nicht mitmacht, wird liquidiert. Er hat die absolute Macht und führt einen Krieg nach dem anderen.

Das passt zum Image und erhöht die Zahl seiner Anhänger.

Aber das genügt ihm nicht. Er will immer mehr – mehr – mehr.

Lieben Sie die Macht?, kann ich nicht fragen. Nein! Unmöglich!

Ich muss anders anfangen.

Besser wäre etwas Persönliches zum Einstieg.

Was weiß ich über sein Privatleben? Rasch durchpflüge ich mein Gehirn.

Den Morgen verbringt er im Fitnessraum, anschließend krault er lange Bahnen, frühstückt Hüttenkäse, Wachteleier und Fruchtsaft. Seine seltsame Diät hat mich besonders beeindruckt.

Ist er ein Asket?

Ein Einsamer?

– Sind Sie ein Einsamer?, kann ich unmöglich fragen.

Und schon gar nicht nach der Olympiasiegerin in rhythmischer Sportgymnastik, 31 Jahre jünger als er, mit der er zwei Kinder haben soll.

Auf gar keinen Fall.

Damit würde ich ihn verärgern. Das bringt nichts.

Besser ein anderes Thema.

Worüber redet er am liebsten? Geschichte! Natürlich! Ganz klar! Er will in die Geschichtsbücher. Er ist besessen davon. Geschichte, wie er sie sieht.

Wenn er einmal angefangen hat vom Kiewer Rus und seinem Namensvetter, der 988 das Christentum einführte, ist er nicht zu stoppen. Lieber nicht!

Aber was zum Teufel soll ich sonst fragen?

Ich habe die Chance, drei Fragen zu stellen – und kriege kein Wort heraus. In meinem Kopf kreist: Was? Was? Was?

Bestimmt nicht nach den Banderowze, wie er seine Gegner nennt. Er hält sie für Erben der Kollaborateure, die sich an den Säuberungen der Nazis beteiligten. Mit Hitlers Unterstützung wollten sie das Land von Juden, Polen und Russen säubern und einen ethnisch homogenen Nationalstaat gründen.

Herr Präsident, sollte ich vielleicht fragen, unternehmen Sie all die Kriege, um die frustrierte Männlichkeit ihrer Geschlechtsgenossen wieder aufzubauen? Lieber nicht.

Er wartet noch immer.

Ist er geduldig oder spielt er den Geduldigen? Ruht er in sich?

Unsinn! Er ist Geheimdienstler. Mit 23 ging er zum KGB und lernte, sich zu verstellen. Tarnen – täuschen – tricksen ist sein Handwerkzeug.

Also ein Trick? Eine Falle?

Will er mich reinlegen?

Lässt er mich vergiften oder ins Straflager sperren, wenn ihm meine Fragen nicht gefallen? Greift er zu Novitschok und Plutonium 210 und tötet mich, ohne sich die Finger schmutzig zu machen?

Ausgeschlossen ist das nicht.

Oder ist er verrückt?

Gegner mit Gift beseitigen passt ins Krankheitsbild paranoide Schizophrenie.

In seriösen Medien spricht allerdings niemand davon. Ein Chefpsychiater aus Ochsenzoll erklärt in einer ARD-Doku, verrückt sei er nicht, sondern machiavellistisch. Er verfolge seine Ziele gnadenlos, lasse sich nicht ablenken durch Mitleid, Mitgefühl, moralische Maßstäbe.

Natürlich kann ich den Präsidenten nicht fragen, ob die Diagnose stimmt.

Der zeigt noch immer sein Mir-kann-keiner-Gesicht.

Der autoritäre Sozialismus brach in sich zusammen, doch das brachte keine Freiheit, sondern Nationalismus. Die alte Ideologie aus dem 19. Jahrhundert kochte wieder hoch.

Jaja, natürlich: Nach Meinungsfreiheit könnte ich ihn fragen! Stimmt!

– Herr Präsident, könnte ich fragen, warum können Sie es nicht ertragen, wenn Ihnen jemand widerspricht? 87,3% haben bei der letzten Wahl für Sie gestimmt. Warum gewähren Sie Ihren Untertanen trotzdem keine Meinungsfreiheit?

Muss ein so beliebter Präsident sich fürchten? Oder wählen so viele Sie, weil keine anderen Meinungen erlaubt sind?

Im Hintergrund die Angst vor Tod und willkürlicher Verhaftung.

Vielleicht träumen seine männlichen Anhänger davon, dass er allen über den Mund fährt? Dass er endlich alle anderen zum Schweigen bringt? Frauen, Schwule, Literaten, Schwiegermütter schweigen?

Nein, jetzt weiß ich, was ich ihn fragen kann:

– Herr Präsident, kann ich fragen, eins verstehe ich nicht: Warum verbünden Sie sich mit solch ungehobelten Leuten wie Assad und Kim Jong-un?

Höhnisches Gelächter.

Wer hat da aufgelacht? Die Stimme kenne ich doch und den wabbeligen Mund, aus dem sie kommt.

Wie ist denn der hereingekommen?

– Ich habe mehr Freunde, als Sie glauben, erklärt der Präsident.

Sein Freund mit der orangen Haartolle grinst breit, der Präsident lacht nicht mit.

– Mein größter Bewunderer, fügt er hinzu und schaut wie immer mit seinem einzigen Gesichtsausdruck.

In vielem ähneln sie sich: Beide lieben Gold und Glitzer, Macht und Frauen mit hochhackigen Beinen. Und beide haben keinen Geschmack, keine Umgangsformen, keinen Charme.

Nur von der Mimik, die dem Präsidenten fehlt, hat der andere zu viel.

– Aber das ist ein Kretin, ein Großmaul, ein ungezogener kleiner Junge, der immer seinen Willen kriegen muss.

Haben Sie das nötig?

Miehhh …

Brauchen Sie solche Bewunderer, Herr Prä …?

Miehh, miehh, miehh …

Er antwortet nicht.

Miehh, miehh, miehh …

Was für ein fieses Geräusch!

Miehh, miehh …

Ein Gott ist der Mensch, wenn er träumt, ein Bettler, wenn er nachdenkt.

(Hölderlin)

Jakob Krajewsky

Israel, Palästina und Iran im Krieg

Versuch einer Polemik – Berechtigte Israelkritik versus eliminatorischen Antisemitismus und Israelhass

Sein oder Nicht-Sein – das ist die entscheidende Frage.

Wir saßen mit vier VS-Autor*innen Mitte März 2024 in einer Bücherhalle in Hamburg-Eimsbüttel in einer Lesung anlässlich der Internationalen Wochen gegen Rassismus mit dem selbstgewählten Motto: »Gegen Menschenfeindlichkeit – für Vielfalt in Deutschland«. Ich füge hier auch ›gegen Antisemitismus‹ hinzu, obwohl es nicht explizit von den Initiatoren des Aktionsbündnisses Eimsbüttel benannt wurde. Warum eigentlich nicht? Ist Rassismus gleich Antisemitismus, und gilt das auch umgekehrt? Die Gelehrten verschiedener wissenschaftlicher Disziplinen streiten sich darüber noch. Warum sollten sie hier nicht auch genau sein wollen, geht es doch um die menschenverachtenden Auswirkungen im täglichen Miteinander gesellschaftlicher und sozialer Interaktionen in unserem Gemeinwesen. Rassismus auch = Antisemitismus?

Nichts Genaues weiß man mal wieder nicht, nicht wahr? Wir trugen mit unserem Verständnis als selbsternannte intellektuelle Elite unsere selbstverfassten und bereits publizierten Texte im weitesten Sinne ahnungslos und hoffnungsvoll zu der o.g. Thematik empathisch vor. In der Diskussion in der Pause skandierte ein älterer Mann plötzlich unvermittelt sinngemäß: »Gaza sei ja wie Auschwitz«, womit er den israelischen Abwehrkampf gegen die Hamas und die Luftangriffe und Eingriffe der IDF im Zuge des Häuserkampfes in Gaza apostrophierte, der auch die Zivilbevölkerung dort furchtbar trifft. Die

Äußerung war eine perfide Umkehrung der historischen Tatsachen: »Gaza = Auschwitz?« Wir blieben sprachlos. Immerhin klatschten wir nicht, wie kürzlich die allererste deutsche Kult(ur)frau Claudia Roth im vollen Saal während der Berlinale 2024 bei der Präsentation des Dokufilmes *No other land.* Der olle Schlemiehl mit der unangemessenen Äußerung in unserem Publikum hatte vor Ende der Veranstaltung in weiser Voraussicht den Lesesaal vorzeitig verlassen und entzog sich so jeglicher weiteren Diskussion, ja der Aus-einander-Setzung mit uns und der schwierigen Thematik: legitime Israelkritik oder virulenter Antisemitismus, ja Antizionismus, abgrundtiefer Hass auf Israel? Woher kam das? Wurde es durch mediale Berichterstattung ausgelöst, saß da etwas viel tiefer – mäandernd in untersten Schichten menschlicher Abgründe mancher Leute in Deutschland?

Natürlich ist Israel aus mitteleuropäischer Sicht, wie wir hier demnächst wohl auch wieder, ein demokratischer ›Militärstaat‹ – Israel muss es auch sein, sonst wäre dieser Staat als politische Entität in seinem Umfeld schon längst ›weg vom Fenster‹, denn wie heißt es so schön zur Zeit von der gegnerischen Seite: »From the river to the sea …« Die israelischen Militärsprecher behaupteten derweil, dass Israel immer wieder die Zivilbevölkerung in Gaza warne vor Angriffen seitens der IDF und ihr Zeit ließe, sich in ›Sicherheit‹ zu bringen … »wo immer das jetzt sei …«, möchte ich hinzufügen. Zudem wird von der UNO angeführt, dass Israel den Hunger der Bevölkerung in Gaza als Waffe einsetzen würde. Überzogen oder legitime Kritik? Leute aus Gaza sagen, die Hamas würde Hilfsgüter entwenden, um sie für ihre Soldateska zu nutzen. Die israelische Oppositionsabgeordnete Sharren Haskel meint, dass die Hamas für die Ernährungskrise sorgt, da sie Hilfsgüter an Händler gegen Aufpreis verkauft. Fahren wir nach Gaza/Israel – entscheiden vor Ort, liebe Lesende!

Wie auch immer, dass es gewollt oder ungewollt zu Kriegsverbrechen der israelischen Armee kommt, müsste von einem unabhängigen Gremium untersucht werden. Doch wer ist objektiv? Es gab auch bereits ›friendly fire‹, bei dem aus Versehen zwei israelische Geiseln bei einem Einsatz durch Israels Armee getötet wurden. Doch es müssten dann auch die Kriegsverbrechen der Hamas benannt und untersucht werden, oder? Ist das eigentlich eine reguläre Armee? Welche Regeln gelten? Haager Landkriegsordnung von 1907? Krieg ist für manche ein (tödliches) Spiel, es berührt aber auch die Menschenrechte und Würde gefangener Gegner und bedarf des Reglements. Hier aufgrund des x-ten Gaza-Krieges, ein Krieg, der Israel aus Gaza aufgezwungen wird, der ein Abwehrkrieg gegen die Hamas und nicht per se gegen die arabische Bevölkerung dort ist, einen Genozid zu konstruieren und vor den Internationalen Gerichtshof nach Den Haag zu bringen, wie Südafrika und Nicaragua und Irland dieses tun, ist unsäglich, unangebracht und eine Verhöhnung jüdischer (Verfolgungs-) Geschichte im 20. Jahrhundert. Die Gefahr besteht, dass es mittels des IGH zur Abstützung der Hamastäter des 7. Oktobers 2023 kommt. Der IGH ist ja gerade aus der Erfahrung ›Auschwitz‹ nach den Nürnberger Prozessen überhaupt erst ins Leben gerufen worden. Darf die Rechtsfindung nun deshalb nicht auf Israel angewendet werden? Wer bestimmt das …?

Was wäre, wenn in Deutschland Städte wie Kiel, Lübeck, Hamburg, Rostock und Berlin seit über zehn Jahren mit tausenden von Raketen aus Dänemark und Polen von irregulären militärischen Einheiten beschossen worden wären? Was, wenn die Regierung in Berlin dann uns, ihrem Volk, gesagt hätte, »ihr müsst bei Alarm die Keller aufsuchen und bei Entwarnung kommt ihr wieder raus und schaut, was noch da ist!« Das ist vergleichsweise die Situation für Menschen in Israel in den letzten Dekaden gewesen. Es geschehen lassen, ein Prinzip der israelischen Tauben um Jitzchak Rabin ›Land gegen Frieden‹, hat mit Ägypten und dem Sinai geklappt, mit dem Südlibanon und Gaza wohl eher nicht. Jetzt regieren wieder überall Falken, die Tauben sind ermordet worden.

Regionalkonflikte im Nahen Osten um Israel plus Interessen global agierender Akteure

Überhaupt ist der ›Konflikt‹ um Israel nicht regional zu sehen und zu verstehen, sondern eher global und hegemonial, weil noch ganz andere Mächte dort ›clashen‹. Die Europäer und die USA sowie Russland sehen sich als Schutzmacht der Christenheit in Israel und besonders Jerusalems. Seit Jahren bombardiert Israel Stellungen der Hisbollah in Syrien. Russland lässt Israel gewähren, hat über 10 Jahre zum Stützen des Assad-Regimes einen grausamen Krieg gegen syrische Zivilisten, Kurden und Islamisten dort geführt. Es war die Ouvertüre für Putins Einstieg in den Krieg gegen die Ukraine und die NATO. Es gibt politische Analysten, die sprechen bereits offen von einem asymmetrisch geführten Weltkrieg, mitausgelöst durch die NATO-Osterweiterung ab 1991. Auf jeden Fall gibt es zwischen dem Krieg im Nahen Osten und dem in der Ukraine geführten Krieg intensive russische und westliche Berührungspunkte. Dazu kommen noch China, die Türkei und der Iran mit ihren Interessen und Verbündeten in der Region.

Um das gesammelte Konfliktpotential angemessen für Studierende aufzudröseln, bräuchtest du an der Universität als Lehrkraft für ›Israel Studies‹ oder ›International Relations‹ mindestens zwei Semester … Der deutsche SS-Mann und spätere Literaturnobelpreisträger Günther Grass bezeichnete Israel in einem Gedicht u.a. als »Gefahr für den Weltfrieden!« Berechtigte Israelkritik oder virulenter, eliminatorischer Antizionismus? Was folgt? Sollte Israel ganztägig geschlossen werden?

Dass Netanyahu sich für den politischen Messias Israels hält, das Beste, was dem Land jemals geschehen konnte, ist Teil seiner eigenen Selbstdarstellung und Selbstverwirklichung. Die machiavellische Vernichtung des Counterparts, im jetzigen Falle der Hamas in Gaza, treibt Benjamin Netanyahu samt Teilen der Regierung persönlich an und um. Was ist mit den israelischen Geiseln der Hamas in Gaza? Eine Israeli mit französischer Abkunft hat als Geisel in Gaza überlebt, wurde ausgetauscht. Ihr Verdikt aus subjektiver Sicht: »Die Bevölkerung in Gaza steht fast zu 70 % zu den Taten der Hamas und kollaboriert.« Den Hamasangriff des 7. Oktober haben die sonst gutinformierten Dienste Israels nicht auf dem Schirm gehabt, obwohl es Warnungen gab! Warum nicht? Haben nun alle arabischen Familien ›Vergeltung‹ verdient? Die Minister Smodrich und Ben Gvir träumen von einem Groß-Israel, sie möchten auch gern Gaza behalten. Dem ›Kriegskabinett‹ der Knesset gehört zeitweise ebenfalls die Opposition mit Ex-General Gantz an der Spitze voll und ganz an.

Jüngst formulierte der spanische Außenbeauftragte der EU, Josep Borrell, Netanyahu müsse als Regierungschef Israels abgesetzt werden. Es gehöre dort sofort ein präsidiales Regime eingesetzt. Von wem und auf Basis welcher rechtlichen Grundlage oder Entschließung? Durch die UNO-Vollversammlung? Berechtigte Israelkritik der Europäer, alter Antisemitismus getarnt als Antizionismus oder Israelhass in neuem Gewande?

Muss die Weltgemeinschaft nicht auch handeln, angesichts von mehr als 30.000 Toten in Gaza durch israelische Bombardements und Beschuss? Es sind überlebende Menschen, die nun hungern und kaum eine Möglichkeit der Flucht mehr wahrnehmen können. Humanitäre Katastrophe mit Ansage?! Auch die palästinensische Bevölkerung bedarf der Empathie und der praktischen Hilfe, gerade, weil diese Menschen nicht frei sind in der Summe ihrer Möglichkeiten. Die deutsche Außenministerin Annalena Baerbock, eine Grüne, die sich wohl dem moralischen Rigorismus ihrer Partei verpflichtet fühlt und der Kaderschmiede der Transatlantiker entspringt, kommt bei dem Thema ›israelischer Sturm auf Rafah‹ an Grenzen, nämlich an die Grenzen der eigenen Diplomatie. Baerbock sagte in einem Interview im Hamburger Abendblatt zu Ostern zu der Thematik: »Menschlichkeit ist unteilbar. Wir können nicht Israelis und Palästinenser gegeneinander ausspielen.« Gilt gleichzeitig noch Merkels Theorem als Primat deutscher Außenpolitik im Nahen Osten: »Das Existenzrecht Israels ist deutsche Staatsräson«? Deutschland hat eher wenig politisches Gewicht in der Region. Die Menschen dort, egal auf welcher Seite, werden zur Manövriermasse der großen, regionalen und globalen politischen Player.

Welche anderen Optionen gäbe es? Harte Verhandlungen hinter verschlossenen Türen durch Vermittlung Ägyptens und Katars oder Bahreins und den Saudis, den USA zwischen Hamas und Staatsvertretern Israels um Waffenstillstand und Geiseln gibt es bereits. Es verhält sich wie bei Gewerkschaften und Arbeitgeberverbänden in Deutschland – selten werden sich die Beteiligten schnell einig. Es ist wahr, der Vergleich hinkt stark, weil die Auswirkungen der Uneinigkeit der politisch Verantwortlichen im Nahen Osten wesentlich gefährlicher und krasser sind, der Preis des diplomatischen Scheiterns ist immens hoch und kostet unendlich viele Menschenleben.

Schrille Sprachlosigkeit im deutschen Kulturbetrieb und globales Hegemonialstreben

Was würden wir tun … als Verantwortliche? Miteinander leben oder zusammen untergehen – wer nur auf Sieg spielt, verliert dieses Spiel. Die Not der Überlebenden des diabolischen Raubzugs vom 7. Oktober 2023 und der noch in Geiselhaft befindlichen Menschen und ihrer Angehörigen können wir nicht ernsthaft ermessen. Der barbarische Anschlag wird auch ungern erwähnt von deutschen Revanchisten und Kulturchauvinisten. In ihrer Rhetorik schickt es sich nicht, einen ihrer Meinung nach ›imperialistischen Apartheidstaat‹ zu stützen.

Dabei begann die einstige Wiederbesiedlung des Landes durch jüdische Rückkehrer aus Europa hoffnungsvoll für die international agierende Linke als sozialistisches Experiment mit Kibbuzim auf dem flachen, wüsten Land in landwirtschaftlichen Kooperativen. Auch der Sozialismus hat eine messianische Qualität, die biblischen Ursprungs ist, wenn wir den Propheten Amos lesen. Die Kollektive in Israel leb(t)en ohne eigenes Eigentum, und deren Kinder, wie der Schriftsteller Amos Oz einst beweinte, wohnten nicht bei den Eltern im Haus, sondern in Schlafsälen und wurden in separaten Unterkünften von Erzieherinnen betreut. Heute dominiert in Israel der Turbokapitalismus amerikanischer Prägung. Obst, Gemüse, Wohnungen und Autos sind für viele Familien unerschwinglich, besonders angesichts des Krieges.

Das kosmologische Drama um Israel gestaltet sich global. Wir erinnern uns schwach an die Terroranschläge am 13. November 2015 in Paris. Es wurden 130 Menschen von IS-Beauftragten ermordet und fast 700 Menschen schwer verletzt. Am 14. Juli 2016 fuhr ein IS-Terrorist mit einem Laster über den Strand in Nizza, ermordete 86 Personen und verletzte mehr als 400 Menschen. Weihnachten im selben Jahr geschah der Anschlag auf den Weihnachtsmarkt in Berlin am Europa-Center auf dem Rudolf-Breitscheidt-Platz mit einem Dutzend Toten. Andere Anschläge mit Toten fanden in der EU-Hauptstadt Brüssel statt. Das alles wurde mit dem ›Großen Dschihad‹ begründet. Wir erfahren gar nicht genau, wie oft Sicherheitskräfte und Politiker hierzulande durch Warnungen ausländischer Dienste massive Anschläge verhindern konnten.

Erinnern wir uns nun im Zusammenhang der barbarischen Metzeleien der Hamas am 7. Oktober gegen zivile Ziele, gegen Männer, Frauen, Kinder, Alte und Junge? Lieber nicht, denn es bedeutet, dass auch wir im Westen (Europas) zu den für Dschihadisten ›legitimen‹ Zielen gehören. In den Augen von Islamisten sind wir in Europa ehemalig und aktuell ›Kreuzfahrer‹. Diese Polemik wird auch in Bezug auf die USA verwendet, einem Staat, der dem iranischen Klerus als ›der große Satan‹ gilt und diesem als vernichtungswürdig erscheint. Jüngst am 22.3.2024 geschah in Krasnogorsk ein Anschlag des IS nahe Moskau in der Crocus City Hall vor einem Rockkonzert mit über 130 Toten, auch Kinder darunter, und sehr vielen Verletzten.

Wir sind also mittendrin im Geschehen als Teil des ›Westens‹ (eines politischen Konstruktes) und sollten uns auch deshalb solidarisch mit der Existenz Israels und den Israelis, sowie auch mit den vom ›Großen Dschihad‹ und islamistischer Ideologie bedrohten Palästinensern, Arabern, Afghanen und Iranern erklären und uns entsprechend verhalten. Die islamistischen Kräfte in Jemen, Syrien, dem Irak, dem Iran und dem Libanon wollen explizit die ›Befreiung Jerusalems – Al Quds (Die Heilige)*‹ – von den ›Zionisten‹ und den ›Kreuzfahrern‹ – mit allen Mitteln erreichen. Sie begehen Anschläge überall auf der Welt gegen ›weiche Ziele‹, die in einer offenen Gesellschaft, und selbst unter einem gelenkten, autokratischen Regime mit strengen Kontroll- und Überwachungsmechanismen wie Russland, offensichtlich nicht zu verhindern sind.

Kultur-Clash – zionistisches Rückkehrrecht versus palästinensische Selbstbestimmung

In Israel stehen die legitimen Rückkehrbewegungen und Pionierambitionen – auch hier gilt ›no other land‹ – von Juden aus aller Welt durch Dutzende ›Aliya-Wellen (Aliya= hebr. ›Hinaufgehen‹, also Einwanderung nach Israel) aus der Diaspora samt Verfolgungssituation unvermittelt Teilen des Völkerrechtes diametral entgegen. Das scheint insbesondere so zu sein in Bezug auf die in der UN-Charta in Artikel 1, Ziffer 2 festgeschriebene ›Selbstbestimmung der Völker‹, nämlich die staatliche Unabhängigkeit und Eigenständigkeit umzusetzen, welches die Befreiung durch ›Fremdherrschaft‹ beinhaltet. Dieses rechtliche Konstrukt nehmen verschiedene, konkurrierende politisch und militärisch aktive Palästinenserorganisationen in und um Israel, auch im jüdischen Judäa und Samaria, für sich in Anspruch. Mittlerweile haben 139 von 193 UN-Mitgliedsstaaten Palästina als Staat anerkannt. Deutschland gehört nicht dazu, unterstützt aber die palästinensischen Autonomiegebiete finanziell.

Im November 1947 hatte die UN einen Teilungsplan für Israel und Palästina mit Zustimmung der Sowjetunion und trotz Englands Gegenstimme verfügt. Diese Teilung wurde von den arabischen Völkern nicht angenommen und brüsk abgelehnt. Bekanntlich rollten nach der Staatsgründung im Mai 1948 sechs arabische Armeen auf den kleinen Staat Israel, die Insel der Shoa-Überlebenden und bis dato Heimatlosen aus Europa, zu, um diesen zu zerstören. Das waren 40.000.000 Araber gegen 650.000 Israelis. Die arabischen Führer forderten die palästinensische Bevölkerung auf, via Haifa Richtung Ägypten oder über den Sinai und im Norden hin zum Libanon, ihre Heimatdörfer geschlossen zu verlassen (eine quasi hausgemachte Nakfah – Vertreibung). Die arabischen Großfamilien sollten zurückkommen, sobald Israel als Staat zerstört wäre – so die Anweisungen der Führer.

Es gab 1948 im Bürgerkrieg bzw. Unabhängigkeitskrieg Israels orchestrierend Massaker der Israelis in dem Dorf Deir Yassin an der arabischen Bevölkerung mit über 100 Toten und umgekehrt als

Racheakt Metzeleien der Araber an Israelis auf dem Scopusberg mit über 80 Toten. Es handelte es sich bei den Ermordeten um Personal der Hebräischen Universität und des Hadassa Krankenhauses.

Israel: Wiedergeburt eines verloren geglaubten Staates – wie der Phönix aus der Asche

Die Politiker des kolonialen britischen Großreichs hatten am Anfang des 20. Jahrhunderts allen alles versprochen. Verschiedene Kreise in London sagten den arabischen Völkern zu, dass Faisal bzw. sein Vater Hussein Ibn Ali Sharif von Mekka einen arabischen Einheitsstaat vom Norden Libanons bis zum jemenitischen Golf von Aden, im Süden der arabischen Halbinsel bekommen würde, wenn die arabischen Stämme den Briten helfen würden, das Osmanische Reich zu beseitigen. Dieses historische Geschehen wurde u.a. durch den britischen Offizier ins Werk gesetzt, der als Lawrence von Arabien in die (Film-) Geschichte einging. Desgleichen hofierten britische Kreise um Lord Balfour den in Belarus 1874 geborenen Chemiker Chaim Weizmann mit seinen zionistischen Freunden und versprachen ihnen das biblische Land des Jüdischen Volkes als Staatsgebiet vom Himmel herunter. Weizmann hatte in Freiburg promoviert und in Genf gelehrt, seine Kenntnisse zur Sprengstoffherstellung waren für die Engländer im I. Weltkrieg enorm kriegswichtig und so kauften sie ihn schließlich ein. Diese falschen Versprechen der europäischen Kolonialmacht begründen bis heute den unauflöslichen Widerspruch und bestärken den Bruderzwist zwischen Juden und Arabern vor Ort. Die jüdisch-europäischen Einwanderer und die arabischen Stämme in Israel haben eine völlig divergierende kulturelle Identität. Erst durch die Vertreibung der Juden aus den Ländern des Maghreb, aus Jemen und Ägypten in 1948, kamen orientalische Juden nach Israel, die in Sprache, Kultur, Musik und kulinarischen Dingen starke Affinitäten zur arabischen Bevölkerung besitzen.

Es ist ein bisschen un-heimlich. 2016 besuchte ich eine Ausstellung im ehemaligen Diaspora-Museum, dem Nahum Goldman Museum, welches heute nach einem Relaunching schlicht als ANU

(Kurzform von anachnu im Sinne von ›wir‹, oder wörtlich ›unser‹), als »Museum des Jüdischen Volkes« bekannt ist, und sich auf dem Gelände der Tel Aviver Universität befindet. Ich sah dort eine Tafel zu Beginn einer Sektion über die abgrundtiefe Shoa in Europa, die den Propheten Hesekiel 37 herbeizitierte. Warum das jetzt? Vor vielen tausend Jahren hatte Hesekiel ein Gesicht. Der Prophet beschrieb, wie das Volk Israel als Skelett in einer riesigen Totengrube lag und die Knochen mit Sehnen und Fleisch nach dem Brausen eines Sturmes überzogen wurden und das ganze Volk wieder zum Leben gekommen war und sich bewegte – aus der Grube heraus. Ein passenderes Bild, eine stärkere Analogie der Bilder der Wiederauferstehung des jüdischen Volkes nach der Shoa, habe ich bisher noch nicht gefunden. Die Rückkehr aus der Totengrube ist das, was sich vor unseren Augen und am eigenen Leibe vollzog.

Was macht jemand, der/die 2.000 Jahre nicht zuhause war und feststellt, dass jemand anders im Garten, in der Küche, im Haus lebt?

Topoi in der Geschichte des Volkes Israel sind der Auszug Abrahams aus dem Lande Ur, sowie die wiederkehrenden Zyklen von Landnahme, Vertreibung (Exil), Gefangenschaft, Sklaverei und Rückkehr nach Eretz Israel. Theologen sprechen hier religionsgeschichtlich von repetierenden Momenten: Gottes Berufung des auserwählten Volkes (Auserwählt wozu? Zum Leiden?), seine Verbannung des Volkes ins Exil, sowie die Rückkehr ins ›verheißene Land‹ aus der Diaspora als Akt der Befreiung. So rufen sich jüdische Familien zum Pessachfest seit über 2000 Jahren Diaspora bis heute, egal an welchem Ort, zu: »Heute in der Knechtschaft, morgen frei, heute in Ägyptenland, nächstes Jahr in Jerusalem«.

In Jerusalem lebten um 1815 laut einer Schätzung des englischen Malers William Turner nur 26.000 Einwohner. Um 1905 bildeten die Juden laut einem osmanischen Zensus mit 13.300 von insgesamt 32.400 Personen die größte Bevölkerungsgruppe Jerusalems. Im Rest des Landes befanden sich zur Zeit des 1.Weltkrieges ca. 722.000 Einwohner, davon 83 Prozent Muslime, elf Prozent Christen und fünf Prozent Juden. Der Religionsphilosoph Martin Buber publizierte 1945 (auf Deutsch dann in 1950) bezeichnenderweise ein Buch mit dem Titel »Israel und Palästina – ein Land, zwei Völker«, in dem er als Philosoph und Zionist anmahnt, dass sich die jüdischen Rückkehrer und die arabischen Einwohner am besten friedlich und nachbarschaftlich arrangieren sollten, angesichts historisch belegter arabischer Massaker an jüdischen Bewohnern des Landes um den Oktober 1929 herum.

Trotz der Einreiseverbote der britischen Mandatsmacht laut ihren Weißbüchern für Juden aus Europa Ende der 1930er und 1940er Jahren während der Shoa, der nationalsozialistischen Verfolgung und während des fortschreitenden Massenmords an den europäischen Juden, gab es einen leicht verstärkten Zuzug von Juden nach Eretz Israel. Dieses heizte die Konflikte im Land noch mehr an, obwohl Juden und Palästinenser dasselbe Ziel hatten: die britische Kolonialmacht aus dem Lande zu treiben.

Als ich 1992 zum ersten Mal in Israel war, begeisterte mich bereits am Flughafen Lod, dass Menschen hier unbenommen Kippa tragen können. In Deutschland war das damals schon unmöglich. Wir wohnten in Jerusalem in der Salah-Al-Din Road im Lawrence Hotel, das von arabischen Christen aus dem Libanon betrieben wurde. George, der Hotelmanager von der Westbank, erzählte mir von schwierigen Arbeitsbedingungen und seiner immer nur zeitlich begrenzten Aufenthaltserlaubnis für Ost-Jerusalem. Sein Restaurantleiter war ein Moslem namens Ali. George berichtete mir auch über die gute Nachbarschaft, die seine arabisch-christliche Großfamilie mit den jüdischen Nachbarn auf dem Lande in der Westbank pflegte.

»Wo ist das Miteinander geblieben?«, fragte er mich bedauernd – denn so ginge es doch auch … Bei der Ausreise am Flughafen wurde ich bei der Kontrolle von israelischen Sicherheitsleuten gerügt, dass wir in Jerusalem nicht in einem jüdischen Hotel abgestiegen waren.

Es gibt genügend Menschen in Israel, Gaza und dem Palästinensischen Autonomiegebiet, die eine Bürgergesellschaft gestalten können. Eine Konföderation etwa dreier Staaten Israel, Gaza und palästinensische Autonomiegebiete samt dem jüdischen Judäa und Samaria und gemeinsamer Hauptstadt Jerusalem liegt in weiter Ferne. Es wäre vermutlich die einzige Möglichkeit, langfristig die harten Konflikte der miteinander verquickten Völker und Ländereien zu befrieden, um wirklich eine tragfähige, gemeinsame Zukunft zu entwerfen.

Pikanterweise war der Onkel von Yassir Arafat, der Großmufti von Jerusalem, gegen die Engländer mit den Nazis verbündet. Al Husseini wurde von Hitler empfangen und bekam dann ab 1941 eine Apanage und eine Villa in der Reichshauptstadt Berlin, sowie Mittel für einen arabischen Radiosender, der antisemitische Propaganda im Sinne der Nazis über das ›Heilige Land‹ verbreitete. Generalfeldmarschall Rommel sollte nach seinem Sieg über die Engländer in Nordafrika (der nicht erfolgte) mit der deutschen Wehrmacht Jerusalem einnehmen, um schlussendlich den deutschen Genozid am Jüdischen Volk besiegeln zu können. In diesem Kontext betrachtet, staunen wir über manche pro-palästinensische Verbindung deutscher linker Kräfte. Die DDR trainierte in Prora auf Rügen Terroristen der RAF und PLO zusammen, um die Bundesrepublik und Israel in die Knie zu zwingen. Im Libanon gab es diverse Trainingslager für ›Kampfgruppen des internationalen Proletariats gegen den westlichen, zionistischen Imperialismus‹, oder wie immer die DDR-Staatsmacht diese subversiven Aktionen politisch korrekt in ihrem Sinne bezeichnete. Berechtigte sozialistische Israelkritik oder virulenter, eliminatorischer Judenhass?

Zweistaaten, Dreistaaten-Pakt mit halber Hauptstadt Jerusalem oder Konföderation?

Für Israel und seine Umgebung wird nun international wieder vermehrt für die sogenannte Zwei-Staaten-Regelung geworben.

Eine Zwei-Staaten Regelung wäre eigentlich eine Drei-Staaten Regelung bzw. Vier-Staaten-Regelung, bestehend aus Azza (Gaza), Israel und dem ehemaligen Westjordanland, sowie einer geteilten Hauptstadt Jerusalem. Wer sich dann die Landkarte anschaut, wird feststellen, dass zwischen dem Meer bei Tel Aviv und dem Westjordanland nur wenige Kilometer (12 km) Distanz bleiben. Auch unten von Gaza bis zur israelischen Wüstenstadt Beersheva im Süden sind es nur knapp 40 km Entfernung. Selbst wer nicht entsprechend militärisch vorgebildet ist, kann erkennen, dass Israel, ein Staat so groß wie Hessen, in kürzester Zeit leicht mit geringem logistischem Aufwand einer durchtrainierten und gut ausgerüsteten palästinensischen Truppe durch einen Überraschungsangriff à la 7. Oktober zu fragmentieren wäre.

Nun haben am 20. März 2024 in einem Brief ein Drittel der US-Demokraten mit Sitz im Kapitol Anthony Blinken, den amtierenden US-Außenminister, aufgerufen, die schon ad acta gelegte Zwei-Staaten Regelung folgendermaßen umzusetzen: »Ein palästinensischer Staat würde ›nicht militarisiert‹ sein, Israel anerkennen und der radikalislamischen Palästinenserorganisation Hamas abschwören«, hieß es da. Das klingt wunderbar, erscheint angesichts der geografisch-politischen und topologischen Situation solch eines Staates ›Palästina‹ – eines Parallelstaates im Staate Israel – schwer durchführbar. Die aus der französischen Revolution 1789 hervorgegangene, damals sehr moderne Idee des Nationalstaates erscheint heute angesichts supranationaler Entitäten, wie denen der UNO und der von den Europäern gebildeten EU, oder auch der AU (African Union) der afrikanischen Staaten, wie eine verstaubte, romantische (V)erklärung aus dem 19. Jahrhundert. Dieses gilt besonders angesichts der räumlich verzwickten Lage arabischer und jüdischer Dörfer, Ortschaften und Städte in der ehemaligen Westbank, dem palästinensischen Autonomiegebiet, bzw. jüdischer Orte in Judäa und Samaria.

BDS – (k) ein probates Mittel oder vom Vernichtungswillen bestimmter Israelhass?

Heute gibt es BDS (Boycott, Desinvestment, Sanctions), ein u.a. von akademisch gebildeten britischen Juden mit ins Leben gerufenes Instrument, um – ähnlich wie bei dem ehemaligen Apartheidsstaat Südafrika unter der Regierung von Pieter Willem Botha – durch Boykott von Waren und Einfrieren von ausländischen Investitionen nach eigener Aussage eine Änderung im Verhalten und der palästinensischen Bevölkerung zu voller Gleichberechtigung zu verhelfen. Berechtigte Maßnahme oder (z.T. jüdischer) Antisemitismus und Judenboykott?

Nun gewinnen wir heutzutage auch den Eindruck in Israel/Palästina, es darf wohl nicht zusammenwachsen, was eigentlich zusammengehört. Denn durch Kriegshandlungen lässt sich für manche Global Player mehr Geld und Ruhm verdienen. Der Bundestag hat BDS abgelehnt und als antisemitisch verurteilt – und das ist BDS wohl auch in einem weiteren und tieferen Sinne.

Wer gerne mehr über Antisemitismus und Antizionismus in Great Britain, Deutschland, den USA und selbst in Israel wissen will, sollte die diversen Bücher von Tuvia Tenenbom lesen. Die Titel beginnen meistens mit ›Allein unter …‹. Sein jüngstes Buch *Gott spricht Jiddisch* ist wohl eher, so könnte ich meinen, dem Thema ›Semitismus‹ gewidmet und behandelt aus wohlwollender Nähe und zugleich mit kritischem Abstand die scheinbar hermetische Geistes- und Lebenswelt der chassidischen und heredischen ultra-orthodoxen Juden im Jerusalemer Viertel Mea Shearim und dem Pendant Bnei Brak in Tel Aviv. Natürlich, wenn es Antisemitismus gibt, muss es auch ›Semitismus‹ geben dürfen, oder? In der Ethnologie sprach man traditionell von Semitischen Völkerfamilien, Kindern Abrahams, obwohl dieser Begriff heute schwierig ist. Das beträfe auch im weitesten Sinne die Völker Arabiens sowie Tigray und Amhara nebst den Beta Israel, den äthiopischen Juden, bzw. den Falascha Mura, also christlich-orthodoxen Juden-Christen im benachbarten Äthiopien.

Sind nun die ›Palästinenser‹ die neuen Juden? Manche verwechseln hierzulande bewusst die Tatsachen und skandieren: »Gaza (2024) gleich Auschwitz!«. Diese Leute rufen ›Genozid‹ und bezeichnen damit auf unangemessene, infame Weise das zumindest oft zweifelhafte Vorgehen der israelischen Armee auf der Jagd nach Hamas-Tätern der unteren und oberen Liga im Häuserkampf, durch Bombardements und Drohneneinsätze aus der Luft, gegen Ziele in Gaza mit mittlerweile Tausenden von zivilen Opfern. Es kann hier aktuell keinen Vergleich mit ›Auschwitz‹ geben, so schwer auch die TV-Bilder mit den leidenden Menschen aus Gaza – meistens unter Ausblendung der Terrorangriffe vom 7. Oktober 2023 gegen zivile israelische Bürger und Wohneinheiten in Kibbuzim – zu fassen sind. Für alle jene, die Vorfahren in Auschwitz durch den Massenmord an den europäischen

Juden verloren haben, ist diese Gleichsetzung eine unfassbare Beleidigung und eine Pietätlosigkeit sondergleichen. Der Journalist und Bahai-Jünger Hendrik M. Broder legte einmal in seinem Buch *Der ewige Antisemit* ein deutsches Theorem frei, etwas verquer gedacht, hieß es bei Broder sinngemäß aus geschichtsrevisionistischer Sicht: »dass die Juden uns (Deutschen) Auschwitz angetan haben, werden wir ihnen nie vergeben.« Diese Haltung spiegelt sich heute bei Leuten wider, die in Deutschland überschwänglich »Genozid, Genozid« und »Auschwitz gleich Gaza« rufen, wenn sie Israels Vorgehen kritisieren.

Der Terrorakt des 7. Oktober 2023 – singuläres Moment oder konzertierter Dreiklang?

Es gab ein Drehbuch für die jetzigen Kriegshandlungen im Herbst 2023 und Frühjahr 2024 mit dem Versuch eines Genozids am jüdischen Volk. Es sollte laut Geheimdienstinformationen eine konzertierte Aktion am 7. Oktober 2023 stattfinden. Die Hamas wollte gemeinsam mit der Hisb'ollah und den Al Aksa Brigaden aus Syrien und Libanon Israel auslöschen, wie seinerzeit die Armeen Ägyptens, Syriens, Iraks und Jordaniens vor 50 Jahren am Jom-Kippur, an Israels höchstem Feiertag, dem Versöhnungstag. In letzter Minute hat der Iran wohl im Oktober 2023 diese geplante konzertierte Aktion abgeblasen, aus Angst vor Israels (nuklearer?) Vergeltung? Die Hamas aber blieb bei ihrem von langer Hand geplanten Angriffsvorhaben im Beisein sogenannter ›freier‹ Journalisten, die vorher eingeweiht wurden, und die alle am frühen Morgen des 7.Oktobers die im Drogenrausch begangenen Grausamkeiten der Assassinen, der Meuchelmörder, filmten! Dieses Drehbuch hat eindeutig die Hamas-Führung um Ismail Haniya geschrieben. Haniya ist mehrmals in israelischer Haft operiert und wohl durch OP's israelischer Ärzte vom Krebsbefall gerettet worden. Nächstenliebe, Pflicht, oder Narretei? Die Tunnelsysteme (von der israelischen Bevölkerung ›Metro‹ genannt) unter dem Gazastreifen, sind offensichtlich über mehr als zehn Jahre von unseren europäischen Steuergeldern mit Wissen der UNRWA mitfinanziert worden.

Die Hamas hat eben keinesfalls den Nimbus eines Che Guevaras, sondern ist ein islamistisches Terrorregime, dass die Bevölkerung von Gaza zum großen Teil selbst quasi in Geiselhaft genommen, bzw. die Kinder und jungen Männer zu dem gnadenlosen Vernichtungskampf gegen Israel aufgestachelt und militärisch trainiert und aktiviert hat, sowie Frauenrechte permanent missachtet. Dabei waren 2006/2007 die Mitglieder der Fatah (PLO) von Hamas-Terroristen von den Dächern der Hochhäuser in Gaza City geworfen worden, nachdem die Israelis Gaza noch unter Ariel Scharon 2005 komplett geräumt hatten! Durch Finanzströme aus arabischen Ländern, z.B. Katar, ist die Hamas reich gesegnet worden. Das sollten wir uns vor Augen führen – die Israelis haben Gaza damals freigegeben, ›Land gegen Frieden‹. Zudem erfahren Hamas, Hisbollah und Al Aksa und Al Quds Brigaden die volle Unterstützung der Islamischen Republik Iran sowie Katars und anderer Staaten, was Finanzen, Terrorkämpfer, Waffen und Logistik angeht, insbesondere durch die in Syrien und Libanon stationierten Terror-Einheiten. Ziel der oben genannten Kräfte ist nach wie vor die komplette Vernichtung Israels, sowie die Demütigung und Schwächung des Westens, zu dem wir ja auch irgendwie gehören, oder nicht? Laut dem Geseniuslexikon heißt das Wort ›hamas‹ im alten Hebräisch der Tora, »Gewalttat üben«, als Verb »gewalttätig behandeln«, »jemandem ein schreckliches Unrecht antun.« Es beinhaltet einen Verweis zum Arabischen, Hamas حماس, heißblütig, eifrig, rösten, anzünden, Begeisterung, Kampfgeist, Eifer. Letzteres hat eine positive Konnotation zumindest für die Hamasterroristen. What's in a name? Namen sind mehr als nur Schall und Rauch, dieser Name ist Programm.

Historische Auschwitzvergleiche Joschka Fischer/Rudolf Scharping in 1998 – unangemessen

Übrigens, ebenso historisch unangemessen wie heutzutage war seinerzeit der Vergleich des deutschen Außenministers Joschka Fischer, Chef der Grünen, angesichts der grausamen ›ethnischen Säuberungen‹ der Serben und Massenvergewaltigungen in Ex-Jugoslawien, die sich insbesondere gegen Menschen aus Bosnien und dem Kosovo mit überwiegend moslemischer Bevölkerung richteten. Fischer (Grüne) und auch Scharping (SPD) stellten damals eine Parallele der serbischen Kriegsverbrechen zu ›Auschwitz‹ her, die sich so absolut verbietet. Es diente Fischer lediglich dazu, die Parteimitglieder der Grünen auf dem Parteitag dazu zu bewegen, dafür zu stimmen, dass die Bundesrepublik Deutschland seit 1945 erstmalig in einen (NATO)-Krieg, zudem ohne UNO-Mandat, eintrat. Ziel der USA und der Luftangriffe der NATO war die Zerschlagung des sozialistischen Musterstaates Jugoslawien, was auch gelang, den Einfluss Russlands schwächte und auf dem Balkan die Volksgruppen unter schwierigen Bedingungen in die Selbstständigkeit entließ – und das alles mit dem raffiniert eingesetzten ›Auschwitzvergleich‹, dem singulären, industriemäßigen Genozid Deutscher und ihrer SS-Helfer auch aus den Nationen Holland, Ungarn und der Ukraine, sowie dem Baltikum, an den europäischen Juden.

Gerade jetzt, hier und heute soll der Auschwitz-Gaza-Vergleich Menschen politisch zum Funktionieren bringen, indem der globale Hass auf den Staat Israel und seine Bevölkerung brutalstmöglich geschürt wird. Legitime Israelkritik ist das nicht! Nach dem barbarischen Terrorakt und grausamen Metzeleien der Hamas im Süden Israels an Menschen, die sich z.T. für die Rechte der arabisch-palästinensischen Bevölkerung als Bürgerrechtler einsetzten, wurde dieses Geschehen weltweit gefeiert mit Baklava, Tee und Veitstänzen einer auf keinen Fall liberal ausgerichteten Palästinenserschaft, ob in der Westbank, dem palästinensischen Autonomiegebiet, unter dem Fatahregime von Mahmoud Abbas, in London, Paris, New York, Beirut, Neukölln in Berlin oder am Steindamm in Hamburg. Der palästinensische Israeli und interkulturell tätige Psychologe Ahmed Mansur, wohnhaft in Berlin und u.a. tätig im Kiez in Neukölln, wollte mit seinem Tun der islamistischen Radikalisierung junger muslimischer Jugendlicher entgegenwirken, indem er sie an den bundesrepublikanischen Wertekanon einer Bürgergesellschaft heranführte. Mansur selbst sagte jetzt, nach den in der Öffentlichkeit wahrnehmbaren Exzessen seiner Klientel beim Abfeiern der

Anschläge der Hamas gegen Israel, er »habe den Glauben an die Menschheit verloren«.

Es ist zudem unstatthaft, Menschen jüdischer Provenienz, die in Deutschland leben, für israelische Regierungspolitik in Geiselhaft zu nehmen, egal ob es sich um Diasporajuden, Israelis im Exil, Expatriates (Personen ohne Einbürgerung im fremden Land) oder deutsche Juden handelt. Radikalisierung im Internet führt dazu, dass Menschen jüdischer Herkunft hier bespuckt, beleidigt, geschlagen und mit Messern attackiert werden. Häuser werden mit Davidsternen markiert und israelische Flaggen öffentlich verbrannt. Jüdische Kinder werden in Schulen gemobbt und gequält. Laut BKA-Statistik wurden bis zum 7. Oktober 2023 1.700 antisemitische Straftaten in Deutschland erfasst. Ab dem Hamasmassaker im Oktober 2023 in Israel bis zum Februar 2024 wurden 5.700 (!) Straftaten in der Bundesrepublik Deutschland registriert. Zum Vergleich: 2022 erfassten die Behörden lediglich 2.641 antisemitische Straftaten, 88 davon waren Gewalttaten.

Es gibt differenzierte Meinungen und Haltungen zu den aktuellen Geschehnissen in und um Israel und im Gazastreifen, jenseits simplifizierender unhaltbarer Analogien, die sich bar der historischen Genese des Konflikts zwischen Juden und arabischen Völkern im Nahen Osten seit der Zeit des 1. Weltkrieges bewegen. Es handelt sich um einen Konflikt, der u.a. durch europäischen, insbesondere britischen (und auch französischen) Kolonialismus angeheizt wurde, und der sich gleichsam gegen Juden, Türken und Araber in der gesamten Region (Libanon, Syrien, Irak, Ägypten) richtete. Dieses fiel mit dem forcierten Niedergang des Osmanischen Reiches zum 1. Weltkrieg zusammen, sowie mit der legitimen Rückkehr jüdischer Menschen aus der europäischen Diaspora, und zwar aufgrund des virulenten Judenhasses in Europa, seit Mitte des 19. Jahrhunderts.

Der Auschwitzvergleich im Zusammenhang mit Israels jetzigem Überlebenskampf gegen die Mörder der Hamas in Gaza, die sich hinter Zivilbevölkerung verstecken, sowie angesichts der Bedrohung Israels durch Hisbollah-Einheiten im Libanon und Syrien, ist eine Analogie, die sich in keiner Weise auf dem Boden historischer

Sachlichkeit bewegt, das gilt es hier festzuhalten. In Europa hieß es oft zynisch: »Die Juden haben sich ja gar nicht gewehrt und sich wie die Schafe zur Schlachtbank führen lassen.« (Das stimmt so nicht, es gab Aufstände im Warschauer Ghetto durch Marek Edelmann und selbst im Todeslager Sobibor sowie andernorts). Nun wehren sich die in Israel durch die Aliyot hinzugekommenen Juden und verteidigen ihren Staat, während Südafrika, Europäer und US-Amerikaner je nach politischer Couleur mit Fingern auf die Israelis zeigen, um sie vor den Internationalen Gerichtshof (ICC) in Den Haag zu zerren. Berechtigte Israelkritik oder virulenter, eliminatorischer Antisemitismus?

Es gibt in der Wissenschaft die Disziplin der ›Vergleichenden Genozidforschung‹. Aus dieser Perspektive ist der Holocaust, der den Vernichtungswillen der Mehrheit der Deutschen gegen die Juden Europas manifestierte, nur ein beliebiger Genozidversuch und hat nichts mehr von der Singularität, die der Shoa innewohnt. Die Shoa wird in einer Serie anderer Genozide betrachtet, z.B. denen der Europäer an den indigenen Völkern Süd- und Nordamerikas und der Karibik durch ›Entdeckung‹, an den schwarzen Völkern als Versklavte auf und nach der Schiffsüberfahrt von Afrika zu den Amerikas, der Genozid des deutschen Kaiserreichs an den Hereros im heutigen Namibia, der türkischen Republik gegen die Armenier, der roten Khmer unter Pol Pot in Kambodscha Ende der 1970er Jahre… and so on and so forth, bis zum ›schnellsten Holocaust der Welt‹, wie ein rasender Reporter die Massenmorde der Hutu an den Tutsi mit ca. 1.000.000 Toten innerhalb weniger Monate ab April 1994 in Ruanda bezeichnete.

Können wir hier in Mitteleuropa lediglich mit unserer aufgesetzten NS-Brille in den Nahen Osten schauen? Dann verpassen wir die Möglichkeiten der Region. Schon nach dem Oslo-Abkommen von 1997 wurden von Bankern Fonds aufgelegt, die besagten und die Hoffnung implizierten, die ganze Region von Ägypten, über Israel und Libanon könne eine nahöstliche Schweiz werden mit Frieden und Wohlstand für alle. Mutter Courage frisst ihre Kinder – so zynisch es anmuten mag – mit aktiven Kriegsszenarien und ›war theatre‹ lässt sich wohl für bestimmte Kreise mehr Geld verdienen als mit schnöden Friedensbestrebungen. Das geht allerdings immer auf Kosten der Zivilbevölkerung, ob nun in Gaza, Westbank, in Israel, der Ukraine, in Äthiopien, im Sudan, im Jemen oder andernorts. Die heutige Umkehrung der Ursachen der Konflikte ist absurd.

Praktische Nächstenliebe für das israelische Volk, Verheißungen und Road to Peace

Auf der anderen Seite gibt es christliche Gruppen, die oft einer blauäugigen Israelfolklore anhängen und die schwierige Beziehung zwischen Juden und Palästinensern in und um Israel, die sozialen Probleme der Bevölkerungen, ignorieren. Die Palästinenser in Nablus, Nazareth, Bethlehem und Jerusalem sind z.T. selbst christliche Minderheit und sitzen folglich zwischen vielen Stühlen. Es gibt da wiederum praktisch Helfende aus Deutschland, wie die Sächsischen Israelfreunde, die Kibbuzim bei Ernte und Pflanzarbeiten unterstützen, deren Beschäftigte nun ins Militär zur Verteidigung des Landes eingezogen wurden. Wieder andere wie ›Christen an der Seite Israels‹ aus den Niederlanden, oder die ›Internationale Christliche Botschaft Jerusalem‹ versuchen, bei ihrer christlichen Klientel um Verständnis für den Staat Israel und jüdische Positionen zu werben, sie sehen die Existenz des Staates als erfüllte Prophezeiung der Schriften der Hebräischen Bibel an und verwehren sich damit gegen die ›Replacement Theology‹.

Diese Form der christlichen Nächstenliebe kann problematisch sein, wenn sie mit Missionsabsichten verbunden wird. Jahrhundertelang haben die Westkirchen und Orthodoxen Kirchen die ›replacement theology‹ (Stellvertreterlehre) verkündet, die besagt, ›die Ecclesia‹ – also die Kirche(n), stellen das neue Israel dar und Gott habe sein Bundesvolk Israel, die Juden, entlassen und verworfen. Auch ›unser‹ Martin Luther bereitete dem Antijudaismus und dem Judenhass unter Protestanten, mit Ausnahme der Reformierten, Bahn. Das ging soweit, dass der NS-Verbrecher Julius Streicher sich bei den Nürnberger Prozessen auf Luther und seine Schrift ›Über die Juden und ihre Lügen‹ beruft, in der der Reformator sinngemäß etwa empfahl ,man müsse sie (die Juden) fesseln, in die Flüsse werfen und ihre Häuser anzünden.‹

Angesichts des aktuellen Krieges reisen vermehrt erweckte Prediger aus den USA und andernorts ins ›Heilige Land‹, um (endzeitliche) Verkündigung und Jünger zu machen. Israelische Psychiater wissen: Es gibt auch einen »Israel-Wahn«, der sich vor Ort als ›Jerusalem-Syndrom‹ manifestiert.

Alles hier hat meistens mehrere Seiten, ist gelebte Polyphonie … Aus Deutschland kommen viele ›not-wendige‹ Waffenlieferungen an Israel – Nächstenliebe einmal anders für die Existenzsicherung!? Übrigens: Der Krieg könnte sofort beendet werden, wenn die Hamas sich komplett ergeben würde. Das betonen sogar israelische Militärsprecher der Netanyahu-Regierung, auf die große Teile der israelischen Bevölkerung – auch die Angehörigen der Geiseln selbst – nicht besonders gut zu sprechen sind. Israel befindet sich in einer selbstzerstörerischen Form der Selbsterhaltung, könnten unbedarfte Beobachter meinen. Im Übrigen sind viele Israelis traurig über das Leid der Menschen in Gaza. Doch auch die Rolle der Geiseln und ihrer Angehörigen gehört zu dem von führenden Hamasstrategen ersonnenen Story Board, dem Drehbuch in dem fürchterlichen Drama um Israels jüdische und arabische Bevölkerung, inklusive der aufgehetzten Menschen in den Nachbarstaaten Syrien, Jordanien, Libanon, Ägypten, Irak etc., und der palästinensischen Diaspora in Europa. Mittlerweile ist der Israelhass ein weltweites Phänomen geworden.

Wichtig ist, glaube ich, immer der Versuch, gemeinsam ›die anderen‹ zu verstehen und zu respektieren. Die Völker Europas mussten in 2.000 Jahren lernen ›miteinander leben oder zusammen untergehen‹ … und sind immer noch nicht fertig damit, messbar an Russlands Krieg gegen die Ukraine samt dem Involvement Ost- und Westeuropas und der maßgeblichen Beteiligung der USA – alles ›christliche‹ bzw. post-christliche Staaten.

Frieden ist möglich – wenn Fanatiker und Kriegstreiber auf allen Seiten befriedet werden – und das geht im Moment wohl nur par force …. welches im schlimmsten Falle das in der Hebräischen Bibel erwähnte Armageddon, den Krieg aller Kriege, hervorbringen könnte – mit dem drohte schon Ronald Reagan (»I have an itchy finger«) – und dann gnade uns Gott.

Mit Pazifismus ist wohl nach der von Scholz verkündeten ›Zeitenwende‹ kein Staat mehr zu machen, gerade auch jetzt in Israel nicht. Unser Toraprofessor Jehuda T. Radday, seligen Angedenkens, verkündete in seinem Seminar an der Hochschule für Jüdische Studien in Heidelberg 1990 folgendes: »Ich weiß, Sie sind hier alle Pazifisten in Deutschland, aber ich, ich war in Israel in der Armee.« Radday war von Statur klein, ein schmächtiger Mann mit einem großartigen Geist. Er berichtete uns, er stamme aus Prag und lebe in Haifa, nahezu alle Mitglieder seiner Familie waren in der Shoa ermordet worden. Sein Vater hatte eine riesige, säkulare Bibliothek in Prag, nur ein Buch aller dieser Bücher war die Hebräische Bibel.

Die Alternative zum Hier und Jetzt des gegenseitigen Vernichtungskrieges der Kinder Abrahams wäre ein geradezu messianisches Friedensreich mit einem Highway, einer Straße des Friedens, von Ägypten über Azza (Gaza) und Israel nach Syrien – das wäre eine Fortentwicklung und wirkliche Aussöhnung im Sinne eines erweiterten Abraham-Abkommens. Das Abkommen wurde zur Präsidentschaft Trumps durch die US-Administration ins Leben gerufen. Trump gilt einigen indes auch als ›antisemitischer Philosemit.‹ Das erinnert mich an den Witz, den ich als ›Führer‹ (Guide) im Jüdischen Museum Berlin lernte: »Was ist ein Philosemit – ein Antisemit, der die Juden sehr liebt!«

Literatur, Flucht, Versöhnung und ein Exit aus der Gewaltspirale durch gemeinsame Kunst

Literarisch gesehen könnte Hoffnung für die verbliebenen Bildungsbürger in Lessings *Nathan, der Weise* zu finden sein. Bekanntlich bietet die Ringparabel mit den verlorenen Originalringen die griffige Symbolik für Judentum, Christentum und den Islam samt dem Gottesbezug. Ein freimaurerisches Meisterstück der europäischen Aufklärung um Lessing und Mendelssohn. Doch welche Relevanz hätte dieses Stück mit seiner abendländischen Sicht für die Menschen im Nahen Osten? Kaum eine! Aktuell hält der 95-jährige Habermas Israels Eingreifen in Gaza ›prinzipiell für gerechtfertigt‹ und findet, dass bei Leuten, die den Gaza-Auschwitz-Vergleich bringen, moralethisch gesehen ›etwas verrutscht ist.‹

In jüdisch-religiösen Kreisen gibt es die eschatologische Vorstellung, dass der Messias wie ein Deus Ex Machina am Ende der Zeit erscheint, wenn sich Welt und Menschheit in kakophonische Katastrophen apokalyptisch hineinreiten, und von liberalen Juden andererseits die Erwartung, dass sich die Menschheit durch Fortschritte in der Medizin, Wissenschaft und Technik sowie im Sozialwesen in ein messianisches Zeitalter hineinlebt. Mal sehen, wo unsere Reise hingeht …

Hoffnung gibt es immer. Es sind Menschen wie der palästinensisch-amerikanische Literaturwissenschaftler Edward Said (1935-2003) und der argentinische Jude mit deutschem und israelischem – sowie ehrenhalber einem palästinensischem Pass – Daniel Barenboim, die sich bereits vor Jahren für ein Miteinander einsetzten. Sie gründeten den Ost-Westlichen Diwan und haben ein Orchester ins Leben gerufen, das weltweit agiert und dessen Mitglieder palästinensischer und jüdischer Provenienz sind. Es gibt auch Personen wie Sonja Lahnstein-Kandel, Hamburgerin mit jüdischen Wurzeln aus Zagreb, Kroatien. Sie initiierte mit dem deutschen Förderkreis des Israel Museums Jerusalem und der Universität Haifa u.a. das Projekt »Bridging the Gap« mit dem ARTMOBILE.

Es wird hierzulande kaum wahrgenommen, dass auch aktuell ca. 300.000 – 500.000 Menschen mit israelischem Pass aus dem Süden und Norden – from Israel's fringes, ins Landesinnere fliehen mussten wegen der Terrorangriffe der Hamas im Süden und der Kampfhandlungen der Hisbollah am Golan im Norden. Ein Teil dieser Binnenflüchtlinge kampiert samt Kindern in Hotels respektive in den stillgelegten Seitentrakten des Israel Museums über den Hügeln Jerusalems. Dort im Israel Museum gibt es einen offenen Kunstraum. Hier wird von Kunstbegleitern und Therapeutinnen gemeinsam mit Kindern arabischer und jüdischer Provenienz, ihren Eltern, sowie mit ihren jüdischen und palästinensischen Communities gearbeitet.

Beim Kunst-ins-Werk-Setzen entwickeln sie eine Zukunft im sozialen Miteinander für Land und Leute. Das ARTMOBILE des Israel Museums Jerusalem ist eine rollende Kunstwerkstatt, die mit eigenen Mitarbeitern in Gaza ist, um mit traumatisierten Kindern zu malen, um sie für kurze Zeit aus der Realität des Krieges herauszureißen.

Wer sich heute in Jaffa, der viertausend Jahre alten Hafenstadt bei Tel Aviv, in der Bohème bewegt, stellt fest, dass hier Juden und Araber sowie Ausländer zum Teil Tür an Tür leben und in guter Nachbarschaft verbunden sind. So sollte es auch sein, und wenn der Messias morgen doch nicht kommt, säumen wir nicht … lassen wir ab vom Krieg, dem Kampf und der Zerstörung und leben wir uns alle schon mal in das messianische Zeitalter hinein. Thomas Mann sagte in seinem Buch über den Hass, Hassen mache hässlich und dumm, es wäre eine Beleidigung für den Intellekt.

Stärker als der Fluch des Hasses und des Todes, sei die (Feindes-) Liebe, n'est-ce pas? Die liebsten Feinde lieben, das übte sogar der große Salah-al-Din bei seinem Umgang mit den Kreuzfahrern. Nun, seit dem direkten Angriff des Iran auf israelisches Territorium in der Nacht auf Sonntag, 14. April 2024 als Vergeltung für einen Schlag der Israelis am 1.April auf mutmaßlich iranisches Botschaftsgelände, stehen die Zeichen auf Sturm. Der Iran nennt seine aus eigener Sicht ›Bestrafungsaktion‹ gegen Israel mit Hunderten von Raketen, Drohnen und Marschflugkörpern ›Aufrechtes Versprechen‹, es erscheint eher als ein weniger aufrechtes Verbrechen. Das sehen auch arabische Länder so. Wird sich die Gewaltspirale durch Diplomatie noch aufhalten lassen?

In der jüdischen Religionssystematik der Rabbinen gibt es u.a. die Vorstellung, dass in jeder Generation ein Volk ›Amalek‹ erweckt wird, ein spiritueller Gegner des jüdischen Volkes, der Israel vernichten will. Das könnten wahlweise Ägypter, Seleukiden, Römer, christliche Judenfeinde, der Zar, Nazis, der IS oder die Hamas sein. Tatsächlich haben Judenfeindschaft und Israelhass eine eigene dunkle Qualität, die niemand hinreichend oder annähernd erklären kann.

Das Leben schlägt immer wieder tiefe Wunden, erzeugt grausame Verletzungen. Nach dem 7. Oktober 2023 und den Folgen braucht es Jahrzehnte, bis es Heilung geben wird. Diverse Narrative, durch Traumata bedingt, vollziehen sich auf allen beteiligten Seiten über mindestens 4 Generationen. Wir selbst haben es in Europa seit Ende des II. Weltkrieg erlebt und erleben es immer noch – fortwährend.

Ein Resümee: Israelkritik beinhaltet per se die Infragestellung der Existenz und De-Legitimierung des Staates Israel. Eine ausgewogene Kritik an israelischer Politik ist berechtigt – von den Israelis wie von anderen!

Ich glaube dennoch fest daran, eines Tages wird es, wie im Buch Jesaja im Kapitel 19 prophezeit, eine Straße des Friedens geben von Ägypten über Israel nach Syrien. Mag sein, dass es die Urenkel der heutigen Generation oder deren Enkel erleben. Der Geist des Friedens weht, wo er will. Boten werden kommen, Engeln gleich und verkünden »Schwerter zu Pflugscharen«, so dass die Völker des Nahen Ostens aufblühen, der Geist der Freiheit triumphiert, und ein jeder wird unter seinem Feigenbaum sitzen, und den Krieg werden sie nicht mehr lernen …

Cordula Scheel

Selten noch

treffen wir uns am Meer
bei den großen Steinen
mit dem runden Rücken
die das Meer besänftigen

Wie lange wuchsen sie
heraus aus dem Wasser?

Mit spiegelnder Fassade fängt
unbekümmert das Grand Hotel
den hellen Nachthimmel ein
die Bäume
den dunklen Strand

Die See gibt Lichtzeichen
sie vertraut den Sternen
Bei den friedlichen Steinen
vergisst sich die Gewalt -
in den gläsernen Spiegeln
die wandernden Baumkronen

Zwischen den Zeilen schweigen
für kurze Zeit die Bomben

Bernhard Laux

Freie Welt oder Der Prozess

Jemand musste Norman N. verleumdet haben, denn ohne dass er etwas Böses getan hatte, sollte er des Hochverrats angeklagt werden.

Mit Hilfe von Freunden hatte er sich der Verhaftung entziehen können und in einem nordeuropäischen Land abseits der großen Städte eine, wie es zunächst schien, sichere Zuflucht gefunden. Dort erst, gefördert durch den Abstand zur Hektik der Millionenmetropole, die er so fluchtartig hatte verlassen müssen, fand er die Ruhe, seine Situation genauer zu betrachten.

Als investigativer Journalist hatte er sich mit einer Gruppe von Kollegen zum Ziel gesetzt, kriminelle Machenschaften im Bereich der Staatsorgane und Militärapparate weltweit aufzudecken. Besonders allerdings reizte ihn die Doppelmoral seines Landes, das so gerne und allenthalben als Hüter von Freiheit und Demokratie auftrat und dabei keineswegs vor dem Einsatz seiner in großem Maße vorhandenen militärischen Mittel zurückschreckte.

Für die Veröffentlichung der Recherchen hatte Norman N., der auch über professionelle IT-Kenntnisse verfügte, ein eigenes, gut gesichertes Internet-Portal eingerichtet.

Nachdem er und seine Mitarbeiter auf der Webseite einige Fälle von Korruption dokumentiert hatten, waren ihm vor etwa einem Vierteljahr aus dem Bereich der landeseigenen Streitkräfte äußerst brisante Materialien zugespielt worden. Sie unterlagen strenger Geheimhaltung und lieferten eindeutige Beweise dafür, dass Truppen der Supermacht in einer der neueren militärischen Operationen, die offiziell der Herstellung und Sicherung demokratischer Verhältnisse dienen sollten, systematisch Kriegsverbrechen verübt hatten.

Sie ereigneten sich in einem wenig entwickelten, aber rohstoffreichen vorderasiatischen Land, das autoritär muslimisch geprägt war und von einem diktatorischen Machthaber beherrscht wurde. Dort hatten Soldaten der westlichen Führungsmacht, wiederholt und von den Kommandeuren offenbar gebilligt, aus Hubschraubern heraus wahllos Zivilisten erschossen, die mögliche Unterstützer der einheimischen Kämpfer hätten sein können. Einige dieser Aktionen waren in Videoaufnahmen festgehalten worden, die auch die zynischen, zum Teil sadistischen und rassistischen Kommentare der beteiligten Mannschaften wiedergaben.

Norman N. hatte die grausamen Dokumente sorgfältig auf Echtheit überprüfen lassen. Dabei stellte sich heraus, dass zwei der zehn Erschossenen offiziell akkreditierte Fotojournalisten waren. Einer von ihnen war zunächst nur verwundet worden, doch als zwei noch nicht getroffene Männer ihn in ein Auto hoben und fliehen wollten, hatten die Soldaten das Fahrzeug beschossen. Alle drei Zivilisten wurden getötet, zwei im Auto sitzende Kinder kamen mit leichten Verletzungen davon.

Nach intensiver Diskussion entschlossen sich Norman und das Team, zum ersten Mal überhaupt die ins Netz gestellten Original-Dokumente mit einem Kommentar zu versehen.

Norman N. schrieb einen Begleittext, in dem schon der Titel *Kollateraler Mord* seine eigene Betroffenheit bewusst deutlich werden ließ. Über die menschenverachtenden Taten hinaus kritisierte er die offensichtlich von höchster Stelle befohlene Vertuschung der Verbrechen. Und er unterzeichnete seine Stellungnahme mit N.N. – ein Kürzel, das er bisher nur gelegentlich als leicht ironische Anonymisierung und gleichzeitig bescheidene Andeutung seiner Autorschaft für Beiträge in Zeitschriften benutzt hatte.

Die Videos erregten weltweit großes Entsetzen, und das Verhalten der militärischen Kontrollbehörden nahmen selbst hochrangige Vertreter einiger befreundeter Staaten mit Befremden zur Kenntnis.

Normans Webseite wurde schlagartig berühmt, und eine Flut von E-Mails aus nahezu allen Ländern lobte die Arbeit und den Mut der Recherche-Gruppe. Aber es gab auch eine Vielzahl Beschimpfungen und Bedrohungen, vor allem aus dem eigenen Land.

Norman N. wurde als Nestbeschmutzer, Vaterlandsverräter, Terroristen-Freund und krimineller Kommunist beschimpft, dem in einigen Zuschriften das Gleiche gewünscht wurde wie den ausländischen

Zivilisten auf den Videos. Ein Kommentar verstieg sich sogar zu dem Vorschlag, man solle ihn für vogelfrei erklären. Der anonyme Schreiber und seine Freunde würden mit Vergnügen Jagd auf ihn machen.

Ein bekannter Fernsehmoderator äußerte sich in seiner populären Sendung im gleichen Sinne.

»Ein toter Mann kann keine Sachen veröffentlichen. Der Typ ist ein Verräter, er ist verräterisch und er hat jedes Gesetz des Landes gebrochen. Und ich bin nicht für die Todesstrafe, also gibt es nur einen Weg, es zu tun: den Hurensohn illegal erschießen.«

Norman N. hatte als Kenner des Internets und der sogenannten sozialen Medien dort mit ähnlichen Reaktionen gerechnet. Sie beunruhigten ihn nicht weiter.

Aber dass ehemalige Regierungsbeamte und Fernsehjournalisten öffentlich seine Ermordung forderten, hätte er doch nicht für möglich gehalten. Es empörte und verunsicherte ihn.

War die Zukunft seines nominell bürgerlich-demokratischen Landes noch stärker gefährdet, als er das selber bisher vermutet hatte?

Andererseits aber wurde er von den Lesern des bekanntesten einheimischen und international renommierten politischen Magazins zur Person des Jahres gewählt. Ebenso erklärte eine der größten europäischen Tageszeitungen ihn zum Mann des Jahres und druckte sein Porträt auf der Titelseite.

Als er ein Exemplar davon in der Hand hielt, fühlte er Genugtuung und Stolz. Er glaubte, nicht besonders eitel zu sein, aber musste sich eingestehen, dass er nicht nur den politischen Erfolg der Video-Veröffentlichung genoss. Diese internationalen Reaktionen bestätigten nicht nur seine Arbeit, sondern würdigten auch seine Person. Das schien ihm wichtiger zu sein, als er geglaubt hatte, und motivierte ihn zusätzlich.

Und es ermutigte ihn: Es gab nach wie vor eine aktive demokratische Öffentlichkeit, und die Zahl ihrer Anhänger war offensichtlich nicht kleiner als die der Befürworter autoritärer oder gar diktatorischer Verhältnisse.

Der Staatsapparat jedoch reagierte mit dem Vorwurf des Geheimnisverrats und bereitete eine Anklage vor.

Norman N. wollte nicht warten, bis sie erhoben würde – außerdem hatte er keinerlei Ambitionen, als menschliches Freiwild behandelt zu werden.

Nun saß er also auf der Veranda eines ländlichen Holzbohlenhauses, dessen tiefblauer Farbanstrich schon leichte Risse aufwies, aber dennoch mit dem hellen Blau des offenen Himmels über der See, die in Sichtweite lag, wunderbar korrespondierte. Selbst die leichte Brandung, deren weiße Schaumhauben in der sich langsam dem dunklen Rot des Horizonts nähernden Sonne rhythmisch aufleuchteten, war zu hören. Möwen kreisten in einiger Entfernung über einem Fischerboot, eine Gruppe Kormorane, deren Schwarz einen deutlichen Kontrast zur Farbe des Meeres bildete, schien in geringer Höhe dem Flutsaum zu folgen.

»Idylle pur!«, lachte Norman und wandte sich Holger zu, seinem Freund und Anwalt.

»Ich weiß schon, weshalb ich das Grundstück nach dem Tod meiner Eltern nicht verkauft habe – auch wenn ich nur noch selten hierher komme. Die Entfernung ist doch einfach zu groß.«

Holger nippte an einem alkoholfreien Bier.

»Mir ist der Abstand im Augenblick sehr recht, das muss ich schon zugeben. Allerdings hätte ich gerne Lizzy und die beiden Kleinen mitgenommen.«

»Sie kommen auch ohne dich zurecht. Ihr seid nicht verheiratet, Lizzy hat als Rechtsanwältin ein gutes eigenes Einkommen. Sie werden sie wohl in Ruhe lassen. Aber du musst aufpassen – auch hier.

Wann hältst du deinen Vortrag in der Distrikthauptstadt?«

»Morgen, 17 Uhr. Wie weit ist das eigentlich?«

»Der Bus braucht eine gute Stunde.«

»Kommst du nicht mit?«

»Geht leider nicht, ich hab einen wichtigen Gerichtstermin. Soll ich dich abends abholen?«

»Ich werde mich schon nicht verlaufen, Papa!«

Norman lachte und schlug Holger sacht auf die Schulter.

»Und ich pass' auch auf mich auf …«

Irgendwie hatte er trotz der Ursachen seiner Flucht das Gefühl, in ein interessantes Abenteuer geraten zu sein. Seine plötzliche Berühmtheit empfand er auch jetzt keineswegs als unangenehm, zumal er hier im aufgeschlossenen Ausland nicht als Verräter, sondern eher als Held gesehen wurde.

Am nächsten Morgen weckte ihn Holger.

»Komm' aus den Federn, Norman, es ist gleich 12!«

Norman blinzelte verschlafen in die Richtung seines Freundes.

»War wohl doch etwas zu viel Alkohol gestern. Ich wundere mich, dass bei den Preisen hier die Menschen so trinkfest sein können!«

«Und dann auch noch so attraktiv. Gib zu, die Menschen waren weiblich.«

«Vor allem eine – Meta! Der Kandidat hat 100 Punkte.

Ich wusste gar nicht, wie unkompliziert Sex sein kann. Und gut – anhaltend gut.«

«Also ist nicht nur der Alkohol schuld an deinem Nesthocken. Ich hoffe allerdings, deine Beziehung zu ihr bleibt so unkompliziert, wie du sie jetzt empfindest.«

«No problem, Sir, wir sehen uns nicht wieder. Aber Lizzy muss trotzdem nichts davon erfahren, klar?«

Etwa eine Woche später, er hatte gerade eine dauerhafte Aufenthalts- und Arbeitserlaubnis beantragt, wurde ihm schlagartig bewusst, wie sehr er sich getäuscht hatte – oder aber hatte täuschen lassen.

Meta hatte ihn angezeigt. Sie behauptete, er habe sie vergewaltigt.

«Das ist doch unglaublich – sie hat sogar die Initiative ergriffen! Wie heißt das so schön: Der Sex war einvernehmlich. Eindeutig!«

»Ich glaube dir. Aber ich habe dir gesagt, du musst aufpassen.«

«Du meinst, sie war auf mich angesetzt?«

«Es ist das Übliche – aber schwierig zu bekämpfen: den Gegner, die würden sagen den Feind, zur Unperson machen. Sexuelle Belästigung oder gar Vergewaltigung ist immer sehr medienwirksam. Im Augenblick mehr denn je. Wir müssen mit der Frau sprechen.«

Aber Meta weigerte sich.

Norman musste sich eingestehen: Er hatte seine Gegner weit unterschätzt. Seine reichlich naive Vorstellung, er befände sich in einer Art locker zu nehmenden Abenteuer-Situation, wich der Erkenntnis, dass er stark angeschlagen war. Denn der Vergewaltigungs-Vorwurf wurde bewusst in die Öffentlichkeit getragen, und etliche Freunde und Unterstützer kritisierten ihn heftig, obwohl sie seinen Unschuldsbeteuerungen glaubten.

Lizzy hielt das Ganze zwar ebenfalls für eine Schmutzkampagne ihrer Gegner, sein Verhalten aber hatte sie so sehr gekränkt, dass sie ihm schrieb, es sei gut, sich im Augenblick nicht persönlich zu begegnen.

Norman fühlte sich das erste Mal in seinem Leben als Verlierer. Sein Aufenthaltsort war offenbar innerhalb weniger Stunden ausgespäht, die Sex-Falle innerhalb weniger Tage perfekt auf seine Schwächen ausgerichtet worden.

Ihm drohte nun auch im Gastland eine Strafverfolgung, und solange Meta in einer Gerichtsverhandlung bei ihrem Vorwurf blieb, war eine Verurteilung so gut wie sicher.

Zum zweiten Mal entschied er sich zur Flucht.

Auf der britischen Insel hatte er Freunde und Mitarbeiter, die ihm eine geeignete Unterkunft in der Hauptstadt besorgten.

Die Behörden in Metas Heimatland aber stellten einen internationalen Haftbefehl aus. Norman musste also auch im übrigen Europa mit einer Festnahme rechnen. Er beriet sich mit Holger und stellte sich der Polizei. Gegen Kaution und unter besonderen Auflagen wurde er freigelassen.

Eine der Bedingungen dafür war, dass er eine elektronische Fußfessel trug. Das empfand er als gezielte öffentliche Demütigung – seine Gegner wollten offensichtlich seine Widerstandskraft brechen.

Da er zudem die zu erwartende Auslieferung nach Schweden verhindern wollte, flüchtete er überraschend in die Botschaft eines südamerikanischen Landes und beantragte dort politisches Asyl, das ihm nach einiger Zeit auch gewährt wurde. Weil er mit seiner Flucht aber gegen Kautionsauflagen verstoßen hatte, drohte ihm beim Verlassen des Botschaftsgebäudes die sofortige Verhaftung durch die britische Polizei. Ernüchtert stellte er fest: Er befand sich nun in einer anderen Art von Hausarrest, der nicht einmal komfortabler zu nennen war als der bisherige.

Und er sollte länger dauern, als er sich das je hatte vorstellen wollen. Zwar hatte er die Möglichkeit, mit seinen Freunden und Unterstützern zu kommunizieren und sich über das Internet zu Veranstaltungen zuschalten zu lassen, aber seine Gefangenschaft verlängerte sich Jahr um Jahr.

Nach 5 Jahren wurde wenigstens das Ermittlungsverfahren zum Vergewaltigungsvorwurf vorerst eingestellt. Das setzte bei Norman, der zwischenzeitlich immer wieder depressive Phasen durchleben musste, so viel Energie frei, dass er auf seiner Enthüllungsplattform eine wiederum hoch brisante Veröffentlichung mit auf den Weg brachte. Es handelte sich dabei um absolut vertrauliche Dokumente des amerikanischen Geheimdienstes, die belegten, dass selbst Regierungsmitglieder befreundeter Staaten abgehört und ausgespäht worden waren.

Damit hatte er sich weitere, sehr ernstzunehmende Feinde geschaffen. Unter dem neuen Präsidenten, den er gerne als den mit Sicherheit plumpsten Selbstdarsteller und Rechtspopulisten der jüngeren amerikanischen Regierungsgeschichte bezeichnete, hatte auch ein ähnlich gearteter neuer CIA-Chef sein Amt angetreten. Der schmiedete mit seinen Beratern relativ offen Pläne, Norman N. ermorden zu lassen. Gleichzeitig nutzte die politische Administration ihre Verbindungen und Druckmittel gegenüber seinem Asylgeber.

Es dauerte allerdings noch zwei weitere Jahre, bis sie ihr Ziel erreicht hatte und Norman das Asylrecht entzogen wurde. Jetzt konnte er von der britischen Polizei verhaftet und in ein berüchtigtes Hochsicherheitsgefängnis gebracht werden. Etwas ungläubig und deprimiert registrierte er, wie offenkundig auch die britische Regierung und Justiz ihn auf eine Stufe mit Terroristen stellten.

Nur eine Stunde nach seiner Verhaftung verlangte die westliche Führungsmacht aufgrund eines bereits seit zwei Jahren bestehenden, aber bisher geheim gehaltenen Antrags die Auslieferung von

Norman N. Seine Anwälte legten Widerspruch ein und verhinderten damit bis auf weiteres eine Überführung.

Normans Einzelzelle, in der er 22 Stunden des Tages verbringen muss, hat eine Größe von etwa 3 × 2 Metern. Sie hat keinen Internetzugang, und er darf nur eine geringe Zahl von Büchern besitzen. Eineinhalb Stunden pro Woche kann er unter Beobachtung Besuch empfangen.

Obwohl ständig Journalistenverbände, Schriftsteller, Amnesty International, zum Teil weltbekannte Künstler und sogar europäische Regierungen die folterähnlichen Haftbedingungen kritisieren und sich für seine Freilassung einsetzen, bleiben britische Regierung und Justiz bei ihrer harten Haltung.

Das Wechselspiel von immer wieder aufkeimender Hoffnung und darauf folgender Enttäuschung zermürbt Norman N., und er bekommt zunehmende gesundheitliche Probleme. Niedergeschlagen nimmt er wahr, wie er allmählich seine früher schier unerschütterliche Vitalität verliert und damit seine Widerstandskraft immer mehr schwindet.

Immer häufiger spielt er mit dem Gedanken, sich das Leben zu nehmen.

Aber Lizzy, die sich schon längst wieder mit allen ihr zu Verfügung stehenden Mitteln für ihn einsetzt, bleibt das nicht verborgen. Sie besucht ihn so häufig wie irgend möglich und entwickelt eine Gegenstrategie.

Gelegentlich hatten beide erwogen, offiziell zu heiraten, bisher aber einen solchen Schritt dann doch als rein formal abgelehnt. Jetzt, so argumentiert sie, bekomme er eine andere persönliche und politische Bedeutung.

Sie könne ihm, aber auch aller Welt zeigen, dass sie ohne Einschränkung zu ihm stehe. Auch die Kinder, die ja inzwischen bereits eigenständige Jungerwachsene seien, teilten diese Meinung.

Norman ist beeindruckt und beschämt zugleich. Seine naive Sex-Affäre hatte schließlich die gesamte Familie intern und öffentlich schwer belastet. Er stimmt freudig zu und beteiligt sich intensiv an den Vorbereitungen der Hochzeit, die nur kurze Zeit später im Hochsicherheitsgefängnis stattfindet. Die Öffentlichkeit nimmt großen Anteil, und Lizzy erklärt den zahlreichen Reportern, ihre Heirat sei eine Liebes- und Widerstandserklärung den Mauern zum Trotz.

Eine weltbekannte Punk-Modeschöpferin entwirft das Hochzeitskleid, aber ein offizielles Foto des Brautpaares wird nicht genehmigt. Offensichtlich möchte die britische Administration zu viel positive Resonanz in den Medien und bei der Bevölkerung vermeiden, kann sie aber keineswegs verhindern.

Einige Tage lang ist Norman N. psychisch wieder im Plusbereich, wie er es Holger gegenüber beschreibt.

Umso tiefer fällt seine Stimmung ab, als die niederdrückende Routine der Haft die geistige und körperliche Beweglichkeit weiter massiv behindert.

Erneut entwickelt er Suizidgedanken.

Aber dann – sein analytisches Denken hat er noch nicht ganz verloren, wenn es ihn auch deutlich mehr Mühe kostet als früher, es abzurufen – sagt er sich: Genau das wollen die angeblichen Verteidiger von Demokratie und Rechtsstaat doch, dass ich ihnen auch noch die Drecksarbeit abnehme. Und wieder einmal verwundert es ihn, wie sehr seinen Verfolgern und selbst den verbrecherischsten Regimen und Diktatoren daran gelegen ist, sich einen Anschein von Rechtmäßigkeit und moralischer Integrität zu geben. Selbst ihnen scheint nicht entgangen zu sein, dass es natürliche Grundrechte gibt, die für alle Menschen gelten sollten.

Und wie selbstverständlich fällt ihm die Präambel zur amerikanischen Unabhängigkeitserklärung ein, die er in der Schulzeit auswendig lernen musste und auf die er später auch wegen ihrer literarischen Qualität recht gerne zurückgriff. Er rezitiert sie bewusst so laut, dass seine Bewacher sie hören können:

We hold these truths to be self-evident, that all men are created equal, that they are endowed by their Creator with certain unalienable Rights, that among these are Life, Liberty and the pursuit of Happiness. – That to secure these rights, Governments are instituted among Men, deriving their just powers from the consent of the governed, – That whenever any Form of Government becomes destructive of these ends, it is the Right of the People to alter or to abolish it, and to institute new Government, laying its foundation on such principles and organizing its powers in such form, as to them shall seem most likely to effect their Safety and Happiness.

Aber schon nach wenigen Zeilen fängt er an zu zittern, seine Stimme wird immer leiser und die letzten Worte verebben nahezu lautlos in seinem Mund. Schließlich versucht er, sich selber auszulachen. Aber auch das misslingt.

Er wartet eine Weile und zwingt sich dazu, tief und gleichmäßig zu atmen. Dann bemüht er, was er auf Vorträgen gerne selbstironisch seine politische Autosuggestionsmethode genannt hat – zu Zeiten, in denen leichter Spott sich selbst gegenüber noch sein Ego stärkte.

»Du bist nur N.N., es gibt hunderte Andere, die Ähnliches und noch Schlimmeres erlebt haben und erleben, ohne dass irgendjemand davon erfährt. Du hast das Privileg, stellvertretend für sie im Focus der Weltöffentlichkeit zu stehen. Also bleib stark!«

Doch die Sätze, die er in sich hört, klingen, als seien sie auf einem schlechten alten Tonband abgespeichert und mit zu viel Echo versehen worden: hohl und verzerrt.

Sein Intellekt akzeptiert sie, aber sein Gefühl sucht nach etwas Anderem.

Norman muss sich eingestehen, er braucht Trost.

Er greift sich das Hochzeitsfoto, das ganz schlicht eine scheinbar glückliche Kleinbürgerfamilie wiedergibt – sogar er konnte bei der Aufnahme herzhaft lachen – und legt es behutsam neben sich auf die Pritsche. Er spürt einen Anflug von Hoffnung und fällt in unruhigen Schlaf.

Gesa Schröder

Wenn du das Wort schreibst, ist es schon frei

(Zitat Leo, 10 Jahre)

Das ›Wort‹ ist ein großes Wort, die ›Freiheit‹ ein noch größeres. In der Linguistik ist das Wort ein Zeichen, das etwas Außersprachliches benennt oder auf etwas verweist. Aber wie steht es um das Pendant in der Realität? Welche Benennung eines Faktums durch welches Wort ist die korrekte? Und gibt es Wörter, die gar kein faktisches Pendant haben? Eine eindeutige Antwort gibt es oft nicht. Denn zwischen Faktum und Wort gibt es keine 1:1-Kongruenz. Sie ist immer durchsetzt von einer Interpretation, einer Deutung. Die kann sich nur im Konsens ergeben. Denn die Benennung durch das Wort ist kein Selbstzweck, sondern ein sozialer Akt, ein Akt des Austausches, der Kommunikation, des gegenseitigen Verständnisses. Und doch scheinen manche Worte den Fakten zu widersprechen. Putin führt einen Angriffskrieg gegen die Ukraine, nennt ihn aber Befreiung der Ukraine. Damit stellt sich die Frage nach der Deutungshoheit. Wer entscheidet? In Russland entscheidet Putin, weil er die Macht hat, daher müssen dort alle, die andere Worte für seinen Krieg benutzen, mit Verhaftung rechnen. Nach dem Völkerrecht aber ist die militärische Invasion in einen souveränen Staat ein Angriffskrieg und somit geächtet.

Und was bedeutet Freiheit? Das Wort ›frei‹ hat sich aus der indogermanischen Wurzel *perei* (»nahe; das, was bei mir ist«) entwickelt. Seine heutige Bedeutung hat es vermutlich über das germanische *frī-halsa* (»jemand, dem sein Hals selbst gehört«, der also über seine Person selbst verfügen kann) erhalten. Ebenfalls lässt sich etymologisch herleiten, dass jemand, der frei ist, zu einer Gemeinschaft von einander Nahestehenden und Gleichberechtigten gehört, zwischen denen ein friedlicher Zustand herrscht und die diesen inneren Frieden gemeinsam gegen Übergriffe von Dritten verteidigen. Somit steht ›Freiheit‹ als Rechtsstatus nach damaligem Verständnis stets in Bezug zu einer Gruppe. Die aus dem Lateinischen stammenden Ausdrücke *liberty*, *liberté*, *libertà* werden abgeleitet aus dem proto-italischen *leuþero* und dem proto-indoeuropäischen *$h_1$leudhero* (›dem Volk zugehörig‹, daher ›frei‹). Beiden Begriffen liegt somit das gleiche Konzept zugrunde. Es geht also ursprünglich nicht um die individuelle Freiheit, sondern um eine Freiheit innerhalb des Konsenses einer Gemeinschaft. Das ist ein sehr wertvoller Gedanke, weil er besagt, dass wir nicht allein frei sein können, nicht wie Robinson auf der Insel, sondern nur innerhalb einer Gemeinschaft, in der wir gemeinsam dieses kostbare Gut schützen. Doch wie gestaltet sich diese Freiheit in der Gemeinschaft in unserem Zeitalter der globalisierten Welt? Dass die UNO immer weniger in der Lage ist, diesen Konsens herzustellen, haben wir in der jüngsten Zeit leider oft erfahren müssen. Denn die Freiheit des gedachten, gesagten, gehörten, geschriebenen und gelesenen Wortes bedeutet auch die Freiheit des Wortes anderer, bedeutet also Diskussion, Auseinandersetzung mit anderen Standpunkten.

Über die Freiheit des Wortes können wir ein ganzes Leben lang nachdenken und Tausende von Seiten schreiben. Ich nehme mir dafür genau zehn Tage und zehn Seiten und lasse zehn Personen aus meinem persönlichen Umfeld zu Wort kommen, Erwachsene und Kinder. Jeder Tag wird mir ein neues Wort oder eine neue Freiheit bescheren. Und eine neue Frage aufwerfen. So ist mein Text kein strukturierter Essay, sondern eher eine Art Gedanken-Sammlung.

1.Mai 2024

Heute ist der Erste Mai. Das ist ein guter Anfang. Der Tag der Arbeit, der Tag der Arbeiterklasse. Am 1. Mai 1886 demonstrierten und streikten in Nordamerika Tausende von Arbeitern, um den Achtstundentag durchzusetzen. Seitdem gilt der 1. Mai als Kampftag der Arbeiterbewegung, in sozialistischer Version – der Arbeiterklasse.

In vielen Ländern heißt er heute – etwas verschwommen – Tag der Arbeit. Die einen feiern den Mai, den Frühling, die anderen demonstrieren für die Erhaltung und die Erweiterung ihrer Rechte, ihrer Freiheiten, ihrer Menschenwürde. All diese Freiheiten sind heute in den demokratischen Gesellschaften gesetzlich verankert. Ohne Zensur. Daher wird eine Demonstration gegen Atomkraft ebenso genehmigt wie eine Demonstration für die Atomkraft. Eine Demonstration gegen den Terror der Hamas wird genauso erlaubt wie eine Demonstration für die palästinensischen Zivilopfer des gegenwärtigen Gaza-Kriegs.

Wenn zwei sich streiten, haben beide recht? Wie soll man dieses Problem lösen? Eine Antwort darauf hatte ein Mann, der vor 300 Jahren geboren wurde, lange vor der französischen Revolution und der amerikanischen Unabhängigkeitserklärung.

2. Mai 2024

Immanuel Kant (1724-1804) lebte und lehrte in Königsberg und kam auch selbst mit der Zensurbehörde, die damals bestimmte, wer welche und wie viele Freiheiten hatte, in Konflikt, als er gegen manche Grundlehren des Christentums formulierte: »Habe den Mut, dich deines eigenen Verstandes zu bedienen!« (Sapere aude!). Nur die Vernunft und nicht ein oberster Gott war für ihn die letzte Instanz. Und zum Thema der Freiheit stellte er diesen Leitsatz auf: »Um zu entscheiden, ob eine Handlung moralisch sei, soll geprüft werden, ob sie einer Maxime folgt, deren Gültigkeit für alle, jederzeit und ohne Ausnahme akzeptabel wäre, und ob alle betroffenen Personen nicht als bloßes Mittel zu einem anderen Zweck behandelt werden, sondern immer auch als Zweck an sich.« Dieser Leitsatz wurde kategorischer Imperativ genannt, was sich leider etwas nach Befehl anhört, obwohl es das nicht ist. Denn ›kategorisch‹ bedeutet lediglich, dass der Satz nicht an Bedingungen geknüpft ist und für jeden gilt, ohne Ausnahmen. Der ›Imperativ‹ ist grammatisch gesehen eine Befehlsform, aber von der Sache her ist ein Befehl oft militärischer Natur und verlangt Gehorsam, ohne Begründung. Kant sieht das aber ganz anders. Denn wenn kategorisch bedeutet, dass es für jeden gilt, ohne Ausnahme, dann ist das im 18. Jahrhundert, in dem es noch keine demokratischen Staatsformen gab, schon geradezu revolutionär gedacht.

Eine weitere wichtige Bestimmung ist bei Kant, dass die Freiheit nie absolut, sondern immer begrenzt ist und ihre Grenze genau dort findet, wo die Freiheit des anderen beginnt. Das ist fantastisch richtig und fantastisch einfach. Scheinbar, denn die Frage bleibt: Wer oder was entscheidet über die genaue Lage dieser Grenze?

In autokratischen Regimes entscheiden einzelne Menschen darüber, in Demokratien (leider momentan die Minderheit unter den Staatsformen auf dieser Welt) entscheiden darüber Gesetze und Prinzipien. Das ist ein Vorteil. Doch wer bestimmt diese Gesetze und wer legt sie aus? Das sind wiederum Menschen. Diese Menschen tragen eine große Verantwortung und es muss daher ständig geprüft werden, ob sie dieser Verantwortung gerecht werden. Platon hatte dazu schon eine gute Idee, er wollte die Philosophen, also die Weisen, in die Regierung schicken.

Dennoch bleibt die große Frage: Was passiert außerhalb eines Staats, wie wird im globalen Maßstab entschieden? Dazu gibt es eine Reihe von internationalen Abkommen. Doch wie kann die Einhaltung dieser Abkommen gewährleistet werden?

Dass ausgerechnet Putin den 300. Geburtstag von Kant im heutigen Kaliningrad (genannt nach dem Stalinisten Kalinin und nach 1990 nicht – wie Leningrad – umbenannt, obwohl viele der Einwohner dieses noch heute wünschen) zelebriert, ist schon eine schlechte Ironie der Geschichte.

3. Mai 2024

Heute ist der Tag der Pressefreiheit und auch hier gilt die Kantische Regel. Denn auch in der Presse darf nicht alles gesagt werden. So wollen wir z.B. keine rechtsradikalen oder islamistischen Worte hören, da sie antidemokratisch sind und die persönlichen Freiheiten einschränken wollen. Andererseits können wir nicht akzeptieren, dass in autokratischen Staaten Menschen im Gefängnis sitzen, nur weil sie von ihrem Recht auf Meinungsfreiheit Gebrauch gemacht haben.

Wenn ein 12-jähriger Junge auf meine Frage zur Freiheit des Wortes antwortet: „Freiheit des Wortes heißt, dass du sagen kannst, was du willst«, dann bedeutet das in diesem Alter, dass man auch mal seinen Eltern oder Lehrern widersprechen darf. Und das ist gut, denn auch das will geübt sein.

Aber nach allem, was wir von Kant gehört haben, fehlt der Zusatz: »nur so weit ich nicht die Freiheit meiner Mitmenschen verletze«. Und schon sind wir wieder bei einer Gratwanderung in der Grenzregion zwischen Diskriminierung und Meinungsfreiheit.

4. Mai 2024

Und wie sieht es mit der Freiheit im Alltag aus? Wie gestaltet sich unsere Diskussionskultur? Ist Diskutieren Streit und damit negativ besetzt? Ich bin in der Diskussionskultur der Studentenbewegung der 70er Jahre sozialisiert worden. Audiatur et altera pars. Auch die andere Seite muss gehört werden. Eine Diskussion war kein Streit, sondern Lebenselixier für uns: Austausch unserer Meinungen und Standpunkte war ein intellektuelles Vergnügen. 25 Jahre nach Ende des Nationalsozialismus war die Freiheit doch fast noch Neuland, die Freiheit, immer und überall unsere Meinung sagen zu dürfen. Und auch laut. Ich habe die Erfahrung gemacht, dass einige Bürger der Ex-DDR in Unterhaltungen immer sehr leise sprechen. Da ich mittlerweile altersbedingt Hörprobleme habe, stresst mich das. Und als ich einmal nach dem Grund fragte, wurde mir gesagt: Das haben wir uns im DDR-Regime angewöhnt, wir wussten ja nie, wer zuhört und ob wir abgehört wurden.

Heute sind Meinungen aber oft gar nicht mehr so gefragt, es werden Doodle-Abfragen gemacht, da muss man nur ja oder nein oder ein Datum ankreuzen. Auch bei Meinungsumfragen werden standardisierte Antworten vorgegeben, Nuancen fallen flach. Wenn mein Ex-Mann und ich heute politische Diskussionen führen, weil wir es so gewöhnt sind und es auch spannend finden, dann sagen unsere Töchter manchmal: Nun streitet doch nicht! Dann sehen wir uns erstaunt an.

Eine 45-jährige, von mir befragte Frau sagte: Freiheit des Wortes bedeutet auch die Freiheit, mal nichts sagen zu müssen. Das hat sicher auch Vorteile und fördert den achtsamen Umgang miteinander. Keine Diskussion, kein Streit, dann haben wir Frieden. Koexistenz. Aber geht Frieden wirklich ohne Konsens? Und geht Konsens ohne Meinungsaustausch, ohne Diskussion?

5. Mai 2024

Diese Frage führt mich heute zum permanenten Freiheits-Dilemma, das sich ähnlich gestaltet wie das Präventions-Dilemma. Gegen Ende der Corona-Pandemie kam die Frage auf: Wurden zu viele Präventiv-Maßnahmen ergriffen? Zwei Antworten: Ja, denn die Pandemie war dann doch nicht so schlimm. Nein, denn ohne die Prävention wäre die Pandemie viel schlimmer geworden. Wir werden es nie wissen. Das ist das Dilemma. Ähnlich ist es mit dem Freiheits-Dilemma: Um die Freiheit zu schützen, erlauben wir allen, sich frei zu äußern, auch denjenigen, die durch ihre Äußerungen die Freiheit einschränken oder gar abschaffen wollen.

Wie kommen wir da heraus? Nur durch permanente Diskussion und permanente Bemühungen um einen Konsens im privaten wie auch im gesellschaftlichen Bereich, im innerstaatlichen wie auch – und das ist am schwierigsten – im globalen Bereich.

6. Mai 2024

Der lange Weg zur Freiheit des Wortes begann mit der Gedankenfreiheit. Schon Schiller lässt in Don Carlos den Malteser Ritter Marquis von Posa sagen: »Sire, geben Sie Gedankenfreiheit.« Wie bescheiden fing der Kampf um die Freiheit des Wortes an! Und doch, wenn es 1937 bei der Aufführung im Deutschen Theater in Berlin bei genau diesem Satz im Publikum zu einem riesigen Beifall kam, war das eine politische Demonstration für die Freiheit des Wortes. Auch das berühmte Lied *Die Gedanken sind frei, wer kann sie erraten, sie fliehen vorbei wie nächtliche Schatten. Kein Mensch kann sie wissen, kein Jäger erschießen* hatte politische Sprengkraft und war in Zeiten politischer Unterdrückung Ausdruck für die Sehnsucht nach Freiheit. So spielte Sophie Scholl 1942 vor der Gefängnismauer ihrem inhaftierten Vater dieses Lied jeden Abend auf der Blockflöte vor. Und auch Galilei bewahrte sich seine Gedankenfreiheit, als er seine Erkenntnis, dass die Erde nicht das Zentrum des Universums ist, sondern sich um die Sonne dreht, unter Androhung der Folter widerrief und dennoch leise hinzufügte: »Und sie bewegt sich doch!«

7. Mai 2024

Kindermund tut Wahrheit kund. Die Kinder sind die Zukunft des Planeten und die Zukunft der Menschen, die auf ihm leben. Die Zukunft der Meinungs-, Rede- und Pressefreiheit. Und deshalb soll auch gerade ihnen Gehör geschenkt werden.

Auf die Frage: Woran denkst du, wenn du ›Freiheit des Wortes‹ hörst, sagte mein 5-jähriger Enkel: »Dann denke ich einfach an die Natur. Dann kann ich die Vögelchen hören.« Oft vergessen, aber sehr wahr. Denn auch die Natur hat eine Stimme, hat das Ihre zu sagen. Um sie zu verstehen, brauchen wir manchmal Übersetzer. Aber ihre Wortmeldungen müssen wir trotzdem beachten. Was sagen uns die Insekten, die auf den zugepflasterten Flächen keine Blüten mehr finden? Was sagen die Blüten, die immer weniger Bestäuber finden, so dass die Menschen schon Maschinen zur künstlichen Bestäubung entwickelt haben? Was sagen die kanalisierten Flüsse, die sich über Wassermassen nicht mehr freuen können, weil sie zu einem zerstörerischen Marathon-Lauf gezwungen werden? Was sagt die Erde, die verdorrt, was sagen all die tierischen und pflanzlichen Kreaturen, deren jahrhundertelanges Zusammenleben plötzlich zerstört wird. Die Stimme, die sie erheben, hören wir oft erst dann, wenn wir selbst darunter leiden. Wieviel einfacher wäre es, wenn wir sie früher hören würden.

Zwei weitere von mir befragten Personen nannten die Freiheit der Sprache, sich zu verändern, und hatten dabei die Gender-Sprache im Auge, und die Freiheit der Sprachenwahl. Es gibt 6000 Sprachen auf der Welt. Früher wurden sie unterteilt in Sprache und Dialekte. Oberklasse und Unterklasse. Diese Unterscheidung ist mindestens seit der durch die UNO unterstützten Erklärung des Internationalen PEN-Zentrums aus dem Jahr 1993 vorbei: Alle Sprachen und Sprachgemeinschaften sind gleichberechtigt. Es gibt keine Klassenunterschiede mehr. Und alle Menschen, die nur wegen des Gebrauchs ihrer Sprache diskriminiert, bestraft und gar ins Gefängnis gesperrt werden, wie die kurdische Sängerin Nudem Durak, brauchen unseren Schutz und unsere Unterstützung. Es wird Zeit, dass die europäischen Kolonialmächte des 19. und 20. Jahrhunderts ihre Verantwortung für die völlig willkürlichen Grenzziehungen übernehmen, die den Kurden (heute verteilt auf Türkei, Irak und Syrien) oder den Tuareg (heute verteilt vor allem auf Nigeria, Mali und Niger) ihre Nationalität und Sprache geraubt haben.

8. Mai 2024

An diesem Tag vor 79 Jahren kapitulierte Nazi-Deutschland. Das war eine Befreiung und eine große Aufgabe. Wie musste das gewesen sein, das Gefühl, nach mindestens 12-jährigem Verbot sagen zu können, was man wollte, es plötzlich wieder zu dürfen? Auch wenn es gedauert hat, sich wieder daran zu gewöhnen, sich zu trauen (weil viele Nazis auf ihren Posten blieben, z.B. einige meiner Lehrer auf dem Gymnasium) und nach und nach immer offensiver sich wieder das Recht auf freie Rede zu nehmen. Diese Kapitulation des Unrechts, der Unfreiheit sollte uns immer wieder Anlass sein, es rechtzeitig zu bemerken, wenn sich neue Anzeichen der Unfreiheit und der Diskriminierung zeigen.

9. Mai 2024

Am Tag nach der Kapitulation, aber 4 Jahre später, am 9.5.1949, wurde der Entwurf des Grundgesetzes durch den Parlamentarischen Rat angenommen. Die ersten beiden Artikel des am 23.5.49 verabschiedeten

Grundgesetzes der BRD lauten: »(1) Die Würde des Menschen ist unantastbar. Sie zu achten und zu schützen ist Verpflichtung aller staatlichen Gewalt. (2) Das Deutsche Volk bekennt sich darum zu unverletzlichen und unveräußerlichen Menschenrechten als Grundlage jeder menschlichen Gemeinschaft, des Friedens und der Gerechtigkeit in der Welt.« Das ist nach wie vor unsere nationale und auch unsere große globale Aufgabe.

Die Menschenwürde schützen müssen wir auch im Internet, wo es zunehmend schwerer wird und ständige Aufmerksamkeit erfordert. Denn die Verrohung der Sprache wird durch Internet und social media erleichtert, weil die Verroher sich dort verstecken können und nicht mit einer direkten Reaktion rechnen müssen. Doch wir schlagen sie nicht mit ihren Waffen. Denn genau darin liegt unsere Stärke. Dass wir uns nie verleiten lassen, selbst aggressiv zu werden. Wir halten nicht unbedingt die zweite Wange hin, wie Jesus es vorschlägt, aber wir zücken auch nicht das Messer oder die Handgranate. Wir schlagen sie mit unsren Waffen. Das Zauberwort ist Kommunikation. In dem Wort steckt die Kommune, das Gemeinsame, das Handeln als Gesellschaft, als Gemeinschaft.

10. Mai 2024

Mein zehnjähriger Enkel sieht in der Freiheit des Wortes die Kreativität, die Möglichkeit, immer neue Wörter zu finden. Und sein Zwillingsbruder sagte zu dem Thema: »Wenn du das Wort schreibst, dann ist es schon frei.«

Ich musste kurz nachdenken, bis ich begriff, dass er ›Freiheit des Wortes‹ nicht – wie üblich – als genitivus objectivus (die Freiheit der Menschen, ihre Worte zu wählen), sondern als genitivus subjectivus verstanden hat. Das Wort selbst ist frei, wenn wir es geäußert und geschrieben haben, und geht seinen eigenen Weg durch die Welt. Ist das ein Schlag gegen das lang erkämpfte und verteidigte Urheberrecht? Oder hat der Gedanke, das Wort, einmal gedacht, einmal ausgesprochen oder aufgeschrieben, nicht vielleicht doch ein Eigenleben? Sind unsere Worte wirklich unser Eigentum? Ich bin natürlich eine Verfechterin des Urheberrechts, aber ich muss gestehen, diese Frage habe ich mir noch nie gestellt.

Die Nazis glaubten, durch die Bücherverbrennung die Worte zu zerstören. Schon seit März 1933 begann eine systematische Verfolgung jüdischer, marxistischer, pazifistischer und anderer oppositioneller oder politisch unliebsamer Schriftsteller und gipfelte am 10. Mai 1933 in einer groß angelegten Bücherverbrennung. Aber die damals verbrannten Worte sind zum großen Teil erhalten und gehören noch heute zu den Schätzen unserer Kultur. Denn wenn das Wort einmal geschrieben ist, dann ist es frei. Frei und unauslöschlich. Bekommt Flügel und wandert durch die Welt. Es wird irgendwie und irgendwo auch in allen heutigen autokratischen Regimen erhalten bleiben und irgendwann wieder auftauchen. Das gibt uns Hoffnung und besiegelt unsere große globale Aufgabe: Die Menschenwürde auf dem ganzen Planeten zu schützen. Und stellt uns aber auch die große Frage: Wie kann das geschehen? Was können und müssen wir tun? Diesen Fragen müssen wir jeden Tag neu begegnen. Denn die Antworten ändern sich.

So endet dieser Text wieder mit einer Frage, aber nicht als Zeichen der Ratlosigkeit, sondern als Erinnerung an Sokrates, der mit seinen Fragen seine Gedanken und Lehren unter die Leute bringen wollte, indem sie selbst zu den richtigen Erkenntnissen kamen und die Zukunft gebären konnten. Eine Methode, die er mit der Hebammenkunst seiner Frau verglich.

Heike Suzanne Hartmann-Heesch

Unwörtersalat

Auflösung

W	E	F	G	G	S	O	N	N	E	S	V	B	G	E	E	G	H	K	L	R	Ö	T	U	I	R	F	P	U	R
P	E	A	N	U	T	S	F	A	A	S	U	M	S	I	R	U	O	T	L	A	I	Z	O	S	E	W	Q	E	Ä
C	R	A	F	G	N	K	L	E	T	K	L	I	M	A	T	E	R	R	O	R	I	S	T	E	N	O	M	Z	R
B	W	Ü	S	T	E	N	E	O	N	K	E	L	T	Z	U	K	L	A	M	I	S	E	R	V	I	I	T	T	E
E	E	A	C	F	U	R	S	U	K	L	M	I	T	E	I	B	E	D	A	R	O	H	N	E	G	V	U	P	R
Y	I	A	F	K	F	U	I	T	C	A	T	T	R	H	E	S	S	E	V	B	K	A	R	R	E	S	P	A	E
E	T	N	N	A	F	O	R	S	A	C	T	Ä	T	E	R	V	O	L	K	B	I	S	A	M	A	M	E	R	R
N	E	A	B	U	F	Ü	H	O	B	H	E	R	M	I	S	T	L	U	B	E	S	T	O	R	M	A	N	T	E
E	R	B	A	B	Y	S	H	U	H	U	I	I	S	T	D	S	V	W	E	R	I	N	W	E	L	P	A	Q	G
A	T	Q	W	E	R	T	Z	R	S	M	U	S	I	O	P	E	I	Ü	A	O	R	S	E	D	F	K	G	H	I
B	E	J	K	L	D	Ö	Ä	C	U	A	Y	C	X	C	V	P	T	B	N	N	S	M	I	M	B	L	V	C	E
E	V	X	Ä	N	N	L	Ö	I	P	N	K	H	J	E	G	A	A	F	D	S	T	A	M	Ü	O	I	U	Z	W
L	E	T	R	E	A	E	W	N	W	K	G	E	E	N	R	R	N	T	Z	U	S	T	Ä	N	D	M	I	O	R
E	R	P	Ü	T	L	A	S	G	D	A	F	S	G	T	H	A	R	J	K	L	E	Ö	R	Ä	Y	A	X	C	E
G	H	V	B	K	H	N	M	M	N	P	I	P	P	L	E	T	E	V	C	X	K	Y	P	Ä	Ö	H	L	K	V
S	Ö	M	J	A	C	H	G	F	D	I	S	E	A	A	Ü	O	T	P	O	U	G	T	D	R	E	Y	W	Q	S
C	R	U	E	F	S	W	Q	T	R	T	Z	Z	U	S	T	R	L	Ö	Ä	Y	I	A	R	S	D	S	E	I	N
H	M	R	E	E	T	K	U	A	L	A	M	I	S	S	H	E	A	N	G	S	B	H	E	A	S	T	E	D	O
A	E	T	H	V	U	M	M	E	M	L	A	A	U	U	S	N	N	B	E	L	E	B	H	E	N	E	D	B	I
F	T	N	D	I	E	A	V	E	R	I	N	L	G	N	E	F	P	S	I	E	L	Z	M	I	T	R	A	N	T
T	H	E	O	T	D	E	O	R	A	N	T	O	R	G	E	L	K	L	C	A	G	N	G	I	M	I	T	T	A
S	O	Z	I	A	L	M	L	A	R	K	T	P	W	S	E	E	R	T	O	H	N	E	H	I	N	E	T	E	R
A	D	R	S	N	E	I	K	N	I	N	I	E	G	P	O	I	S	M	O	R	A	L	K	E	U	L	E	F	G
L	E	E	C	R	K	E	U	R	E	S	S	R	E	R	N	S	C	H	L	A	L	F	A	N	F	A	L	L	E
T	N	K	I	E	N	U	N	D	Z	E	S	A	S	O	E	C	N	N	A	L	C	H	T	I	G	A	E	R	T
L	E	N	T	T	U	S	G	C	I	H	U	T	L	D	I	H	G	U	N	Ü	G	A	N	E	G	E	N	O	N
A	M	A	M	L	D	E	N	N	L	A	L	I	L	U	E	S	V	E	R	G	U	T	M	E	N	S	C	H	I
S	T	E	C	A	K	T	L	E	O	B	O	O	T	K	S	C	H	A	F	E	T	E	N	N	E	I	N	D	A
T	S	A	G	E	N	E	H	A	P	P	O	N	E	T	D	C	O	R	O	N	A	D	I	K	T	A	T	U	R
E	I	E	D	I	K	C	V	B	H	N	M	Ä	Ö	I	L	J	G	F	D	P	S	A	Q	E	R	T	Z	U	I
N	A	S	D	C	F	G	H	J	C	K	L	E	R	V	O	N	H	A	W	R	E	D	N	E	G	D	E	R	T
L	I	S	A	F	U	N	K	T	A	I	O	W	E	I	C	H	E	Z	I	E	L	E	S	O	E	I	N	F	I
U	F	F	G	E	F	Ä	H	R	R	K	E	I	T	T	G	E	F	Ä	L	S	E	N	A	U	S	B	L	A	C
K	B	I	B	T	E	R	N	S	P	I	E	H	L	Ä	N	L	L	Ü	M	S	D	N	A	T	S	L	H	O	W
A	L	L	G	L	E	B	E	N	S	L	E	I	S	T	U	N	G	S	R	E	N	T	E	F	Ü	E	H	N	M
N	E	B	E	L	B	A	H	Ü	R	F	S	E	H	C	I	L	G	Ä	R	T	R	E	V	L	A	I	Z	O	S

Christine Sterly-Paulsen

Bomben am Strand

Ein Nachwort

Im Gepäck den Laptop mit über 300 Seiten voller Beiträge zu unserer neuen Anthologie, Papier und Zeichenstifte für eine Coverillustration, die ebenso bunt und vielseitig werden sollte wie die Texte der Autorinnen und Autoren, flog ich nach Israel. Eine Reise, die bei Freunden und Familie auf Bedenken stieß: Es ging in ein Krisengebiet, ein Land im Krieg. Potentiell gefährlich, politisch bedenklich. Aber zugleich ein Ort, an dem die freie Meinungsäußerung noch möglich und überaus wichtig, vielleicht überlebenswichtig ist. Was vermag die Freiheit des Wortes in einer bedrohlichen Situation?

Bei unserer Ankunft in Tel Aviv war die Luft gelb, das Thermometer zeigte 40 Grad im Schatten, und eine Palme stürzte quer über die Straße vom Flughafen in die Stadt. Von einem riesigen Plakat starrte Netanyahu hinab wie ein halbierter Big Brother: »Du bist der Kopf. Gott sei Dank.«

Nachts hörten wir Flugzeuge und dachten an Krieg.

Am nächsten Morgen war der Himmel blau, die Temperatur angenehm, es gab Leben in den Cafés und klares Wasser im Meer. Alles fühlte sich normal an – besser als normal.

Zum Netanyahu-Plakat sah ich, weniger groß, dafür öfter, ein Anti-Plakat: »Du bist der Kopf. Du bist schuld.«

Ich verliebte mich aufs Neue in Tel Aviv. Das enge Nebeneinander von Baracken und Hochhäusern, alt und neu, schäbig und teuer, renoviert und improvisiert, die bunten Graffiti an den Mauern, die bunten Menschen in den Straßen. Eine Stadt, in der man leben möchte. Wie Zuhause, nur mit Magie. Aber die Endzeitstimmung, die jetzt nicht mehr in der Luft hing, hörte ich aus vielen Gesprächen heraus.

Der Staat Israel besteht seit 76 Jahren. Wie lange noch?

Wohin kann man gehen, wenn es sich in Israel nicht mehr leben lässt? Der Antisemitismus in der Welt nimmt zu.

Religiöse Fanatiker aus den Regierungsparteien arbeiten daran, einen dritten Tempel in Jerusalem aufzurichten. Sie opfern Tiere auf dem Tempelberg, warten auf den Messias und wollen das ganze Land für sich.

Es wird einen Militärputsch geben.

Es wird zum Bürgerkrieg kommen.

Netanyahu zerstört unseren Staat.

Netanyahu ist für Israel gefährlicher als die Hamas.

Kaum einer ist optimistisch.

Auf einem Ehemaligentreffen des Gymnasia Rechavia, einer Eliteschule in Jerusalem, sind Ärzte, Juristen, Unternehmer versammelt. Auch ein ehemaliger Minister ist dabei. Viele äußern ihren Unmut über die aktuelle Regierung. Ich unterhalte mich mit einem emeritierten Professor. Wird Netanyahu nicht bald gehen müssen, frage ich, bei so viel Widerstand aus der Gesellschaft? Er widerspricht. Wir leben im Jahr 1934, sagt er, wir sind in diesem Land schon in der Minderheit.

In Yaffo sprechen wir mit einer jungen Palästinenserin. Sie trägt einen schwarzen Hijab, und der Kontrast zu den langen künstlichen Wimpern und ihren aufgespritzten Lippen irritiert mich. Sie kritisiert die religiöse Schule, die sie besucht hat. Die einfachen Menschen wollen keinen Krieg, sagt sie. Sie wollen, dass es ihrer Familie gut geht. Den Krieg wollen andere.

Jeden Samstagabend gibt es große Demonstrationen. Für die Rückkehr der Geiseln, die am 7. Oktober 2023 verschleppt wurden, für ein Ende des Krieges. Gegen die Regierung. Nicht groß genug, sagt ein Freund. Vor Beginn des Krieges seien die Demonstrationen gegen die Regierung viel größer gewesen.

Netanyahu braucht den Krieg, um an der Macht zu bleiben. Braucht er auch die Hamas?

Die Warnungen der jungen Soldatinnen am Ausguck, die ungewöhnliche Aktivitäten an der Grenze beobachteten, wurden nicht gehört. Der Vater einer von ihnen, die am 7. Oktober ermordet wurde, spricht auf einer Demonstration.

Polizisten treten einen Mann, der durch den Angriff der Hamas sechs Angehörige verloren hat.

Sechzig Prozent der Bevölkerung sind gegen die Regierung, siebzig vielleicht, heißt es. Andere sagen, der Eindruck, den ich habe, täuscht: Tel Aviv ist nicht Israel.

In Israel treffen auf engstem Raum, so wie die Hochhäuser und die Hütten in Tel Aviv, äußerst gegensätzliche Positionen aufeinander. Eine moderne, liberale und gebildete Gesellschaft wehrt sich gegen religiöse Ultras, Rechtsnationale, Faschisten. In Israel passiert im Kleinen etwas, das zur Zeit fast überall auf der Welt passiert. Die gute Nachricht aus Israel ist: Die Gesellschaft wehrt sich tatsächlich. Wird sie Erfolg haben?

Werden die Leute, die sich andernorts wehren, Erfolg haben?

Es gibt inzwischen weltweit wieder mehr Diktaturen als Demokratien. In Italien regieren die Neofaschisten. In Frankreich haben sie es nicht mehr weit dorthin. Möglicherweise werden wir in Deutschland bald wieder sehr viel Mut brauchen, um unsere Meinung frei zu äußern. Wird es, anders als 1933, genug Menschen geben, die diesen Mut aufbringen? Diese Anthologie soll alle, die sie lesen, ermutigen, ihrerseits das Wort zu ergreifen – und zugleich denen zuzuhören, die eine andere Meinung vertreten als die eigene.

Wie die Zahl der Demokratien abnimmt, so nimmt die Zahl der Kriege zu. Denn auch das ist Grundsatz einer freien Gesellschaft: Konflikte mit Worten auszukämpfen und nicht mit Waffen.

Am vorletzten Tag unseres Aufenthalts lagen wir am Strand. Ich meinte, Gewitter aus der Ferne zu hören. Viele Leute standen auf und sahen nach oben, wo Blitze den Himmel erleuchteten. Der Bademeister forderte uns auf, den Schutzraum aufzusuchen. Ich hatte, anders als die Einheimischen, das Geräusch von Raketen nicht erkannt: Ich hatte das Glück, aus einer Welt ohne Krieg zu stammen.

Die Autoren und Autorinnen

Als studierte Volkswirtin und ehrenamtlich engagierte Lokalpolitikerin beobachtet und analysiert **Gabriele Albers** seit Jahren das Zusammenspiel von Wirtschaft und Politik. Das menschliche Verhalten findet sie dabei genauso faszinierend wie die neuesten Zukunftstechnologien und deren Auswirkungen auf die Gesellschaft. In ihren Geschichten thematisiert sie gefährliche Entwicklungen unserer Zeit, indem sie mögliche Folgen in einer fiktiven Zukunft beschreibt. Ihre persönliche Zeitreisemaschine würde sie ins Jahr 2500 katapultieren, obwohl sie sich nicht sicher ist, dass es dann noch Menschen gibt.

Page Angel schreibt seit den 2000ern Satiren, Kolumnen, Drabbles sowie Nudel-Verse und hat es geschafft, trotz Veröffentlichungen auf einer Online-Plattform mit über 90.000 Klicks und einigen seltenen Poetry-Slam-Auftritten unsichtbar zu bleiben. Manche Texte sind rein fiktiv, andere beruhen auf wahren Gegebenheiten und wurden zum Teil satirisch zugespitzt, denn »Die Freiheit des Wortes« hat in manchen Ländern keine Gültigkeit, und so dürfen diese Texte da sein, aber der Autor nicht.

Ferdinand Blume-Werry, geb. 1956, Studium der Indologie und Philosophie in Mainz und Hamburg, lebt seit 1978 in Hamburg. Schwerpunkt seiner schriftstellerischen Arbeiten sind Gedichte und Essays, in denen er, bei unterschiedlichen Ansätzen, stets das Medium der Sprache mitreflektiert. 2017 erschienen *Poetologische Thesen*, 2021 erscheinen poetologische Gedichte unter dem Titel *Der Dinge*

Stimmen. Für seinen Text *Offener Brief* erhielt der Künstler 1995 den Nikolaus-Lenau-Preis für Lyrik.

Gabriel Bornstein: in Afula, Israel, geboren. Kindheit in Jerusalem, Militärdienst, Ingenieurstudium an der Universität Be'er-Sheva. Zweites Studium Film an der Kunsthochschule Hamburg. Für den Abschlussfilm *Rosenberg* bekam er eine Auszeichnung. 1997 gründete er die Drehbuchwerkstatt Hamburg. 2004 erster Spielfilm *Dezemberküsse*. 2013 erster Roman *45 Minuten bis Ramallah*, verfilmt 2013. Nach zehn Jahren Dozententätigkeit an der Uni Hildesheim entschied sich Gabriel Bornstein, lieber Filmprojekte mit Jugendlichen zu machen.

Cord Buch wurde 1954 in Altona geboren. Der Ausbildung zum Industriekaufmann folgte ein Studium zum Dipl.-Wirtschaftsingenieur. Er arbeitete in sozialen Projekten, in der Erwachsenenbildung und im Projekt- und Qualitätsmanagement. Seit 1989 veröffentlicht er regelmäßig Lyrik und Prosa in Anthologien, Rundfunk und Literaturzeitschriften. 2014 erschien mit *Mord im Viertel* sein erster Roman im Verlag Edition Oberkassel, aus dem eine Reihe mit bisher vier Titeln entstand.

Wolf-Ulrich Cropp ist seit 1997 als reisender Schriftsteller unterwegs. Bisher flossen 26 Bücher und viele Kurzgeschichten – auch unter Pseudonym – aus seiner Feder. Darunter *Alaska-Fieber* (Bestseller bei Piper/Malik). *Goldrausch in der Karibik* (Buch des Jahres 2000, DIE WELT-Leserliste, bei Delius Klasing) oder *Im Schatten des Löwen* (bei DuMont). Er erhielt Literaturpreise, ist stv. Vorsitzender der

Hamburger Autorenvereinigung, Mitglied des VS und Jurymitglied von namhaften Literaturwettbewerben. Weiteres unter wikipedia

Reimer Boy Eilers verlebte seine Kindheit auf Helgoland. In diesem Jahr veröffentlicht er 2 Bände seines Romanprojektes über die erste Weltumsegelung und damit den Beginn der Globalisierung: *Mit Magellan*. Romanheld ist ein Fischer aus der Nordsee an Bord der Magellanschen Karavellen. Reimer Boy Eilers ist Landesvorsitzender des VS in Hamburg und Mitglied im PEN Zentrum Deutschland.

Dr. Mahmood Falaki, geboren in Ramsar im Norden Persiens. Studium der Chemie und Bibliothekwissenschaft im Iran, sowie Germanistik und Iranistik an der Universität Hamburg. Promovierte über ›Goethe-Hafis‹ zum Dr. phil., Dozent für persische Sprache und Literatur. Sein Werk beinhaltet Lyrik, Erzählungen, Romane sowie literaturwissenschaftliche Arbeiten. Übersetzung von Gedichten in fünf Sprachen. Auf Einladungen diverser Institutionen in viele europäische Länder, sowie in die USA, Kanada und Australien, hielt er Vorträge und Lesungen.

Lutz Flörke arbeitet als Schriftsteller, Performer und Dozent überall, wo er mit seinen Vorstellungen von Literatur Geld verdienen kann. Er schreibt für Menschen, die ebenso offen sind für Populär- wie für Hochkultur, aber beidem misstrauen.
Das Ilona-Projekt (ISBN 9783946086321)
Nebelmeer #7 (ISBN 9783946086680)
EINS + EINS = DREI (ISBN 9783758330704)
http://www.hamburgerliteraturreisen.de/

https://www.youtube.com/channel/UCoZmmrhraCXwQFxdihNPRDA
https://soundcloud.com/lutzfloerke/

Uwe Friesel, geb. 1939 in Braunschweig. Seit 1963 freier Autor. Erster gesamtdeutscher VS-Vorsitzender. Mitgründer der UNESCO-Schriftstellerzentren Visby und Rhodos. Rompreis Villa Massimo, Großer Niedersächsischer Kunstpreis. Mitglied im PEN.
Letzte Publikationen: *Irgendwie ging alles sehr schnell* / Notate. Hamburg 2019, *Blankenhorn und andere Stories*. Hbg. 2020; *Schlemihls Erzählungen*. Roman. Hamburg 2022; *Was erkennst du noch wieder / im Badezimmerspiegel / jeden Morgen?* Gedichte. Hamburg 2023

Ines Geishauser, geboren 1967 in Tettnang/Bodenseekreis. Sie studierte Germanistik und Rhetorik in Freiburg und Kopenhagen. Ihre beruflichen Tätigkeiten umfassen Journalismus (Stuttgarter Zeitung, SWR) sowie Fachhochschulprofessorate im Bereich Kommunikation und Pädagogik (UCN/KP - pädagogische Hochschulen in Dänemark). Sie lebt mit ihrer Familie in Kopenhagen. Zahlreiche literarische Veröffentlichungen in Zeitschriften und Anthologien.
ines.geishauser@gmail.com

Der Kieler Autor **Kurt Geisler** arbeitet seit seinem Studium der deutschen, englischen und dänischen Sprache im Land zwischen den Meeren. Schleswig-Holstein und seine Menschen hält er nicht nur im Wort, sondern auch im Bild fest, was seinen Blickwinkel für das literarische Schaffen geprägt hat. *Endstation St. Peter-Ording* ist 2023 sein sechster Krimi.

Er ist Herausgeber der Anthologien *Mörderische Kieler Förde* und *Echt Fies* sowie Begründer des ›Krimi Kartells‹, einer Vereinigung deutschsprachiger Krimiautor:innen.
Homepage: kurtgeisler.de
Facebook: https://www.facebook.com/kommissar.hansen
Instagram: https://www.instagram.com/daskrimikartell/

Prof. Dr. Lutz Götze ist Begründer des Lehrstuhls »Deutsch als Fremdsprache« an der Universität des Saarlandes. Seinem Studium in Germanistik, Anglistik und Niederlandistik folgte die Professur für »Sprachlehrforschung«. Neben seinen Forschungen in den Bereichen Didaktische Grammatik, Hirnforschung, Spracherwerb und interkulturelles Lernen veröffentlichte er rund 250 Publikationen und gab im Bertelsmann Verlag 1996 *Die neue deutsche Rechtschreibung* heraus. Er wirkt im PEN-Zentrum, im Rat für deutsche Rechtschreibung und im Willy-Brandt-Kreis, wo er sich für die demokratische Gesellschaft und ihre Werte einsetzt.
Mehr: https://www.uni-saarland.de/aktuell/lutz-goetze-80-geburtstag-27441.html

Anja Gust wurde am heißesten Tag des Sommers 1968 in Rendsburg geboren. In ihrer Kindheit wuchs sie in einer kleinen Gemeinde am Nord-Ostsee-Kanal auf und hatte stets einen langen Schulweg. Während dieser Fahrten entstanden in ihrem Kopf die verrücktesten Geschichten. Ob sie dabei Charakterstudien betrieb oder einfach nur ihre Umgebung beobachtete, bleibt ein Rätsel. Später begann sie, einige dieser Geschichten aufzuschreiben. Mittlerweile ist sie fest unter Vertrag beim Telegonos Verlag und BÄRENKLAU EXKLUSIV.

Leo Hansen studierte Pädagogik, Psychologie und Soziologie an der Uni Hamburg. 15 Jahre war er bei den Landesmedienanstalten in Hamburg und Thüringen für den nichtkommerziellen Rundfunk und das lokale Fernsehen zuständig. Anschließend unterrichtete er am Berufskolleg Medienpädagogik, Psychologie/Pädagogik und Politik. Er veröffentlichte medienpädagogische Fachartikel und schreibt seit 2019 Kriminalromane und Kurzgeschichten. Er lebt mit seiner Frau in Hamburg und hat drei Kinder.

Heike Suzanne Hartmann-Heesch, geboren 1969, studierte Anglistik, Germanistik, Pädagogik und Pädagogische Psychologie. Sie schreibt hauptsächlich autofiktionale Erzählungen und Kurzprosa. Bislang erschienen sieben Bücher, zuletzt *Möwen hatte ich doch gemeint*, und diverse Veröffentlichungen in Anthologien und Zeitschriften. Sie ist Walter-Kempowski-Literaturpreisträgerin, sowie des Kurzgeschichtenpreises der Hamburger Autorenvereinigung. Sie lebt und arbeitet in Hamburg-Ottensen.

Esther Kaufmann schreibt neben Drehbüchern auch Hörbücher, Theaterstücke und Kurzprosa. Ein Schwerpunkt liegt dabei auf dem Bereich Animation. Weiterhin ist sie als freie Lektorin und Dramaturgin tätig und betreut am Theater Stückentwicklungen wie das Wilhelmsburger Wintermärchen theaterpädagogisch sowie als Projektleiterin. Außerdem schreibt sie Filmkritiken für die Kinderfilmwelt des KJF und ist als Drehbuch- und Dramaturgiedozentin an der Universität Hamburg und der HAW tätig.

Antje Kelle, geb. 1942 in Berlin, lebt heute in Hamburg. Sie war Sachbuchautorin im Schulbuchbereich Germanistik, ihre geistige Heimat liegt aber in Philosophie und Theologie. Literarisch war sie immer im Bereich Lyrik, inzwischen auch im Drama, aktiv. Sie hat zwei Anthologien veröffentlicht: *Texte, die nichts bewirken* (2013 Weimarer-Schillerpresse) und *Zeitenwende. Was Corona mit uns macht* (2020) und Einzeltexte in mehreren Anthologien.

Carsten Klook, geboren 1959 in Hamburg, schreibt Romane, Erzählungen, Lyrik, Hörspiele, Artikel, Essays und krakelt Cartoons. Arbeitete als Kulturjournalist für die taz, Szene HH, die Financial Times, Zeit online und war neun Jahre Redakteur in TV-Zeitschriften. Letzte Veröffentlichung: INSPIRATERIE (Poeme & Prosaminis, 2024). 2. Platz im Hamburger Literaturtelefonwettbewerb 1985, Literaturförderpreise der HHer Kulturbehörde 1987 und 1991, Aufenthaltsstipendium im Künstlerhaus Lauenburg 2007.

Jakob Krajewsky, geb. 1963 in HH-Barmbek, juden-christliche Familie. Kaufmännische Ausbildung, Studium der Anglistik, Amerikanistik, Judaistik in Heidelberg, Berlin, Boston/USA. Begegnungen mit Philip Roth, Saul Bellow, Ruth Klüger und Rebecca Goldstein inspirierten zu eigenen Texten. Freier wissenschaftlicher Mitarbeiter für Institute/Stiftungen; Journalist und Übersetzer. Hauptstadtrestaurantführer 1999 Heyne Verlag, Veröffentlichungen bei DuMont, J.B. Metzler und SWR. Bearbeitung eines deutsch-jüdischen Lexikons, Essays, TV-Recherche. Erwachsenenbildung in Berlin/Hamburg.

Hans Krech, geb. 1956 in Halle/Saale. Mitglied im Zirkel Schreibende Arbeiter »Volkspark«, 1984-1989 Kampf in der Bürgerrechtsbewegung, Verfasser des einzigen literarischen Aufstandsaufrufes in der gesamten Geschichte der DDR-Bürgerrechtsbewegung, die heute Teil der Dauerausstellung *Wege zur deutschen Einheit* in der Begegnungsstätte »Deutsche Einheit« in Halle-Reideburg sind. Seit 1990 lebt er in Hamburg und hat im Hamburger VS und der HAV eine literarische Heimat gefunden. Bisher nahm er in Hamburg und Umgebung an 240 Poetry Slams und Lesungen teil. Mehr: www.Hans-Krech.de

Ulja Krautwald ist in Hamburg-Altona in eine Handwerkerfamilie hinein geboren und hat Soziologie studiert. Ihr bekanntestes Buch ist *Der Weg der Kaiserin*, das genau zur Jahrtausendwende erschien. Weitere Titel: *Der Tanz des Schamanen*, *Die Geheimnisse der Kaiserin*, *Die Elixiere der Kaiserin*, *Karten der Kaiserin*, und die Kinderbilderbücher: *Der Werkdachs und seine Freunde*, *Der Werkdachs und das Holzlager beim Biber*. Kurzgeschichten in unterschiedlichen Anthologien. https://www.krautwaldverlag.de/

Klaus Landahl lebt als Vater, Großvater, Urgroßvater, Ehemann, Schriftsteller und Cartoonist in Halstenbek. Sein Arbeitsleben verbrachte er in Hamburg für Senioren, Behinderte und Migranten. Er schreibt in erster Linie Kurzgeschichten und Gedichte. Teilnahme an Friedenslesungen und gewerkschaftlichen Mahnveranstaltungen zur Bücherverbrennung 1933. Er ist unter anderem Mitglied im VS, im PEN und der Hamburger Autorenvereinigung.

Bernhard Laux, Mitglied im VS seit 1971, längere Tätigkeit im Vorstand u.a. mit Uwe Friesel, mehrmals Delegierter für Bundeskongresse. Studium der Erziehungswissenschaften/Pädagogik, der Deutschen Sprache und Literaturgeschichte, im Schuldienst bis 2009. Schriftstellerische Veröffentlichungen seit 1966 – Lyrik in Anthologien, eigener Gedichtband, Hörspiele, Musik- Theaterstücke, 5 moderne Opernlibretti (Komponist jeweils Niels Frédéric Hoffmann/Hamburg, Berlin), Kurzprosa, 2 Romane.

Tilla Lingenberg ist Autorin & bildende Künstlerin. Sie schreibt für Kinder, Jugendliche & Erwachsene Theaterstücke, Hörspiele, Kurzprosa & Miniaturen. Bundesweit wurden neun ihrer Theaterstücke uraufgeführt und zwei Hörspiele gesendet. Sie bekam zwei Theaterstückpreise und war zudem vier Mal für einen Stückpreis nominiert. Mit ihrem Buch *Kuriose Kurzweil* zu ihrem Lesekabarett ist sie als AlphabetAnimateurin auf Hamburger Lesebühnen präsent und stellt regelmäßig Kunst aus.

Bala Lys, Baujahr 1946, Pendlerin zwischen den Welten, insbesondere Schweden und Deutschland, manchmal England und »in the universe«. Texte in allen drei Sprachen. Veröffentlichungen von Lyrik und Prosa. Seit fünf Jahrzehnten dem Mix von Buchstaben verschrieben. Manchmal ein wenig befallen von Sehnsucht nach mehr Norden und manchmal ein wenig behaftet mit dem Michael-Kohlhaas-Syndrom – sie arbeitet daran. Letzte Veröffentlichungen: *Demaskierung* (Menschen und Masken, Anthologie), *Renar* (Dagens Nyheter)

Angelika Oppenheimer, 1946 in Frankfurt am Main in einer Familie geboren, die gerade die Shoa überstanden hatte, hatte einige Schwierigkeiten mit der deutschen Identität zurechtzukommen. 1963 erste Veröffentlichungen von Lyrik in der Frankfurter Rundschau. Philosophiestudium bei Adorno und Horkheimer; Übersetzungen aus dem Französischen für Suhrkamp; 2001 Übersetzung Tuvia Tenenboms *Eichmanns Tagebuch*, dt. Uraufführung im Jüdischen Theater Hamburg. Danach Veröffentlichungen über die Aufklärung, 2013 Arbeitsstipendium des Deutschen Übersetzerfonds für Voltaires *Philosophischen Wörterbuch*. Seither arbeitet sie an dieser nicht einfachen Aufgabe, schreibt aber weiterhin Gedichte auf Französisch, Deutsch und Englisch.

Christina Oskui, in Hamburg geboren. *Der Igel, der seine Stacheln verloren hat!*, Übersetzung in Norm- und Brailleschrift DZB-lesen. *Linus und der Weihnachtszauber* im Selbstverlag herausgebracht. Veröffentlichungen in Anthologien. Sie arbeitet an ›Barrierefreien Kindermedien‹ einem hybriden Kinderbuch für blinde und sehende Kinder. Masterstudiengang »Kulturelle Bildung an Schulen« an der Philipps Universität in Marburg. Seit 2023 Mitglied im VS Hamburg und im Kulturwerk Hamburg e.V. Mehr: www.christina-oskui.de

Gudrun Pfeifer-Kersting, Jahrgang 1957, lebt und arbeitet in Hamburg. Als Tochter eines Schriftstellers schrieb sie schon als Kind ihre ersten Gedichte. Sie studierte Rhythmik und unterrichtete im Feld Musik/Bewegung/Sprache/Performance, wofür sie eigene Texte verfasste. Seit 2022 steht das Schreiben (Lyrik, Kinderroman) im Fokus. Vier ihrer Gedichte wurden in die Anthologie zum Themenpreis 2023 *Aus gegebenem Anlass: Auf der Flucht* der Gruppe 48 e.V. aufgenommen.

Birgit Rabisch, Hamburger Autorin, zwölf Romane (u. a. bei Fischer, zu Klampen, dtv), zuletzt die 68er-Trilogie *Die vier Liebeszeiten*, *Wir kennen uns nicht*, *Putzfrau bei den Beatles*, 50 Beiträge in Anthologien, zahlreiche Auszeichnungen. Ihre Dystopie *Duplik Jonas 7* (24. Auflage 2023; 185 000 Ex.) avancierte zum Standardwerk für den Schulunterricht zum Thema Gentechnologie. Neue Veröffentlichung 2024: *Tod der Autorin*. Infos: www.birgitrabisch.de

Vera Rosenbusch (Foto: Bernd Hellwage) lebt als Literaturperformerin und Schriftstellerin in Hamburg. Neues Buch: EINS+EINS=DREI mit 25 eigensinnigen Geschichten von Lutz Flörke, Vera Rosenbusch und von beiden im Kollektiv. 152 S., 9,99 (E-Book 5,99), ISBN: 9783758330704 Mehr Info: www.hamburgerliteraturreisen.de YouTube-Kanal: *Flörke & Rosenbusch* und *Veras Tag und Nacht Buch* mit Texten, die sie inspirieren und bewegen: https://soundcloud.com/vera-rosenbusch

Cordula Scheel, geboren 1935 in Mecklenburg. 1945 als Flüchtlingskind in Schleswig-Holstein, später in Hamburg bis zum Abitur. Ab Mitte der fünfziger Jahre Jura- und Sprachenstudien im Ausland. In Tübingen und Hamburg mit Abschluss des ersten juristischen Staatsexamens und Dolmetscherexamina. Cordula Scheel hat 7 Lyrikbände veröffentlicht und erhielt 2019 den Lyrikpreis der Hamburger Autorenvereinigung.

Sie ist Ehrenmitglied der Interessengemeinschaft deutschsprachiger Autoren (IGdA) und des Istituto Italiano, Hamburg.

Gesa Schröder, geb. 1952 in Dithmarschen an der Nordsee, hat in Kiel und Frankfurt Germanistik, Geographie, Latein und Italienisch studiert. Zwischen 1988 und 1999 lebte sie als Literaturübersetzerin und Dolmetscherin mit ihren drei Töchtern in Venedig. Danach war sie im Schuldienst tätig, und lebt seit 2016 als Autorin in Hamburg und Venedig. Ihre Romane: *Flussaufwärts durch die Zeit* (2020), *Auf der Passhöhe* 2022) und der Nordseekrimi *Die Posaune im Watt* (2024).

Margret Silvester schreibt Kurzgeschichten, Essays und Gedichte mit häufig historischem Bezug. Viele Veröffentlichungen in Anthologien, Lyrikbänden, zwei Kinderbücher. Sie ist Vorstandsmitglied im Schriftsteller*innenverband Hamburg (VS), Mitglied in der Hamburger Autorenvereinigung HAV und des lit Hamburg, sowie Mitglied des niederdeutsch-friesischen PEN-Zentrums.

Christine Sterly-Paulsen studierte Ethnologie und Romanistik in Hamburg. Auf ausgedehnten Reisen und Feldforschungen lernte sie neun Sprachen, darunter Malagasy, wurde von einer madagassischen Familie adoptiert und fand Material und Inspiration für ihr Schreiben: eine Monographie in Buchform, vier Romane, etliche Erzählungen in Anthologien, Illustrationen in Bilderbüchern und ein Tarot. Aktuell: *Freak Sisters* (Roman 2024); *Abrechnung in Sagres* (Kriminalroman 2023); *Gegenliebe* (Roman 2021)

Rüdiger Stüwe, * 1939 in Braunsberg (Ostpreussen), aufgewachsen in Schneverdingen (Lüneburger Heide), kaufm. Lehre, 1963 Abitur, Studium der Germanistik und Geschichte, 1970-2001 Lehrer in Hamburg, seit 1984 auch schriftstellerisch tätig; verheiratet, zwei Kinder, lebt in Ellerbek (Schleswig-Holstein). Schreibt Gedichte und Erzählungen, hat 9 Bücher veröffentlicht sowie Beiträge in Anthologien, literarischen Zeitschriften und Zeitungen.

Leander Sukov, geb. 1957 in Hamburg, Studium der Volkswirtschaft, politisch aktiv seit seinem 15. Lebensjahr. Weiß, eine bessere Welt sei möglich. Ist queer (agender, pansexuell), schreibt Prosa und Lyrik, Fiktion und Bericht. War Vize des deutschen PEN, ist Präsident des niederdeutsch-friesischen PEN-Zentrums (aspiring) und Bundesvorstandsmitglied der Schriftstellergewerkschaft und der SPD, wohnt in Franken, wo die Menschen sind wie im Norden. Hat Liebesbeziehungen zu Borchert und Bukowski.

Charlotte Ueckert geboren 1944 in Oldenburg. Studium der Germanistik, Lyrikerin, Biografin, Reiseschriftstellerin. Veröffentlichungen: *Oldenburger Land – neu erlebt.* Gmeiner 2014; *Die Fremde aus Deutschland.* Kurzprosa und Reisegedichte, Pop 2017; *Nach Alphabet gesammelt*, Gedichte Pop 2019, *Das Meer und der Norden*, Ed. Karo 2020; *Andere Wesen. Neue Poesie*, Berlin: Literaturverlag Josefine Rosalski, Edition Karo 2023 und: *Bei die Fische.* Erzählungen. Ludwigsburg: Pop-Verlag 2023. Div. Anthologien und Reisestipendien. Mehr: www.charlotte-ueckert.de

Urs Wiefele, Pseudonym.

Annette Zaborowski studierte Ethnologie, Neuere Deutsche Literatur und Erziehungswissenschaften mit Abschluss M.A. Sie arbeitete in verschiedenen Berufen, so als Elektronikerin in der Ozean-Seismographie und als Ausstellungsmacherin zur Globalisierung des Agrarhandels. Sie schrieb Radiogeschichten für die Kindersendung *Ohrenbär* und ist unter ›Ana Zabo‹ langjährige Autorin von Pixi-Geschichten im Carlsen Verlag. Im Rahmen der Hamburger Schullesungen besucht sie Grundschulen im Stadtgebiet.

Inhalt

Anthologien des VS Hamburg

*Literarische Stimmen von 22 Exilautorinnen und -autoren, von denen die meisten in Hamburg eine neue Bleibe gefunden haben. Um den Kolleg*innen eine Plattform zu geben, ist diese Ausgabe mehrsprachig.*

Fluchtpunkt Hamburg. Texte im Exil.
Hrsg. Reimer Boy Eilers, Emina Kamber,
Esther Kaufmann & Sven j. Olsson.
Das bosnische Wort, Wuppertal und Tuzla
2018, 382 Seiten, 17,90 Euro
ISBN 978-9958-12-301-6 (zu beziehen über den Kulturmaschinen Verlag)

*Ein bunter Strauß an Geschichten und Gedichten, die Einblick geben sollen in das aktuelle Schaffen der Hamburger Autor*innen, anlässlich des 4. Hamburger Literatrubels.*

Hummeln im Mors.
Hrsg. Reimer Boy Eilers, Emina Kamber,
Esther Kaufmann & Sven j. Olsson.
Telegonos-publishing, Frielendorf 2018,
286 Seiten, 16,90 Euro
ISBN 978-3-946762-20-1 (kart.)

Bin ich schuld am Rechtsradikalismus? Auf diese Frage finden 37 Autorinnen und Autoren eine ganz persönliche Antwort. Mit einem Geleitwort des Hamburger Kultursenators Dr. Carsten Brosda.

Wir haben Wölfe gehört.
Hrsg. Reimer Boy Eilers, Emina Kamber, Esther Kaufmann & Sven j. Olsson.
Kulturmaschinen Verlag 2019,
328 Seiten, 18 Euro (kart.), 29 Euro (geb.)
ISBN 978-3-96763-000-8 (kart.)

Sie kam über Nacht und blieb: die Corona Pandemie. Die hier vorliegenden Geschichten und Gedichte zeigen zu welchem Ideenreichtum und welcher Kreativität Menschen in Krisensituationen fähig sind, aber auch zu welchen Absurditäten. Diese Anthologie ist schon jetzt ein historischer Schatz..

Von Menschen und Masken.
Hrsg. Reimer Boy Eilers, Esther Kaufmann, Sven j. Olsson, Vera Roschenbusch & Margret Silvester.
Kulturmaschinen Verlag 2022,
364 Seiten, 17,50 Euro (kart.), 25 Euro (geb.)
ISBN 978-3-96763-184-5 (kart.)

Reimer Boy Eilers, Esther Kaufmann, Christina Oskui, Christine Sterly-Paulsen und Margret Silvester (Hg.)
Freiheit des Wortes